Aanpakken!

Van dezelfde auteur:

Shopaholic!
Shopaholic! in alle staten
Shopaholic! zegt ja
Hou je mond!
Shopalicious!

Sophie Kinsella

Aanpakken!

UITGEVERIJ AREOPAGUS

Oorspronkelijke titel
The Undomestic Goddess
Uitgave
Bantam Press, a division of Transworld Publishers, Londen
Copyright © 2005 by Sophie Kinsella
Copyright voor het Nederlandse taalgebied © 2006 by The House of Books,
Vianen/Antwerpen

Vertaling
Mariëtte van Gelder
Omslagontwerp
Marlies Visser
Omslagdia
Zefa/U. Klawitter
Opmaak binnenwerk
ZetSpiegel, Best

Niets uit deze uitgave mag worden verveelvoudigd en/of openbaar gemaakt door middel van druk, fotokopie, microfilm of op welke wijze ook, zonder voorafgaande schriftelijke goedkeuring van de uitgever.

ISBN 90 8564 138 1
NUR 302

Voor Linda Evans

Dankwoord

Ik ben de vele mensen die zich hebben uitgesloofd om me met dit boek te helpen ongelooflijk dankbaar. Emily Stokely, keukenprinses bij uitstek, omdat ze me brood heeft leren bakken. Roger Barron, omdat hij me zo veel tijd gunde en me een fantastisch inzicht bood in de wereld van het bedrijfsrecht (om nog maar te zwijgen van zijn kennis van schoonheidssalons!). En vooral Abigail Townley, die me adviezen gaf voor de juridische plot, zich door me liet schaduwen en geduldig een miljoen domme vragen beantwoordde.

Dank aan Patrick Plonkington-Smythe, Larry Finlay, Laura Sherlock, Ed Christie, Androulla Michael, Kate Samano, Judith Welsh en alle geweldige mensen bij Transworld voor hun niet aflatende steun. Dank aan mijn uitstekende agent Araminta Whitley voor haar grenzeloze enthousiasme voor dit boek, en aan Lizzie Jones, Lucinda Cook, Nicki Kennedy en Sam Edenborough. Dank aan Valerie Hoskins, Rebecca Watson en Brian Siberell. Dank als altijd aan de leden van de Raad en al mijn jongens, groot en klein.

Dit dankwoord zou natuurlijk niet compleet zijn zonder een vermelding van Nigella Lawson. Ik ken haar niet persoonlijk, maar haar boeken zouden verplicht moeten worden gesteld voor alle niet-keukenprinsessen.

1

Zou je jezelf gestrest noemen?
Nee. Ik ben niet gestrest.
   Ik ben... druk. Er zijn zoveel mensen die het druk hebben. Zo zit de wereld in elkaar. Ik heb een dynamische baan, mijn carrière is belangrijk voor me en ik geniet ervan.
   Goed dan. Soms voel ik me een tikje gespannen. Een beetje onder druk gezet. Maar ik ben jurist in de City, verdomme. Wat had je dan verwacht?

Ik druk zo hard met de pen op het papier dat er een scheur in komt. Shit. Laat maar. Volgende vraag.

Hoeveel uur per dag breng je gemiddeld op je werkplek door?
~~14~~
~~12~~
~~8~~
Hangt ervan af.

Doe je regelmatig aan lichaamsbeweging?
~~Ik zwem regelmatig~~
~~Ik ga weleens zwemmen~~
Ik ben van plan regelmatig te gaan zwemmen. Zodra ik tijd heb. Het is de laatste tijd nogal druk op de zaak, het is een fase.

Drink je acht glazen water per dag?
~~Ja~~
~~Som~~
Nee.

Ik leg mijn pen neer en schraap mijn keel. Maya, die aan de andere kant van de praktijk zit, kijkt op van al haar flesjes nagellak en potjes hars die ze aan het rangschikken is. Maya is mijn schoonheidsspecialiste voor vandaag. Ze heeft een lange, zwarte vlecht met een witte streep erdoor en een zilveren knopje in haar neus.

'Lukt het met de vragenlijst?' zegt ze met haar zachte stem.

'Ik had gezegd dat ik een beetje haast heb,' zeg ik beleefd. 'Zijn al die vragen echt nodig?'

'We willen graag zoveel mogelijk weten om te bepalen wat je op schoonheids- en gezondheidsgebied nodig hebt,' zegt ze sussend, maar onvermurwbaar.

Ik kijk op mijn horloge. Kwart voor tien.

Ik heb hier geen tijd voor. Ik heb echt geen tijd. Maar dit is mijn verjaardagscadeau en ik heb tante Patsy beloofd dat ik zou gaan.

Het is mijn verjaardagscadeau van een jaar geleden, om preciezer te zijn. Tante Patsy heeft me iets meer dan een jaar geleden een geschenkbon voor een 'Ultieme Ontstressings Ervaring' gegeven. Ze is de zus van mijn moeder en maakt zich grote zorgen over carrièrevrouwen. Telkens wanneer ik haar zie, pakt ze me bij mijn schouders en kijkt met een zorgelijke rimpel in haar voorhoofd naar mijn gezicht, en op de kaart bij de geschenkbon had ze geschreven: 'Maak tijd voor jezelf, Samantha!!!'

Wat ik ook absoluut van plan was, maar het waren drukke tijden op de zaak en op de een of andere manier is er een jaar voorbijgegaan zonder dat ik een moment vrij kon maken. Ik ben jurist bij Carter Spink, en momenteel is het nogal hectisch. Het is een fase. Het wordt wel beter. Als ik de komende weken maar achter de rug heb.

Maar goed, toen stuurde tante Patsy me een verjaardagskaart voor dít jaar, en toen schoot het me opeens te binnen dat die bon bijna verlopen was. Dus daar zit ik dan, op mijn negenentwintigste verjaardag. Op een behandelstoel in een witte badjas en een bizarre papieren onderbroek. Met een halve dag vrij. Maximaal.

Rook je?
Nee.

Drink je alcohol?
Ja.

Eet je regelmatig zelfbereide maaltijden?
Ik schiet in de verdediging en kijk verstoord op. Wat is dat voor onzin? Waarom zouden 'zelfbereide' maaltijden beter zijn dan andere?
Ik eet gezond en gevarieerd, schrijf ik na enig nadenken op.
Wat absoluut waar is.
Iedereen weet dat de Chinezen langer leven dan wij, dus wat zou er gezonder kunnen zijn dan hun voedsel eten? En pizza is een Italiaans gerecht. Dat is waarschijnlijk nog gezonder dan zelfbereide maaltijden.

Vind je dat je leven in balans is?
~~Ja~~
~~N~~
Ja.

'Klaar,' verkondig ik, en ik geef de vragenlijst aan Maya, die mijn antwoorden doorneemt. Haar vinger glijdt met een slakkengangetje over de bladzij naar beneden. Alsof we alle tijd van de wereld hebben.
Zij misschien wel, maar ik moet echt om een uur weer op kantoor zijn.
'Ik heb je antwoorden aandachtig gelezen.' Maya kijkt me peinzend aan. 'En het is wel duidelijk dat je heel gestrest bent.'
Wat? Waar haalt ze het vandaan? Ik heb duidelijk ingevuld dat ik níét gestrest ben.
'Nee, hoor.' Ik glimlach op een ontspannen 'kijk eens hoe niet-gestrest ik ben'-manier.
Maya laat zich niet overtuigen. 'Je staat duidelijk zwaar onder druk op je werk.'
'Ik functioneer goed onder druk,' verklaar ik, en het is waar. Dat weet ik al van mezelf sinds...
Tja, sinds mijn moeder het tegen me zei, toen ik een jaar of acht was. *Jij functioneert goed onder druk, Samantha.* Onze hele familie doet het goed onder druk. Het is onze lijfspreuk, zeg maar.

Afgezien van mijn broer Peter, natuurlijk. Die is ingestort. Maar verder doen we het allemaal goed onder druk.

Ik hou van mijn werk. Het ontdekken van de mazen in een contract schenkt me voldoening. Het afsluiten van een deal geeft me een adrenalinekick. Onderhandelen, discussiëren en de slimste van de groep zijn winden me op.

Misschien dat ik heel af en toe het gevoel heb dat iemand zware gewichten op mijn schouders legt. Grote betonblokken, in een steeds hogere stapel, die ik moet dragen, hoe uitgeput ik ook ben...

Maar zo zal iedereen zich wel voelen. Dat is normaal.

'Je huid is erg droog,' zegt Maya hoofdschuddend. Ze strijkt deskundig met haar hand langs mijn wang, drukt haar vingers in mijn hals en trekt een bezorgd gezicht. 'Je hartslag is erg hoog. Dat is niet gezond. Voel je je op dit moment uitgesproken gespannen?'

'Het is vrij druk op mijn werk,' zeg ik schouderophalend. 'Het is maar een fase. Ik heb niets.' *Kunnen we een beetje opschieten?*

'Goed.' Maya staat op. Ze drukt op een knop in de muur en de kamer vult zich met zachte panfluitmuziek. 'Ik kan alleen maar zeggen dat je hier op het goede adres bent, Samantha. Ons doel hier is ontstressen, revitaliseren en ontgiften.'

'Fijn,' zeg ik afwezig. Het is me opeens te binnen geschoten dat ik David Elldridge niet heb teruggebeld over dat Oekraïense oliecontract. Ik had het gisteren al moeten doen. Shit.

'Het Green Tree Centre wil een veilige haven van rust zijn, weg van je dagelijkse beslommeringen.' Maya drukt weer een knop in de muur in, en het licht wordt gedempt tot een zachte gloed. 'Heb je nog vragen voordat we beginnen?' zegt ze zacht.

'Eigenlijk wel, ja.' Ik leun naar voren.

'Goed zo!' zegt ze stralend. 'Ben je benieuwd naar het behandelprogramma van vandaag, of is het iets algemeners?'

'Zou ik even snel een mailtje mogen versturen?' vraag ik beleefd.

De glimlach besterft Maya op de lippen.

'Heel snel,' voeg ik eraan toe. 'Het is zo gepiept.'

'Samantha, Samantha...' Maya kijkt me hoofdschuddend aan. 'Je bent hier om tot rust te komen. Om een moment voor jezelf te nemen. Niet om e-mails te versturen. Het is een obsessie! Een verslaving! Net zo slecht als alcohol of cafeïne.'

God allemachtig, het is geen *obsessie*. Ik bedoel, dat is belachelijk. Hoe vaak controleer ik mijn e-mail nou helemaal? Hooguit elke... halve minuut, misschien.
Maar weet je, er kan veel gebeuren in een halve minuut.
'En trouwens,' vervolgt Maya, 'zie jij hier een computer staan?'
'Nee,' antwoord ik, en ik kijk gehoorzaam zoekend om me heen.
'Daarom vragen we je dus al je elektronische apparatuur in de kluis te leggen. Mobiele telefoons zijn niet toegestaan. Computertjes ook niet.' Maya spreidt haar armen. 'Dit is een toevluchtsoord. Waar je aan de wereld kunt ontsnappen.'
'Precies.' Ik knik deemoedig.
Dit is waarschijnlijk niet het moment om te onthullen dat ik een BlackBerry in mijn papieren onderbroek heb verstopt.
'Zullen we dan maar beginnen?' zegt Maya met een glimlach. 'Ga maar op de behandelstoel liggen, onder een handdoek. En zou je je horloge af willen doen?'
'Ik kan niet zonder mijn horloge!'
'Dat is ook een verslaving.' Ze klakt afkeurend met haar tong. 'Zolang je hier bent, hoef je niet te weten hoe laat het is.'
Ze draait zich discreet om, en ik doe met tegenzin mijn horloge af. Vervolgens strek ik me een beetje onhandig op de behandelstoel uit in mijn pogingen mijn gekoesterde BlackBerry niet te vermorzelen.
Ik heb dat verbod op elektronische apparatuur wel gezien, en ik heb mijn dictafoon ook ingeleverd, maar drie uur zonder mijn Black-Berry? Ik bedoel, stel dat er iets gebeurt op kantoor? Stel dat het crisis wordt?
En het is ook niet logisch. Als ze hier echt willen dat je tot rust komt, laten ze je je BlackBerry en mobieltje juist hóúden in plaats van ze in beslag te nemen.
Maar goed, ze ziet hem toch nooit onder die handdoek.
'Ik ga beginnen met een ontspannende voetmassage,' zegt Maya, en ik voel dat ze een soort lotion over mijn voeten uitsmeert. 'Probeer je geest leeg te maken.'
Ik staar gehoorzaam naar het plafond. Geest leeg. Mijn geest is zo leeg en doorzichtig als... glas...
Hoe moet dat nou met Elldridge? Ik had hem moeten bellen. Hij zit op mijn antwoord te wachten. Als hij nu eens aan de andere

vennoten vertelt dat ik er met de pet naar gooi? Als dat mijn kans om in de vennootschap te worden opgenomen nu eens negatief beïnvloedt?

Mijn maag verkrampt. Dit is niet het moment om ook maar iets aan het toeval over te laten.

'Probeer al je gedachten los te laten...' zegt Maya zangerig. 'Voel de spanning wegebben...'

Misschien kan ik hem heel snel een mailtje sturen. Vanonder mijn handdoek.

Ik laat mijn hand steels naar beneden glijden en voel een harde hoek van mijn BlackBerry. Ik schuif hem millimeter voor millimeter uit mijn papieren onderbroek. Maya masseert mijn voeten en heeft niets in de gaten.

'Je gaat je zwaar voelen... je geest is leeg...'

Ik schuif de BlackBerry over mijn borst omhoog tot ik het schermpje nét onder de handdoek kan zien. Goddank dat het hier zo schemerig is. Ik begin steels met een hand een e-mail in te tikken, met zo min mogelijk bewegingen.

'Ontspán je...' zegt Maya sussend. 'Stel je voor dat je langs het strand loopt...'

'Hm hm,' mummel ik.

David, tik ik. *M.b.t. ZFN Oliecontract. Heb amendementen doorgenomen. Vind dat wij moeten reageren*

'Wat doe je daar?' zegt Maya opeens waakzaam.

'Niks!' zeg ik, en ik schuif de BlackBerry snel onder de handdoek. 'Ik lig gewoon te, eh... te ontspannen.'

Maya loopt om de behandelstoel heen en ziet de bult van de BlackBerry in mijn hand onder de handdoek.

'Heb je daar iets verstopt?' vraagt ze ongelovig.

'Nee!'

De BlackBerry piept vanonder de handdoek. Shit.

'Dat was een auto, geloof ik,' zeg ik nonchalant. 'Buiten, op straat.'

Maya knijpt haar ogen tot spleetjes. 'Samantha,' zegt ze met lange, dreigende uithalen, 'heb jij daar elektronische apparatuur onder je handdoek liggen?'

Ik heb het gevoel dat als ik niet beken, ze de handdoek ook van me af zal trekken.

'Ik verstuurde alleen maar een e-mail,' zeg ik ten slotte, en ik laat haar schaapachtig de BlackBerry zien.

'Jullie workaholics ook!' Ze grist de BlackBerry vertwijfeld uit mijn hand. 'Mails kunnen wel wáchten. Alles kan wáchten. Jij kunt je gewoon niet ontspannen!'

'Ik ben geen workaholic!' repliceer ik verontwaardigd. 'Ik ben jurist! Dat is iets anders!'

'Je verdringt het,' zegt ze hoofdschuddend.

'Nietes! Hoor eens, er lopen belangrijke onderhandelingen bij de zaak. Ik kan de knop niet zomaar omzetten! Zeker nu niet. Ik ben... Nou ja, ik ben voorgedragen om vennoot te worden.'

Terwijl ik het hardop zeg, voel ik de vertrouwde zenuwen opspelen. Vennoot van een van de belangrijkste kantoren van het land. Het enige wat ik ooit heb gewild.

'Ik ben voorgedragen om vennoot te worden,' herhaal ik iets bedaarder. 'Morgen valt de beslissing. Als het doorgaat, word ik de jongste vennoot in de hele geschiedenis van het bedrijf. Weet je wel hoe belangrijk dat is? Heb je enig idee...'

'Iedereen kan een paar uur gemist worden,' onderbreekt Maya me. Ze legt haar handen op mijn schouders. 'Samantha, je bent ongelooflijk nerveus. Je schouders zijn verkrampt, je hart klopt als een bezetene... Volgens mij zit je op het randje.'

'Ik voel me best.'

'Je bent één grote zenuwknoop!'

'Niet waar!'

'Je moet er zélf voor kiezen om gas terug te nemen, Samantha.' Ze kijkt me ernstig aan. 'Alleen jij kunt de beslissing nemen je leven te veranderen. Ga je dat doen?'

'Eh... tja...'

Er vibreert iets in mijn papieren onderbroek en ik breek mijn zin met een kreet van verbazing af.

Mijn mobieltje. Dat heb ik samen met de BlackBerry in mijn onderbroek gestopt, en ik heb het op de trilfunctie gezet zodat het geen herrie kon maken.

'Wat is dat?' Maya kijkt met grote ogen naar mijn trillende handdoek. 'Wat is dat in godsnaam voor... gesidder?'

Ik kan niet toegeven dat het een telefoon is. Niet na de BlackBerry.

'Eh...' Ik schraap mijn keel. 'Dat is mijn speciale, eh... liefdesspeeltje.'

'Je wát?' vraagt Maya perplex.

Het toestel vibreert weer in mijn onderbroek. Ik moet opnemen. Het zou iemand van de zaak kunnen zijn.

'Eh... weet je, ik nader nu een beetje een intiem moment...' Ik kijk Maya veelbetekenend aan. 'Zou je even, eh... de kamer uit kunnen gaan?'

Wantrouwen licht op in Maya's ogen.

'Wacht eens even!' Ze kijkt nog eens. 'Zie ik daar een mobieltje? Heb je ook nog eens een mobiele telefoon mee naar binnen gesmokkeld?'

O, god. Ze is woest.

'Hoor eens,' zeg ik toegeeflijk, 'ik weet dat jullie je regels hebben en alles, en daar heb ik respect voor, maar weet je, ik kan niet zonder mijn mobiel.' Ik tast onder de handdoek naar het toestel.

'Blijf áf!' Ik schrik van Maya's kreet. 'Samantha,' zegt ze, zichtbaar worstelend om kalm te blijven, 'als je ook maar even naar me hebt geluisterd, zet je die telefoon nu uit.'

Het toestel trilt weer in mijn hand. Ik kijk naar het schermpje en krijg een knoop in mijn maag. 'Het is de zaak.'

'Ze spreken maar iets in. Ze wachten maar.'

'Maar...'

'Dit is tijd voor jezelf.' Ze leunt naar me over en omklemt mijn handen ernstig. 'Tijd voor jezélf.'

God, ze snapt het echt niet, hè? Ik schiet bijna in de lach.

'Ik ben associé bij Carter Spink,' leg ik uit. 'Ik héb geen tijd voor mezelf.' Ik klap het toestel open en er blaft een boze mannenstem over de lijn.

'Samantha, waar zit je in vredesnaam?'

Ik verkramp. Het is Ketterman. Het hoofd van onze afdeling. Hij zal wel een voornaam hebben, maar iedereen noemt hem altijd alleen maar Ketterman. Hij heeft zwart haar en een stalen brilmontuur en grijze prikogen en toen ik net bij Carter Spink werkte, had ik echt nachtmerries over hem.

'De deal met Fallons gaat misschien toch door. Kom meteen terug. Bespreking om halfelf.'

Gaat het toch door?
'Ik kom zo snel mogelijk.' Ik klap het toestel dicht en kijk spijtig naar Maya. 'Sorry.'

Ik ben niet verslááfd aan mijn horloge.
Maar ik kan het natuurlijk niet missen. Dat zou jij ook niet kunnen als je tijd was opgedeeld in partjes van zes minuten. Ik word geacht voor elke zes minuten van mijn werkende bestaan een cliënt te factureren. Alles komt in een geautomatiseerd tijdschema te staan, in gespecificeerde brokjes.

11.00-11.06 Contract voor project A opgesteld
11.06-11.12 Documentatie voor cliënt B geamendeerd
11.12-11.18 Advies gegeven over punt contract C

Toen ik net bij Carter Spink was begonnen, vond ik het een raar idee dat ik continu moest bijhouden waar ik aan werkte. En als ik nu eens zes minuten zit te niksen? vroeg ik me af. Wat moet ik dan noteren?

11.00-11.06 Doelloos uit het raam gekeken
11.06-11.12 Gefantaseerd dat ik George Clooney tegen het lijf liep
11.12-11.18 Geprobeerd neus met tong aan te raken

Maar je raakt eraan gewend. Je raakt eraan gewend je leven in kleine hapjes te verdelen. En je raakt eraan gewend te werken. De hele tijd.
  Als je jurist bent bij Carter Spink, lummel je niet. Je kijkt niet uit het raam en je fantaseert niet. Niet zolang elke zes minuten van je tijd zoveel geld waard zijn. Laat ik het zo zeggen: als ik zes minuten laat wegtikken zonder iets te presteren, heb ik vijftig pond van de firma verspild. Twaalf minuten: honderd pond. Achttien minuten: honderdvijftig pond.
  Zoals ik al zei: juristen van Carter Spink lummelen niet.

2

Als ik op kantoor kom, staat Ketterman bij mijn bureau afkeurend naar de papieren en mappen te kijken waarmee het hele blad bezaaid ligt.

Toegegeven, ik heb niet het maagdelijkste bureaublad van de wereld. Eigenlijk is het een zootje, maar ik ben absoluut van plan het op te ruimen en ook al die stapels oude contracten op de vloer te ordenen. Zodra ik even tijd heb.

'Bespreking over tien minuten,' zegt hij, op zijn horloge kijkend. 'Ik wil dat het concept van de financieringsdocumentatie dan klaar is.'

'Vanzelfsprekend,' zeg ik. Ik probeer kalm te blijven, maar van zijn aanwezigheid alleen al krijg ik de kriebels.

Ketterman is in het gunstigste geval angstaanjagend. Zoals andere mannen aftershave uitwasemen, wasemt hij een griezelige, intelligente kracht uit. Vandaag is het nog een miljoen keer erger, want Ketterman zit in het beslissingscomité. Morgen gaat hij met dertien andere vennoten in een grote vergadering bespreken wie de nieuwe vennoot wordt.

Morgen zal ik weten of ik het heb gemaakt, of dat mijn hele leven één grote, zinloze mislukking is. Hoezo, onder druk staan?

'Het concept ligt hier...' Ik reik in een berg mappen en trek er met efficiënte zwier iets uit wat op een archiefmap lijkt.

Het is een oude verpakking van Krispy Kreme-donuts.

Ik gooi hem haastig in de prullenbak. 'Het moet hier beslist ergens liggen...' Ik rommel panisch rond en vind de goede map. Goddank. 'Kijk eens!'

'Ik snap niet hoe jij in die janboel kunt werken, Samantha.' Kettermans stem klinkt metalig en sarcastisch, en hij heeft geen sprankje humor in zijn ogen.

'Alles ligt tenminste voor het grijpen!' Ik probeer te lachen, maar Ketterman kijkt me ijzig aan. Ik trek geagiteerd mijn stoel naar achteren, en een stapel brieven die ik was vergeten dwarrelt naar de vloer.

'Weet je, vroeger hadden we de regel dat de bureaus elke avond om zes uur helemaal leeg moesten zijn,' zegt Ketterman met zijn staalharde stem. 'Misschien moeten we dat weer invoeren.'

'Misschien wel!' Ik probeer te glimlachen, maar Ketterman maakt me steeds nerveuzer.

'Samantha!' Een hartelijke stem onderbreekt ons en tot mijn opluchting zie ik Arnold Seville door de gang aankomen.

Arnold is mijn favoriete vennoot. Hij heeft wollig grijs haar dat altijd een beetje woest lijkt voor een jurist en een uitbundige smaak in stropdassen. Vandaag draagt hij een knalrode met een paisley-motiefje, met een bijpassende pochet. Hij begroet me met een brede glimlach. Ik glimlach terug en voel dat ik kalmeer.

Ik weet zeker dat Arnold degene is die een goed woordje voor me zal doen, en ik ben er net zo zeker van dat Ketterman tegen me zal stemmen. Arnold is de vrijbuiter van de firma, degene die de regels overtreedt, die niets geeft om onbenulligheden als een rommelig bureau.

'Een aanbevelingsbrief over je, Samantha.' Arnold laat me stralend een vel papier zien. 'Van de president van Gleiman Brothers maar liefst.'

Ik neem het vel met het briefhoofd verbaasd aan en lees het handgeschreven briefje. '... zeer veel waardering... altijd professionele dienstverlening...'

'Ik heb begrepen dat je hem onverwacht een paar miljoen hebt bezorgd,' zegt Arnold met twinkelende ogen. 'Hij is verrukt van je.'

'O, ja.' Ik bloos een beetje. 'Ach, het stelde niets voor. Ik zag gewoon een onregelmatigheid in de manier waarop ze hun financiën hadden gestructureerd.'

'Het is wel duidelijk dat je een fantastische indruk op hem hebt gemaakt.' Arnold trekt zijn borstelige wenkbrauwen op. 'Hij wil dat je voortaan al zijn deals voor hem sluit. Uitstekend, Samantha! Heel goed gedaan.'

'Eh... dank je.' Ik kijk snel naar Ketterman om te zien of hij door een wonder ook onder de indruk is, maar hij fronst nog steeds ongeduldig zijn voorhoofd.

'Ik wil dat je dit ook voor me doet.' Ketterman smijt een dossier op mijn bureau. 'Ik moet binnen achtenveertig dit bedrijf doorgelicht hebben.'

O, verdomme. Ik kijk naar de dikke map en voel de moed in mijn schoenen zinken. Dit gaat me uren kosten.

Ketterman zadelt mij altijd op met routineklussen waar hij zelf geen zin in heeft. Dat doen alle vennoten trouwens, zelfs Arnold. Vaak zeggen ze het niet eens, maar leggen ze het dossier gewoon op mijn bureau met een onleesbaar memo en dan verwachten ze dat ik het afhandel.

'Problemen?' Zijn ogen vernauwen zich.

'Natuurlijk niet,' zeg ik met kordate, komt-voor-elkaar, aankomende-vennootstem. 'Tot straks op de vergadering.'

Hij beent weg en ik kijk op mijn horloge. Acht voor halfelf. Ik heb precies acht minuten om me ervan te verzekeren dat de conceptdocumentatie voor de deal met Fallons in orde is. Ik sla het dossier open en laat mijn blik snel over de bladzijden glijden, zoekend naar fouten en lacunes. Sinds ik bij Carter Spink werk, heb ik veel sneller leren lezen.

Ik doe eigenlijk alles sneller. Ik loop sneller, praat sneller, eet sneller... vrij sneller...

Niet dat ik dat de laatste tijd vaak heb gedaan, maar een paar jaar geleden had ik verkering met een oudste vennoot van Berry Forbes. Hij heette Jacob en werkte aan gigantische internationale deals, en hij had nog minder tijd dan ik. Tegen het eind hadden we ons ritueel bijgeslepen tot een minuut of zes, wat heel goed was uitgekomen als we elkaar hadden gefactureerd (wat we natuurlijk niet deden). Hij liet mij klaarkomen, en ik hem. En dan controleerden we onze e-mail.

Wat bijna hetzelfde is als een gelijktijdig orgasme, dus niemand kan beweren dat de seks niet goed was. Ik lees de *Cosmo*, ik weet zulke dingen.

Enfin, toen kreeg Jacob een fantastisch aanbod en ging hij naar New York, en dat was dat. Ik kon er niet rouwig om zijn.

Heel eerlijk gezegd viel ik niet echt op hem.

'Samantha?' onderbreekt een stem mijn gemijmer. Het is Maggie, mijn secretaresse. Ze is pas een paar weken geleden begonnen en ik ken haar nog niet goed. 'Er is voor je gebeld toen je weg was. Door Joanne?'

'Joanne van Clifford Chance?' Ik kijk op, plotseling geboeid. 'Oké. Zeg maar dat ik de e-mail over clausule 4 heb gekregen en dat ik haar na de lunch bel...'

'Niet die Joanne,' valt Maggie me in de rede. 'Je nieuwe werkster Joanne. Ze vraagt waar je je stofzuigerzakken bewaart.'

Ik kijk haar wezenloos aan.

'Mijn wát?'

'Stofzuigerzakken,' herhaalt Maggie geduldig. 'Ze kon ze niet vinden.'

'Waarom moet de stofzuiger in een zak?' zeg ik verwonderd. 'Gaat ze ermee naar buiten?'

Maggie kijkt me aan alsof ze zich afvraagt of het een grapje was.

'De zakken die je ín de stofzuiger doet,' zegt ze omzichtig. 'Voor het stof? Heb je die?'

'O!' zeg ik snel. 'O, díé zakken. Eh...'

Ik trek een denkrimpel in mijn voorhoofd alsof het antwoord op het puntje van mijn tong ligt, terwijl ik me in werkelijkheid niet eens een voorstelling kan maken van mijn stofzuiger. Heb ik hem wel ooit gezien? Ik weet dat hij afgeleverd is, want de huismeester heeft ervoor getekend.

'Misschien heb je een Dyson,' oppert Maggie. 'Die hebben geen zakken. Heb je een steel- of een cilinderstofzuiger?' Ze kijkt me afwachtend aan.

Ik heb geen idee waar ze het over heeft, al ben ik niet van plan dat toe te geven.

'Ik regel het wel,' zeg ik zakelijk, en ik begin mijn papieren bij elkaar te rapen. 'Dank je, Maggie.'

'Ze vroeg nog iets.' Maggie kijkt in haar aantekeningen. 'Hoe moet je oven aan?'

Ik blijf even papieren verzamelen alsof ik haar niet goed heb gehoord. Natuurlijk weet ik hoe mijn eigen oven aan moet.

'Nou, je moet eh... aan de knop draaien,' zeg ik uiteindelijk zo luchtig mogelijk. 'Het wijst zich eigenlijk vanzelf...'

'Ze zei dat er een rare tijdschakelaar op zat.' Maggie fronst peinzend haar wenkbrauwen. 'Heb je een gasoven of een elektrische?'
Oké, ik denk dat ik dit gesprek nu meteen ga afsluiten.
'Maggie, ik moet bellen,' zeg ik spijtig, en ik gebaar naar de telefoon.
'Wat zal ik tegen je werkster zeggen?' Maggie geeft het niet op. 'Ze wacht op mijn antwoord.'
'Zeg maar dat ze... het vandaag wel zo kan laten. Ik regel het wel.'
Maggie loopt weg en ik pak een pen en een blocnote.

1. *Oven, hoe aanzetten?*
2. *Stofzuigerzakken kopen*

Ik leg de pen neer en masseer mijn voorhoofd. Hier heb ik echt geen tijd voor. Nou vraag ik je, stofzuigerzakken? Ik weet niet eens hoe die dingen eruitzien, verdomme, laat staan waar je ze koopt...
Opeens krijg ik een inval. Ik bestel gewoon een nieuwe stofzuiger. Die wordt vast wel compleet met voorgeïnstalleerde zak geleverd.
'Samantha.'
'Hè? Wat?' Ik schrik op en doe mijn ogen open. Guy Ashby staat bij mijn deur.
Guy is mijn allerbeste vriend binnen de firma. Hij is een meter achtentachtig en hij heeft een olijfkleurige huid en donkerbruine ogen, en meestal is hij van top tot teen de gladde, gepolijste jurist, maar vandaag is zijn zwarte haar warrig en heeft hij donkere wallen onder zijn ogen.
'Relax,' zegt Guy met een glimlach. 'Ik ben het maar. Ga je mee naar de bespreking?'
Hij heeft een verpletterende glimlach. Dat vind ik niet alleen; iedereen zag het zodra hij bij de firma kwam.
'O. Eh, ja, ik kom eraan.' Ik pak mijn papieren en vraag dan langs mijn neus weg: 'Gaat het wel, Guy? Je ziet er een beetje verwilderd uit.'
Het is uit met zijn vriendin. Ze hebben de hele nacht een bittere strijd gevoerd en toen is ze definitief weggelopen...
Nee, ze is naar Nieuw-Zeeland geëmigreerd...
'De hele nacht doorgewerkt,' zegt hij met een grimas. 'Die kloot-

zak van een Ketterman. Een beest is het.' Hij gaapt met zijn mond wijd open, zodat ik het volmaakte witte gebit kan zien dat hij heeft laten opknappen toen hij rechten studeerde aan Harvard.

Hij zegt dat het zijn keus niet was. Het schijnt dat je je bul pas krijgt als de plastisch chirurg je heeft goedgekeurd.

'Balen.' Ik grijns meelevend en schuif mijn stoel naar achteren. 'Zullen we?'

Ik ken Guy nu een jaar, sinds hij als vennoot bij de bedrijfsjuridische afdeling is gekomen. Hij is intelligent en geestig, en hij werkt op dezelfde manier als ik, en op de een of andere manier... klikt het gewoon tussen ons.

En ja, er had een soort romance tussen ons kunnen opbloeien als het anders was gegaan, maar er was een stom misverstand en...

Maar goed. Het is er niet van gekomen. De details doen er niet toe. Het is niet iets waar ik over wil blijven kniezen. We zijn vrienden, en dat vind ik ook best.

Goed dan, het ging zo.

Guy zag me op zijn eerste dag bij de firma al, zoals hij mij ook opviel, en hij had belangstelling. Hij vroeg of ik vrij was. Wat ik was.

Dit is het cruciale gedeelte: ik was vrij. Het was net uit met Jacob. Het had ideaal kunnen zijn.

Ik probeer er niet te vaak aan te denken hoe ideaal het had kunnen zijn.

Maar Nigel MacDermot, die stomme, stomme, onnadenkende, achterlijke debiel, zei tegen Guy dat ik iets had met een oudste vennoot van Berry Forbes.

Terwijl ik vrij was.

Het systeem vertoont grote mankementen, als je het mij vraagt. Het zou duidelijker moeten zijn. Mensen zouden een bezetbordje moeten hebben, net als wc's. Bezet. Vrij. Over zulke dingen zou geen twijfel mogelijk moeten zijn.

Maar goed, ik had geen bordje, of anders het verkeerde. Een paar gênante weken lang glimlachte ik vaak naar Guy, en dan keek hij weg, en toen begon hij me te ontlopen omdat hij a) mijn relatie niet kapot wilde maken, of b) geen zin had in een triootje met Jacob en mij.

Ik begreep niet wat er speelde, dus trok ik me terug. Toen hoorde ik via-via dat hij iets was begonnen met ene Charlotte die hij op een feest had leren kennen. Een paar maanden later werkten we samen aan een contract en toen raakten we bevriend, en dat is wel zo ongeveer het hele verhaal.

Ik bedoel, het geeft niet. Echt niet. Zo gaan die dingen. Soms komt het ervan... en soms niet. Het zat er gewoon niet in.

Maar diep vanbinnen, diep in mijn hart... geloof ik nog steeds dat het iets had kunnen worden.

'Zo,' zegt Guy als we door de gang naar de vergaderzaal lopen. 'Vennoot.' Hij trekt een wenkbrauw op.

'Zeg dat nou niet!' fluister ik vol afgrijzen. Zoiets brengt ongeluk.

'Kom op, zeg. Je weet dat je het voor elkaar hebt.'

'Ik weet niets.'

'Samantha, je was de intelligentste jurist van je jaar. En je werkt het hardst van iedereen. Hoe hoog is je IQ ook alweer, zeshonderd?'

'Hou op.' Ik kijk naar de lichtblauwe vloerbedekking en Guy schiet in de lach.

'Hoeveel is honderdvierentwintig keer vijfenzeventig?'

'Negenduizend driehonderd,' zeg ik onwillig.

Dat is het enige van Guy waar ik me aan erger. Al sinds ik een jaar of tien was, kan ik uit mijn hoofd moeilijke sommen maken. God mag weten waarom, ik kan het gewoon. En verder zegt iedereen 'goh, leuk' en vergeet het dan weer.

Alleen Guy blijft me maar sommen voeren alsof ik een kermisartiest ben. Ik weet dat hij het grappig vindt, maar het begint me een beetje de keel uit te hangen.

Ik heb hem een keer expres een verkeerd antwoord gegeven, maar toen bleek dat hij het echt moest hebben. Hij zette het in een contract en daardoor liep de deal toen bijna spaak. Dat doe ik dus maar niet meer.

'Heb je al in de spiegel gerepeteerd voor de website van de firma?' Guy neemt een pose aan met zijn vinger peinzend tegen zijn kin. 'Meester Samantha Sweeting, vennoot.'

'Ik heb er nog niet eens over nagedacht,' zeg ik, en wend de blik hooghartig hemelwaarts.

Het is een leugentje. Ik weet al hoe ik mijn haar voor de foto wil doen. En welk zwart mantelpak ik wil aantrekken. En deze keer wil ik glimlachen. Ik sta veel te ernstig op de foto op mijn webpagina van Carter Spink.

'Ik heb gehoord dat ze wild waren van je presentatie,' zegt Guy iets ernstiger.

Mijn hooghartigheid smelt als sneeuw voor de zon. 'Echt?' zeg ik zo onverschillig mogelijk. 'Heb je dat gehoord?'

'En je hebt William Griffiths op een juridisch punt gecorrigeerd waar iedereen bij zat?' Guy slaat zijn armen over elkaar en kijkt me plagerig aan. 'Maak jij ooit weleens een fout, Samantha Sweeting?'

'O, genoeg,' zeg ik luchtig. 'Neem dat maar van me aan.'

Zoals dat ik je niet heb gepakt en gezegd dat ik nog vrij was, die eerste keer dat we elkaar zagen.

'Een fout is pas een fout...' zegt Guy, en hij zwijgt even voor het effect, 'als er niets meer aan te doen is.' Terwijl hij het zegt, lijken zijn ogen zich dieper in de mijne te boren.

Of moet hij ze gewoon een beetje dichtknijpen omdat hij de hele nacht niet heeft geslapen? Ik heb de tekenen nooit goed kunnen lezen.

Had ik dat maar gestudeerd in plaats van rechten. Daar had ik veel meer aan gehad. Doctorandus (cum laude) in het Weten Wanneer Mannen Op je Vallen en Wanneer Ze Gewoon Aardig Doen.

'Klaar?' zegt Ketterman met een stem als een zweepslag achter ons. We maken allebei een sprongetje van schrik. Ik kijk om en zie een hele slagorde mannen in gedekte pakken en een paar vrouwen in nog gedektere pakken.

'Zeker.' Guy knikt naar Ketterman, draait zich naar me om en geeft me een knipoog.

Of zal ik me gewoon opgeven voor een cursus telepathie?

3

Negen uur later zitten we allemaal nog steeds in bespreking.
De immense mahoniehouten tafel is bezaaid met kopieën van conceptcontracten, financiële verslagen, notitieblokken vol krabbels, piepschuim koffiebekers en gele plakkers. Op de vloer liggen links en rechts verpakkingen van afgehaalde lunches. Een secretaresse deelt nieuwe kopieën van de conceptovereenkomst uit. Twee juristen van de tegenpartij zijn van de tafel opgestaan en roezemoezen gespannen in de achterkamer. Elke vergaderzaal heeft er een: een zijkamertje waar je naartoe kunt gaan om onderonsjes te houden, of als je zin krijgt om iets kapot te gooien.

Het was heel heftig, maar dat is nu voorbij. Alsof het even eb is. Ik zie rode koppen om de tafel en de gemoederen zijn nog verhit, maar er wordt niet meer geschreeuwd. De cliënten zijn vertrokken. Ze zijn rond vier uur tot een vergelijk gekomen, hebben handen geschud en zijn in hun glimmende limousines weggezoefd.

Nu is het aan ons, de juristen, om uit te knobbelen wat ze hebben gezegd en wat ze eigenlijk bedoelden (als je denkt dat dat hetzelfde is, kun je beter ophouden met je rechtenstudie), en dat allemaal in een conceptcontract te zetten voor de vergadering van morgen.

Wanneer ze het waarschijnlijk weer op een schreeuwen gaan zetten.

Ik wrijf over mijn droge gezicht, neem een slok cappuccino en merk dan pas dat ik de verkeerde kop heb gepakt, die ijskoude van vier uur geleden. Jasses. Jásses. En ik kan het niet bepaald over de tafel uitspugen.

Ik slik de walgelijke mondvol met een grimas door. Het tl-licht flikkert in mijn ogen en ik voel me leeg. Mijn rol in al die megadeals heeft betrekking op de financiële kant; ik heb dus over de leenovereenkomst tussen onze cliënt en de PGNI-bank onderhandeld. Ik heb de boel gered toen er plotseling een zwart gat vol schulden bij een dochtermaatschappij opdook. En ik was degene die vanmiddag een uur of drie heeft gediscussieerd over één stom formulerinkje in clausule 29(d).

De formulering was 'naar beste kunnen'. De tegenpartij wilde er 'naar redelijk vermogen' van maken. Wij hebben gewonnen, maar ik voel geen triomf, zoals anders. Ik weet alleen dat het elf voor half-acht is en dat ik word geacht over elf minuten aan de andere kant van de stad aan tafel aan te schuiven bij mijn moeder en mijn broer Daniel.

Ik zal moeten afbellen. Mijn eigen verjaardagsdiner.

Terwijl ik het denk, hoor ik de verontwaardigde stem van Freya, mijn oudste schoolvriendin, al in mijn hoofd schetteren.

Ze kunnen je op je verjaardag niet op je werk houden!

Ik heb haar vorige week ook afgebeld, toen we naar een comedy-club zouden gaan. Het contract zou de volgende ochtend getekend worden en ik had geen keus.

Wat zij niet begrijpt, is dat de deadline voor gaat, einde verhaal. Eerdere afspraken tellen niet, verjaardagen tellen niet. Er worden wekelijks vakanties geannuleerd. Tegenover me aan de tafel zit Clive Sutherland van de juridische afdeling. Zijn vrouw is vanochtend bevallen van een tweeling en hij zat voor de lunch weer aan de vergadertafel.

'Goed, mensen.' De stem van Ketterman eist onmiddellijk de aandacht op.

Ketterman is de enige hier die niet rood is, er niet moe en zelfs niet mat uitziet. Hij ziet er nog net zo robotachtig uit als altijd; nog net zo gepolijst als vanochtend. Als hij kwaad wordt, raakt er geen haartje van zijn plaats. Hij straalt alleen een geluidloze, staalharde woede uit.

'We zullen moeten schorsen.'

Wat? Mijn hoofd schiet omhoog.

Er gaan meer hoofden omhoog; ik voel de hoop rond de tafel. We zijn net scholieren die een onderbreking in het wiskundeproefwerk aanvoelen, maar geen beweging durven te maken uit angst te moeten nablijven.

'Tot we de documentatie van Fallons hebben, kunnen we niet verder. Ik zie jullie hier allemaal morgenochtend om negen uur weer.'
Hij schrijdt weg, en als de deur zich achter hem sluit, zucht ik. Blijkbaar had ik mijn adem ingehouden.
Clive Sutherland is al naar de deur gestormd. Overal in de zaal zitten mensen al met hun mobieltje aan hun oor het eten of de film te bespreken en afgezegde afspraken opnieuw te maken. De sfeer is gelijk een stuk beter. Ik heb opeens zin om 'joepie!' te roepen.
Maar dat zou niet vennootachtig zijn.
Ik raap mijn papieren bij elkaar, prop ze in mijn koffertje en schuif mijn stoel achteruit.
'Samantha, dat was ik vergeten.' Guy loopt naar me toe. 'Ik heb iets voor je.'
Ik voel een belachelijke vreugde opwellen als hij me het sobere witte pakje geeft. Een verjaardagscadeautje. Hij is de enige binnen de hele firma die aan mijn verjaardag heeft gedacht. Stralend tegen wil en dank maak ik de stevige envelop open.
'Guy, dat had je nou niet moeten doen!'
'Kleine moeite,' zegt hij, duidelijk trots op zichzelf.
'Maar toch!' Ik lach. 'Ik dacht dat je...'
Ik zwijg plotseling als ik de dvd in het gelamineerde hoesje zie. Het is een samenvatting van de presentatie van de Europese Partners die we laatst hebben bijgewoond. Ik had me laten ontvallen dat ik hem graag wilde hebben.
Ik draai de dvd in mijn handen om en kijk pas op als ik zeker weet dat mijn glimlach weer helemaal intact op mijn gezicht zit. Natuurlijk heeft hij niet aan mijn verjaardag gedacht. Waarom zou hij? Hij heeft de datum waarschijnlijk nooit geweten.
'Wat... fantastisch,' zeg ik ten slotte. 'Dank je wel!'
'Al goed.' Hij pakt zijn tas. 'Fijne avond. Heb je plannen?'
Ik kan niet tegen hem zeggen dat ik jarig ben. Dan denkt hij... Dan snapt hij...
'Gewoon... iets met de familie.' Ik glimlach. 'Tot morgen.'

Enfin. Waar het om gaat, is dat ik weg ben gekomen. Ik kan toch nog naar het etentje. En ik hoef niet eens al te laat aan te komen!
Terwijl mijn taxi door het verkeer van Cheapside kruipt, vis ik

snel mijn nieuwe make-uptasje uit mijn tas. Toen het laatst tot me doordrong dat ik nog steeds dezelfde grijze eyeliner en mascara gebruikte die ik zes jaar geleden voor mijn buluitreiking had gekocht, ben ik in de lunchpauze even bij Selfridges binnengewipt. Ik had geen tijd voor een demonstratie, maar ik heb het meisje achter de toonbank gevraagd of ze me snel alles wilde verkopen wat haar nodig leek.

Ik heb niet goed naar haar uitleg bij elk artikel geluisterd omdat ik met Elldridge over het Oekraïense contract belde, maar wat ik nog wel weet, is dat ze erop stond dat ik iets gebruikte wat 'Bronzer Powder' heette. Ze zei dat het me een kleurtje zou geven en dat ik er dan niet meer zo verschrikkelijk...

Toen hield ze zich in. 'Bleek,' zei ze uiteindelijk. 'U ziet gewoon een beetje... bleek.'

Ik pak de poederdoos en de enorme kwast en bestuif mijn wangen en voorhoofd met het poeder. Dan kijk in het spiegeltje en onderdruk een lach. Mijn gezicht in de spiegel kijkt me aan, krankzinnig glimmend en goudkleurig. Ik zie er belachelijk uit.

Ik bedoel, wie wil ik voor de gek houden? Een jurist uit de City die al twee jaar niet meer met vakantie is geweest, heeft geen kleurtje. Zelfs geen zweem. Ik kan net zo goed vlechten met kralen in mijn haar laten zetten en beweren dat ik zó van Barbados kom.

Ik kijk nog even naar mezelf, pak dan een reinigingsdoekje en veeg het poeder weg tot mijn gezicht weer grauwachtig bleek is. Zoals gewoonlijk. Het make-upmeisje bleef ook maar doorgaan over de donkere kringen onder mijn ogen.

Maar weet je, als ik geen kringen onder mijn ogen had, zou ik waarschijnlijk ontslagen worden.

Ik heb een zwart mantelpak aan, zoals altijd. Toen ik vijfentwintig werd, heb ik er vijf van mijn moeder gekregen, en het is een gewoontedracht geworden. Het enige kleurige aan me is mijn tas, die rood is. Ook van mijn moeder gekregen, twee jaar geleden.

Althans: ze had me een zwarte tas gegeven, maar om de een of andere reden, misschien omdat de zon scheen, of omdat ik net een fantastische deal had afgesloten, ik weet het niet meer, kreeg ik een geniale inval en heb ik hem voor een rode geruild. Ik geloof niet dat ze het me ooit heeft vergeven.

Ik maak mijn haar los uit het elastiekje, kam het snel door en draai het weer op zijn plaats. Mijn haar is nooit echt mijn trots en vreugde geweest. Het is muizig van kleur, halflang, met een beetje slag. Dat was het tenminste toen ik het voor het laatst zag. Het zit meestal opgedraaid in een knoedel.

'Leuke avond voor de boeg?' vraagt de taxichauffeur, die via zijn spiegel naar me kijkt.

'Toevallig is het mijn verjaardag.'

'Gefeliciteerd!' Hij straalt via de spiegel naar me. 'Dus je gaat feesten. De bloemetjes buiten zetten.'

'Eh... zoiets.'

Mijn familie is niet zo in voor ruige feesten, maar het is toch leuk om elkaar weer eens te zien en bij te praten. Zo vaak komt dat niet voor.

Niet dat we elkaar niet willen zien, maar we hebben het allemaal zo druk met ons werk. Mijn moeder is advocaat. Een bekende, zelfs. Tien jaar geleden heeft ze haar eigen kantoor geopend en vorig jaar heeft ze een onderscheiding van Vrouw en Recht gekregen. En mijn broer Daniel van zesendertig is hoofd Investeringen bij Whittons. Hij is vorig jaar genoemd als een van de grootste dealmakers van de City.

Dan is mijn broer Peter er ook nog, maar die heeft een soort zenuwinzinking gekregen, zoals ik al zei. Hij woont tegenwoordig in Frankrijk, geeft Engelse les op een school daar en heeft niet eens een antwoordapparaat. En mijn vader, natuurlijk, die met zijn derde vrouw in Zuid-Afrika woont. Ik heb hem na mijn derde niet zo vaak meer gezien, maar dat geeft niet. Mijn moeder heeft genoeg energie voor twee ouders.

We scheuren over de Strand en ik kijk op mijn horloge. Twaalf over halfacht. Ik begin me op de avond te verheugen. Wanneer heb ik mam eigenlijk voor het laatst gezien? Dat moet... met Kerstmis geweest zijn. Een halfjaar geleden.

We stoppen voor het restaurant en ik betaal de chauffeur en geef hem een dikke fooi.

'Fijne avond, pop!' zegt hij. 'En nog gefeliciteerd met je verjaardag!'

'Dank u wel!'

Ik haast me het restaurant in en kijk naar mam en Daniel uit, maar ik zie geen van beiden.

'Hallo!' zeg ik tegen de gerant. 'Ik heb een afspraak met mevrouw Tennyson.'

Dat is mam. Ze keurt het af dat vrouwen de naam van hun echtgenoot aannemen. Ze heeft ook niets op met vrouwen die thuis blijven, koken, schoonmaken of leren typen, en ze vindt dat alle vrouwen meer zouden moeten verdienen dan hun man omdat ze van nature slimmer zijn.

De gerant brengt me naar een lege tafel in de hoek en ik schuif op het suède bankje.

'Hallo!' zeg ik met een glimlach tegen de naderende ober. 'Ik wil graag een buck's fizz, een gin-lime en een martini, alstublieft, maar wilt u ze pas brengen als de andere gasten er zijn?'

Mam drinkt altijd gin-lime. Ik heb geen idee wat Daniel tegenwoordig drinkt, maar tegen een martini zal hij geen nee zeggen.

De ober knikt en verdwijnt, en ik schud mijn servet uit en kijk naar de andere gasten. Maxim's is best wel een cool restaurant, een en al wengé vloeren, stalen tafels en sfeerverlichting. Het is heel geliefd onder juristen, en mam heeft er zelfs een lopende rekening. Ik zie twee vennoten van Linklaters aan een tafel verderop en een van de vermaardste smaadadvocaten van Londen aan de bar. Het geluid van kletsende mensen, knallende kurken en vorken op overmaatse borden is als het immense bulderen van de zee, met zo af en toe een vloedgolf van gelach die de aandacht trekt.

Als ik naar de kaart kijk, voel ik me opeens uitgehongerd. Ik heb al een week geen fatsoenlijke maaltijd meer gehad, en het lijkt allemaal even lekker. Geglaceerde paté de foie gras. Lam op gekruide hummus. En op het bord met specialiteiten staat een chocolade-pepermuntsoufflé met twee zelfgemaakte sorbets. Ik hoop maar dat mam tot het dessert kan blijven. Ze heeft er een handje van te komen eten en dan halverwege het hoofdgerecht weg te zoeven. Ik heb haar vaak genoeg horen zeggen dat iedereen genoeg heeft aan een half diner. Het probleem is dat ze niet echt in eten geïnteresseerd is. En niet in mensen die minder intelligent zijn dan zij, waardoor de meeste mensen afvallen.

Maar Daniel blijft wel. Als mijn broer eenmaal aan een fles wijn begonnen is, voelt hij zich verplicht hem leeg te drinken.

'Mevrouw Sweeting?' Ik kijk op en zie de gerant met een mobiele telefoon naar me toe komen. 'Ik heb een boodschap voor u. Uw moeder is op kantoor opgehouden.'

'O.' Ik probeer mijn teleurstelling te verbergen, en ik mag ook niet klagen. Ik heb het haar ook vaak genoeg geflikt. 'Dus... Hoe laat komt ze dan?'

De gerant kijkt me even zwijgend aan. Ik geloof dat ik medelijden op zijn gezicht zie.

'Ik heb haar hier aan de lijn. Haar secretaresse verbindt u door... Hallo?' zegt hij in de telefoon. 'Hier komt de dochter van mevrouw Tennyson.'

'Samantha?' klinkt een afgemeten, zorgvuldig articulerende stem in mijn oor. 'Schat, ik vrees dat ik het niet red vanavond.'

'Helemáál niet?' Mijn glimlach verslapt. 'Zelfs niet... om iets te drinken?'

Ze houdt kantoor aan Lincoln's Inn Fields, slechts vijf minuten hiervandaan.

'Het is veel te druk. Ik ben met een grote zaak bezig en morgen moet ik naar de rechtbank... Nee, dat andere dossier,' zegt ze tegen iemand op kantoor. 'Dat kan gebeuren,' vervolgt ze tegen mij. 'Maar maak er een leuke avond van met Daniel. O, en gefeliciteerd. Ik heb je driehonderd pond overgemaakt.'

'O, goh,' zeg ik bedremmeld. 'Dank je wel.'

'Weet je al of je vennoot wordt?'

'Nog niet.' Ik hoor haar met haar pen tegen de telefoon tikken.

'Hoeveel uur heb je deze maand gedeclareerd?'

'Eh... zo tegen de tweehonderd, denk ik...'

'Is dat wel genoeg? Samantha, je wilt niet gepasseerd worden. Straks streeft een jongere jurist je voorbij. Iemand in jouw positie kan gemakkelijk inslapen.'

'Tweehonderd is best veel,' probeer ik uit te leggen. 'In vergelijking met de anderen...'

'Je moet béter zijn dan de anderen!' snerpt ze door mijn stem heen, alsof ze in de rechtszaal staat. 'Je kunt het je niet veroorloven tot minder dan uitstekende prestaties af te glijden. Dit is een cruciale periode... Niet dát dossier!' vervolgt ze ongeduldig tegen wie het ook maar is. 'Wacht even, Samantha...'

'Samantha?'

Ik kijk verbaasd op van de telefoon en zie een meisje in een lichtblauw mantelpak naar mijn tafel lopen. Ze heeft een mand met een strik eromheen bij zich en glimlacht breed.

'Ik ben Lorraine, Daniels assistente,' zegt ze met een zangerige stem die ik opeens herken. 'Hij kan vanavond niet komen, vrees ik, maar ik heb een aardigheidje voor je en ik heb hem hier aan de telefoon...'

Ze reikt me een mobieltje met een verlicht scherm aan. Ik neem het verbijsterd aan en druk het tegen mijn andere oor.

'Ha, Samantha,' zegt Daniels zakelijke, lijzige stem. 'Hoor eens, lieverd, we zijn met een megadeal bezig. Ik kan hier niet weg.'

Ik word overmand door teleurstelling. Komen ze geen van beiden?

'Het spijt me echt, schat,' zegt Daniel. 'Zo gaan die dingen. Maar maak er een leuke avond van met mam, hè?'

Ik slik een paar keer. Ik kan niet toegeven dat zij me ook heeft laten stikken. Ik kan niet toegeven dat ik hier in mijn eentje zit.

'Oké!' Op de een of andere manier kan ik het opgewekt zeggen. 'Doen we!'

'Ik heb wat geld naar je overgemaakt. Koop maar iets leuks voor jezelf. En ik heb Lorraine bonbons voor je meegegeven,' zegt hij trots. 'Zelf uitgezocht.'

Ik kijk in de mand die Lorraine me voorhoudt. Het zijn geen bonbons, maar zeepjes.

'Heel lief van je, Daniel,' pers ik eruit. 'Dank je wel.'

'*Happy birthday to you...*' klinkt het opeens achter me. Ik kijk om en zie een ober met een cocktailglas met een brandend sterretje erin. Op het stalen dienblad staat '*Lang leve Samantha*' in karamelletters, en er ligt een door de chef-kok gesigneerd miniatuurmenu naast. Achter de eerste ober lopen er nog drie te zingen.

Lorraine valt onhandig in. '*Happy birthday to you...*'

De ober zet het blad voor me neer, maar ik heb mijn handen vol aan de telefoons.

'Geef maar,' zegt Lorraine, en ze neemt Daniels toestel van me over. Ze brengt het naar haar oor en kijkt me stralend aan. 'Hij zingt ook!' zegt ze, en ze wijst bemoedigend naar het toestel.

'Samantha?' zegt mijn moeder in mijn oor. 'Ben je er nog?'

'Ja, ik zat even... Ze zingen "Happy Birthday" voor me...'

Ik leg de telefoon op tafel. Lorraine denkt even na en legt de andere telefoon dan voorzichtig aan mijn andere kant.
Dit is mijn verjaardagsfeestje met mijn familie.
Twee mobiele telefoons.
Ik zie mensen naar het zingen kijken. Als ze zien dat ik in mijn eentje zit, verflauwt hun glimlach. Ik zie het medelijden op de gezichten van de obers. Ik probeer mijn hoofd hoog te houden, maar mijn wangen gloeien van verlegenheid.
Dan duikt de ober bij wie ik drankjes heb besteld plotseling weer op. Hij heeft een blad met drie glazen bij zich en kijkt enigszins verbaasd naar de lege tafel.
'Voor wie was de martini?'
'Die was voor mijn broer bedoeld...'
'De Nokia,' zegt Lorraine gedienstig, en ze wijst naar het toestel.
Er gebeurt even niets, en dan zet de ober met een neutraal, beroepsmatig gezicht het glas op een viltje bij de telefoon.
Ik wil lachen, maar het prikt achter mijn ogen en ik weet niet of ik het kan. De ober zet de andere glazen neer, knikt naar me en trekt zich terug. Er valt een onbehaaglijke stilte.
'Maar goed...' Lorraine pakt Daniels mobieltje en stopt het in haar tas. 'Gefeliciteerd, en fijne avond!'
Ze klik-klakt het restaurant uit. Ik pak het andere toestel om afscheid te nemen, maar mam heeft al opgehangen. De zingende obers zijn verdwenen. Alleen ik en de mand met zeepjes zijn nog over.
'Wilt u bestellen?' De gerant is weer bij mijn stoel verschenen. 'Ik kan u de risotto aanbevelen,' zegt hij vriendelijk. 'Een lekkere salade, misschien? En een glas wijn?'
'Eigenlijk...' Ik dwing mezelf te glimlachen. 'Brengt u de rekening maar, alstublieft.'

Het doet er niet toe.
In feite hadden we nooit alle drie naar het etentje kunnen komen. Het was een fantasie. We hadden het niet eens moeten proberen. We hebben het allemaal druk, we werken allemaal aan onze carrière, zo zit onze familie gewoon in elkaar.
Ik loop het restaurant uit, zie een taxi aankomen en steek snel mijn hand op. Het achterportier gaat open en er komt een aftandse teen-

slipper met kralen tevoorschijn, gevolgd door een afgeknipte spijkerbroek, een geborduurde kaftan, blond, warrig haar dat me bekend voorkomt...

'Wacht hier,' beveelt ze de taxichauffeur. 'Ik ben binnen vijf minuten terug.'

'Fréya?' zeg ik ongelovig. Ze draait zich om en zet grote ogen op.

'Samantha! Wat doe jij hier op de stoep?'

'Wat doe jíj hier?' pareer ik. 'Ik dacht dat je naar India ging.'

'Ik ben op weg! Ik heb met Lord op het vliegveld afgesproken om...' Ze kijkt op haar horloge. 'Tien minuten na nu.'

Ze trekt een schuldbewust gezicht en ik moet wel in de lach schieten. Ik ken Freya al sinds we allebei zeven waren en allebei voor het eerst naar kostschool gingen. Op de eerste avond vertelde ze me dat haar ouders circusartiesten waren en dat ze op een olifant kon rijden en koorddansen. Ik geloofde haar en luisterde naar haar verhalen over haar exotische circusbestaan tot haar ouders haar voor de kerstvakantie kwamen ophalen. Het bleken accountants van Staines te zijn. Zelfs toen hield ze schaamteloos vol dat het circusartiesten waren gewéést.

Ze heeft knalblauwe ogen en een sproetige huid die altijd bruin is van haar reizen. Haar neus vervelt nu een beetje en ze heeft een nieuw ringetje helemaal boven in haar oor. Ze heeft de witste, scheefste tanden die ik ooit heb gezien, en wanneer ze lacht, trekt haar bovenlip aan een kant op.

'Ik wilde ongevraagd op je verjaardagsdiner komen.' Freya's blik glijdt achterdochtig naar het restaurant. 'Maar ik dacht dat ik te laat was. Wat is er gebeurd?'

'Tja...' zeg ik aarzelend. 'Weet je... Mam en Daniel...'

'Zijn eerder weggegaan?' Freya kijkt me onderzoekend aan en ik zie afgrijzen op haar gezicht. 'Zijn ze niet komen opdagen? Jezus Christus, wat een eikels. Hadden ze jou niet één keer voorrang kunnen geven boven hun kloterige...' Ze breekt ademloos haar zin af. 'Sorry, ik weet het. Het is je familie. Of wat dan ook.'

Freya en mam kunnen niet echt goed met elkaar opschieten.

'Het geeft niet,' zeg ik met een spijtig schouderophalen. 'Echt niet. Ik moet toch nog bergen werk afmaken.'

'Wérk?' Ze kijkt me met grote ogen aan. 'Nu nog? Dat meen je toch niet? Houdt het dan nooit op?'

'Het is even heel druk,' zeg ik afwerend. 'Het is maar een fase.'
'Het is altijd maar een fase! Het is altijd crisis! Elk jaar stel je alle leuke dingen uit...'
'Dat is niet waar.'
'Elk jaar zeg je tegen me dat het gauw beter wordt, maar dat wordt het nooit!' Haar ogen gloeien van bezorgdheid. 'Samantha, wat is er met je leven gebeurd?'
Ik beantwoord haar blik. Achter me op straat razen auto's voorbij. Ik weet niet goed wat ik moet zeggen. Eerlijk gezegd weet ik niet meer hoe mijn leven vroeger was.
'Ik wil vennoot van Carter Spink worden,' zeg ik uiteindelijk. 'Dat wil ik. Je moet offers brengen.'
'En als je eenmaal vennoot bent?' dramt ze door. 'Wordt het dan beter?'
Ik haal ontwijkend mijn schouders op. Ik heb er nog niet over nagedacht hoe het dan zal worden. Het is als een droom. Een glanzende bol in de lucht.
'Je bent negenentwintig, verdomme!' Freya gebaart met een knokige, zilver beringde hand. 'Je zou toch zo nu en dan iets spontaans moeten kunnen doen. Je zou de wereld moeten zien!' Ze pakt mijn arm. 'Samantha, ga mee naar India. Nu!'
'Wat?' Ik lach geschrokken. 'Ik kan niet mee naar India!'
'Neem een maand vrij. Waarom niet? Ze zullen je heus niet ontslaan. Ga mee naar het vliegveld, we kopen een ticket voor je...'
'Freya, je bent niet goed wijs. Echt.' Ik geef een kneepje in haar arm. 'Ik ben gek op je, maar je bent niet goed wijs.'
Freya's greep op mijn arm verslapt langzaam. 'Insgelijks,' zegt ze. 'Jij bent ook gek, maar ik hou van je.'
Haar mobieltje gaat, maar in plaats van op te nemen rommelt ze in haar geborduurde tas. Uiteindelijk diept ze er een klein zilveren parfumflesje met veel graveerwerk uit op, lukraak verpakt in een lapje paarse geruwde zijde.
'Hier.' Ze stopt het in mijn hand.
'Freya,' zeg ik, en ik laat het flesje door mijn vingers glijden, 'ongelooflijk.'
'Ik dacht wel dat je het mooi zou vinden.' Ze pakt haar mobieltje uit haar zak. 'Hallo,' zegt ze ongeduldig. 'Hoor eens, Lord, ik kom eraan, oké?'

Freya's man heet voluit lord Andrew Edgerly. Freya begon hem voor de grap 'Lord' te noemen, en die bijnaam heeft hij gehouden. Ze hebben elkaar vijf jaar geleden in een kibboets leren kennen en ze zijn in Las Vegas getrouwd. Officieel is ze dus lady Edgerly, maar dat idee kan niemand bevatten, de Edgerly's nog het minst.

'Bedankt dat je bent gekomen. Bedankt voor het cadeau.' Ik omhels haar. 'Ik hoop dat je een ongelooflijk fijne tijd hebt in India.'

'Dat komt wel goed.' Freya stapt weer in haar taxi. 'En als je ook wilt komen, geef je maar een gil. Verzin een noodgeval in de familie... wat dan ook. Geef mijn nummer maar. Ik dek je, wat je smoes ook is.'

'Ga nou maar,' zeg ik lachend, en ik geef haar een duwtje. 'Ga maar naar India.'

Het portier klapt dicht en ze steekt haar hoofd door het raam.

'Sam... veel succes morgen.' Ze pakt mijn hand en kijkt me aan, plotseling ernstig. 'Als dat echt is wat je wilt, hoop ik dat je het krijgt.'

'Ik wil het meer dan wat ook.' Ik kijk mijn oudste vriendin aan en al mijn geveinsde onverschilligheid verdwijnt. 'Freya... ik kan je niet zeggen hoe graag ik het wil.'

'Je krijgt het. Ik voel het.' Ze drukt een zoen op mijn hand en wuift naar me. 'En niet teruggaan naar kantoor! Beloof je het?' roept ze bijna onverstaanbaar terwijl haar taxi het verkeer in buldert.

'Oké! Beloofd!' roep ik terug. Ik wacht tot ze weg is en steek mijn hand op om een taxi aan te houden.

'Carter Spink, alstublieft,' zeg ik tegen de chauffeur.

Het was een leugentje om bestwil. Natuurlijk ga ik terug naar kantoor.

Als ik om elf uur afgepeigerd en hersendood thuiskom, heb ik nog maar ongeveer de helft van Kettermans dossier doorgewerkt. Kloterige Ketterman, denk ik terwijl ik de toegangsdeur openduw van het in appartementen opgesplitste herenhuis uit de jaren dertig waarin ik woon. Kloterige Ketterman. Kloterige... kloterige...

'Goedenavond, Samantha.'

Ik schrik me kapot. Het is Ketterman. Daar staat hij, bij de liften, met een uitpuilende aktetas. Ik ben heel even verlamd van ontzetting. Wat doet hij hier?

Ben ik krankzinnig geworden en heb ik wanen van oudste vennoten?

'Ik had al gehoord dat je hier woonde.' Zijn ogen glinsteren achter zijn bril. 'Ik heb nummer 32 als pied-à-terre gekocht. We worden buren doordeweeks.'

Nee. Zeg alsjeblieft dat het niet waar is. Wóónt hij hier?

'Eh... welkom in het blok!' zeg ik, uit alle macht proberend het te laten klinken alsof ik het meen. De liftdeuren gaan open en we stappen allebei in.

Nummer 32. Dat betekent dat hij maar twee verdiepingen boven me zit.

Het voelt alsof de bovenmeester bij me is ingetrokken. Hoe kan ik me ooit nog op mijn gemak voelen? Waarom moest hij nu juist dít huis kiezen?

We gaan zwijgend omhoog en ik ga me steeds onbehaaglijker voelen. Moet ik een babbeltje maken? Een luchtig burenpraatje houden?

'Ik ben vrij ver gekomen met dat dossier dat u me had gegeven,' zeg ik uiteindelijk.

'Mooi,' zegt hij kortaf, en hij knikt.

Dat was het praatje. Ik moet gewoon ter zake komen.

Word ik morgen in de vennootschap opgenomen?

'Zo... tot ziens,' zeg ik schutterig als de lift op mijn verdieping stopt.

'Tot morgen, Samantha.'

De liftdeuren gaan dicht en ik slaak een geluidloze kreet. Ik kan niet in hetzelfde complex wonen als Ketterman. Ik zal moeten verhuizen.

Net als ik de sleutel in het slot van mijn voordeur wil steken, gaat de deur van het appartement aan de andere kant van de gang een klein stukje open.

'Samantha?'

Ik besterf het. Alsof ik mijn portie nog niet heb gehad vanavond. Het is mevrouw Farley, mijn buurvrouw. Ze heeft zilvergrijs haar, drie schoothondjes en een onverzadigbare belangstelling voor mijn leven, maar ze is heel aardig en neemt pakjes voor me aan, dus laat ik haar meestal naar hartelust in mijn leven neuzen en wroeten.

'Er is weer iets voor je afgegeven, kind,' zegt ze. 'Van de stomerij deze keer. Ik zal het even voor je pakken.'

'Graag,' zeg ik dankbaar, en ik zwaai mijn voordeur open. Er ligt een stapeltje reclamefolders op de mat en ik veeg ze opzij, op de grotere stapel die tegen de wand van mijn gang groeit. Ik wil ze naar het oud papier brengen zodra ik tijd heb. Het staat op mijn lijst.

'Wat ben je weer laat.' Mevrouw Farley staat naast me met een lading in plastic verpakte blouses. 'Wat hebben jullie meisjes het toch druk!' Ze klakt met haar tong. 'Je bent de hele week nog niet voor elven thuisgekomen!'

Dat bedoel ik nou met een onverzadigbare belangstelling. Waarschijnlijk houdt ze het allemaal in een boekje bij.

'Dank u wel.' Ik wil mijn gestoomde kleren aannemen, maar tot mijn ontzetting wringt mevrouw Farley zich langs me heen de gang in met de uitroep: 'Ik breng het wel voor je binnen!'

'Eh... let maar niet op de, eh, de rommel,' zeg ik terwijl ze zich langs de tegen de muur leunende ingelijste affiches op de vloer wurmt. 'Ik moet ze nog steeds ophangen... en die dozen wegdoen...'

Ik loods haar haastig naar de keuken, weg van de stapel menu's van afhaalrestaurants op de gangtafel. Daar krijg ik spijt van. Op het aanrecht ligt een berg oude blikjes en dozen met een briefje van mijn nieuwe werkster ernaast, helemaal in hoofdletters:

BESTE SAMANTHA,
1. AL JE ETEN IS OVER DE DATUM HEEN. WEGGOOIEN?
2. HEB JE SCHOONMAAKMIDDELEN IN HUIS, BLEEK BIJVOORBEELD? KON NIETS VINDEN.
3. SPAAR JE OM DE EEN OF ANDERE REDEN BAKJES VAN DE CHINEES? HEB ZE VOOR DE ZEKERHEID NIET WEGGEGOOID.
JE WERKSTER JOANNE

Ik zie dat mevrouw Farley het briefje leest. Ik kan het *tsk-tsk* in haar hoofd bijna hóren. Vorige maand heeft ze me nog een preek gegeven over dat ik een snelkookpan moest nemen, want daar kun je gewoon 's ochtends je kip en groenten in stoppen, en een wortel is zo geschraapt, nietwaar?

Ik zou het echt niet weten.

'Nou... dank u wel.' Ik neem snel de gestoomde kleren van me-

vrouw Farley over, drapeer ze over het fornuis en drijf haar naar de voordeur, me bewust van haar nieuwsgierig heen en weer schietende ogen. 'Heel vriendelijk van u.'
'Het is geen moeite.' Ze kijkt me vermanend aan. 'Ik wil me nergens mee bemoeien, kindje, maar weet je, je zou je katoenen blouses ook heel goed thuis kunnen wassen en al dat geld besparen.'
Ik kijk haar wezenloos aan. Als ik dat deed, zou ik ze ook moeten drogen. En strijken.
'En het viel me toevállig op dat er een knoop van een van de blouses was,' vervolgt ze. 'Die roze-met-wit gestreepte.'
'O, die,' zeg ik. 'Nou, dat geeft niet. Ik stuur hem wel terug. Ze zetten hem er gratis weer aan.'
'Kind, je kunt toch wel zelf een knoop aanzetten?' zegt mevrouw Farley onthutst. 'Dat is zó gepiept. Je hebt toch wel een reserveknoop in je naaidoos?'
Mijn wát?
'Ik heb geen naaidoos,' zeg ik zo beleefd mogelijk. 'Ik naai eigenlijk nooit.'
'Maar je kunt toch zeker wel een simpele knoop aanzetten?' roept ze uit.
'Nee,' zeg ik, een beetje geërgerd door haar verbijsterde gezicht. 'Maar het is geen probleem. Ik stuur hem terug naar de stomerij.'
Mevrouw Farley kijkt me ontzet aan. 'Kun je echt geen knoop aanzetten? Heeft je moeder je dat nooit geleerd?'
Ik stel me voor dat mijn moeder een knoop aanzet en onderdruk een lach. 'Eh, nee. Dat heeft ze me niet geleerd.'
'In mijn tijd,' zegt mevrouw Farley hoofdschuddend, 'leerden alle goedopgeleide meisjes knopen aanzetten, sokken stoppen en kraagjes keren.'
Het zegt me allemaal niets. *Kraagjes keren.* Het is koeterwaals.
'Nou, in mijn tijd niet,' zeg ik beleefd terug. 'Wij leerden dat we onze examens moesten halen en een carrière krijgen die de moeite waard is. Wij leerden er een mening op na te houden. Wij leerden onze hérsens te gebruiken,' kan ik niet nalaten te besluiten.
Mevrouw Farley neemt me zwijgend op.
'Zonde,' zegt ze ten slotte, en ze geeft me een meelevend klopje op mijn arm.

Ik probeer mijn kalmte te bewaren, maar alle spanningen van de dag wellen in me op. Ik heb uren gewerkt, ik heb geen verjaardag gevierd, ik ben doodmoe en ik heb honger... en dan zegt dat oude mens tegen me dat ik een knóóp moet aanzetten?
'Helemaal niet zonde,' zeg ik verbeten.
'Ook goed, kind,' zegt mevrouw Farley sussend, en ze steekt de gang naar haar appartement over.
Op de een of andere manier maakt dat me nog kwader.
'Hoezo is dat zonde?' vraag ik verbolgen, en ik stap de gang in. 'Hoezo dan? Goed, misschien kan ik geen knopen aanzetten, maar ik kan wel een financiële overeenkomst van een onderneming herstructureren en mijn cliënt op die manier dertig miljoen pond besparen. Dat kan ik weer wél.'
Mevrouw Farley kijkt me vanuit haar deuropening aan, hooguit met nóg meer medelijden dan eerst. 'Het is zonde,' herhaalt ze alsof ze me helemaal niet heeft gehoord. 'Welterusten, kindje.' Ze doet haar deur dicht en ik kerm vertwijfeld.
'Heb je dan nooit van feminisme gehóórd?' roep ik naar de dichte deur.
Er komt geen antwoord.
Ik loop boos terug naar mijn eigen huis, duw de deur achter me dicht en pak de telefoon. Ik druk op de sneltoets met de houtovenpizzeria eronder en bestel mijn gebruikelijke pizza capricciosa en een zak Kettle-chips. Ik schenk mezelf een glas wijn in uit het pak in de koelkast, ga naar de woonkamer en zet de tv aan.
Een *naaidoos*. Wat zou ik verder nog moeten hebben, denkt ze? Breinaalden? Een weefgetouw?
Ik zak met de afstandsbediening op de bank en zap langs de zenders, vaag naar de beelden kijkend. Nieuws... een Franse film... een documentaire over dieren...
Wacht eens. Ik stop met zappen, laat de afstandsbediening op de bank vallen en nestel me in de kussens.
The Waltons.
Het ultieme troostprogramma. Net wat ik nodig heb.
Het is het eind van de aflevering, waarin alles bij elkaar komt. De familie zit om de tafel; oma bidt voor.
Ik neem een slok wijn en voel dat ik tot rust kom. Ik ben altijd stie-

kem dol op *The Waltons* geweest, al sinds mijn kindertijd. Al sinds ik in het donker zat als er verder niemand thuis was en deed alsof ik ook op Walton's Mountain woonde.

En nu komt de allerlaatste scène, die waar ik altijd op wacht: het huis van de Waltons in het donker. Twinkelende lichtjes, tsjirpende krekels. De voice-over van John Boy. Een enorm huis vol mensen. Ik sla mijn armen om mijn knieën en kijk verlangend naar het scherm terwijl de vertrouwde muziek naar het eind toe tinkelt.

'Welterusten, Elizabeth!'

'Welterusten, oma,' antwoord ik hardop. Er is niet bepaald iemand die het zou kunnen horen.

'Welterusten, Mary Ellen!'

'Welterusten, John Boy,' zeg ik precies tegelijk met Mary Ellen.

'Welterusten.'

'Slaap lekker.'

'Slaap lekker.'

4

Ik word met bonzend hart wakker, half buiten het bed, tastend naar een pen en hardop 'wat? wat?' zeggend.
 Zo word ik eigenlijk altijd wakker. Ik denk dat het in de familie zit of zo. We zijn allemaal onrustige slapers. Afgelopen Kerstmis bij mam thuis sloop ik om een uur of drie 's nachts de keuken in om water te drinken, en toen zat mam daar in haar ochtendjas een rechtbankverslag te lezen en Daniel zat naar de Hang Seng op tv te kijken terwijl hij een tranquillizer achterover klokte.
 Ik wankel naar de badkamer en kijk naar mijn bleke spiegelbeeld. Dit is het. Al het werk, al het studeren, alle avonden overwerken... het is allemaal voor deze dag geweest.
 Vennoot. Of geen vennoot.
 O, god, hou op. Niet aan denken. Ik been naar de keuken en trek de koelkast open. Shit. De melk is op.
 En de koffie.
 Ik moet écht een bedrijf zoeken dat boodschappen bezorgt. En een melkboer. Ik pak een balpen en krabbel '47. Boodschappen bezorgdienst/melkboer?' onder aan mijn lijst 'nog te doen'.
 Mijn lijst 'nog te doen' staat op een stuk papier dat ik aan de muur heb geprikt, en het is een praktisch geheugensteuntje om alle dingen die ik nog moet doen te onthouden. Hij begint een beetje te vergelen, en de inkt bovenaan is zo verbleekt dat ik er bijna niets meer van kan lezen, maar het is een goede manier om de boel op orde te houden.
 Ik zou eens wat eerdere punten kunnen afstrepen, bedenk ik nu. Ik bedoel, ik ben met die lijst begonnen toen ik hier kwam wonen, nu drie jaar geleden. Ik moet toch wat punten hebben afgewerkt. Ik pak een pen en tuur naar de eerste verschoten aantekeningen.

1. Melkboer zoeken
2. Boodschappen laten bezorgen – regelen?
3. Oven, hoe aan?

O. Op zo'n manier.
Goed, maar ik ga al dat bezorggedoe echt regelen. Dit weekend. En ik wil de oven onder de knie krijgen. Ik ga de gebruiksaanwijzing lezen en alles.
Ik neem snel de nieuwere punten door, die van een jaar of twee geleden.

16. Melkboer zoeken.
17. Vrienden uitnodigen?
18. Hobby nemen??

Weet je, ik ben echt van plan vrienden uit te nodigen. En een hobby te nemen. Zodra het wat rustiger wordt op het werk.
Ik kijk naar nog nieuwere aantekeningen, van een jaar geleden ongeveer, in inkt die nog blauw is.

41. Met vakantie gaan?
42. Etentje geven?
43. MELKBOER??

Ik kijk lichtelijk gefrustreerd naar de lijst. Hoe is het mogelijk dat ik níéts van mijn lijst heb gedaan? Ik gooi de pen kwaad op het aanrecht, weersta de verleiding de lijst aan flarden te scheuren en zet de waterkoker aan.
Het water kookt en ik zet een kop bizarre kruidenthee die ik ooit van een cliënt heb gekregen. Ik reik naar een appel op de fruitschaal – en ontdek dat hij helemaal rot is. Ik gooi al het fruit huiverend in de vuilnisbak en knabbel een paar cornflakes uit het pak.
In wezen kan die lijst me niets schelen. Er is maar één ding waar ik me druk om maak.

Ik kom op kantoor aan, vastbesloten niet te laten merken dat het een bijzondere dag is. Ik hou me gedeisd en doe mijn werk.

In de lift prevelen echter al drie mensen 'veel succes'. Dan loop ik door de gang en knijpt een vent van de afdeling Fiscaal veelbetekenend in mijn schouder.

'Veel succes, Samantha.'

Hoe weet hij mijn naam?

Ik haast me naar mijn kamer, doe de deur dicht en probeer er niet op te letten dat ik door het glazen tussenschot mensen op de gang zie praten en naar me kijken.

Ik had vandaag beter niet kunnen komen. Ik had een levensbedreigende ziekte moeten voorwenden.

Enfin. Niets aan de hand. Ik ga gewoon aan het werk, net als alle andere dagen. Ik sla Kettermans dossier open, zoek de bladzij op waar ik was gebleven en begin een document over een aandelenoverdracht van vijf jaar geleden te lezen.

'Samantha?'

Ik kijk op. Guy staat met twee koppen koffie bij mijn deur. Hij zet er een op mijn bureau.

'Ha,' zegt hij. 'Hoe gaat het?'

'Goed,' zeg ik, en ik sla zakelijk een bladzij om. 'Prima. Gewoon... normaal. Ik begrijp eigenlijk niet waar iedereen zich zo druk om maakt.'

Guys lachende gezicht brengt me een beetje van de wijs. Ik sla nog een bladzij om om mijn uitspraak te bewijzen... en mik op de een of andere manier het hele dossier op de vloer.

God zij gedankt voor de paperclips.

Ik raap met een rood hoofd het dossier op, prop alle papieren er weer in en neem een slokje koffie.

'Hm-hm.' Guy knikt ernstig. 'Nou, het is maar goed dat je niet nerveus of gespannen bent of zo.'

'Ja, hè?' zeg ik, want ik weiger te happen.

'Ik zie je nog wel.' Hij heft zijn koffiekop alsof hij me toedrinkt en loopt weg. Ik kijk op mijn horloge.

Pas zeven voor negen. Ik weet niet of ik dit volhoud.

Op de een of andere manier kom ik de ochtend door. Ik heb Kettermans dossier uit en begin aan mijn rapportage. Halverwege de derde alinea staat Guy weer in mijn deuropening.

'Hallo,' zeg ik zonder op te kijken. 'Het gaat goed, oké? En ik heb nog niets gehoord.'

Guy zegt niets terug.

Als ik eindelijk opkijk, staat hij bij mijn bureau naar me te kijken, en ik heb nog nooit zo'n vreemde uitdrukking op zijn gezicht gezien. Het is een soort mengeling van genegenheid, trots en opwinding, allemaal samengeperst onder een pokerface.

'Ik zou het niet moeten doen,' mompelt hij, en hij buigt zich naar me toe. 'Je hebt het voor elkaar, Samantha. Je bent vennoot. Over een uur krijg je het officieel te horen.'

Een withete, oogverblindende scheut trekt door mijn borst. Ik krijg geen lucht.

Ik heb het voor elkaar. *Het is me gelukt.*

'Je hebt het niet van mij, afgesproken?' Guys gezicht plooit zich even in een glimlach. 'Goed gedaan.'

'Dank je...' zeg ik moeizaam.

'Ik zie je straks wel. Dan kan ik je fatsoenlijk feliciteren.' Hij draait zich om en beent weg, en ik blijf alleen achter en kijk zonder iets te zien naar mijn computerscherm.

Ik ben vennoot geworden.

O, mijn god. *O, mijn god.* O, mijn GOD!

Ik pak een spiegeltje uit mijn tas en kijk naar mijn eigen opgetogen gezicht. Mijn wangen zijn knalroze. Ik voel een verschrikkelijke drang om op te springen en 'yes!' te roepen. Ik wil dansen en schreeuwen. Hoe kom ik dat uur door? Hoe kan ik hier kalm blijven zitten? Ik kan me met geen mogelijkheid meer op Kettermans rapportage concentreren.

Ik sta op en loop naar mijn archiefkast om maar iets te doen te hebben. Ik trek in het wilde weg een paar laden open en doe ze weer dicht. Dan draai ik me om en zie mijn bureau, beladen met papieren en dossiermappen en met een wankele stapel boeken op mijn computerterminal.

Ketterman heeft gelijk. Het is een beetje een schandvlek. Het ziet er niet uit als het bureau van een vennoot.

Ik ruim het op. Dat is de volmaakte manier om een uur door te komen. 12.06-13.06: kantooradministratie. We hebben er zelfs een code voor in het computerschema.

Ik was vergeten hoe erg ik opruimen haat en verafschuw.
Terwijl ik de rotzooi op mijn bureau zift, komen de gekste dingen tevoorschijn. Brieven van de zaak, contracten die gearchiveerd moeten worden, oude uitnodigingen, memo's, een folder over Pilates, een cd die ik drie maanden geleden heb gekocht waarvan ik dacht dat ik hem kwijt was, de kerstkaart van Arnold waarop hij in een wollig rendierkostuum staat... Ik glimlach als ik hem zie en leg hem op de stapel 'dingen waar ik een plek voor moet vinden'.

Er zijn ook zerken: de rechtopstaande, gegraveerde platen perspex die we krijgen als er een grote deal rond is. En... o, god, een halve Snickers die ik blijkbaar een keer heb laten liggen. Ik gooi hem weg en richt me zuchtend op weer een berg papier.

Ze zouden ons niet van die grote bureaus moeten geven. Ongelooflijk, wat er allemaal ligt.

Vennoot! flitst het door mijn hoofd, als een schitterend vuurwerk. *Vennoot!*

Hou op, gebied ik mezelf streng. Concentreer je op de taak die voor je ligt. Ik pak een oud nummer van *De jurist* waarvan ik me afvraag waarom ik het heb bewaard en er vallen wat documenten met paperclips op de vloer. Ik raap ze op en kijk terwijl ik al naar iets anders reik naar de eerste bladzij. Het is een memo van Arnold.

Betreft: Third Union Bank.
Hierbij de schuldbrief van Glazerbrooks bv. Gaarne zorg dragen voor inschrijving bij Handelsregister.

Ik kijk er zonder veel belangstelling naar. De Third Union Bank is een cliënt van Arnold, en ik heb er maar één keer mee te maken gehad. Het gaat om een lening van vijftig miljoen pond aan Glazerbrooks, en het enige wat ik moet doen, is de schuld binnen eenentwintig dagen bij het Handelsregister laten inschrijven. Het is gewoon weer zo'n routineklusje waar de vennoten mij altijd mee opschepen. Nou, maar dat is afgelopen, denk ik in een opwelling van vastberadenheid. Ik geloof zelfs dat ik dit nu meteen aan iemand anders ga overdragen. Ik kijk in een reflex naar de datum.

Ik kijk nog eens. 26 mei, staat er.
Vijf weken geleden? Dat kan niet kloppen.

Ik blader verbaasd de bladzijden door om te zien of het geen tikfout is. Het móét een tikfout zijn, maar overal staat dezelfde datum: 26 mei.
26 mei?
Ik kijk als verlamd naar het document. Heeft dat ding *vijf weken* op mijn bureau gelegen?
Maar... dat kan niet. Ik bedoel... het kan niet. Dat zou betekenen... Dat zou betekenen dat ik de deadline heb gemist.
Ik slik moeizaam. Ik heb het niet goed gelezen of zo. Ik kan niet zo'n domme fout hebben gemaakt. Ik kan met geen mogelijkheid vergeten zijn een lening voor de deadline te registreren. Ik registreer leningen altíjd voor de deadline.
Ik doe mijn ogen dicht in een poging tot bedaren te komen. Ik moet het bij het verkeerde eind hebben. Het komt door de opwinding omdat ik vennoot word. Die is me naar mijn hoofd gestegen. Oké. Laten we nog eens kijken, voorzichtig.
Ik open mijn ogen en kijk naar het memo, maar er staat nog precies hetzelfde. Zorg dragen voor inschrijving. Met de datum, 26 mei, zwart op wit. Wat zou betekenen dat ik onze cliënt heb blootgesteld aan een ongedekte lening. Wat zou betekenen dat ik zo ongeveer de meest elementaire fout heb gemaakt die een jurist kan maken.
Mijn blije gloed is weg. Ik voel iets ijzigs over mijn ruggengraat lopen. Ik doe wanhopige pogingen me te herinneren of Arnold iets over die lening tegen me heeft gezegd. Ik herinner me niet eens dat hij er ooit iets over heeft laten vallen, maar anderzijds: waarom zou hij ook? Het is een simpele leenovereenkomst. Zoiets wat we slapend doen. Hij zal ervan uitgegaan zijn dat ik heb gedaan wat hij vroeg. Hij zal me vertrouwd hebben.
O, jezus.
Ik blader weer door de bladzijden, sneller, radeloos zoekend naar een uitweg. Een clausule waarbij ik opgelucht 'maar natuurlijk!' kan roepen. Maar ik vind niets. Ik klem het document duizelig tussen mijn vingers. Hoe heeft dit kunnen gebeuren? Is het me wel opgevallen? Heb ik het opzijgeschoven met de bedoeling het later te doen? Ik weet het niet meer. Ik wéét het verdomme niet meer.
Wat moet ik nu doen? Ik overzie de consequenties en voel een muur van paniek op me af komen. De Third Union Bank heeft Gla-

zerbrooks vijftig miljoen pond geleend. Nu de overeenkomst niet is ingeschreven, is die lening, die lening van miljoenen ponden, niet gedekt. Als Glazerbrooks morgen over de kop gaat, kan de Third Union Bank helemaal achter in de rij schuldeisers aanschuiven. En waarschijnlijk geen cent terugkrijgen.

'Samantha!' zegt Maggie bij de deur, en ik vlieg van schrik een meter de lucht. Ik leg instinctief mijn hand op het memo, al kijkt ze er niet naar en al zou ze toch niet snappen hoe belangrijk het is.

'Ik heb het net gehoord!' fluistert ze hard. 'Guy liet het zich ontvallen. Gefeliciteerd!'

'Eh... dank je wel!' Op de een of andere manier wring ik mijn lippen in een glimlach.

'Ik ga thee halen. Wil je ook?'

'Dat lijkt me... super. Graag.'

Maggie loopt weg en ik begraaf mijn gezicht in mijn handen. Ik doe mijn best om kalm te blijven, maar vanbinnen ben ik een bodemloze put vol doodsangst. Ik moet het onder ogen zien. Ik heb een fout gemaakt.

Ik heb een fout gemaakt.

Wat nu? Mijn hele lijf staat strak van angst, ik kan niet denken...

Dan weergalmen Guys woorden van gisteren plotseling in mijn oren, en ik word overspoeld door een bijna pijnlijke golf van opluchting. *Een fout is pas een fout als er niets meer aan te doen is.*

Juist. Want weet je, ik kan er nog iets aan doen. Ik kan die lening nog laten registreren.

Het wordt een lijdensweg. Ik zal de bank moeten vertellen wat ik heb gedaan, en Glazerbrooks, en Arnold, en Ketterman. Ik zal nieuwe documentatie moeten laten opstellen. En het ergste is nog wel dat ik zal moeten leven in het besef dat iedereen weet dat ik het soort stomme, onnadenkende fout heb gemaakt die een stagiair zou maken.

Het zou het eind van mijn opname in de vennootschap kunnen betekenen, schiet het door mijn hoofd, en ik voel me misselijk.

Maar er zit niets anders op. Ik moet dit rechtzetten.

Ik ga snel naar de website van het Handelsregister en vul de zoekterm 'Glazerbrooks' in. Zolang er nog geen andere lening is geregistreerd, is er niets aan de hand...

Ik kijk ongelovig naar het scherm.
Nee.
Dat kan niet.
Vorige week is er een lening van vijftig miljoen pond geregistreerd door een bedrijf dat BLLC Holdings heet. Onze cliënt is een plaats achteruit gezet in de rij schuldeisers.
De gedachten tuimelen door mijn hoofd. Dit is niet goed. Niet goed. Ik moet snel iemand spreken. Ik moet hier nu meteen iets aan doen, voordat er nog meer leningen worden ingeschreven. Ik moet... ik moet het aan Arnold vertellen.
Bij de gedachte alleen al raak ik verlamd van afgrijzen.
Ik kan het niet. Ik kan niet zomaar verkondigen dat ik de stomste, meest elementaire fout heb gemaakt die er bestaat en vijftig miljoen pond van onze cliënt op het spel heb gezet. Wat ik ga doen is... eerst die puinhoop opruimen voordat ik het aan iemand hier vertel. Zorgen dat de schade beperkt blijft. Ja. Ik bel eerst de bank. Hoe eerder ze het daar weten, hoe beter.

'Samantha?'

'Wat?' Ik vlieg zo ongeveer van mijn stoel.

'Wat ben jij zenuwachtig vandaag!' Maggie loopt lachend met een kop thee naar mijn bureau. 'Voel je je de koning te rijk?' Ze kijkt me met twinkelende ogen aan.

Ik heb heel even echt geen flauw idee waar ze het over heeft. Mijn wereld is ingekrompen tot mijn fout en wat ik eraan ga doen.

'O! Ja!' Ik probeer terug te grinniken en veeg steels mijn klamme handen aan een tissue af.

'Je zit vast nog te kicken!' Ze leunt tegen mijn archiefkast. 'Ik heb al champagne in de koelkast klaarliggen.'

'Eh... top! Maar Maggie, ik moet echt verder...'

'O.' Ze ziet er gekwetst uit. 'Nou, oké, dan laat ik je met rust.'

Ze loopt weg en ik zie aan haar schouders hoe verontwaardigd ze is. Ze zal me wel een ongelooflijke trut vinden, maar de situatie wordt met de minuut riskanter. Ik moet de bank bellen. Onmiddellijk.

Ik kijk op het aangehechte vel met contactpersonen en vind de naam en het nummer van de vent van Third Union. Charles Conway.

Dit is degene die ik moet bellen. Dit is degene wiens dag ik moet verstoren met de bekentenis dat ik het helemaal heb verprutst. Ik reik met bevende handen naar de telefoon. Ik heb het gevoel dat ik me schrap zet om in een giftig moeras vol bloedzuigers te duiken.

Ik kijk naar de toetsen van de telefoon. Dwing mezelf het te doen. Uiteindelijk toets ik het nummer in. Met bonzend hart hoor ik de telefoon overgaan.

'Met Charles Conway.'

'Hallo,' zeg ik. Ik probeer mijn stem in bedwang te houden. 'Met Samantha Sweeting van Carter Spink. Ik geloof niet dat we elkaar kennen.'

'Hallo, Samantha.' Hij klinkt best vriendelijk. 'Wat kan ik voor je doen?'

'Ik bel over een... formaliteit. Het gaat over...' Ik krijg het bijna niet over mijn lippen. 'Glazerbrooks.'

'O, heb je het al gehoord?' zegt Charles Conway. 'Slecht nieuws gaat altijd snel rond.'

De muren komen op me af. Ik knijp in de hoorn.

'Wat heb ik al gehoord?' Mijn stem klinkt hoger dan ik zou willen. 'Ik weet van niets.'

'O, ik dacht dat je daarom belde.' Hij valt even weg en dan hoor ik hem tegen iemand zeggen dat hij het verdomme maar op Google moet opzoeken. 'Ja, de bewindvoerders zijn er vandaag bij gehaald. Die laatste wanhopige poging om de zaak te redden is kennelijk mislukt...'

Hij praat door, maar ik hoor hem niet meer. Ik ben duizelig en zie zwarte vlekken voor mijn ogen dansen.

Glazerbrooks is failliet. Nu zullen ze die nieuwe documenten nooit meer opstellen. In geen miljoen jaar.

Ik zal de lening niet kunnen laten inschrijven.

Ik kan mijn fout niet herstellen.

Ik heb vijftig miljoen pond van de Third Union Bank verspeeld.

Ik heb het gevoel dat ik ijl. Ik wil panisch brabbelen. Ik wil de hoorn op de haak smijten en wegrennen, zo snel mogelijk.

Plotseling dringt de stem van Charles Conway weer tot me door.

'Het is trouwens maar goed dat je belt.' Ik hoor hem totaal niet verontrust op een toetsenbord tikken. 'Misschien wil je nog eens controleren of die lening wel is geregistreerd.'

Ik kan even geen woord uitbrengen.

'Ja,' zeg ik ten slotte met schorre stem. Ik hang op, bevend als een riet. Ik geloof dat ik moet braken.

Ik heb het verknald.

Ik heb het zo gigantisch verknald dat ik het niet meer...

Ik kan niet eens...

Bijna zonder te weten wat ik doe schuif ik mijn stoel achteruit. Ik moet hier weg. Weg.

5

Ik loop op de automatische piloot door de receptie naar buiten, de zonnige straat in vol mensen met lunchpauze, de ene voet voor de andere, gewoon iemand van een kantoor die een stukje loopt.

Alleen ben ik anders. Ik heb zojuist vijftig miljoen pond van een cliënt verspeeld.

Vijftig miljoen, vijftig miljoen, hamert het in mijn hoofd.

Ik snap niet hoe het heeft kunnen gebeuren. Ik snap het niet. Ik blijf erover malen. Als een bezetene, telkens opnieuw. Hoe kan ik niet hebben gezien... Hoe kan ik over het hoofd hebben gezien...

Ik heb dat hele document nooit gezien. Het is me totaal niet opgevallen. Nadat het op mijn bureau is gelegd, moet iets anders het aan het oog onttrokken hebben. Een dossier, een stapel contracten of een kop koffie.

Eén vergissing. Eén fout. De enige fout die ik ooit heb gemaakt. Ik wil wakker worden uit deze nachtmerrie. Het is iets uit een film, het is iemand anders overkomen. Het is een caféverhaal waar ik gretig naar luister, en ik blij ben dat het niet over mij gaat...

Maar het gaat wél over mij. Het is mij overkomen. Mijn carrière is afgelopen. De laatste bij Carter Spink die zo'n blunder maakte, was Ted Stephens, die in 1983 tien miljoen pond van een cliënt verspeelde. Hij werd op staande voet ontslagen.

En ik heb vijf keer zoveel verspeeld.

Mijn ademhaling wordt gejaagder; het duizelt me; ik heb het gevoel dat ik stik. Het zou een paniekaanval kunnen zijn. Ik ga op een bank zitten en wacht tot het overgaat.

Oké, het gaat niet over. Het wordt erger.

Mijn mobieltje trilt in mijn zak en ik spring geschrokken op. Ik pak het toestel en kijk naar het scherm. Het is Guy.

Ik kan niet met hem praten. Ik kan met niemand praten. Niet nu.
Even later vertelt de telefoon me dat ik voicemail heb. Ik hou hem bij mijn oor en toets '1' om het bericht af te luisteren.

'Samantha!' zegt Guy opgewekt. 'Waar blijf je? We zitten allemaal met de champagne klaar om je te vertellen dat je vennoot bent geworden!'

Vennoot. Ik zou wel in tranen willen uitbarsten, maar ik kan het niet. Daar is het te erg voor. Ik stop mijn mobieltje in mijn zak en sta op. Ik ga steeds sneller lopen, zigzaggend tussen de andere voetgangers door, zonder op hun bevreemde gezichten te letten. Mijn hoofd bonst en ik heb geen idee waar ik naartoe ga, maar ik kan niet ophouden met lopen.

Ik loop voor mijn gevoel uren verdwaasd rond, met voeten die blindelings hun weg vinden over de stoep. De zon striemt, de stoepen zijn stoffig en na een poosje begint mijn hoofd pijnlijk te bonzen. Op een gegeven moment trilt mijn mobieltje weer, maar ik pak het niet eens.

Ten slotte krijg ik zere benen, ga langzamer lopen en blijf staan. Ik heb een droge mond; ik ben volkomen uitgedroogd. Ik moet water drinken. Ik kijk op om te zien waar ik ben. Op de een of andere manier ben ik nota bene bij Paddington Station terechtgekomen.

Ik loop als verdoofd naar de ingang en ga het station in. Het is er rumoerig en druk. De tl-verlichting, de airconditioning en de schetterende mededelingen maken me schichtig. Terwijl ik naar een kraam met flessen mineraalwater loop, trilt mijn mobieltje weer. Ik pak het en kijk naar het scherm. Ik heb vijftien gemiste oproepen en nog een bericht van Guy, dat hij een minuut of twintig geleden heeft ingesproken.

Ik aarzel met bonzend hart van de zenuwen en druk dan toets '1' in.

'Jezus, Samantha, wat is er gebéúrd?'

Hij klinkt niet joviaal meer, maar door en door gestrest. De angst kriebelt over mijn hele lijf.

'We weten het,' zegt hij. 'Oké? We weten het van de Third Union Bank. Charles Conway heeft gebeld. Toen heeft Ketterman de paperassen op je bureau gevonden. Je moet terug naar kantoor komen. Nu. Bel me terug.'

Het bericht is afgelopen, maar ik kom niet in beweging. Ik ben verlamd van angst.

Ze weten het. Iedereen weet het.

De zwarte vlekken dansen weer voor mijn ogen. Ik voel misselijkheid opkomen. De hele staf van Carter Spink weet dat ik er een puinhoop van heb gemaakt. Mensen zijn elkaar nu aan het bellen. Ze mailen elkaar terwijl ze griezelen van genot. *Heb je het al gehoord...*

Terwijl ik daar sta, zie ik iets in mijn ooghoek. Een bekend gezicht in de massa. Ik draai mijn hoofd en tuur naar de man, probeer hem te plaatsen – en schrik me weer kapot.

Het is Greg Parker, een van de oudste vennoten. Hij beent in zijn dure pak door de stationshal, met zijn mobieltje aan zijn oor. Hij fronst zijn wenkbrauwen en ziet er bezorgd uit.

'Maar waar ís ze dan?' galmt zijn stem door de hal.

De paniek treft me als een bliksemschicht. Hij mag me niet zien. Ik moet me verstoppen. Meteen. Ik duik weg achter een enorme vrouw in een beige regenjas en maak me klein om me te verbergen, maar ze blijft maar heen en weer drentelen, en ik moet met haar mee schuifelen.

'Wat wil je? Loop je te bedelen?' Ze draait zich plotseling om en kijkt me wantrouwig aan.

'Nee!' zeg ik ontzet. 'Ik, eh...'

Ik kan moeilijk zeggen: 'Ik verstop me achter u.'

'Nou, laat me met rust!' Ze kijkt me kwaad aan en koerst naar Costa Coffee. Mijn hart bonkt in mijn borst. Ik sta in het volle zicht midden in de stationshal. Greg Parker is blijven staan en staat een meter of vijftig verderop nog steeds in zijn mobieltje te praten.

Als ik in beweging kom, ziet hij me. Als ik blijf staan... ziet hij me ook.

Opeens klapt het bord met vertrektijden kletterend om. De mensen die ernaar stonden te kijken pakken allemaal hun tassen en kranten en lopen naar perron 9.

Zonder me te bedenken voeg ik me in de menigte en loop, verborgen in het midden, snel mee door de open poortjes naar perron 9. Ik stap samen met alle anderen in de trein en loop haastig zo ver als ik kan door de wagon.

De trein rijft het station uit en ik zak op een bank tegenover een gezin. Ze hebben allemaal een T-shirt van de London Zoo aan. Ze glimlachen naar me, en op de een of andere manier slaag ik erin terug te glimlachen. Ik voel me volkomen onwezenlijk.

'Iets gebruiken?' Een gerimpelde man met een karretje duikt in de coupé op en kijkt me vriendelijk aan. 'Warme en koude broodjes, koffie, thee, frisdrank, alcoholische consumpties?'

'Het laatste, alstublieft.' Ik doe mijn best om niet te wanhopig te klinken. 'Een dubbele... doe maar wat.'

Niemand komt mijn kaartje controleren. Niemand valt me lastig. Ik lijk in een soort sneltrein te zitten. Voorsteden worden weilanden en de trein dendert maar door. Ik heb drie miniflesjes gin gedronken, gemixt met jus d'orange, tomatensap en een chocolade-yoghurtdrank. Het blok ijzige angst in mijn maag is ontdooid. Ik voel me vreemd afgesloten van de wereld.

Ik heb de grootste fout van mijn carrière gemaakt. Ik heb hoogstwaarschijnlijk geen baan meer. Ik zal nooit vennoot worden.

Eén stomme fout.

Het London Zoo-gezin heeft zakken chips opengetrokken, mij er een aangeboden en gevraagd of ik mee wilde doen met scrabbelen. De moeder heeft me zelfs gevraagd of ik voor zaken op reis was of voor de lol.

Ik kon me er niet toe zetten antwoord te geven.

Mijn hartslag is geleidelijk tot bedaren gekomen, maar ik heb een gemene, bonzende hoofdpijn. Ik zit met mijn hand voor mijn ene oog om het licht buiten te sluiten.

'Dames en heren,' kraakt de conducteur door de luidspreker, 'tot onze spijt... werkzaamheden aan het spoor... ander vervoer...'

Ik kan het niet volgen. Ik weet niet eens waar we naartoe gaan. Ik wacht gewoon tot we stoppen, stap dan uit en dan zie ik wel verder.

'Zo spel je rozijn niet,' zegt London Zoo-moeder tegen een van haar kinderen, en dan mindert de trein plotseling vaart. Ik kijk op en zie dat we bij een station zijn aangekomen. Lower Elbury. Iedereen pakt zijn spullen en stapt uit.

Ik sta als een robot op en loop met het London Zoo-gezin mee naar buiten en het station uit, en kijk om me heen. Ik sta voor een piepklein, popperig plattelandsstation, tegenover een café dat The

Bell heet. De weg loopt naar beide kanten in een bocht en ik zie akkers in de verte. Er staat een bus te wachten, en alle passagiers uit de trein persen zich erin.

London Zoo-moeder kijkt om en wenkt me. 'Hier moet je heen,' zegt ze gedienstig. 'Als je de bus naar Gloucester wilt hebben? Het hoofdstation?'

Bij het idee dat ik in een bus moet gaan zitten begin ik al bijna te kokhalzen. Ik wil geen bus naar waar dan ook. Ik wil alleen een pijnstiller. Mijn hoofd voelt alsof mijn schedel op splijten staat.

'Eh, nee, dank u wel. Ik blijf liever hier, dank u.' Ik glimlach zo overtuigend mogelijk en begin voordat ze nog iets kan zeggen de weg af te lopen, bij de bus vandaan.

Ik heb geen idee waar ik ben. Geen flauw idee.

Mijn mobieltje trilt plotseling in mijn zak. Ik pak het. Het is Guy. Alweer. Het moet de dertigste keer zijn dat hij belt, en elke keer heeft hij ingesproken dat ik hem moet terugbellen en gevraagd of ik zijn mailtjes heb gekregen.

Ik heb zijn mailtjes niet gekregen. Ik was zo overstuur dat ik mijn BlackBerry op mijn bureau heb laten liggen. Ik heb alleen mijn mobieltje. Het trilt weer en ik kijk er even naar. Dan, met een verkrampte maag van de zenuwen, breng ik het naar mijn oor en neem op.

'Hallo,' kras ik. 'Met... mij.'

'Samantha?' knalt zijn ongelovige stem over de lijn. 'Ben jij dat? Waar zít je?'

'Ik weet het niet. Ik moest weg. Ik... ik ben in shock geraakt...'

'Samantha, ik weet niet of je mijn berichten hebt gekregen, maar...' Hij aarzelt. 'Iedereen weet het.'

'Ik weet het.' Ik leun tegen een oude, afbrokkelende muur en knijp mijn ogen dicht om me voor de pijn af te sluiten. 'Ik weet het.'

'Hoe heeft dat kunnen gebeuren?' Hij klinkt net zo geschokt als ik me voel. 'Hoe heb je in godsnaam zo'n domme fout kunnen maken? Ik bedoel, jezus, Samantha...'

'Ik weet het niet,' zeg ik klungelig. 'Ik... ik heb het gewoon niet gezien. Het was een vergissing...'

'Jij vergist je nooit!'

'Nou, deze keer wel!' Ik voel de tranen opwellen en knipper ze verwoed weg. 'Wat... wat is er gebeurd?'

'Het ziet er niet goed uit.' Hij zucht. 'Ketterman heeft met de juristen van Glazerbrooks over het beperken van de schade overlegd en met de bank gepraat... en met de verzekeraars natuurlijk.'
De verzekeraars. De verzekering die garantie biedt tegen bedrijfsschade. Opeens raak ik in de greep van een bijna opwekkende hoop. Als de verzekering zonder te zeuren betaalt, is het misschien minder erg dan ik dacht.
Maar nog terwijl ik opfleur, weet ik al dat ik als een radeloze woestijnreiziger ben die een fata morgana in de mist ziet. Verzekeringsmaatschappijen hoesten nooit het hele bedrag op. Soms hoesten ze helemaal niets op. Soms betalen ze wel, maar trekken ze de premie tot een onvoorstelbare hoogte op.
'Wat zeiden de verzekeraars?' hijg ik. 'Gaan ze...'
'Ze hebben nog niets gezegd.'
'Aha.' Ik veeg het zweet van mijn gezicht en verzamel moed voor de volgende vraag. 'En hoe zit het met... mij?'
Guy zwijgt.
De betekenis van zijn zwijgen slaat me in het gezicht en alles deint, alsof ik op het punt sta flauw te vallen. Ik heb mijn antwoord. Ik doe mijn ogen open en zie twee jongetjes op fietsen naar me gapen.
'Het is afgelopen, hè?' Ik probeer kalm te klinken, maar mijn stem slaat over. 'Mijn carrière is afgelopen.'
'Ik... ik zou het niet weten. Hoor eens, Samantha, je bent hysterisch. Dat spreekt vanzelf. Maar je kunt er niet voor weglopen. Je moet terugkomen.'
'Dat kan ik niet.' Mijn stem wordt schril van ontzetting. 'Ik kan die mensen niet onder ogen komen.'
'Samantha, gebruik je verstand!'
'Ik kan het niet! Echt niet! Ik heb tijd nodig...'
'Saman...' Ik klap mijn telefoon dicht.
Ik voel me slap. Mijn hoofd staat op springen. Ik moet water hebben, maar het café ziet er niet open uit en ik zie nergens een winkel.
Ik wankel door tot ik bij een paar hoge gebeeldhouwde zuilen met leeuwen kom. Hier wonen mensen. Ik ga aanbellen en om een pijnstiller en een glas water vragen. En ik vraag of er een hotel in de buurt is.
Ik maak het smeedijzeren hek open en knerp over het grind naar

de zware, eikenhouten voordeur. Het is een tamelijk voornaam huis van honingkleurige steen, met puntdaken en hoge schoorstenen en twee Porsches op de oprit. Ik steek mijn hand uit en trek aan de bel.

Stilte. Ik blijf een poosje staan, maar het hele huis lijkt dood te zijn. Net als ik het wil opgeven en me omdraai om terug te sjokken, zwaait de deur plotseling open.

Er staat een vrouw met blond, gelakt haar tot op haar schouders en lange, bungelende oorringen tegenover me. Ze is dik opgemaakt, draagt een zijden broek in een vreemde perziktint en houdt een sigaret in haar ene hand en een cocktailglas in de andere.

'Hallo.' Ze neemt een trek van haar sigaret en kijkt me enigszins argwanend aan. 'Kom je van het bureau?'

6

Ik heb geen idee waar het mens het over heeft. Ik heb zo'n verschrikkelijke hoofdpijn dat ik haar amper kan aankijken, laat staan dat ik zou kunnen volgen wat ze zegt.
'Gaat het wel?' Ze neemt me onderzoekend op. 'Je ziet er beroerd uit!'
'Ik heb een vrij zware hoofdpijn,' breng ik met moeite uit. 'Zou ik misschien een glas water kunnen krijgen?'
'Natuurlijk! Kom binnen!' Ze wuift met haar sigaret voor mijn gezicht en wenkt me een enorme, indrukwekkende hal met een gewelfd plafond in. 'Je wilt het huis natuurlijk ook zien. Eddíé?' roept ze snerpend. 'Eddie, daar is er weer een! Ik ben Trish Geiger,' vervolgt ze tegen mij. 'Zeg maar mevrouw Geiger. Deze kant op...'
Ze gaat me voor naar een weelderige essenhouten keuken, trekt lukraak een paar laden open, roept dan 'ha!' en pakt een plastic trommel. Ze maakt hem open en begint met haar gelakte nagels in de circa vijftig flesjes en doosjes pillen te wroeten.
'Ik heb aspirine... paracetamol... ibuprofen... héél lichte valium...' Ze laat me een felrode pil zien. 'Die komt uit Amerika,' zegt ze monter. 'Die zijn hier verboden.'
'Eh... fijn. U hebt erg veel... pijnstillers.'
'O, we zijn hier gek op pillen,' zegt ze, en dan kijkt ze me opeens indringend aan. 'We zijn er gek op. Eddíé!' Ze geeft me drie groene tabletten en vindt na een aantal pogingen een kast met glazen. 'Zo, daar krijg je elke hoofdpijn mee weg.' Ze schenkt ijswater uit de koelkast voor me in. 'Opdrinken.'
'Dank u wel,' zeg ik, en ik slik de tabletten met een van pijn vertrokken gezicht door. 'Ik ben u heel dankbaar. Ik kan nauwelijks denken, zo'n pijn heb ik in mijn hoofd.'

'Je spreekt de taal goed.' Ze kijkt me taxerend aan. 'Echt heel goed!'
'O,' zeg ik, van mijn stuk gebracht. 'Tja. Nou ja, ik ben ook Engels. Daar zou het door kunnen komen, denk ik.'
'Ben je Engels?' Het nieuws lijkt Trish Geiger op te zwepen. 'Goh! Kom mee, praten. Die pillen moeten zo werken. En anders krijg je er nog een paar.'
Ze drijft me de keuken uit, terug door de hal, en blijft bij een deur staan. 'Dit is de salon,' zegt ze, en ze gebaart naar de grote, voorname kamer, waarbij ze as op de vloer morst. 'Zoals je ziet moet er veel gestofzuigd worden... afstoffen... zilver poetsen...' Ze kijkt me verwachtingsvol aan.
'Ja.' Ik knik. Ik heb geen idee waarom die vrouw me over haar huishoudelijke werk vertelt, maar ze schijnt een antwoord van me te verwachten.
'Wat een mooie tafel,' verzin ik uiteindelijk, en ik wijs naar een glanzende mahoniehouten tafel tegen de muur.
'Die moet in de was gezet worden.' Haar ogen vernauwen zich. 'Regelmatig. Ik zie zulke dingen.'
'Uiteraard.' Ik knik verwonderd.
'Kom mee.' Ze leidt me door een volgende immense, voorname kamer naar een lichte serre met weelderige teakhouten ligstoelen, varenachtige planten en een blad met een ruime keuze aan drank.
'Eddie! Kom eens!' Ze tikt tegen het glas. Ik kijk op en zie een man in golfkleding over het goed gemaaide gazon lopen. Hij is zo te zien tegen de vijftig en ziet er gebruind en welvarend uit.
Trish is waarschijnlijk ook tegen de vijftig, denk ik als ze zich van het raam afwendt en ik een glimp van haar kraaienpootjes opvang. Al zegt iets me dat ze voor negenendertig wil doorgaan, en geen dag ouder.
'Schitterende tuin,' zeg ik.
'O.' Ze kijkt er onverschillig naar. 'Ja, we hebben een heel goede tuinman. Hij heeft allerlei ideeën. Maar ga toch zitten!' Ze wappert met haar handen en ik ga schutterig op een ligstoel zitten. Trish zinkt in een rieten stoel tegenover me en drinkt haar cocktailglas leeg.
'Kun je lekkere bloody mary's maken?' vraagt ze zonder enige inleiding.
Ik kijk haar verbijsterd aan.

'Geeft niet.' Ze neemt een haal van haar sigaret. 'Ik kan het je wel leren.'
Wát kan ze?
'Hoe is het met je hoofd?' vraagt ze voordat ik iets terug kan zeggen. 'Beter? Ha, daar is Eddie!'
'Gegroet!' De deur gaat open en meneer Geiger komt de serre in. Van dichtbij ziet hij er minder indrukwekkend uit dan toen hij over het gazon schreed. Zijn ogen zijn een beetje bloeddoorlopen en hij heeft een beginnend buikje.
'Eddie Geiger,' zegt hij met joviaal uitgestoken hand. 'De heer des huizes.'
'Eddie, dit is...' Trish kijkt me verbaasd aan. 'Hoe heet je?'
'Samantha,' zeg ik. 'Het spijt me dat ik u stoor, maar ik had zo'n verschrikkelijke hoofdpijn...'
'Ik heb Samantha een paar van die pijnstillers gegeven die je alleen op recept kunt krijgen,' vertelt Trish.
'Heel verstandig.' Eddie schroeft de dop van een fles whisky en schenkt zichzelf in. 'Je moet die rode pillen eens proberen. Moordend!'
'Eh... ja.'
'Niet letterlijk, natuurlijk.' Hij lacht kort en blaffend. 'We willen je niet vergiftigen!'
'Eddie!' Trish slaat met rinkelende armbanden naar hem. 'Maak haar nou niet bang!'
Ze kijken me allebei aan. Ik krijg op de een of andere manier het gevoel dat ik iets moet zeggen.
'Ik ben u echt heel dankbaar.' Ik weet een halve glimlach op te brengen. 'Heel vriendelijk van u dat ik inbreuk mocht maken op uw avond.'
'Ze spreekt goed Engels, hè?' Eddie kijkt met opgetrokken wenkbrauwen naar Trish.
'Ze ís Engels!' zegt Trish zo triomfantelijk alsof ze een konijn uit een hoed tovert. 'Ze begrijpt alles wat ik zeg!'
Er ontgaat me echt iets. Zie ik er buitenlands uit?
'Zullen we de rondleiding door het huis doen?' stelt Eddie aan Trish voor.
Ik besterf het. Mensen die rondleidingen door hun huis geven,

moeten verboden worden. Het idee dat ik achter hen aan moet sjokken en bij elke kamer een ander compliment moet verzinnen is ondraaglijk. Ik wil gewoon hier blijven zitten wachten tot die pillen beginnen te werken.

'Nee, dat is echt niet nodig,' zeg ik. 'Het is vast heel mooi...'
'Natuurlijk is dat wel nodig!' Trish drukt haar sigaret uit. 'Kom op.'
Als ik opsta, duizelt het me en moet ik me aan een yucca vastklampen om niet te vallen. Mijn hoofdpijn begint te zakken, maar ik voel me daas en lijk op een bizarre manier buiten de werkelijkheid te staan. Het voelt allemaal als een droom.

Mijn hemel, die vrouw kan geen leven hebben. Het enige wat haar lijkt te boeien, is huishoudelijk werk. We trekken van de ene indrukwekkende kamer naar de andere, en zij blijft maar dingen aanwijzen die voorzichtig afgestoft moeten worden en vertellen waar de stofzuiger staat. En nu begint ze nota bene over de wasmachine.

'Het lijkt me allemaal... heel efficiënt,' zeg ik, want ze schijnt een complimentje te verwachten.

'We willen graag elke week schoon linnengoed. Goed gestreken, uiteraard.' Ze kijkt me priemend aan.

'Natuurlijk.' Ik knik en probeer mijn verbijstering te verbergen. 'Goed idee.'

'En nu naar boven!' Ze zeilt de keuken uit.

O, god. Gaat het nog verder?

'Samantha, kom je uit Londen?' vraagt Eddie Geiger op weg naar boven.

'Ja.'

'En heb je daar een volledige baan?'

Hij vraagt het alleen uit beleefdheid, maar ik weet niet wat ik erop moet zeggen. Heb ik een baan?

'Die had ik,' zeg ik uiteindelijk. 'Eerlijk gezegd... weet ik niet hoe ik er nu voor sta.'

'Wat voor werktijden had je daar?' Trish wervelt rond, alsof het gesprek haar plotseling boeit.

'Ik werkte altijd,' zeg ik schouderophalend. 'Ik ben gewend de hele dag en avond door te werken. De hele nacht, soms.'

De Geigers lijken perplex te staan van deze onthulling. De mensen hebben gewoon geen idee hoe het leven van een bedrijfsjurist eruitziet.

'Werkte je hele nachten door?' vraagt Trish onthutst. 'In je eentje?'

'Samen met de andere medewerkers. Wie er maar nodig was.'

'Dus je komt uit... een grote organisatie?'

Ik knik. 'Een van de grootste van Londen.'

Trish en Eddie kijken elkaar schichtig aan. Het zijn echt heel vreemde mensen.

'Nou, dan zul je blij zijn te horen dat het hier veel relaxter toegaat!' Trish lacht kort. 'Dit is de echtelijke slaapkamer... de tweede slaapkamer...'

Ze opent en sluit deuren in de gang en laat me hemelbedden en handgemaakte draperieën zien tot ik begin te suizebollen. Ik weet niet wat er in die pillen zat, maar ik ga me met de minuut raarder voelen.

'De groene slaapkamer... We hebben geen kinderen of huisdieren, zoals je al wel zult weten... Rook je?' vraagt Trish plotseling, en ze neemt nog een trek van haar eigen sigaret.

'Eh, nee.'

'Niet dat we ermee zitten, hoor.'

We dalen een kleine trap af en ik leun tegen de muur om overeind te blijven, maar die lijkt weg te glijden in een wirwar van behangbloemen.

'Gaat het?' Eddie vangt me op voordat ik van de trap kan vallen.

'Ik geloof dat die pijnstillers iets te sterk waren,' prevel ik.

'Ze zijn inderdaad nogal heftig.' Trish neemt me taxerend op. 'Je hebt toch geen álcohol gedronken vandaag, hoop ik?'

'Eh, ja, eigenlijk wel...'

'Ahá.' Ze trekt een gezicht. 'Nou ja, niets aan de hand, zolang je maar niet gaat hallucineren. Dan moeten we een dokter laten komen. En... daar zijn we dan!' vervolgt ze, en ze maakt zwierig de laatste deur open. 'Het personeelsverblijf.'

Alle kamers in dit huis zijn gigantisch. Deze is ongeveer zo groot als mijn hele appartement, met lichte muren en ramen in verticale stenen stijlen met uitzicht op de tuin. Hier staat het eenvoudigste bed dat ik tot nu toe in dit huis heb gezien, groot en vierkant en opgemaakt met gesteven wit linnen.

Ik vecht tegen de plotseling opkomende, bijna overweldigende drang om erop te gaan liggen, mijn handen tegen mijn hoofd te drukken en weg te zinken in de vergetelheid.

'Mooi,' zeg ik beleefd. 'Het is een fantastische kamer.'

'Fijn zo!' Eddie klapt in zijn handen. 'Nou, Samantha, wat mij betreft heb je de baan!'

Ik kijk door een waas naar zijn gezicht.

De baan?

Wat voor baan?

'Eddie!' snauwt Trish. 'Je kunt haar niet zomaar die baan aanbieden! We zijn nog niet klaar met het sollicitatiegesprek!'

Sollicitatiegesprek?

Heb ik iets gemist?

'We hebben haar de volledige functieomschrijving nog niet eens gegeven!' blijft Trish Eddie uitfoeteren. 'We hebben nog helemaal geen details doorgenomen!'

'Nou, neem die details dan door!' repliceert Eddie. Trish kijkt hem woedend aan en schraapt haar keel.

'Goed, Samantha,' zegt ze vormelijk. 'Jouw taak als voltijds huishoudster omvat...'

'Pardon?' Ik gaap haar aan.

Trish klakt geërgerd met haar tong. 'Jouw taak als voltijds huishoudster,' herhaalt ze langzamer, 'omvat de hele schoonmaak, de was en het koken. Je krijgt een uniform en je moet je hoffelijk en beleefd...'

Mijn taak als...

Denken die mensen dat ik me als hun huishoudster kom aanbieden?

Ik ben met stomheid geslagen.

'... kost en inwoning,' zegt Trish, 'en vier weken vakantie per jaar.'

'Hoe hoog is het salaris?' vraagt Eddie belangstellend. 'Krijgt ze meer dan het vorige meisje?'

Ik ben even bang dat Trish hem ter plekke zal vermoorden.

'Neem me niet kwalijk, Samantha!' Voordat ik mijn mond maar open kan doen, heeft ze Eddie de kamer uit gesleurd en de deur dichtgeslagen, waarna er op gedempte toon een verhitte ruzie uitbreekt.

Ik kijk om me heen en probeer mijn gedachten te ordenen.

Ze denken dat ik huishoudster ben. Huishoudster! Dit is te zot voor woorden. Ik moet dit rechtzetten. Ik moet uitleggen dat het een misverstand is.

Ik word weer helemaal licht in mijn hoofd en zak op het bed. Voordat ik mezelf kan tegenhouden, strek ik me uit op het koele witte dekbed en doe mijn ogen dicht. Alsof ik in een wolk wegzak.

Ik wil niet opstaan. Ik wil niet van dit bed af. Het is een veilige haven.

Het is een lange dag geweest. Een lange, uitputtende, pijnlijke nachtmerrie van een dag. Ik wil alleen nog maar dat het voorbij is.

'Samantha, mijn verontschuldigingen.' Ik doe mijn ogen open en hijs me overeind. Trish komt de kamer in, gevolgd door een rood aangelopen Eddie. 'Voordat we verdergaan, had jij nog vragen over de functie?'

Ik kijk haar aan. Mijn hoofd tolt rond als een draaimolen.

Dit is het moment om uit te leggen dat het een grote vergissing is. Dat ik geen huishoudster ben, maar jurist.

Alleen komt er niets uit mijn mond.

Ik wil niet weg. Ik wil op dit bed liggen en in een diepe slaap wegzinken.

Ik zou hier een nachtje kunnen blijven, flitst het door mijn hoofd. *Eén nachtje maar. Ik kan het misverstand morgen rechtzetten.*

'Eh... zou ik vanavond kunnen beginnen?' hoor ik mezelf zeggen.

'Ik zou niet weten waarom niet...' heft Eddie aan.

'Laten we niet op de zaken vooruitlopen,' onderbreekt Trish hem met afgemeten stem. 'Er hebben zich véél geschikte kandidaten voor de functie gemeld, Samantha. Er zaten uitblinkers tussen. Een meisje had zelfs een diploma Frans koken!'

Ze inhaleert diep en kijkt me veelzeggend aan. Iets in mij verhardt zich, als in een reflex. Ik kan er niets aan doen. Het is sterker dan ik, sterker zelfs dan mijn verlangen op het zachte witte bed in slaap te vallen.

Bedoelt ze soms...

Bedoelt ze dat ik die baan misschien níét krijg?

Ik neem Trish even zwijgend op. Ergens diep in mijn verwarde shocktoestand voel ik een sprankje van de oude Samantha opleven.

Ik voel dat mijn ingesleten ambitie de kop opsteekt en de lucht opsnuift. Zijn mouwen opstroopt en in zijn handen spuugt. Ik kan het winnen van het een of andere Frans kokende grietje.
Ik ben nog nooit van mijn leven afgewezen voor een baan.
Ik ben van plan het zo te houden.

'Zo.' Trish kijkt naar haar lijst. 'Je hebt ervaring met alle soorten was?'
'Ik heb een wasprijs gewonnen op school,' bevestig ik met een bescheiden knikje. 'Zo ben ik eigenlijk op het idee gekomen voor dit werk te kiezen.'
'Mijn hemel!' Trish kijkt me verbluft aan. 'En je beheerst de Franse keuken?'
'Ik heb stage gelopen bij Michel de la Roux de la Blanc.' Ik zwijg even plechtig. 'Die naam spreekt natuurlijk voor zich.'
'Absoluut,' zegt Trish, en ze kijkt hulpeloos naar Eddie.
We zitten weer in de serre. Trish bestookt me met vragen die zo te horen uit een 'hoe neem ik een huishoudster in dienst'-brochure komen. En ik beantwoord ze stuk voor stuk met een onwrikbaar zelfvertrouwen.
Ergens in mijn achterhoofd hoor ik een stemmetje roepen: 'Waar ben je mee bezig? Samantha, waar ben je in godsnaam mee bézig?'
Maar ik luister niet. Ik wil het niet horen. Op de een of andere manier lukt het me het echte leven te verdringen, de fout, mijn verwoeste carrière, die hele nachtmerrie van een dag... Alles, behalve dit sollicitatiegesprek. Mijn hoofd tolt nog en ik heb het gevoel dat ik elk moment van mijn stokje kan gaan, maar diep vanbinnen zit een geconcentreerd kerntje vastberadenheid. *Ik zal die baan krijgen.*
'Kun je ons een voorbeeldmenu geven?' Trish steekt nog eens een sigaret op. 'Voor een etentje, bijvoorbeeld?'
Eten... Indrukwekkend eten...
Opeens herinner ik me Maxim's, gisteravond. De kaart die ik als aandenken heb gekregen.
'Even in mijn, eh, aantekeningen kijken.' Ik rits mijn tas open en kijk stiekem naar de kaart van Maxim's. 'Voor een officieel etentje zou ik, eh, dichtgeschroeide paté de foie gras met abrikozenglaceersel opdienen, lam op een bedje van gekruide hummus... gevolgd door een chocolade-pepermuntsoufflé met twee zelfgemaakte sorbets.'

Pak aan, Frans kookmeisje.

'Goh!' Trish is zo te zien overdonderd. 'Dat is heel indrukwekkend, moet ik zeggen.'

'Geweldig!' Eddie ziet eruit alsof hij zit te kwijlen. 'Dichtgeschroeide paté! Kun je niet vast een portie voor ons maken?'

Trish werpt hem een korzelige blik toe. 'Ik neem aan dat je referenties hebt, Samantha?'

Referenties?

'We hebben wel een referentie nodig.' Trish fronst haar voorhoofd.

Ik krijg een inval. 'Mijn referentie is lady Freya Edgerly,' zeg ik.

'Lády Edgerly?' Trish trekt haar wenkbrauwen op en krijgt roze vlekken in haar hals.

'Ik heb jaren bij lord en lady Edgerly gewerkt,' zeg ik knikkend. 'Ik weet zeker dat lady Edgerly voor me in kan staan.'

Trish en Eddie kijken me allebei met grote ogen aan. Misschien moet ik er nog wat huishoudelijks bij vertellen.

'Een fantastisch gezin,' smuk ik mijn verhaal op. 'Wat een werk was dat, het landhuis schoonhouden. En... de tiara's van lady Edgerly poetsen.'

Shit. Dat van die tiara's ging iets te ver.

Tot mijn verbazing is er geen greintje achterdocht op hun gezichten te zien.

'Kookte je ook voor ze?' vraagt Eddie. 'Ontbijt en zo?'

'Maar natuurlijk. Lord Edgerly was zeer gesteld op mijn speciale recept, gepocheerde eieren met bacon en saus Hollandaise.' Ik neem een slokje water.

Ik zie dat Trish gezichten naar Eddie trekt die ze zelf kennelijk vragend vindt, en dat hij steels naar haar knikt. Ze hadden net zo goed 'we nemen haar!' op hun voorhoofd kunnen zetten.

'Nog één ding.' Trish neemt een grote trek van haar sigaret. 'Jij neemt de telefoon op wanneer meneer Geiger en ik niet thuis zijn. Ons sociale imago is heel belangrijk. Kun je alsjeblieft eens voordoen hoe je dat zou doen?' Ze knikt naar een telefoon op een tafeltje.

Dat kunnen ze niet menen. Hoewel... Toch wel, geloof ik.

'Je moet zeggen: "Goedemiddag, met het huis van de familie Geiger,"' zegt Eddie me voor.

Ik sta gehoorzaam op, negeer mijn duizelige hoofd zo goed mogelijk, loop naar de telefoon en pak de hoorn.

'Goedemiddag,' zeg ik met mijn beminnelijkste klassenvertegenwoordigersstem. 'Met het huis van de familie Geiger. Wat kan ik voor u doen?'

Eddie en Trish kijken alsof ze hun geluk niet op kunnen.

7

De volgende ochtend word ik wakker met een onbekend, glad wit plafond boven me. Ik kijk er even confuus naar en til mijn hoofd een stukje op. De lakens maken een vreemd ritselend geluid als ik me beweeg. Wat is hier gaande? Zo klinken mijn lakens niet.

Maar natuurlijk. Het zijn de lakens van de Geigers.

Ik zak behaaglijk terug in de kussens, tot er een volgende gedachte toeslaat.

Wie zijn de Geigers?

Ik trek een denkrimpel in mijn voorhoofd in mijn pogingen het me te herinneren. Ik heb het gevoel dat ik een kater heb, maar ook nog dronken ben. Levendige flarden van gisteren doemen uit een dichte mist op. Ik weet niet wat echt is en wat een droom. Ik ben met de trein gekomen... ja... Ik had hoofdpijn... Paddington Station... Uit kantoor weggelopen...

O, god. O, nee, alsjeblieft niet.

De hele nachtmerrie gutst misselijkmakend over me heen. Het voelt alsof iemand me in mijn middenrif heeft gestompt. Het memo. De Third Union Bank. Vijftig miljoen pond. Ik vroeg Guy of ik nog een baan had...

Hoe hij zweeg...

Ik blijf doodstil liggen om het allemaal te laten bezinken. Mijn carrière is naar de haaien. Ik heb geen schijn van kans om vennoot te worden. Ik zit waarschijnlijk zonder werk. Het leven zoals ik het kende, is voorbij.

Uiteindelijk sla ik het beddengoed van me af en stap uit bed. Ik voel me slap en daas. Ik heb gisteren niets gegeten, besef ik opeens, afgezien van die paar cornflakes 's ochtends.

Gisteren om deze tijd was ik in mijn keuken, op weg naar mijn werk, nog in zalige onwetendheid van wat me te wachten stond. In een andere wereld, een parallel universum, zou ik vandaag als vennoot van Carter Spink zijn ontwaakt. Ze zouden me overladen met gelukwensen. Mijn leven zou compleet geweest zijn.

Ik knijp mijn ogen stijf dicht om de gedachten die mijn geest binnenzweven te ontlopen. Misselijkmakende had-ik-maar gedachten. Had ik dat memo maar eerder gezien, had ik maar een netter bureau gehad, had Arnold me dat klusje maar niet gegeven...

Het heeft geen zin. Zonder op mijn bonzende hoofd te letten loop ik naar het raam. Wat gebeurd is, is gebeurd. Het enige wat erop zit, is ermee om zien te gaan. Ik kijk over de tuin uit. Alles lijkt zo onwezenlijk. Tot nu toe was mijn hele leven uur na uur voor me uitgestippeld. Via mijn tentamens en stages in de zomervakantie de treden van de carrièreladder op... Ik dacht dat ik haarfijn wist waar ik naartoe ging.

En nu word ik wakker in een vreemde kamer midden in de provincie. Met een carrière die aan diggelen ligt.

En... er is nog iets. Er knaagt iets. Een laatste puzzelstukje dat mijn verdwaasde brein nog niet heeft gevonden. Het schiet me zo wel te binnen.

Ik leun met mijn voorhoofd tegen het sussend koele glas en zie in de verte een man met zijn hond wandelen. Misschien is er nog iets te redden. Misschien is het allemaal niet zo erg als ik dacht. Heeft Guy echt gezégd dat ik mijn baan kwijt was? Ik moet hem bellen, uitzoeken hoe erg het precies is. Ik haal diep adem en hark met mijn vingers door mijn warrige haar. God, ik ben gisteren echt geflipt. Nu ik erover nadenk wat ik heb gedaan... Ik ben het kantoor uit gevlucht, in een trein gesprongen... Ik moet echt op een andere planeet gezeten hebben. Als de Geigers niet zoveel begrip hadden getoond...

Mijn gedachten worden bruut afgebroken.

De Geigers.

Er is iets met de Geigers. Iets wat ik me niet herinner... Iets wat een alarmbelletje doet rinkelen...

Ik draai me om en zie een blauwe jurk aan de deur van de kleerkast hangen. Een soort uniform, met biesjes. Waarom zou er een...

Het alarmbelletje wordt harder. Het rinkelt als een dolle. Het komt allemaal terug, als een verschrikkelijke, dronken droom.

Heb ik een baan als huishoudster aangenomen?
Ik kan me even niet bewegen. O, jezus. Wat heb ik gedaan? Wat heb ik gedááán?
Ik bezie mijn situatie eindelijk zoals die echt is en mijn hart begint te bonzen. Ik logeer onder compleet valse voorwendselen bij een echtpaar dat ik niet ken. Ik heb in hun bed geslapen. Ik heb een oud T-shirt van Trish aan. Ze hebben me zelfs een tandenborstel gegeven toen ik met een 'koffer in de trein gestolen'-smoes kwam. Het laatste wat ik me herinner voordat ik als een blok in slaap viel, is Trish' vergenoegde stem aan de telefoon. 'Ze is Engels!' zei ze. 'Ja, ze spreekt perfect Engels! Een topper. Heeft in Frankrijk leren koken!'
Ik zal moeten zeggen dat het allemaal gelogen was.
Er wordt op mijn slaapkamerdeur geklopt en ik schrik op.
'Samantha? Mag ik binnenkomen?'
'O! Eh... ja!'
De deur gaat open en Trish komt binnen in een lichtroze trainingspak met een logo in stras. Ze is helemaal opgemaakt en haar doordringende parfum beneemt me nu al de adem.
'Ik heb thee voor je gezet,' zegt ze met een vormelijke glimlach, en ze reikt me de mok aan. 'Meneer Geiger en ik willen dat je je heel welkom bij ons voelt.'
'O!' Ik slik nerveus. 'Dank u wel.'
Mevrouw Geiger, ik moet u iets vertellen. Ik ben geen huishoudster.
Op de een of andere manier krijg ik het niet over mijn lippen.
Trish knijpt haar ogen tot spleetjes alsof ze nu al spijt heeft van haar vriendelijke geste.
'Nu moet je natuurlijk niet denken dat ik je elke ochtend thee op bed kom brengen, maar aangezien je je gisteravond niet lekker voelde...' Ze tikt op haar horloge. 'Je kunt je nu maar beter gaan aankleden. We verwachten je over tien minuten beneden. In de regel eten we een licht ontbijt. Toast, koffie en noem maar op. Dan kunnen we de andere maaltijden van de dag bespreken.'
'Eh... oké,' zeg ik zwakjes.
Ze doet de deur dicht en ik zet de thee neer. O, shit. Wat nu?
Oké. Rustig maar. Prioriteiten stellen. Ik moet naar kantoor bellen. Uitzoeken hoe erg het precies is. Verkrampt van angst tast ik in mijn tas naar mijn mobieltje.

Het scherm is donker. De batterij moet leeg zijn.

Ik kijk er machteloos naar. Ik moet gisteren zo van de wereld zijn geweest dat ik ben vergeten hem op te laden. Ik diep de oplaadstekker uit mijn tas op, steek hem in het stopcontact en sluit de telefoon aan. De batterij begint meteen op te laden.

Ik wacht op het piepje van het signaal... maar het komt niet. Ik heb geen signaal, verdomme.

Ik voel een golf van paniek. Hoe moet ik nu naar kantoor bellen? Hoe moet ik ook maar íéts doen? Ik kan niet leven zonder mijn mobieltje.

Plotseling herinner ik me dat ik een telefoon op de overloop heb gezien. Op een tafel in een erkertje. Misschien kan ik die gebruiken. Ik doe mijn slaapkamerdeur open en kijk of de kust vrij is. Er is niemand. Ik sluip behoedzaam naar de erker en pak de hoorn van de haak. De kiestoon klinkt onverstoorbaar in mijn oor. Ik haal diep adem en kies Arnolds rechtstreekse nummer. Het is nog geen negen uur, maar hij is er al wel.

'Goedemorgen, met het kantoor van Arnold Saville,' klinkt de opgewekte stem van Lara, zijn secretaresse.

'Lara,' zeg ik zenuwachtig, 'met Samantha. Samantha Sweeting.'

'Samántha?' Lara klinkt zo overdonderd dat ik in elkaar krimp. 'O, mijn god! Wat is er gebeurd? Waar zít je? Iedereen is...' Ze komt tot zichzelf.

'Ik... ik zit nu niet in Londen. Kan ik Arnold even spreken?'

'Natuurlijk, ik verbind je door.' Er klinkt even een tjilpende Vivaldi en dan krijg ik hem aan de lijn.

'Samantha,' bromt Arnolds vriendelijke, zelfverzekerde stem over de lijn. 'Lieve meid toch. Je hebt je een probleempje op de hals gehaald, hè?'

Alleen Arnold zou het verspelen van vijftig miljoen van een cliënt 'een probleempje' kunnen noemen. Ondanks alles trekt er een glimlachje om mijn lippen. Ik zie hem voor me in zijn vest, met zijn borstelige wenkbrauwen naar elkaar toe getrokken.

'Ik weet het,' zeg ik, en ik probeer net zo luchtig te doen als hij. 'Het is niet... fantastisch.'

'Het moet me van het hart dat je overhaaste vertrek van gisteren de zaken geen goed heeft gedaan.'

'Ik weet het. Het spijt me. Ik was gewoon in paniek.'
'Heel begrijpelijk, maar je hebt er wel een rommeltje van gemaakt.'
Ik hoor een vreemde spanning onder de vrolijke schijn die Arnold ophoudt. Arnold is nooit gespannen. Het moet wel heel erg zijn. Ik wil als een zielig, smekend hoopje voor hem kruipen en roepen hoe erg het me spijt, maar daar schiet niemand iets mee op. Ik heb me al onprofessioneel genoeg gedragen.

'En, wat zijn de nieuwste ontwikkelingen?' Ik probeer beheerst te klinken. 'Kunnen de curatoren iets voor ons doen?'

'Het lijkt me niet waarschijnlijk. Ze zeggen dat ze aan handen en voeten gebonden zijn.'

'Juist.' Het komt aan als een stomp in mijn maag. Er is dus niets meer aan te doen. Die vijftig miljoen zijn definitief weg. 'En de verzekering?'

'Dat is uiteraard de volgende stap. Het geld zal uiteindelijk wel terugkomen, daar ben ik van overtuigd, maar het zal niet zonder slag of stoot gaan. Zoals je vast wel zult begrijpen.'

'Ik weet het,' fluister ik.

We zwijgen allebei even. Er is geen goed nieuws, dringt het met een doffe pijn tot me door. Geen zon die achter de wolken schijnt. Ik heb het verkloot, einde verhaal.

'Arnold,' zeg ik beverig. 'Ik heb geen idee hoe ik zo'n... zo'n stómme fout heb kunnen maken. Ik snap er niets van. Ik herinner me niet eens dat ik dat memo op mijn bureau heb zien liggen...'

'Waar ben je nu?' valt Arnold me in de rede.

'Ik...' Ik kijk hulpeloos door het raam. 'Eerlijk gezegd weet ik niet eens precies waar ik ben, maar ik kan naar kantoor komen. Ik kom nu meteen.' De woorden buitelen uit mijn mond. 'Ik stap op de eerste de beste trein... Het is maar een paar uur reizen...'

'Dat lijkt me geen goed idee.' Arnolds stem klinkt vreemd scherp, en ik spits mijn oren.

'Ben ik ontslagen?'

'We hebben het er nog niet over gehad,' zegt hij kregelig. 'We hebben wel iets belangrijkers aan ons hoofd, Samantha.'

'Uiteraard.' Het bloed stijgt me naar het hoofd. 'Neem me niet kwalijk. Ik wilde alleen...' Mijn keel wordt dichtgeknepen. Ik doe mijn ogen dicht en probeer me te vermannen. 'Ik heb mijn hele werkende bestaan bij Carter Spink doorgebracht. Het enige wat ik ooit heb gewild, was...'

Ik kan het niet eens over mijn lippen krijgen.

'Samantha, ik weet dat je een zeer begaafd jurist bent,' verzucht Arnold. 'Daar zijn we het allemaal over eens.'

'Maar ik heb een fout gemaakt.'

Ik hoor geruis op de lijn; mijn eigen bloed dat in mijn oren bonst.

'Samantha, ik zal al het mogelijke doen,' zegt Arnold dan. 'Ik kan je net zo goed nu al vertellen dat we je lot vanochtend gaan bespreken.'

'En het lijkt je beter als ik niet kom?' Ik bijt op mijn onderlip.

'Het zou op dit moment meer kwaad dan goed kunnen doen. Blijf maar waar je bent. Laat het maar aan mij over.' Arnold aarzelt even en zegt dan, een tikje schor: 'Ik zal mijn best voor je doen, Samantha. Ik beloof het.'

'Ik wacht af,' zeg ik snel. 'Ontzettend bedankt.' Maar hij heeft al opgehangen. Ik laat de hoorn langzaam zakken.

Ik heb me nog nooit van mijn leven zo machteloos gevoeld. Plotseling zie ik het hele stel voor me, ernstig rond de vergadertafel: Arnold, Ketterman en misschien zelfs Guy, die besluiten of ze me nog een kans zullen geven.

Ik moet optimistisch blijven. Er is nog een kans. Als Arnold aan mijn kant staat, zullen de anderen ook...

'Echt súper, dat meisje.'

Ik schrik op van Trish' naderende stem. 'Ja, natuurlijk ga ik haar referenties na, maar Gillian, ik heb véél mensenkennis. Mij hou je niet zo gemakkelijk voor de gek...'

Trish komt met een mobieltje aan haar oor de hoek om en ik spring snel bij de telefoon weg.

'Samantha!' zegt ze verbaasd. 'Wat is dat nou? Ben je nog steeds niet aangekleed? Aan de slag!' Ze loopt door en ik vlucht naar mijn kamer, doe de deur dicht en kijk naar mijn gezicht in de spiegel.

Opeens schaam ik me een beetje.

Of nee, ik schaam me ontzettend. Hoe zullen de Geigers reageren als ik vertel dat ik een grote bedrieger ben? Dat ik helemaal geen huishoudster met een Frans kookdiploma ben, maar alleen een bed voor de nacht zocht?

Ik zie plotseling voor me hoe ze me woedend het huis uit schoppen. Hoe misbruikt ze zich voelen. Misschien bellen ze de politie wel. Laten ze me oppakken. O, god, het zou echt heel akelig kunnen worden.

Maar goed, er zit niets anders op. Ik kan niet bepaald doen... Of toch?

Ik pak het blauwe uniform en voel er afwezig aan terwijl mijn gedachten tollen. Het was best aardig van ze om me zo op te vangen. Ik heb geen andere dringende bezigheden. Ik word nergens anders verwacht. Misschien zal het me zelfs wat afleiding bieden, een beetje licht huishoudelijk werk...

Ik hak de knoop door.

Ik ga een ochtend voor huishoudster spelen. Zo moeilijk kan het toch niet zijn? Ik maak toast voor die mensen en stof hun snuisterijen af of zoiets. Ik kan het als mijn bedankje aan hen zien. Zodra ik iets van Arnold hoor, verzin ik een geloofwaardige smoes om weg te gaan, en de Geigers hoeven nooit te weten dat ik geen echte huishoudster was.

Ik trek haastig mijn uniform aan, haal een kam door mijn haar en ga voor de spiegel staan.

'Goedemorgen, mevrouw Geiger,' zeg ik tegen mijn spiegelbeeld. 'En, eh... hoe wilt u dat ik de salon afstof?'

Oké, dat lukt me wel.

De Geigers staan allebei onder aan de trap te kijken hoe ik naar beneden kom. Ik heb me nog nooit zo opgelaten gevoeld.

Ik ben huishoudster. Ik moet me als een huishoudster gedragen.

'Welkom, Samantha,' zegt Eddie als ik beneden ben aangekomen. 'Goed geslapen?'

'Heel goed, dank u, meneer Geiger,' antwoord ik ingetogen.

'Mooi zo!' Eddie wipt van zijn tenen op zijn hielen. Hij lijkt zich ook niet op zijn gemak te voelen. Eigenlijk lijken ze zich allebei niet op hun gemak te voelen. Onder de make-up, de gebruinde huid en de dure kleren lijken de Geigers een tikkeltje onzeker te zijn.

Ik loop naar een erkerbankje en trek een kussen recht met een air alsof ik weet wat ik doe.

'Je bent zeker wel benieuwd naar je nieuwe keuken!' zegt Trish enthousiast.

'Natuurlijk,' zeg ik met een zelfverzekerde glimlach. 'Ik kan niet wachten!'

Het is maar een keuken. Het is maar voor één ochtend. Ik kan het wel.

Trish gaat me voor naar de enorme essenhouten keuken, en nu kijk ik aandachtiger om me heen en probeer de details in me op te nemen. In het granieten aanrecht links van me is een reusachtig fornuisgeval ingebouwd. Een batterij ovens in de muur. Overal waar ik kijk, zie ik blinkend verchroomde snufjes met stekkers. Boven mijn hoofd hangen rijen steelpannen en gereedschap in alle soorten en maten in een kluwen van roestvrij staal.

Ik heb geen benul waar het allemaal toe dient.

'Je wilt het natuurlijk op je eigen manier inrichten,' zegt Trish om zich heen wijzend. 'Je mag alles veranderen wat je wilt. Maak de boel maar op orde. Jíj bent de vakvrouw!'

Ze kijken me allebei verwachtingsvol aan.

'Absoluut,' zeg ik zakelijk. 'Ik heb vanzelfsprekend mijn eigen, eh... systeem. Dat hoort daar bijvoorbeeld niet te staan.' Ik wijs lukraak naar een apparaat. 'Ik zal het moeten verplaatsen.'

'O ja?' Trish kijkt me gefascineerd aan. 'Hoe dat zo?'

Het blijft even stil. Zelfs Eddie lijkt geboeid te zijn.

'Keuken... Ergonomisch koken,' improviseer ik. 'Zo, wilt u toast bij het ontbijt?' schakel ik snel om.

'Allebei toast,' zegt Trish. 'En koffie met halfvolle melk.'

'Komt eraan,' zeg ik met een opgeluchte glimlach.

Ik kan best toast maken. Zodra ik erachter ben wat nu eigenlijk de broodrooster is.

'Dan kom ik het zo brengen,' zeg ik om hen de keuken uit te jagen. 'Wilt u het ontbijt in de eetkamer gebruiken?'

Er klinkt een plofje in de hal.

'Daar zal de krant zijn,' zegt Trish. 'Ja, Samantha, je kunt het ontbijt in de eetkamer opdienen.' Zij spoedt zich weg, maar Eddie blijft in de keuken treuzelen.

'Weet je, ik heb me bedacht.' Hij glimlacht joviaal naar me. 'Laat die toast maar zitten, Samantha. Ik neem jouw beroemde gepocheerde eieren. Je hebt me hongerig gemaakt, gisteren!'

Gisteren? Wat heb ik gisteren...

O, hemel. Gepocheerde eieren met bacon en saus Hollandaise. Mijn speciale recept waar lord Edgerly zo van smulde.

Hoe kon ik het verzínnen?

Ik weet niet eens wat pocheren ís.

'Weet u... zeker dat u dat wilt?' pers ik er met verstikte stem uit.

'Ik laat me jouw specialiteit niet ontgaan!' Eddie wrijft waarderend over zijn buik. 'Het is mijn lievelingsontbijt. De beste gepocheerde eieren die ik ooit heb geproefd, waren die in het Carlyle in New York, maar ik wil wedden dat de jouwe nog lekkerder zijn!'

'Ik vraag het me af!' Op de een of andere manier slaag ik erin vrolijk te glimlachen.

Waarom heb ik in godsnaam gezegd dat ik gepocheerde eieren kon maken?

Oké... Rustig blijven. Zo moeilijk kan het niet zijn. Eieren en... nog iets.

Eddie leunt met een verwachtingsvol gezicht tegen het granieten aanrecht. Ik heb het akelige vermoeden dat hij wacht tot ik begin te koken. Ik pak aarzelend een blinkende pan van het rek, en op hetzelfde moment dribbelt Trish met de krant de keuken in. Ze kijkt nieuwsgierig naar wat ik doe.

'Wat ga je met de aspergestomer doen, Samantha?'

Shit.

'Ik wilde hem alleen... even bekijken. Ja.' Ik knik kort, alsof de pan mijn verdenkingen heeft bevestigd, en hang hem dan zorgvuldig weer aan het rek.

Ik krijg het steeds benauwder. Ik heb geen idee hoe ik moet beginnen. Moet ik de eieren stukslaan? Koken? Tegen de muur smijten?

'Hier zijn de eieren.' Eddie kwakt een enorme doos op het aanrecht en tilt het deksel op. 'Dat moeten er genoeg zijn, lijkt me!'

Ik staar naar de rijen bruine eieren en word een beetje duizelig. Waar ben ik mee bezig? Ik kan verdomme geen eieren pocheren. Ik kan geen ontbijt voor die mensen maken. Ik zal open kaart moeten spelen.

Ik draai me om en haal diep adem.

'Meneer Geiger... mevrouw Geiger...'

'Eieren?' doorklieft de stem van Trish de mijne. 'Eddie, jij mag geen eieren! Je weet toch wat de dokter heeft gezegd?' Ze kijkt me met toegeknepen ogen aan. 'Waar heeft hij om gevraagd, Samantha? Gekookte eieren?'

'Eh... meneer Geiger had gepocheerde eieren besteld, maar ziet u...'

'Jij gaat geen gepocheerde eieren eten!' zegt Trish bijna krijsend tegen Eddie. 'Dat zijn cholesterolbommen!'

'Ik eet wat ik wil!' stribbelt Eddie tegen.

'De dokter heeft hem op dieet gezet.' Trish trekt verwoed aan haar sigaret. 'Hij heeft vanochtend al een bord cornflakes gehad!'

'Ik had honger!' verweert Eddie zich. 'Jij hebt een chocolademuffin genomen!'

Trish snakt naar adem alsof hij haar een klap heeft gegeven. Ze krijgt rode plekken op haar wangen en lijkt even geen woord te kunnen uitbrengen.

'We willen graag allebei een kop koffie, Samantha,' zegt ze ten slotte waardig. 'Je mag het ons in de woonkamer brengen. In het roze servies. Kom mee, Eddie.' Voordat ik nog iets kan zeggen, zeilt ze weg.

Ik kijk om me heen in de lege keuken en vraag me af of ik moet lachen of huilen. Dit is belachelijk. Ik kan niet doorgaan met die schijnvertoning. Ik moet de waarheid vertellen. Nu. Ik loop resoluut de keuken uit en de hal in. Daar blijf ik staan. Achter de gesloten deur van de woonkamer hoor ik Trish met schelle, onverstaanbare stem tegen Eddie kafferen, en af en toe bromt hij er iets tegenin.

Ik verschans me haastig weer in de keuken en zet water op. Misschien is het gemakkelijker om gewoon die koffie te zetten.

Tien minuten later heb ik een zilveren dienblad opgemaakt met een roze koffiepot, roze kopjes, suiker, melk en een toefje roze bloemen die ik heb afgeknipt uit een pot die achter het keukenraam hing. Ik ben er best trots op, al zeg ik het zelf.

Ik loop naar de woonkamerdeur, zet het blad op de gangtafel en klop behoedzaam aan.

'Binnen!' roept Trish.

Ik ga naar binnen. Zij zit in een stoel bij het raam met een tijdschrift gekunsteld in haar handen. Eddie staat aan de andere kant van de kamer een houten beeld te bekijken.

'Dank je, Samantha.' Trish nijgt elegant haar hoofd terwijl ik koffie schenk. 'Dat is voorlopig alles.'

Ik voel me alsof ik in een bizar kostuumdrama ben beland, alleen zijn de kostuums een roze yogapak en een golfpolo.

'Eh, heel goed, mevrouw,' speel ik mee. En dan, voor ik er erg in heb, maak ik een buiginkje.

Er valt een perplexe stilte. De Geigers gapen me verbluft aan.

'Samantha, maakte jij een... búíging?' vraagt Trish ten slotte.

Ik kijk haar verstijfd aan.

Hoe verzin ik het? Waarom heb ik een buiging gemaakt? Nu denkt ze dat ik haar voor schut zet. Huishoudsters buigen niet, godbetert. We zijn hier niet in Gosford Park.

Ze gapen me nog steeds aan. Ik moet iets zeggen.

'De Edgerly's hadden graag dat ik, eh, boog.' Mijn hele gezicht prikt. 'Het is een gewoonte geworden. Neem me niet kwalijk, mevrouw, ik zal het niet meer doen.'

Trish steekt haar hoofd steeds verder naar voren en knijpt haar ogen tot steeds kleinere spleetjes. Ze tuurt naar me alsof ze me probeert te doorgronden.

Nu moet ze wel snappen dat ik een bedrieger ben, dat kan niet anders.

'Het heeft wel iets,' verkondigt ze dan, en ze knikt voldaan. 'Ja, het bevalt me wel. Je mag hier ook buigen.'

Wat?

Wát mag ik?

Dit is de eenentwintigste eeuw, hoor. En dan wil zo'n vrouw als Trish dat ik voor haar buig?

Ik doe mijn mond open om te zeggen hoe ik erover denk... en klap hem weer dicht. Het doet er niet toe. Het is niet echt. Ik kan best een ochtendje buigen.

8

Zodra ik de kamer uit ben, storm ik de trap op naar mijn kamer om naar mijn mobieltje te kijken, maar het is pas half opgeladen en ik heb geen idee waar ik signaal zou moeten krijgen. Als Trish mobiel kan bellen, moet ik het ook kunnen. Ik vraag me af bij welke provider ze zit...

'Samántha?' klimt Trish' stem van beneden.

'Samántha?' Ze klinkt ontstemd. Nu hoor ik haar voetstappen naar boven komen.

'Mevrouw?' Ik rep me de gang in.

'O, daar zit je!' Ze kijkt me afkeurend aan. 'Wil je zo vriendelijk zijn je níét in je kamer te verstoppen tijdens je werkdienst? Ik wil niet naar je hoeven gillen.'

'Eh... goed, mevrouw Geiger,' zeg ik. We lopen naar beneden en mijn maag draait zich bijna om. Achter Trish zie ik *The Times* op tafel liggen, opengeslagen bij het economische katern, en ik zie de kop GLAZERBROOKS VRAAGT SURSEANCE AAN.

Trish wroet in een reusachtige witte Chanel-tas, wat mij de kans geeft mijn blik over het artikel te laten glijden. Carter Spink wordt niet genoemd, goddank. De pr-afdeling moet erin geslaagd zijn het verhaal in de doofpot te stoppen.

'Waar zijn mijn sleutels toch?' zegt Trish geagiteerd. 'Waar zíjn ze?' Ze rommelt steeds woester in haar Chanel-tas. Een goudkleurige lippenstift vliegt door de lucht en belandt bij mijn voeten. 'Waarom raken dingen toch altijd zóék?'

Ik raap de lippenstift op en reik hem haar aan. 'Weet u nog wanneer u ze voor het laatst hebt gezien, mevrouw Geiger?'

'Ik ben ze niet kwíjt.' Ze snuift minachtend. 'Ze zijn gestolen. Het kan niet anders. We zullen allemaal nieuwe sloten moeten nemen.

Onze identiteit wordt gestolen.' Ze grijpt naar haar hoofd. 'Dat doen die flessentrekkers, weet je. Er stond een groot artikel over in de *Mail*...'

'Zijn dit ze?' Mijn oog is op een Tiffany-sleutelhanger gevallen die in de vensterbank ligt te flonkeren. Ik pak hem en laat Trish de sleutels zien.

'Ja!' Trish staat versteld. 'Ja, dat zijn ze! Samantha, je bent geniaal! Hoe heb je ze gevonden?'

'Ach... het stelt niets voor.' Ik haal bescheiden mijn schouders op.

'Nou, ik ben onder de indruk!' Ze kijkt me veelbetekenend aan. 'Ik zal het aan meneer Geiger vertellen.'

'Goed, mevrouw,' zeg ik, en ik hoop maar dat het klinkt alsof ik innig dankbaar ben. 'Dank u wel.'

'Meneer Geiger en ik gaan zo weg,' vervolgt ze, terwijl ze zichzelf met een geurtje uit een spuitbus besprietst. 'Zou je zo vriendelijk willen zijn om ons om een uur een lichte lunch met broodjes te serveren en de boel beneden verder schoon te maken? We hebben het nog wel over het diner.' Ze draait zich snel naar me om. 'Ik kan je wel zeggen dat we allebei diep onder de indruk waren van je menu met dichtgeschroeide paté.'

'O, eh, fijn!'

Niks aan de hand. Tegen etenstijd ben ik al weg.

'Zo.' Trish klopt nog een laatste keer op haar kapsel. 'Zou je even naar de salon willen komen, Samantha?'

Ik loop met haar mee naar de schouw in de salon.

'Voordat ik weg ben en jij hier begint te stoffen,' zegt Trish, 'wilde ik je laten zien hoe de beeldjes staan.' Ze wijst naar een rij porseleinen beeldjes op de schoorsteenmantel. 'Soms is het moeilijk te onthouden. Om de een of andere reden doen alle huishoudsters het verkeerd, dus als je even zou willen ópletten?'

Ik kijk gehoorzaam naar de schoorsteenmantel.

'Het is heel belangrijk dat die porseleinen hondjes met hun snuit naar elkaar toe zitten.' Trish wijst naar een paar King Charles-spaniëls. 'Zie je wel? Ze zitten niet van elkaar áf, maar naar elkaar tóé.'

'Naar elkaar toe,' herhaal ik knikkend. 'Ja, ik zie het.'

'En de herderinnetjes staan iets van elkaar áf gedraaid, zie je? Van elkaar áf.'

Ze praat langzaam en duidelijk, alsof ik het IQ heb van een enigszins achterlijk kind van drie.

'Van elkaar áf,' herhaal ik braaf.

'Weet je het nu?' Trish kijkt me indringend aan. 'Eens zien. Hoe staan de porseleinen hondjes?' Ze tilt haar arm op, zodat ik de schoorsteenmantel niet meer kan zien.

Ongelooflijk. Ze overhoort me.

'De porseleinen hondjes,' dringt ze aan. 'Hoe staan ze?'

O, god, dit kan ik niet laten lopen.

'Eh...' Ik denk even diep na. 'Met hun snuit... van elkaar af?'

'*Naar elkaar toe!*' snerpt Trish vertwijfeld. 'Ze staan met hun snuit naar elkaar tóé!'

'O, ja,' zeg ik verontschuldigend. 'Ja, neem me niet kwalijk. Nu heb ik het.'

Trish doet haar ogen dicht en houdt twee vingers bij haar voorhoofd alsof de stommiteit van de huishoudster niet te harden is.

'Laat maar,' zegt ze ten slotte. 'We oefenen het morgen nog wel een keer.'

'Ik zal de koffie afruimen,' zeg ik onderdanig. Terwijl ik het blad optil, werp ik een blik op mijn horloge. Twaalf over tien. Zou de bespreking al begonnen zijn?

Dit wordt een ondraaglijke ochtend.

Tegen halftwaalf ben ik op van de zenuwen. Mijn mobieltje is opgeladen en ik heb uiteindelijk signaal gevonden in de keuken, maar er heeft nog niemand gebeld en er zijn geen berichten. Ik controleer het elke minuut.

Ik heb de vaatwasser ingeruimd en ben er na een poging of vijftig in geslaagd hem aan te zetten. En ik heb de porseleinen hondjes met een papieren zakdoek afgestoft. Verder heb ik weinig meer gedaan dan door de keuken ijsberen.

De 'lichte lunch met broodjes' heb ik vrij snel uit mijn hoofd gezet nadat ik voor mijn gevoel uren op twee broden had gezaagd en niet meer overhield dan tien dikke, krakkemikkige boterhammen, de een nog misvormder dan de ander, temidden van een zee kruimels. God mag weten wat ik fout heb gedaan. Er zal wel iets met dat mes geweest zijn.

Het enige wat ik ervan kan zeggen is: god zij gedankt voor de Gouden Gids en de cateringbedrijven. En de creditcards. Ik kan Trish en Eddie voor het luttele bedrag van £ 45,50 een 'sandwichlunch voor fijnproevers' van Cotswold Caterers aanbieden. Ik had wel twee keer zoveel willen betalen. Eerlijk gezegd had ik waarschijnlijk wel tien keer zoveel willen betalen.

Nu zit ik domweg op een stoel, met mijn hand stevig om mijn mobieltje in mijn zak geklemd.

Ik doe wanhopig mijn best het tot overgaan aan te sporen.

Tegelijkertijd ben ik doodsbang dat het zal overgaan.

Opeens kan ik de spanning niet meer aan. Ik moet er iets aan doen. Wat dan ook. Ik wrik de deur van de megakoelkast van de Geigers open en pak een fles witte wijn. Ik schenk mezelf een glas in en neem een enorme, radeloze teug. Net als ik er nog een wil nemen, voel ik iets in mijn nek tintelen.

Alsof... alsof er iemand naar me kijkt.

Ik draai me als door een wesp gestoken om en schrik me kapot. Er staat een vent bij de keukendeur.

Hij is lang en breedgeschouderd, en diepbruin, met helblauwe ogen. Zijn golvende haar is goudbruin met gebleekte blonde puntjes. Hij draagt een oude spijkerbroek, een gescheurd T-shirt en de modderigste laarzen die ik ooit heb gezien.

Zijn ogen glijden bedenkelijk van de tien krakkemikkige, kruimelige boterhammen op het aanrecht naar mijn glas wijn.

'Hallo,' zegt hij dan. 'Ben jij de nieuwe Franse kok?'

'Eh... ja! Zeker weten.' Ik strijk mijn uniform glad. 'Ik ben Samantha, de nieuwe huishoudster. Hallo.'

'Nathaniel.' Hij steekt een hand uit, die ik na een korte aarzeling aanneem. Zijn huid is zo hard en ruw dat het voelt alsof ik een stuk boomschors schud. 'Ik doe de tuin voor de Geigers. Je wilt natuurlijk met me over groenten praten.'

Ik kijk hem vragend aan. Waarom zou ik dat willen?

Als hij tegen de deurpost leunt en zijn armen over elkaar slaat, moet ik wel opmerken hoe sterk en gespierd zijn onderarmen zijn. Ik heb nog nooit een man met zulke armen gezien. Niet in het echt.

'Ik kan voor vrijwel alle groenten zorgen,' vervolgt hij. 'In het seizoen, natuurlijk. Je hoeft maar te zeggen wat je hebben wilt.'

Opeens dringt het tot me door wat hij bedoelt. 'O, gróénten,' zeg ik. 'Om te koken. Eh, ja. Die moet ik hebben. Beslist.'

'Ik hoorde dat je bij een chef-kok met Michelin-sterren heb gewerkt?' Hij fronst zijn voorhoofd. 'Ik weet niet met wat voor exotische spullen je werkt, maar ik zal mijn best doen.' Hij haalt een klein, bemodderd aantekenboekje en een potlood tevoorschijn. 'Welke soorten brassica gebruik je graag?'

Brassica?

Wat is een brassica?

Het moet een groente zijn. Ik pijnig mijn hersenen, maar zie alleen maar beelden voor me van Italiaanse brasserieën.

'Ik zal mijn recepten moeten raadplegen,' zeg ik ten slotte met een zakelijk knikje. 'Ik kom er nog op terug.'

'Ja, maar in het algemeen.' Hij kijkt op. 'Welke soorten gebruik je het meest? Dan weet ik wat ik moet planten.'

O, god. Ik durf geen enkele groentesoort te noemen uit angst dat ik er helemaal naast zit.

'Eigenlijk... allerlei soorten,' zeg ik met een luchtige glimlach. 'Je weet hoe dat gaat met brassica's. Soms ben je in de stemming voor die, dan weer voor die!'

Ik vraag me af hoe overtuigend het klonk. Nathaniel kijkt me stomverbaasd aan.

'Ik ga prei bestellen,' zegt hij bedachtzaam. 'Wat heb je liever, albinstar of bleu de solaise?'

Ik kijk hem aan. Mijn gezicht prikt. Ik heb het allebei niet goed verstaan.

'Eh, de eerste,' zeg ik. 'Die heeft heel smakelijke, eh, eigenschappen.'

Nathaniel stopt zijn aantekenboekje weg en neemt me op. Zijn ogen dwalen weer af naar mijn wijnglas. Ik weet niet of zijn gezichtsuitdrukking me bevalt.

'Ik wilde die wijn net in een saus verwerken,' zeg ik snel. Ik pak met een nonchalant gebaar een steelpan van het rek, zet hem op het fornuis en schenk de wijn erin. Ik doe er wat zout bij, pak een pollepel en begin in de pan te roeren.

Dan werp ik een snelle blik op Nathaniel, die me aankijkt met iets wat aan ongeloof grenst.

'Waar had je ook alweer leren koken?' vraagt hij.

Ik word een beetje ongerust. Hij is niet stom, die vent.

'Op de, eh... Franse kookschool.' Mijn wangen worden nogal warm. Ik strooi nog wat zout in de wijn en roer krachtig.

'Je hebt het fornuis niet aangezet,' merkt Nathaniel op.

'Het is een koude saus,' repliceer ik zonder op te kijken. Ik roer nog even door en leg de pollepel dan neer. 'Zo, dan laat ik dat nu even... marineren.'

Dan kijk ik eindelijk op. Nathaniel staat nog steeds tegen de deurpost geleund en neemt me bedaard op. Iets in zijn blauwe ogen knijpt mijn keel dicht.

Hij weet het.

Hij weet dat ik doe alsof.

Zeg het alsjeblieft niet tegen de Geigers, vraag ik hem met mijn ogen. *Alsjeblieft? Ik ben zo weer weg.*

'Samantha?' Trish steekt haar hoofd om de hoek van de deur en ik schrik nerveus op. 'O, je kent Nathaniel al! Heeft hij je over zijn moestuin verteld?'

'Eh... ja.' Ik durf hem niet aan te kijken. 'Ja, hoor.'

'Fantástisch.' Ze neemt een trek van haar sigaret. 'Goed, meneer Geiger en ik zijn terug, en we willen graag over twintig minuten lunchen.'

Ik schrik me wild. Over twintig minuten al? Maar het is pas tien over twaalf. De cateraar komen pas om een uur.

'Wilt u eerst iets drinken?' bied ik wanhopig aan.

'Nee, dank je,' zegt ze. 'Alleen sandwiches. We zijn allebei uitgehongerd, eerlijk gezegd, dus als je een beetje voort zou kunnen maken...'

'Goed.' Ik slik. 'Geen probleem!'

Ik maak in een reflex een buiginkje als Trish wegloopt, en Nathaniel maakt een soort proestgeluid.

'Je buigt,' zegt hij.

'Ja, ik buig,' zeg ik uitdagend. 'Wat is daar mis mee?'

Nathaniel kijkt naar de misvormde boterhammen op de broodplank.

'Is dat de lunch?' vraagt hij.

'Nee, dat is de lunch niet!' snauw ik geagiteerd. 'Wil je nu alsjeblieft mijn keuken uit gaan? Ik heb werkruimte nodig.'

Hij trekt zijn wenkbrauwen op.

'Tot ziens dan maar. Succes met de saus.' Hij knikt naar de pan met wijn.

Zodra hij de deur achter zich dicht heeft gedaan, gris ik mijn mobieltje uit mijn zak en druk op 'redial', maar het cateringbedrijf heeft het antwoordapparaat aangezet.

'Hallo,' zeg ik hijgend na de piep. 'Ik had toch broodjes besteld? Nou, die moet ik nú hebben. Zo snel mogelijk. Dank u wel.'

Nog voor ik heb opgehangen, besef ik dat het geen zin heeft. Die cateraar komt nooit op tijd. De Geigers zitten te wachten.

Ik stel me vastberaden op.

Oké. Ik kan het. Ik kan wel een paar broodjes smeren.

Ik pak snel de twee minst krakkemikkige sneden brood. Ik pak het broodmes en snij de korsten bij tot ik nog een paar vierkante centimeter toonbaar brood over heb. Er staat een botervlootje naast de broodplank en ik guts er wat uit met een mes. Als ik de eerste boterham besmeer, scheurt hij doormidden.

Shit.

Ik verzin wel iets. Geen haan die ernaar kraait.

Ik zwaai een kastdeur open en wroet als een gek tussen de potten mosterd... muntsaus... aardbeienjam. Het worden broodjes jam. Klassiek Engels gerecht. Ik smoor haastig een stukje brood in de jam, smeer meer boter op het andere stukje en druk ze op elkaar. Dan doe ik een pas achteruit om ernaar te kijken.

Het is een fiasco. De jam druipt uit de naden. Het is nog steeds niet mooi vierkant.

Ik heb nog nooit zo'n weerzinwekkend broodje gezien.

Dit kan ik met geen mogelijkheid aan de Geigers voorzetten.

Langzaam laat ik het mes zakken. Ik ben verslagen. Het is dus zover. Tijd om mijn ontslag te nemen. Ik kijk naar de kleffe jamtroep en voel me vreemd teleurgesteld in mezelf. Ik had gedacht dat ik het wel een ochtend vol zou kunnen houden.

Ik word door getik uit mijn gepeins opgeschrikt, draai me vliegensvlug om en zie een meisje met een blauwfluwelen haarband achter het keukenraam staan.

'Hallo!' roept ze. 'Had u broodjes voor twintig man besteld?'

Het gaat allemaal heel snel. Het ene moment sta ik nog naar mijn knoeiboel van jam en kruimels te kijken, het volgende marcheren er twee meiden met groene schorten de keuken in met schalen en nog eens schalen vakkundig gemaakte broodjes.

Messcherp afgesneden witte en bruine broodjes, netjes in piramides opgetast en gegarneerd met toefjes kruiden en partjes citroen. Er zitten zelfs handbeschreven vlaggetjes met uitleg bij.

Tonijn, munt en komkommer. Gerookte zalm, roomkaas en kaviaar. Thaise kip met wilde raketsla.

'Het spijt me ontzettend dat we ons in het aantal hebben vergist,' zegt het kakmeisje met de haarband als ik mijn handtekening zet. 'Het leek echt sprekend een twintig. En we krijgen bijna nooit een bestelling voor broodjes voor maar twee personen...'

'Geeft niks!' zeg ik terwijl ik haar naar de deur loods. 'Echt niet. Geen punt. Zet het maar op mijn creditcard.'

Als de deur eindelijk dicht is, kijk ik verdwaasd om me heen. Ik heb nog nooit zo veel broodjes bij elkaar gezien. De hele keuken staat vol schalen. Elk oppervlak. Ik heb er zelfs een paar op het fornuis moeten zetten.

'Samántha?' Ik hoor Trish aankomen.

'Eh... moment!' Ik ren naar de deur om haar het uitzicht te beletten.

'Het is al vijf over een,' hoor ik haar een beetje bits zeggen. 'En ik had toch heel duidelijk gevraagd of je...'

Haar stem verstomt als ze de keukendeur bereikt, en haar mond zakt open van verbijstering. Ik keer me om en volg haar blik, die van de ene schaal met broodjes naar de andere glijdt. Er komt geen eind aan.

'Mijn hemel,' zegt Trish zodra ze haar stem terug heeft. 'Dit is... heel indrukwekkend!'

'Ik wist niet goed wat jullie lekker vonden,' zeg ik. 'Natuurlijk maak ik er de volgende keer niet zo veel...'

'Goh!' Trish lijkt er geen woorden voor te hebben. Ze pakt een vlaggetje en leest hardop: 'Filet Americain, sla en mierikswortel.' Ze kijkt verbijsterd op. 'Ik heb al weken geen filet Americain meer kunnen krijgen. Waar heb je dat vandaan?'

'Eh... uit de vriezer.'

Ik heb vanochtend in de vriezer gekeken. Er zit genoeg in gepropt om een klein Afrikaans land een week te voeden.

'Maar natuurlijk!' Trish klakt met haar tong. 'Wat slim van je!'

'Ik zal een bord voor u klaarmaken,' bied ik aan. 'En naar de serre brengen.'

'Gewéldig. Nathaniel!' Trish tikt tegen het keukenraam. 'Kom je ook een broodje eten?'

Ik verstijf. Nee. Niet hij weer.

'We willen ze tenslotte niet weggooien.' Ze trekt haar wenkbrauwen op. 'Als ik één aanmerking had, Samantha, zou het zijn dat je íéts te ruim hebt gerekend. Niet dat we árm zijn,' vult ze plotseling aan. 'Dát is het punt niet.'

'Eh, nee, mevrouw.'

'Ik praat liever niet over geld, Samantha.' Trish gaat iets zachter praten. 'Dat is vreselijk ordinair. Maar toch...'

'Mevrouw Geiger?'

Nathaniel staat weer in de deuropening, nu met een modderige spade.

'Proef eens zo'n heerlijk broodje van Samantha!' roept Trish uit, en ze gebaart om zich heen. 'Moet je zien! Is ze niet knap?'

Nathaniel overziet de eindeloze bergen broodjes in een doodse stilte. Ik kan me er niet toe zetten hem aan te kijken. Mijn hele gezicht tintelt. Ik heb het gevoel dat ik mijn greep op de werkelijkheid zou kunnen verliezen. Ik sta in een keuken in Nergenshuizen. In een blauw nylon uniform. Te doen alsof ik een huishoudster ben die broodjes uit de lucht kan toveren.

'Buitengewoon,' zegt Nathaniel ten slotte.

Ik durf eindelijk op te kijken en voel een giechel opkomen. Hij kijkt me met een diepe rimpel in zijn voorhoofd aan, alsof hij het echt niet begrijpt.

'Dat heb je snel gedaan,' zegt hij, en ik hoor de vraag in zijn stem.

'Ik kan heel snel zijn als ik wil.' Ik glimlach neutraal naar hem.

'Samantha is geweldig,' zegt Trish, en ze zet gulzig haar tanden in een broodje. 'En ze werkt zo netjes! De keuken is smetteloos!'

'De Franse kookschool,' zeg ik bescheiden.

'O!' Trish heeft weer een broodje in haar mond geschoven en valt bijna in zwijm. 'Die Thaise kip is goddelijk!'

Ik pak er steels een van de stapel en bijt erin.
Jee, wat lekker. Al zeg ik het zelf.

Om halfdrie is de keuken leeg. Trish en Eddie hebben meer dan de helft van de broodjes verslonden voordat ze weer vertrokken. Nathaniel is teruggegaan naar de tuin. Ik ijsbeer heen en weer, spelend met een lepel en telkens naar de klok kijkend.

Arnold zal nu wel gauw bellen.

Ik kan nergens anders meer aan denken. Mijn geest heeft zich vernauwd tot een tunnel met maar één spoor, en het enige wat me bezighoudt is wat er aan het eind zal zijn.

Ik kijk door het raam naar een bruin vogeltje dat in de grond pikt, draai me om, zink in een stoel, staar naar de tafel en trek obsessief met mijn duimnagel de fijne houtnerf van het glimmende blad na.

Ik heb een fout gemaakt. Eentje maar. Je mag toch wel één fout in je leven maken? Volgens de regels wel.

Of niet? Ik weet het gewoon niet.

Opeens trilt mijn mobieltje en mijn borst lijkt pijnlijk uit elkaar te knallen van angst. Ik gris met plotseling bevende hand het toestel uit de zak van mijn uniform.

Ik zie op het schermpje dat het Guy is. Ik haal diep adem en neem op.

'Hallo, Guy?' Ik probeer zelfbewust te klinken, maar mijn stem klinkt me iel en angstig in de oren.

'Samantha? Ben je daar?' zegt Guy gespannen. 'Waar zít je in vredesnaam? Waarom ben je er niet? Heb je mijn e-mails niet gekregen?'

'Ik heb mijn BlackBerry niet bij me,' zeg ik verbouwereerd. 'Waarom heb je niet gebeld?'

'Dat heb ik gedaan! Je nam niet op. En toen zat ik in bespreking, maar ik heb je de hele ochtend gemaild... Samantha, waar hang je in godsnaam uit? Je moet hier op kantoor zijn! Je kunt je niet verstoppen, verdomme!'

Een enorme schok davert door mijn lichaam. Verstoppen?

'Maar... maar Arnold zei dat ik juist niet moest komen! Dat was beter, zei hij! Hij zei dat ik weg moest blijven en dat hij zijn best zou doen...'

'Heb je enig idee hoe dit overkomt?' onderbreekt hij me. 'Eerst raak je de kluts kwijt, dan verdwijn je spoorloos. Ze zeggen dat je in de war bent, dat je een zenuwinzinking hebt... Het gerucht gaat dat je het land uit gevlucht bent...'

De waarheid dringt tot me door en ik voel een gloeiende, verstikkende paniek opkomen. Ongelooflijk, zo verkeerd als ik dit heb gespeeld. Wat ben ik ongelooflijk stom geweest. Wat doe ik hier in deze keuken, kilometers van Londen?

'Zeg maar dat ik eraan kom,' stamel ik. 'Zeg het maar tegen Ketterman. Ik kom eraan... Ik stap nu op de trein...'

'Het zou al te laat kunnen zijn.' Guy klinkt ernstig en onwillig. 'Samantha, er gaan allerlei verhalen rond.'

'Verhalen?' Mijn hart bonst zo hevig dat ik het woord amper kan uitspreken. 'Wat voor verhalen?'

Ik kan het allemaal niet bevatten. Ik heb het gevoel dat mijn auto plotseling van de weg is gegleden en ik de macht over het stuur kwijt ben. Ik dacht dat ik alles in de hand had. Ik dacht dat ik er verstandig aan deed hier te blijven, en Arnold een goed woordje voor me te laten doen.

'De mensen schijnen te zeggen dat je onbetrouwbaar bent,' zegt Guy na een stilte. 'Dat dit de eerste keer niet is. Dat je vaker fouten hebt gemaakt.'

'Fouten, ik?' Ik spring uit de stoel. Mijn stem klinkt zo schril alsof ik me heb gebrand. 'Wie zegt dat? Ik heb nog nooit een fout gemaakt! Waar hebben ze het over?'

'Ik weet het niet. Ik was niet bij die bespreking. Samantha... denk nog eens goed na. Heb je meer fouten gemaakt?'

Nog eens goed nadenken?

Ik kijk ontredderd en ongelovig naar mijn mobieltje. Gelooft Guy me niet?

'Ik heb nog nooit eerder een fout gemaakt,' zeg ik, jammerlijk falend in mijn poging mijn stem te bedwingen. 'Niet één. Nooit! Ik ben een goed jurist. Ik ben een góéd jurist.' Ik merk tot mijn ongenoegen dat de tranen over mijn wangen stromen. 'Ik ben een rots! Dat wéét je, Guy.'

Er valt een gespannen stilte.

Wat ongezegd blijft, hangt tussen ons in. Als een vonnis. Ik heb wel degelijk een fout gemaakt.

'Guy, ik weet niet hoe ik die gegevens van Glazerbrooks over het hoofd heb kunnen zien.' Ik ga steeds sneller praten. 'Ik weet niet hoe het heeft kunnen gebeuren. Het slaat nergens op. Ik weet dat het een zootje is op mijn bureau, maar er zit systeem in, verdomme. Zulke dingen ontgaan me niet. Ik snap gewoon niet...'
'Samantha, rustig maar.'
'Hoe kan ik rustig blijven?' zeg ik bijna schreeuwend. 'Het gaat om mijn leven. Mijn hele leven. Ik heb verder niets!' Ik veeg de tranen van mijn wangen. 'Dit laat ik me niet afpakken. Ik kom naar kantoor. Nu.'

Ik verbreek de verbinding en kom totaal in paniek overeind. Ik had terug moeten gaan. Ik had meteen terug moeten gaan in plaats van mijn tijd hier te verspillen. Ik weet niet hoe laat de treinen gaan, maar het kan me niet schelen. Ik moet hier weg.

Ik zoek potlood en papier en schrijf met grote hanenpoten:

Geachte mevrouw Geiger,
Ik vrees dat ik mijn ontslag moet nemen als uw huishoudster. Hoewel ik heb genoten van mijn tijd

Kom op. Ik heb geen tijd meer om te schrijven, ik moet onmiddellijk weg. Ik leg het papier op tafel en been naar de deur. Dan blijf ik staan.

Ik kan die brief niet halverwege een zin afbreken. Dat blijft de hele dag aan me knagen.

Hoewel ik heb genoten van mijn tijd bij u, heb ik het gevoel aan een nieuwe uitdaging toe te zijn. Hartelijk dank voor uw goedheid.
Hoogachtend,
Samantha Sweeting

Ik leg de pen neer en schuif schrapend mijn stoel achteruit. Als ik bij de deur ben, trilt mijn mobieltje weer.

Guy, is het eerste wat ik denk. Ik klap het toestel open en zie het schermpje. Het is Guy niet.

Het is Ketterman.

Ik voel iets kouds over mijn rug kruipen. Ik kijk naar zijn naam en

voel echte angst, een angst die ik nooit eerder heb gevoeld. Een kinderlijke, nachtmerrieachtige angst. Elke vezel van mijn lichaam waarschuwt me niet op te nemen.
Te laat. Ik heb al opgenomen. Ik breng het toestel langzaam naar mijn oor.
'Hallo.'
'Samantha? Met John Ketterman.'
'Juist.' Mijn stem is krasserig van de zenuwen. 'Goedemiddag.'
Het blijft stil. Ik weet dat ik nu iets moet zeggen, maar ik ben verlamd van angst; het voelt alsof mijn keel met watten is dichtgestopt. Geen woord lijkt toereikend. Iedereen weet dat Ketterman de pest heeft aan verontschuldigingen, uitvluchten en verklaringen.
'Samantha, ik bel om te zeggen dat je arbeidsovereenkomst met Carter Spink is beëindigd.'
Ik voel al het bloed uit mijn gezicht trekken.
'Er is een brief onderweg met de redenen.' Hij klinkt afstandelijk en formeel. 'Grove nalatigheid, verergerd door je daaropvolgende onprofessionele gedrag. Je fiscaal overzicht van dit jaar volgt. Je pasje is ongeldig gemaakt. Ik reken erop dat ik je niet meer bij Carter Spink zal zien.'
Hij gaat te snel. Het gaat allemaal te snel.
'Toe, alstublieft,' flap ik er radeloos uit. 'Geef me nog een kans. Ik heb één fout gemaakt. Eentje maar.'
'De juristen van Carter Spink maken geen fouten, Samantha. En evenmin lopen ze voor hun fouten weg.'
'Ik weet dat het verkeerd was om weg te lopen. Ik weet het.' Ik beef over mijn hele lijf. 'Maar het was zo'n schok. Ik dacht er niet goed bij na...'
'Je hebt de firma en jezelf te schande gemaakt.' Kettermans stem wordt snijdender, alsof hij dit zelf ook moeilijk vindt. 'Je hebt door je eigen nalatigheid vijftig miljoen pond van een cliënt verspeeld. En vervolgens ben je er zonder enige uitleg vandoor gegaan. Samantha, wat had je dan verwacht?'
Het blijft lang stil. Ik druk mijn handpalm hard tegen mijn voorhoofd. Ik probeer me op mijn ademhaling te concentreren. In, uit. In, uit.
'Nee,' fluister ik uiteindelijk.

Het is afgelopen. Het is echt afgelopen.

Ketterman begint aan een voorgekookt praatje over een afspraak met Personeelszaken, maar ik luister niet. De keuken golft om me heen en ik stik bijna.

Het is afgelopen. Mijn hele carrière. Alles waarvoor ik vanaf mijn twaalfde heb gewerkt. Allemaal weg. Allemaal naar de knoppen. Binnen vierentwintig uur.

Het dringt tot me door dat Ketterman heeft opgehangen. Ik kom overeind en wankel naar de glimmende koelkast. Mijn gezicht wordt groenig grijs in de deur weerspiegeld en mijn ogen zijn grote, gapende gaten.

Ik weet niet wat ik moet doen. Ik weet me geen raad.

Ik sta naar mijn eigen gezicht in de deur te staren tot het me niets meer zegt, tot mijn trekken dansend vervagen.

Ik ben ontslagen, weerkaatst het in mijn hoofd. *Ik ben ontslagen*. Ik zou in de steun terecht kunnen komen. Die gedachte jaagt een pijnlijke snuif door mijn neus. Ik zie mezelf tussen de kerels van *The Full Monty*. In de rij bij het arbeidsbureau, met mijn heupen schokkend op het ritme van 'Hot Stuff'.

Opeens hoor ik een sleutel in de voordeur. Ik dwing mijn ogen weer scherp te zien en wend me van de koelkastdeur af.

Zo mogen ze me niet zien. Ik verdraag nu geen belangstelling, geen medelijden. Ik ben bang dat ik dan in snikken uitbarst en nooit meer op kan houden.

Ik reik gedachteloos naar een doekje, haal het in zinloze kringen over de tafel en zie mijn briefje aan Trish liggen. Ik pak het op, maak er een prop van en gooi het weg. Later. Ik doe het later wel. Ik heb het gevoel dat ik nauwelijks kan praten, laat staan dat ik een overtuigende ontslagrede zou kunnen houden.

'Daar ben je dan!' Trish trippelt met drie uitpuilende boodschappentassen de keuken in op haar hooggehakte kleppers. 'Samantha!' Ze schrikt van mijn gezicht. 'Gaat het wel? Heb je weer hoofdpijn?'

'Ik... heb niks,' zeg ik een beetje beverig. 'Dank u.'

'Je ziet er belabberd uit! Mijn hemel! Neem nog een paar pillen!'

'Nou...'

'Toe maar! Ik doe met je mee, waarom niet?' vervolgt ze opgewekt. 'Zo, ga zitten, dan zet ik thee voor jóú!'

Ze zet de tassen met een plof op de grond, giet water in de waterkoker en wroet in de la naar de groene pijnstillers.

'Die vond je toch lekker?'

'Eh, ik heb liever een aspirientje,' zeg ik snel. 'Mag dat ook?'

'Weet je het zeker?' Ze geeft me een glas water en een paar aspirientjes. 'Zo. Stil blijven zitten. Ontspan je. Haal het niet eens in je hóófd iets anders te doen!' Ze zwijgt even en voegt er dan aan toe: 'Tot het tijd is om te koken.'

'Heel vriendelijk van u,' stamel ik.

Terwijl ik het zeg, besef ik vaag dat ik het nog meen ook. Trish' vriendelijkheid mag dan een beetje verwrongen zijn, ze bedoelt het echt goed.

'Kijk eens.' Trish zet een kop thee voor me neer en neemt me kritisch op. 'Heb je soms héímwee?' Ze klinkt triomfantelijk, alsof ze het raadsel heeft opgelost. 'Ons meisje uit de Filipijnen kon heel verdrietig zijn, maar dan zei ik altijd: "Kop op, Manuela!"' Trish zwijgt even peinzend. 'Toen kwam ik erachter dat ze Paula heette. Merkwaardig.'

'Ik heb geen heimwee,' zeg ik tussen twee grote slokken thee door. Mijn gedachten fladderen als vlindervleugels. Wat moet ik doen?

Naar huis gaan.

Maar de gedachte dat ik terug zou moeten naar dat appartement, met Ketterman twee verdiepingen boven me, maakt me misselijk. Ik kan hem niet onder ogen komen. Ik kan het niet.

Guy bellen. Ik mag wel bij hem logeren. Ze hebben zo'n kast van een huis in Islington met allemaal logeerkamers. Ik heb er wel vaker geslapen. En dan... verkoop ik mijn appartement. Ga ik een baan zoeken.

Wat voor baan?

'Ik heb iets om je op te vrolijken,' doorbreekt de stem van Trish mijn gedachten. Ze klopt op de boodschappentassen alsof ze zich verkneukelt. 'Na je verbluffende prestatie bij de lunch... ben ik boodschappen gaan doen. En ik heb een verrassing voor je! Jouw dag kan niet meer stuk!'

'Een verrassing?' Trish begint de tassen leeg te halen en ik kijk verbijsterd toe.

'Paté... kikkererwten... lamsbout...' Ze tilt een homp vlees op tafel en kijkt me verwachtingsvol aan. Dan ziet ze mijn verbaasde gezicht en klakt met haar tong. 'Het zijn *ingrediënten*! Voor je dineetje! We willen graag om acht uur aan tafel, kan dat?'

9

Het komt wel goed.
 Als ik het maar vaak genoeg tegen mezelf zeg, moet het wel waar zijn.
 Ik weet dat ik Guy moet bellen. Ik heb mijn mobieltje al een paar keer opengeklapt om het te doen, maar telkens heeft de vernedering me weerhouden. Ook al is hij mijn vriend, ook al is hij degene binnen het bedrijf die me het meest na staat, ík ben degene die ontslag heeft gekregen. Ik ben degene die uit de gratie is. Niet hij.
 Uiteindelijk ga ik rechtop zitten en wrijf over mijn wangen in een poging me te vermannen. Kom op, we hebben het over *Guy*, hoor. Hij wil vast weten hoe het met me gaat. Hij wil me vast helpen. Ik klap mijn mobieltje open en kies zijn directe nummer. Even later hoor ik voetstappen over de houten vloer in de gang klepperen.
 Trish.
 Ik klap de telefoon dicht, stop hem in mijn zak en reik naar een stronkje broccoli, allemaal in een enkele, vloeiende beweging.
 'Lukt het?' begroet Trish me vanuit de gang. 'Schiet je lekker op?'
 Ze komt de keuken in en ziet me tot haar verbazing nog op exact dezelfde plek zitten waar ze me heeft achtergelaten. 'Alles goed?'
 'Ik ben... de ingrediënten aan het evalueren,' improviseer ik. 'Om er gevoel voor te krijgen.'
 Dan verschijnt er nog een blonde vrouw naast Trish in de deuropening. Ze heeft een zonnebril met stras op haar hoofd geschoven en neemt me nieuwsgierig op.
 'Ik ben Petula,' verkondigt ze. 'Hoe maak je het?'
 'Petula heeft net een paar van je broodjes geproefd,' mengt Trish zich in het gesprek. 'Ze vond ze fantástisch.'

'En ik heb over je paté in abrikozengelei gehoord!' Petula trekt haar wenkbrauwen op. 'Heel indrukwekkend!'

'Samantha kan alles koken!' pocht Trish, blozend van trots. 'Ze is bij Michel de la Roux de la Blanc in de leer geweest! De meester zelf!'

'En hoe ga je die paté precies glaceren, Samantha?' vraagt Petula belangstellend.

Het is stil in de keuken. Beide vrouwen gapen me gefascineerd aan.

'Nou.' Ik schraap mijn keel een paar keer. 'Ik denk dat ik de... gebruikelijke methode ga hanteren. Het woord "glaceren" is uiteraard afgeleid van het transparante karakter van de, eh, de laag, en die complementeert de paté. De foie gras,' vul ik aan. 'Het... samengaan van de smaken.'

Het slaat allemaal nergens op, maar Trish noch Petula lijkt het te merken. Ze lijken zelfs diep onder de indruk te zijn.

'Waar heb je haar in vredesnaam gevonden?' vraagt Petula aan Trish met iets wat zij kennelijk als een discreet zachte stem beschouwt. 'Mijn meisje is hópeloos. Ze kan niet koken en ze verstaat ook nog eens geen woord van wat ik zeg.'

'Ze stond gewoon op de stoep!' fluistert Trish, die nog steeds bloost van genoegen, terug. 'Franse cuisine! Een Engelse! We geloofden onze ogen niet!'

Ze kijken allebei naar me alsof ik een zeldzaam dier met hoorntjes op mijn hoofd ben.

Ik kan er niet meer tegen.

'Zal ik u thee in de serre brengen?' vraag ik wanhopig.

'Nee, we gaan naar de nagelsalon,' zegt Trish. 'Tot later, Samantha.'

Er valt een verwachtingsvolle stilte. Ik begrijp opeens dat Trish op mijn buiginkje wacht. Ik krijg overal jeuk, zo gênant vind ik het. Waarom ben ik ooit met die buiging begonnen? Waaróm?

'Heel goed, mevrouw Geiger.' Ik buig mijn hoofd en knik onhandig door een knie. Als ik opkijk, heeft Petula ogen als schoteltjes.

'Maakte ze een buiging?' hoor ik Petula sissen wanneer de beide vrouwen weglopen. 'Búígt ze voor je?'

'Het is een simpel blijk van respect,' hoor ik Trish luchtig antwoorden, 'maar wel heel doeltreffend. Weet je, Petula, je zou het echt eens met je eigen meisje moeten proberen...'

O, god. Wat heb ik in gang gezet?

Ik wacht tot het geluid van tikkende hakken helemaal verdwenen is. Dan ga ik voor de zekerheid naar de bijkeuken, klap mijn mobieltje open en bel Guy nog een keer. Hij neemt vrij snel op.

'Samantha.' Hij klinkt op zijn hoede. 'Hallo. Heb je...'

'Laat maar, Guy.' Ik knijp heel even mijn ogen dicht. 'Ik heb Ketterman gesproken. Ik weet het.'

'O, jezus, Samantha.' Ik hoor hem uitademen. 'Het spijt me heel erg dat het zo moest gaan. Het spijt me echt...'

Ik kan zijn medelijden niet verdragen. Als hij zo doorgaat, barst ik in tranen uit.

'Het geeft niet,' onderbreek ik hem. 'Echt niet. Laten we het er niet meer over hebben. Laten we liever... naar de toekomst kijken. Ik moet mijn leven weer op de rails zien te krijgen.'

'God, wat ben jij doelgericht!' Ik hoor een zweempje bewondering in zijn stem. 'Jij laat je door niets van je stuk brengen, hè?'

Ik strijk het haar uit mijn gezicht. Het voelt droog en verwaarloosd aan, en vol dode punten.

'Ik moet gewoon... door.' Op de een of andere manier houd ik mijn stem vlak en vast. 'Ik moet terug naar Londen, maar ik kan niet naar huis. Ketterman heeft een appartement in mijn complex gekocht. Hij wóónt er.'

'Ja, dat heb ik gehoord.' Ik hoor het afgrijzen in Guys stem. 'Vervelend voor je.'

'Ik kan hem gewoon niet onder ogen komen, Guy.' De tranen dreigen weer, en ik dwing mezelf een paar keer diep adem te halen. 'Dus vroeg ik me af... Zou ik een tijdje bij jullie kunnen komen logeren? Een paar dagen maar?'

Het blijft stil. Ik had geen stilte verwacht.

'Samantha, ik zou je graag willen helpen,' zegt Guy uiteindelijk, 'maar ik moet het eerst met Charlotte overleggen.'

'Natuurlijk,' zeg ik een tikje beteuterd.

'Blijf je even aan de lijn? Ik bel haar.'

Voor ik het goed en wel besef, heeft hij me in de wacht gezet. Ik luister naar de blikkerige harpmuziek en probeer me niet afgewezen te voelen. Ik mocht niet verwachten dat hij meteen ja zou zeggen. Natuurlijk moet hij het eerst met zijn vriendin bespreken.

Guy komt eindelijk weer aan de lijn. 'Samantha, ik geloof niet dat het kan.'

Het is een klap in mijn gezicht. 'O.' Ik probeer te glimlachen en me groot te houden, alsof het niets voorstelt. 'Tja, jammer dan. Het geeft niet.'

'Charlotte heeft het momenteel heel druk... We laten de slaapkamers opknappen... Het schikt nu gewoon niet...'

Hij klinkt weifelend, alsof hij het liefst zou willen ophangen. En opeens snap ik het. Het gaat niet om Charlotte. Het is gewoon een smoes. Hij wil me niet in zijn buurt hebben. Het is alsof mijn schande besmettelijk is; alsof zijn carrière er ook door aangestoken zou kunnen worden.

Gisteren was ik zijn beste vriendin. Gisteren, toen ik op het punt stond vennoot te worden, hing hij op mijn kamer rond, een en al glimlachjes en grapjes, maar dat wil hij nu niet meer weten.

Ik moet me stil houden, mijn waardigheid bewaren, maar ik kan me niet inhouden. 'Je wilt niet met mij in verband gebracht worden, hè?' flap ik eruit.

'Samantha!' Ik hoor afweer in zijn stem. 'Stel je niet aan.'

'Ik ben nog steeds Samántha, hoor. Guy, ik dacht dat je mijn vriend was.'

'Dat ben ik ook! Maar je kunt niet van me verwachten... Ik moet rekening houden met Charlotte... Zo veel ruimte hebben we nou ook weer niet... Hé, bel over een paar dagen nog eens, misschien kunnen we iets gaan drinken...'

'Nee, doe geen moeite.' Ik probeer mijn stem in bedwang te houden. 'Neem me niet kwalijk dat ik je heb gestoord.'

'Wacht!' roept hij uit. 'Niet ophangen. Wat ga je nu doen?'

'O, Guy.' Ik lach gekunsteld. 'Alsof het je ook maar iets uitmaakt.'

Ik verbreek de verbinding, duizelig van ongeloof. Alles is anders. Of misschien is hij niet anders. Misschien is Guy altijd al zo geweest, maar heb ik het nooit gemerkt.

Ik kijk zwaar ademend naar de voorbij tikkende seconden op het schermpje. Wat nu? vraag ik me af. Opeens trilt het toestel in mijn hand. Ik schrik me wild. TENNYSON, zie ik op het scherm.

Mam.

Mijn maag verkrampt van angst. Ze zal het wel gehoord hebben. Ik had het kunnen weten. Ik zou bij haar kunnen logeren, bedenk ik dan. Bizar dat ik daar niet eerder op gekomen ben. Ik haal diep adem en neem op.

'Ha, mam.'

'Samantha!' snerpt haar stem zonder enige inleiding in mijn oor. 'Hoe lang had je precies willen wachten voordat je me over je fiasco vertelde? Ik moet er via een *internetgrap* achter komen dat mijn dochter zich te schande heeft gemaakt.' Ze spreekt het woord met weerzin uit.

'Een internetgrap?' herhaal ik beduusd. 'Wat bedoel je?'

'Wist je dat niet? In bepaalde juridische kringen schijnt vijftig miljoen pond tegenwoordig "een Samantha" te heten. Neem maar van mij aan dat ik er niet om kon lachen.'

'Mam, het spijt me...'

'Het verhaal is in elk geval niet tot buiten de juridische wereld doorgedrongen. Ik heb Carter Spink gesproken en ze hebben me verzekerd dat het niet verder zal uitlekken. Daar mag je dankbaar voor zijn.'

'Ja, dat zal wel...'

'Waar zit je?' onderbreekt ze mijn gehakkel. 'Waar zit je nu?'

Ik sta in een bijkeuken, omringd door dozen cornflakes.

'Ik ben... bij mensen. Buiten Londen.'

'En wat zijn je plannen?'

'Ik weet het niet.' Ik wrijf over mijn gezicht. 'Ik moet... orde op zaken stellen. Een andere baan zoeken.'

'Een andere baan?' zegt ze op vernietigende toon. 'Denk je dat er ook maar één bedrijf is dat zijn vingers nog aan jou wil branden?'

Ik krimp in elkaar. 'Ik... ik weet het niet, mam. Ik heb nog maar net gehoord dat ik ontslagen ben. Ik kan niet zomaar...'

'O, jawel. Goddank heb ik me voor je opgeworpen.'

Ze heeft zich voor me *opgeworpen*?

'Wat bedoel je?'

'Ik heb iedereen benaderd die me nog iets verschuldigd is. Het viel niet mee, maar de oudste vennoot van Fortescues kan je morgenochtend om tien uur ontvangen.'

Ik kijk ongelovig naar de telefoon.

'Heb je een sollicitatiegesprek voor me geregeld?'

'Aangenomen dat alles goed gaat, word je aangenomen als ervaren kracht.' Ze klinkt afgemeten. 'Je krijgt deze kans bij wijze van speciale gunst aan mij. Zoals je je kunt voorstellen, zijn er... bedenkingen. Dus als je vooruit wilt komen, Samantha, zul je moeten presteren. Je zult je met hart en ziel voor die baan moeten inzetten.'

'Ja.' Ik doe mijn ogen dicht. De gedachten wervelen door mijn hoofd. Ik heb een sollicitatiegesprek. Een nieuw begin. De oplossing voor mijn nachtmerrie.

Waarom voel ik me dan niet opgeluchter? Blijer?

'Je zult meer moeten geven dan bij Carter Spink,' praat mam door. 'Geen gelummel. Geen zelfgenoegzaamheid. Je zult jezelf dúbbel moeten bewijzen. Begrijp je dat?'

'Ja,' zeg ik in een reflex.

Meer uren. Meer werk. Meer lange avonden op kantoor.

Het is bijna alsof ik de betonblokken weer op me gestapeld kan voelen. Steeds meer. Steeds zwaarder.

'Ik bedoel, nee,' zeg ik zonder het zelf te beseffen. 'Nee, dat wil ik niet. Ik wil het niet. Ik kan het niet... Het is te zwaar...'

De woorden komen op eigen kracht uit mijn mond. Ik wilde het niet zeggen; ik had er niet eens aan gedacht, maar nu het eruit is, lijkt het op de een of andere manier... goed.

'Pardón?' zegt mam met bijtende stem. 'Samantha, wat raaskal je nou?'

'Ik weet het niet.' Ik masseer mijn voorhoofd in een poging mijn eigen verwarring te begrijpen. 'Ik dacht... Ik zou eens vakantie kunnen nemen.'

'Een vakantie zou het eind van je juridische carrière betekenen,' snauwt ze afwijzend. 'Het eind.'

'Ik zou iets anders kunnen gaan doen.'

'Iets anders hou je nog geen minuut vol!' Ze klinkt gepikeerd. 'Samantha, je bent bedrijfsjurist. Daar heb je voor gestudéérd.'

'Er zijn nog wel andere dingen op de wereld dan jurist zijn!' roep ik, in het nauw gedreven.

Er valt een onheilspellende stilte.

'Samantha, als je een soort zenuwinzinking hebt...'

'Néé!' Mijn stem is hoog van ellende. 'Alleen omdat ik nu vraagtekens bij mijn leven zet, heb ik nog geen zenuwinzinking! Ik heb je nooit gevráágd een andere baan voor me te zoeken. Ik weet niet wat ik wil. Ik heb wat tijd nodig om... om na te denken.'

'Samantha, jij gaat naar dat sollicitatiegesprek.' Mams stem is als een zweepslag. 'Je bent daar morgen om tien uur.'

'Nee!'

'Zeg nou waar je bent! Ik stuur meteen een auto naar je toe.'

'Nee! Laat me met rust.'

Ik verbreek de verbinding, loop de keuken in en gooi mijn mobieltje woest op tafel. Mijn gezicht gloeit. Hete tranen branden achter mijn ogen. De telefoon begint nijdig op het tafelblad te trillen, maar ik doe niets. Ik neem niet op. Ik wil niemand spreken. Ik wil iets drinken. En dan ga ik die rotmaaltijd bereiden.

Ik plens wat witte wijn in een glas en neem een paar grote slokken. Dan richt ik me op de berg onverwerkte ingrediënten die op tafel ligt te wachten.

Ik kan best koken. Ik kan hier een maaltijd van maken. Ook al ligt de rest van mijn leven aan gruzelementen, dit kan ik wel. Ik heb hersens, ik kom er wel uit.

Zonder aarzelen scheur ik de plastic verpakking van de lamsbout. Die kan de oven in. In een soort schaal. Eitje. En de kikkererwten kunnen erbij. Daarna pureer ik ze en dan heb ik hummus.

Ik maak een kast open en trek er een hele lading glimmende bakvormen en schalen uit. Ik kies een schaal en strooi de erwten erop. Er stuiteren er een paar op de vloer, maar het kan me niet schelen. Ik gris een fles olie van het aanrecht en sprenkel die eroverheen. Ik voel me al een echte kok.

Ik schuif de schaal in de oven en zet hem op vol vermogen. Dan gooi ik de lamsbout in een ovale schaal en schuif die erbij.

Tot nu toe gaat het goed. Nu hoef ik alleen nog maar in alle kookboeken van Trish te zoeken naar een recept voor geschroeide paté met abrikozenglaceersel.

Oké, er was niet één recept voor geschroeide paté met abrikozenglaceersel. Een recept voor abrikozen-frambozenflensjes kwam er het dichtst bij. Misschien kan ik het een beetje aanpassen.

'Wrijf vet in bloem tot broodkruimels ontstaan,' lees ik.
Dat slaat alvast nergens op. Broodkruimels? Van boter en bloem? Ik kijk zonder iets te zien naar het recept. Het kolkt in mijn binnenste. Ik heb zojuist mijn mogelijk enige kans om opnieuw te beginnen afgeslagen. Ik weet niet eens waarom. Ik ben jurist. Dat bén ik. Wat zou ik anders kunnen doen? Wat mankeert me?
O, shit. Waarom komt er rook uit de oven?

Om zeven uur ben ik nog steeds aan het koken.
Tenminste, ik dénk dat ik aan het koken ben. De beide ovens zinderen van de hitte. Pannen borrelen op het fornuis. De elektrische mixer gonst druk. Ik heb twee keer mijn rechterhand verbrand toen ik iets uit de oven haalde. Er liggen acht kookboeken door de keuken verspreid, een met olievlekken en een onder het eigeel. Ik ben paars aangelopen, zweet als een otter en doe mijn best zo af en toe mijn hand even onder de koude kraan te houden.
Ik ben al drie uur bezig, maar ik heb nog niets gemaakt dat geschikt is voor consumptie. Ik heb tot nu toe een ingezakte chocoladesoufflé, twee pannen vol verbrande uien en een steelpannetje met ingekookte abrikozen weggegooid. Van die abrikozen werd ik al misselijk als ik ernaar keek.
Ik snap niet wat er fout gaat. Ik heb geen tijd om uit te zoeken waar het fout gaat. Er is geen ruimte voor bespiegeling. Telkens als er iets mislukt, gooi ik het weg en begin ik opnieuw.
Intussen hebben de Geigers geen idee. Ze zitten sherry te drinken in de salon en denken dat alles op rolletjes loopt. Trish heeft ongeveer een halfuur geleden geprobeerd de keuken in te komen, maar ik heb haar afgescheept.
Over nog geen uur gaan Eddie en zij aan tafel in de verwachting een fijnproeversmaaltijd voorgezet te zullen krijgen. Ze schudden vol verwachting hun servet uit en schenken mineraalwater in.
In mijn hysterie ben ik niet meer te stuiten. Ik weet dat ik dit niet kan, maar op de een of andere manier kan ik het ook niet opgeven. Ik blijf maar hopen op een wonder. Ik blijf denken dat ik er iets van kan maken. Dat het me op de een of andere manier zal lukken...
O, god, de jus kookt over.

Ik klap de ovendeur dicht, pak een pollepel en begin in de jus te roeren, die eruitziet als walgelijk, klonterig bruin water. Panisch zoek ik in de kasten naar iets om erbij te mikken. Bloem. Maïzena. Zoiets. Dit kan ook wel. Ik pak een potje, schud grote hoeveelheden van het witte poeder in de pan en veeg het zweet van mijn voorhoofd. Oké. Wat nu?

Opeens herinner ik me de eiwitten die nog in een schaal staan om geklopt te worden. Ik pak het kookboek en glijd met mijn vinger langs het recept. Ik heb het dessert veranderd in schuimtaart toen ik toevallig in een van de kookboeken las dat schuimgebak zo gemakkelijk te maken is.

Tot nog toe gaat het goed. En nu? 'Lepel het stijfgeklopte mengsel in een grote cirkel op het bakpapier.'

Ik kijk in de schaal. Een *stijfgeklopt* mengsel? Het mijne is vloeibaar.

Het moet goed zijn, praat ik mezelf koortsachtig aan. Het moet gewoon. Ik heb alles gedaan wat er stond. Misschien is het stijver dan het eruitziet. Misschien wordt het zodra ik het uitschenk opeens stijf door een bizarre culinaire natuurwet.

Ik schenk het mengsel langzaam op het blik.

Het wordt niet stijf. Het verspreidt zich als een witte, druipende plas en lekt in grote klodders van het bakblik op de vloer.

Iets zegt me dat dit geen witte-chocoladeschuimtaart voor acht personen wordt.

Er valt een klodder op mijn voet en ik slaak een gefrustreerde kreet. Ik kan wel janken. Waarom lukt het niet? Ik heb dat rotrecept aangehouden en alles. Er borrelt opgekropte woede in me op: woede op mezelf, op mijn tekortschietende misselijke eiwitten, op kookboeken, koks, eten... En bovenal op degene die heeft geschreven dat schuimtaart 'zo gemakkelijk te maken' is.

'Dat is het niet!' krijs ik. 'Dat is het verdomme niet!' Ik slinger het boek de keuken in en het slaat tegen de deur.

'Wat zullen we nou...' roept een verbaasde mannenstem uit.

Dan vliegt de deur open en daar staat Nathaniel, met zijn benen als boomstammen in zijn spijkerbroek en haar dat vonkt in de avondzon. Hij heeft een rugzak over zijn schouder hangen; zo te zien is hij op weg naar huis. 'Alles goed?'

'Ja, hoor,' zeg ik opgejaagd. 'Prima. Dank je wel. Heel erg bedankt.' Ik wuif hem weg, maar hij komt niet in beweging.

'Ik hoorde dat je vanavond een viersterrendiner ging bereiden,' zegt hij bedachtzaam terwijl hij de puinhoop in ogenschouw neemt.

'Ja, dat klopt. Ik zit net in het... ingewikkeldste stadium van de, eh...' Mijn blik valt op het fornuis en er ontsnapt me een kreet. 'Kut! De jus!'

Ik weet niet wat er is gebeurd. Er borrelen bruine bellen uit mijn juspan over het fornuis en langs de zijkanten op de vloer. Het lijkt wel dat verhaaltje over de toverpan waar alsmaar pap uit bleef komen.

'Zet het gas uit, verdomme!' roept Nathaniel. Hij pakt de pan op en zet hem weg. 'Wat is dat in vredesnaam?'

'Niks!' zeg ik. 'Gewoon de gebruikelijke ingrediënten...'

Nathaniel heeft het potje op het aanrecht gezien, pakt het en kijkt er ongelovig naar. 'Bákpoeder? Heb je bakpoeder in de jus gedaan? Hebben ze je dat geleerd bij...' Hij breekt zijn zin af en snuift. 'Wacht even. Brandt er iets aan?'

Ik kijk hulpeloos toe terwijl hij de onderste oven openmaakt, met een geroutineerd gebaar een ovenwant pakt en een bakblik naar buiten trekt dat bedekt lijkt te zijn met kleine zwarte kogeltjes.

Mijn kikkererwten. Die was ik helemaal vergeten.

'Wat moet dit voorstellen?' zegt hij verbluft. 'Konijnenkeutels?'

'Kikkererwten,' repliceer ik. Mijn wangen gloeien, maar ik steek mijn kin naar voren in een poging iets van mijn waardigheid te herwinnen. 'Ik heb ze met olijfolie besprenkeld in de oven gezet om ze te laten... smelten.'

Nathaniel kijkt me met grote ogen aan. 'Smélten?'

'Om ze zachter te maken,' verbeter ik haastig.

Nathaniel zet het bakblik neer en slaat zijn armen over elkaar.

'Weet jij wel íéts van koken?' vraagt hij.

Voordat ik iets terug kan zeggen, klinkt er een keiharde *knal* uit de magnetron.

'O, mijn god!' krijs ik in doodsangst. 'O, mijn gód! Wat was dat?'

Nathaniel tuurt door het glazen deurtje. 'Wat zat daarin?' vraagt hij streng. 'Er is iets ontploft.'

Ik denk als een razende na. Wat heb ik in hemelsnaam in de magnetron gezet? Het is allemaal een groot waas.

'De eieren!' schiet het me plotseling te binnen. 'Ik maakte hardgekookte eieren voor de hors d'oeuvres.'

'In de magnetron?' zegt hij verwijtend.

'Om tijd te sparen!' zeg ik bijna gillend. 'Ik wilde efficiënt te werk gaan!'

Nathaniel trekt de stekker van de magnetron eruit, draait zich om en kijkt me verbijsterd aan. 'Jij weet geen bal van koken! Het is allemaal bluf! Jij bent geen huishoudster. Ik weet niet wat jij in godsnaam in je schild voert...'

'Ik voer niks in mijn schild!' zeg ik ontzet.

'De Geigers zijn lieve mensen.' Hij kijkt me recht aan. 'Die laat ik niet misbruiken.'

Opeens lijkt hij heel vechtlustig. O, god. Wat denkt hij? Dat ik een soort oplichter ben?

'Luister nou, alsjeblieft.' Ik wrijf over mijn bezwete gezicht. 'Ik probeer niemand te bedriegen. Oké, ik kan niet koken, maar ik ben hier verzeild geraakt door... een misverstand.'

'Een misverstand?' Hij fronst argwanend zijn voorhoofd.

'Ja,' zeg ik iets vinniger dan de bedoeling was. Ik zak op een stoel en masseer mijn pijnlijke onderrug. Ik besef nu pas hoe uitgeput ik ben. 'Ik was op de vlucht voor... iets. Ik had een slaapplaats nodig. De Geigers dachten dat ik huishoudster was. En de volgende ochtend had ik spijt. Ik besloot een ochtend voor ze te werken. Maar ik ben niet van plan te blijven. En ik neem geen geld van ze aan, als je dat soms dacht.'

Het blijft stil. Als ik ten slotte opkijk, staat Nathaniel met zijn enorme armen over elkaar geslagen tegen het aanrecht geleund. Hij kijkt iets minder wantrouwig. Hij reikt in zijn rugzak en haalt er een fles bier uit. Hij biedt hem me aan en ik schud mijn hoofd.

'Waar was je voor op de vlucht?' vraagt hij terwijl hij de fles open wipt.

Ik voel een pijnlijke scheut vanbinnen. Ik kan het hele verschrikkelijke verhaal niet vertellen.

'Het was... een toestand.' Ik sla mijn ogen neer.

Hij neemt een teug bier. 'Een slechte relatie?'

Ik ben er stil van. Ik denk terug aan al mijn jaren bij Carter Spink. Al die uren die ik in het bedrijf heb gestopt; alle offers die ik heb gebracht. In een telefoontje van drie minuten van tafel geveegd.

'Ja,' zeg ik bedachtzaam. 'Een slechte relatie.'
'Hoe lang heeft het geduurd?'
'Zeven jaar.' Tot mijn afgrijzen voel ik tranen uit mijn ooghoeken sijpelen. Ik heb geen idee waar ze vandaan komen. 'Sorry,' snik ik. 'Ik heb veel stress gehad vandaag.'
Nathaniel scheurt een stuk keukenpapier van de rol achter hem aan de muur en reikt het me aan.
'Als het een slechte relatie was, is het maar goed dat je eruit bent gestapt,' zegt hij kalm. 'Doorgaan heeft geen zin. Terugkijken ook niet.'
'Je hebt gelijk.' Ik bet mijn ogen. 'Ja. Ik moet alleen beslissen wat ik nu met mijn leven ga doen. Hier kan ik niet blijven.' Ik reik naar de fles crème de menthe voor in de chocolade-pepermuntsoufflé, schenk iets in een eierdopje dat er toevallig voor staat en neem een slok.
'De Geigers zijn goede werkgevers,' zegt Nathaniel schouderophalend. 'Je zou het slechter kunnen treffen.'
'Ja.' Ik kan iets van een glimlach opbrengen. 'Jammer dat ik niet kan koken.'
Hij zet zijn fles bier neer en veegt zijn mond af. Zijn handen zijn zo te zien schoongeboend, maar ik zie de ingebedde aarde rond zijn nagels; in de plooien van zijn verweerde huid.
'Ik zou met mijn moeder kunnen praten. Die kan koken. Ze kan je de basisprincipes bijbrengen.'
Ik kijk hem verbijsterd aan en schiet bijna in de lach. 'Vind je dat ik moet blijven? Ik was toch een oplichter?' Ik schud mijn hoofd en trek een grimas vanwege de smaak van de crème de menthe. 'Ik moet wel weg.'
'Jammer.' Hij schokschoudert. 'Het was leuk geweest om iemand hier te hebben die Engels verstaat. En die zulke heerlijke sandwiches maakt,' voegt hij er met een uitgestreken gezicht aan toe.
Ik moet er wel om glimlachen. 'Een cateringbedrijf.'
'Aha. Ik vroeg het me al af.'
Er wordt aan de deur geklopt en we kijken allebei op.
'Samantha?' Trish' gedempte stem achter de deur klinkt gespannen. 'Hoor je me?'
'Eh... ja?' roep ik met enigszins verstikte stem terug.

'Wees maar niet bang, ik kom niet binnen. Ik wil je niet storen! Je bent vast in een cruciaal stadium.'

'Zoiets, ja...'

Ik zie Nathaniels gezicht en word plotseling overspoeld door hysterie.

'Ik wilde alleen even vragen,' vervolgt Trish, 'of je ook een sorbet tussen de gangen serveert?'

Ik kijk naar Nathaniel. Zijn schouders schokken van het onderdrukte lachen. Ik kan een giecheltje niet bedwingen, sla wanhopig mijn hand voor mijn mond en probeer me te beheersen.

'Samantha?'

'Eh, nee,' weet ik uit te brengen. 'Geen sorbets.'

Nathaniel heeft een van de pannen met verbrande uien gepakt en doet alsof hij een lepel neemt. 'Hm,' zegt hij geluidloos. De tranen biggelen me over de wangen. Ik doe zo mijn best om me stil te houden dat ik bijna stik.

'Nou, tot straks dan maar!'

Trish klik-klakt weg en ik geef me machteloos over aan de slappe lach. Ik heb nog nooit van mijn leven zo hard gelachen. Mijn ribben doen zeer, ik kuch en ik ben bijna misselijk.

Uiteindelijk kom ik enigszins tot bedaren, wrijf de tranen uit mijn ogen en snuit mijn snotneus. Nathaniel is ook uitgelachen en kijkt naar de keuken, die eruitziet alsof er een bom is ontploft.

'Nu even serieus,' zegt hij. 'Wat wil je eraan doen? Ze verwachten een chique maaltijd.'

'Ik weet het,' zeg ik, vechtend tegen een nieuwe lachbui. 'Ik weet het. Ik zal gewoon iets... moeten bedenken.'

Het is stil in de keuken. Ik zie dat Nathaniel nieuwsgierig naar de witte klodders schuimgebak op de vloer kijkt.

'Goed.' Ik adem sidderend uit en strijk het klamme haar uit mijn gezicht. 'Ik ga de situatie redden.'

'Jij gaat de situatie redden.' Hij kijkt me sceptisch aan.

'Ik geloof zelfs dat ik alle problemen zou kunnen oplossen.' Ik kom overeind en begin druk dingen weg te gooien. 'Eerst de keuken een beetje opruimen...'

'Ik help je wel.' Nathaniel maakt zich van het aanrecht los. 'Dit moet ik zien.'

We legen eendrachtig potten, pannen en pakjes boven de afvalbak. Terwijl ik alle besmeurde oppervlakken boen, dweilt Nathaniel het schuimgebak op.

'Hoe lang werk je hier al?' vraag ik aan Nathaniel als hij de dweil boven de gootsteen uitwringt.

'Drie jaar. Ik werkte voor de mensen die hier vóór de Geigers woonden, de familie Ellis. Toen Trish en Eddie hier een paar jaar geleden kwamen wonen, hebben ze me overgenomen.'

Ik laat het bezinken. 'Waarom gingen de Ellisjes weg? Het is zo'n prachtig huis.'

'De Geigers kwamen met een aanbod dat ze niet konden laten schieten.' Nathaniels mondhoeken beginnen te trillen... Lácht hij?

'Wat is er?' zeg ik geboeid. 'Wat is er gebeurd?'

'Tja...' Hij legt de dweil weg. 'Het was vrij komisch. Het huis werd gebruikt als locatie voor een kostuumdrama van de BBC. Twee weken na de uitzending stonden Trish en Eddie met een cheque op de stoep. Ze hadden het huis op tv gezien, besloten dat ze het wilden hebben en zochten uit waar het stond.'

'Wauw.' Ik lach. 'Ze hebben dus waarschijnlijk te veel betaald.'

'God mag weten wat ze hebben betaald. De Ellisjes hebben het nooit willen zeggen.'

'Weet jij hoe de Geigers aan al dat geld komen?' Ik weet dat ik nieuwsgierig ben, maar het is leuk om even in het leven van een ander te duiken. Het mijne te vergeten.

'Ze hebben een transportbedrijf uit het niets opgebouwd en het voor veel geld van de hand gedaan.' Hij dweilt de laatste klodder schuimgebak op.

'En wat deed jij? Voordat je bij de Ellisjes kwam werken?' Ik mik rillend de gestolde abrikozen in de vuilnisbak.

'Ik werkte op Marchant House,' vertelt Nathaniel. 'Een landgoed bij Oxford. En daarvoor studeerde ik.'

Ik spits mijn oren. 'Heb je gestudeerd? Ik wist niet...'

Ik slik blozend mijn woorden in. Ik had bijna gezegd dat ik niet wist dat tuinmannen studeerden.

'Ik heb natuurwetenschappen gestudeerd.' Nathaniels blik doet me vermoeden dat hij heel goed weet wat ik dacht.

Ik doe mijn mond open om hem te vragen waar en wanneer hij heeft gestudeerd, maar bedenk me, klap mijn mond dicht en zet de vuilvermaler aan. Ik heb geen zin om het verleden te bespreken, om uit te zoeken of we gemeenschappelijke kennissen hebben. Ik heb geen zin om me de bijzonderheden van mijn eigen leven voor de geest te halen.

De keuken ziet er eindelijk weer een beetje normaal uit. Ik pak het eierdopje, drink de laatste crème de menthe eruit en haal diep adem.

'Oké, daar gaan we dan.'

'Veel succes.' Nathaniel trekt zijn wenkbrauwen op.

Ik maak de keukendeur open en zie Trish en Eddie met hun sherry in de hal wachten.

'Ha, Samantha! Is het klaar?' Trish straalt, zo verheugt ze zich op het etentje, en ik voel me ontzettend schuldig om wat ik nu ga doen.

Maar ik weet geen andere oplossing.

Ik haal diep adem en zet mijn mooiste slecht-nieuws-voor-de-cliënt-gezicht op. 'Meneer en mevrouw Geiger?' Ik kijk van het ene gezicht naar het andere om me ervan te verzekeren dat ik hun aandacht heb. 'Ik ben er kapot van.'

Ik doe mijn ogen dicht en schud mijn hoofd.

'Kapot?' herhaalt Trish nerveus.

'Ik heb mijn best gedaan.' Ik doe mijn ogen weer open. 'Maar ik vrees dat ik niet met uw keukenuitrusting kan werken. Het diner dat ik had gecreëerd, voldeed niet aan mijn eigen beroepsmatige normen. Ik mocht het de keuken niet uit laten komen. Ik zal u de kosten uiteraard vergoeden... en ik bied mijn ontslag aan. Ik ga morgenochtend weg.'

Zo. Gebeurd. En zonder slachtoffers.

Ik kijk tegen wil en dank naar Nathaniel, die in de deuropening van de keuken staat. Hij schudt zijn hoofd, glimlacht fijntjes en steekt zijn duim naar me op.

'Je wilt wég?' Trish kijkt me onthutst aan. Haar blauwe ogen puilen uit hun kassen. 'Je mag niet weg! Je bent de beste huishoudster die we ooit hebben gehad! Eddie, dóé iets!'

'Mevrouw Geiger, ik vind dat ik na deze wanprestatie geen keus heb,' zeg ik. 'Eerlijk gezegd was de maaltijd oneetbaar.'

'Dat is jouw schuld niet!' roept ze onstuimig. 'Dat is ónze schuld! We zullen meteen een nieuwe keukeninrichting bestellen.'

'Maar...'

'Maak maar een lijst van wat je nodig hebt. Geld speelt geen rol! En je krijgt opslag!' Ze bijt zich vast in een inval. 'Hoeveel wil je? Noem je prijs maar!'

Dit gesprek verloop niet helemaal zoals ik had verwacht.

'Tja... we hebben het eigenlijk nooit over het salaris gehad...' Ik kijk een beetje gegeneerd naar de vloer.

'Eddíé!' Trish stort zich woest op haar man. 'Dit is jóúw schuld! Samantha gaat weg omdat je haar niet genoeg betaalt!'

'Ik heb niet gezegd...' begin ik machteloos.

'En ze moet nieuwe potten en pannen hebben. De beste die er zijn.' Ze port Eddie met haar elleboog tussen zijn ribben en sputtert: 'Zeg dan eens wat!'

'Eh... Samantha.' Eddie schraapt verlegen zijn keel. 'We zouden heel blij zijn als je zou willen overwegen bij ons te blijven. We zijn verrukt over je functioneren en wat voor salaris je ook in gedachten had... we willigen je eisen in.' Trish port hem weer in zijn ribben. 'We gaan eroverheen.'

'En je krijgt een particuliere ziektekostenverzekering,' vult Trish aan.

Ze kijken me allebei met een soort gretige hoop aan.

Ik kijk naar Nathaniel, die zijn hoofd schuin houdt alsof hij wil zeggen: waarom niet?

Ik krijg een heel gek gevoel vanbinnen. Drie mensen. Die me alle drie binnen nog geen tien minuten hebben verteld dat ze me hier willen hebben.

Ik zou kunnen blijven. Zo simpel is dat.

Ik kan niet koken, waarschuwt een stemmetje vanbinnen. *Ik kan niet schoonmaken. Ik ben geen huishoudster.*

Maar dat kan ik leren. Ik kan het allemaal leren.

De stilte is beladen. Zelfs Nathaniel houdt me gespannen in de gaten vanuit de deuropening.

'Tja... goed dan.' Ik voel dat er een glimlach op mijn lippen komt. 'Goed dan. Als jullie het willen... dan blijf ik.'

Later die avond, nadat we met zijn allen een afhaalmaaltijd van de Chinees hebben gegeten, pak ik mijn mobieltje, bel het kantoor van mijn moeder en wacht tot ik haar voicemail krijg.

'Het is in orde, mam,' zei ik. 'Je hoeft geen wederdiensten meer te vragen. Ik heb een baan.' En ik hang op.
Het is een pak van mijn hart.
Ik voel me vrij.

10

Alleen moet ik nu wel een echte huishoudster zijn.

Ik zet de wekker en ben de volgende ochtend al voor zevenen in mijn uniform in de keuken. Het is heiig in de tuin en het is stil, op een paar eksters na die op het gazon tegen elkaar kwetteren. Het voelt alsof ik de enige op aarde ben die wakker is.

Zo zacht als ik kan ruim ik de afwasmachine uit en berg alles in de kasten op. Ik zet de stoelen recht om de tafel. Ik zet koffie voor mezelf. Dan kijk ik naar de glanzende granieten werkbladen om me heen.

Mijn domein.

Het voelt niet als mijn domein. Het voelt alsof ik in de enge keuken van een ander ben.

Zo... en nu? Ik word nerveus van dat nietsdoen. Ik zou bezig moeten zijn. Mijn oog valt op een oude *Economist* in de lectuurbak naast de tafel. Ik pak hem, blader erin en begin nippend van mijn koffie aan een boeiend artikel over beheersing van internationale geldstromen.

Dan hoor ik een geluid boven en leg het artikel snel weg. Huishoudsters horen geen artikelen over beheersing van internationale geldstromen te lezen. Ik zou nu moeten redderen, jam maken, zoiets.

Maar er is al een kast vol jam, en ik weet toch niet hoe je het maakt.

Wat nog meer? Wat dóén huishoudsters de hele dag? Ik kijk nog eens rond, maar ik vind dat de keuken er brandschoon uitziet. Ik zou ontbijt kunnen maken, bedenk ik. Maar dan moet ik eerst weten wat ze willen hebben...

Opeens zie ik de vorige ochtend voor me. Trish zette thee.

Misschien is het de bedoeling dat ik vandaag thee voor háár zet! Misschien trommelen ze boven ongeduldig met hun vingers en zeggen ze tegen elkaar: 'Waar blijft die thee toch, verdorie?'

Ik kook snel water en zet een pot thee. Ik zet hem met koppen en schotels op een blad, denk even na en leg er wat biscuitjes naast. Dan loop ik de trap op, waag me door de stille gang naar de slaapkamer van Trish en Eddie... en blijf bij de deur staan.

Wat nu?

Stel dat ze nog slapen en door mij gewekt worden?

Ik klop zachtjes, besluit ik. Ja. Een kort, discreet, huishoudsterachtig klopje.

Ik hef mijn hand om te kloppen, maar het blad is te zwaar om met één hand te tillen en het hele geval helt opzij. Ik schrik, maar kan het nog net vangen voordat de theepot eraf glijdt. Zwetend zet ik het blad op de vloer, hef mijn hand, klop heel zachtjes aan en til het blad weer op.

Geen reactie. Wat nu?

Ik klop aarzelend nog eens op de deur.

'Eddie! Niet doen!' klinkt Trish' harde stem gedempt door de deur.

O, god. Waarom horen ze me niet?

Ik heb het benauwd. Dat blad is verdomd zwaar. Ik kan niet de hele ochtend met een kop thee bij hun deur blijven staan. Zal ik gewoon weglopen?

Ik sta al op het punt rechtsomkeert te maken en weg te sluipen als ik iets vastberadens krijg. Nee. Doe niet zo zwak. Ik heb thee gezet en die ga ik nu brengen. Of althans aanbieden. Ze kunnen me altijd nog wegsturen.

Ik pak het blad stevig vast en sla hard met een hoek tegen de deur. Dat móéten ze wel horen.

'Kom binnen!' roept Trish even later.

Ik slaak een zucht van verlichting. Niets aan de hand. Ze verwachten me. Ik wist het wel. Op de een of andere manier lukt het me de knop om te draaien terwijl ik het blad tegen de deur in evenwicht houd. Ik duw de deur open en loop de kamer in.

Trish kijkt op van het bed, waarop ze languit in de kussens ligt, alleen. Ze draagt een zijdeachtig nachtponnetje, haar haar zit in de war en ze heeft vegen make-up om haar ogen. Ze kijkt geschrokken naar me op.

'Samantha!' zegt ze bits. 'Wat kom je doen? Is er iets?'

Ik krijg meteen het verschrikkelijke gevoel dat ik iets fout heb gedaan. Ik blijf naar haar kijken, maar ik zie vanuit mijn ooghoeken iets meer van de kamer. Ik zie een boek dat *Sensueel genieten* heet op de vloer liggen. En een flesje massageolie met muskusgeur. En...

O, shit.

Een beduimeld exemplaar van *The Joy of Sex*. Naast het bed. Opengeslagen bij 'in Turkse stijl'.

Oké. Ze zaten dus niet op de thee te wachten.

Ik slik in een poging mijn gezicht in de plooi te houden en doe wanhopig alsof ik niets heb gezien.

'Ik, eh, kwam u thee brengen,' zeg ik met een stem die knettert van de zenuwen. 'Ik dacht dat u daar... zin in zou kunnen hebben.'

Niet naar *The Joy of Sex* kijken. Blijf omhóóg kijken.

Trish' gezicht ontspant.

'Samantha! Engel die je bent! Zet neer!' Ze wuift vaag naar een nachtkastje.

Net als ik erheen loop, gaat de deur van de badkamer open en komt Eddie tevoorschijn, naakt, op een te strakke boxershort na, en met een blote, verbijsterend harige borst.

Krijg nou wat.

Ik laat het blad nét niet uit mijn handen vallen.

'Ik... Neem me niet kwalijk,' stotter ik terwijl ik achteruitdeins. 'Ik wist niet...'

'Doe niet zo gek! Kom binnen!' roept Trish, die het nu heel gewoon lijkt te vinden dat ik in haar slaapkamer ben, vrolijk. 'We zijn niet préúts, hoor.'

Oké, maar ik had graag gehad dat ze dat wel waren. Ik stap omzichtig over een zachtpaarse kanten beha naar het bed toe. Ik maak plaats voor het dienblad op Trish' nachtkastje door een foto van Eddie en haar met glazen champagne in een bubbelbad opzij te schuiven.

Ik schenk zo snel mogelijk thee in en geef hun allebei een kop. Ik durf Eddie niet aan te kijken. In welke andere baan krijg je je baas naakt te zien?

Er wil me maar één functie te binnen schieten, en dat is niet zo bemoedigend.

'Tja... dan ga ik maar eens...' mompel ik met gebogen hoofd.

'Niet zo snel!' Trish nipt genietend van haar thee. 'Hmm. Nu je er toch bent, wil ik even met je babbelen! Zien waar we stáán.'

'Eh... goed.' Haar nachtpon hangt open en ik zie een stukje van haar tepel. Ik kijk snel weg, maar dan valt mijn blik op de bebaarde vent in *The Joy of Sex* die zich in bochten wringt.

Onwillekeurig zie ik Trish en Eddie opeens in exact hetzelfde standje voor me.

Nee. Niet aan denken.

Ik voel dat ik rood word van gêne. Wat is dit voor onwezenlijk bizarre toestand, dat ik hier in de slaapkamer van twee mensen sta, die vrijwel vreemden voor me zijn, en dat ik zo ongeveer een demonstratie van hun seksleven krijg? En ze lijken er absoluut niet mee te zitten...

Dan begint het me te dagen. Natuurlijk. Ik ben maar personeel. Ik tel niet.

'Zo, Samantha, alles goed?' Trish zet haar kop neer en kijkt me onderzoekend aan. 'Heb je je draai al gevonden? Alles onder controle?'

'Zeker.' Ik zoek naar een capabel klinkende uitspraak. 'Ik heb alles... wel zo'n beetje in de hand.' O, nee. 'Ik bedoel... Ik begin er greep op te krijgen.'

O, néé.

'Fijn!' jubelt Trish. 'Ik wist het wel! Jou hoeven we niet bij het handje te nemen! Jij weet de weg in het huishouden!'

'Me dunkt!'

Trish kijkt me stralend aan en neemt nog een slok thee. 'Vandaag wil je zeker de was te lijf gaan?'

De was. Ik had nog niet eens aan de was gedacht.

'En ik wil graag dat je de lakens verschoont wanneer je het bed opmaakt,' vervolgt ze.

Bedden opmaken?

Dat was ook nog niet in me opgekomen.

Ik voel paniek opkomen. Niet alleen heb ik in de verste verte geen 'greep' op het huishouden, ik heb zelfs geen idee wat het inhoudt.

'Ik heb natuurlijk mijn eigen, eh, gevestigde routine,' zeg ik zo

achteloos mogelijk, 'maar misschien is het een idee als u me een lijst met taken geeft.'
'O,' zegt Trish een beetje geërgerd. 'Tja, als je echt denkt dat je dat nodig hebt...'
'En ik, Samantha, moet je arbeidsvoorwaarden en salaris nog met je doornemen,' zegt Eddie, die met een dumbbell voor de spiegel staat. 'Zodat je weet waar je aan begint.' Hij proest en tilt dan kreunend het gewicht boven zijn hoofd. Zijn buik rimpelt van de inspanning, maar niet op de goede manier.
'Nou, dan ga ik maar eens verder.' Ik loop achteruit naar de deur, met mijn blik strak op de vloer gericht.
'Tot bij het ontbijt dan maar.' Trish wuift vrolijk vanuit het bed. 'Ciao-ciao!'
Ik kan die stemmingswisselingen van Trish niet bijhouden. We lijken regelrecht van een werkgever-werknemersverhouding overgeschakeld te zijn op 'mensen die samen een dure cruise maken'.
'Nou, dag!' zeg ik op dezelfde kirrende toon terug. Ik maak een buiginkje, stap weer over de beha en maak me zo snel mogelijk uit de voeten.

Het ontbijt is nogal een nachtmerrie. Pas na drie mislukte pogingen begrijp ik hoe je een grapefruit doormidden hoort te snijden. Dat zouden ze toch eenvoudiger kunnen maken? Ze zouden er stippellijntjes op kunnen zetten, of ze voorperforeren of zoiets. Intussen kookt de melk voor de koffie over, en wanneer ik de filterknop van de cafetière naar beneden druk, springt de koffie alle kanten op. Gelukkig zijn Trish en Eddie zo druk aan het kibbelen over hun volgende vakantiebestemming dat ze niet schijnen te merken wat er in de keuken gebeurt. En hoe ik erbij gil.
Het goede nieuws ik dat ik echt geloof dat ik de broodrooster onder de knie begin te krijgen.
Na het ontbijt zet ik de borden in de afwasmachine. Net als ik wanhopige pogingen doe me te herinneren hoe ik hem gisteren aan de praat heb gekregen, komt Trish de keuken in.
'Samantha, meneer Geiger verwacht je in zijn werkkamer,' zegt ze. 'Om je loon en arbeidsvoorwaarden te bespreken. Laat hem niet wachten!'

'Eh... goed, mevrouw.' Ik maak een buiging, strijk mijn uniform glad en loop de hal in. Bij Eddies werkkamer aangekomen klop ik twee keer aan.

'Kom binnen!' roept hij joviaal. Ik loop de kamer in, waar Eddie achter zijn bureau zit; een immens geval van mahonie en bewerkt leer met een duur ogende laptop erop. Hij is nu helemaal aangekleed, goddank, in een bruine broek en een poloshirt, en de hele kamer ruikt naar aftershave.

'Ha, Samantha. Klaar voor onze bespreking?' Eddie gebaart naar een rechte houten stoel en ik ga zitten. 'Daar gaan we dan! Het document waarop je hebt gewacht!'

Hij reikt me gewichtig een map aan met het opschrift ARBEIDSOVEREENKOMST HUISHOUDSTER. Ik sla hem open en zie een titelblad op roomkleurig velijnpapier dat op een oude perkamentrol moet lijken. Er is in een barokke, middeleeuws aandoende letter op geprint:

ARBEIDSOVEREENKOMST
Tussen Samantha Sweeting en
de heer en mevrouw Geiger,
deze tweede juli van het jaar onzes Heeren
tweeduizend en vier.

'Wauw,' zeg ik verbaasd. 'Is dit door een... notaris opgesteld?'

Geen notaris die ik ken zou een contract in middeleeuwse Disneyletters opstellen, laat staan het op een nepperkamentrol afdrukken.

'Die heb ik niet nodig.' Eddie grinnikt uitgekookt. 'Aan dat spelletje doe ik niet mee. Je betaalt je blauw voor wat potjeslatijn. Neem maar van mij aan, Samantha, dat die dingen simpel genoeg zijn om zelf op te stellen als je je hersens gebruikt.' Hij geeft me een knipoog.

'U zult wel gelijk hebben,' zeg ik uiteindelijk. Ik sla het titelvel om en laat mijn ogen over de gedrukte voorwaarden glijden.

O, mijn god. Wat ís dit voor wartaal? Ik moet op mijn lip bijten bij het zien van de formuleringen zo hier en daar.

Samantha Sweeting (hierna EISER *te noemen)...*

Eiser? Weet hij wel wat een eiser is?

... In zoverre, niettegenstaande de levering van culinaire diensten, op een wijze die prima facie geacht zal worden lichte snacks en drankjes te omvatten, doch niet uit te sluiten...

Ik knijp mijn lippen stijf op elkaar. Ik mag niet lachen.

...Conform het hier vorenstaande, ipso facto, zullen alle partijen zich de boven gerede twijfel verheven voornoemde rechten behouden...

Wat? Wát?
Het is allemaal een volslagen onzinnig samenraapsel. Brokjes juridisch jargon, aan elkaar geplakt tot betekenisloze, zogenaamd indrukwekkende zinnen. Ik neem de rest van de bladzij door, uit alle macht mijn gezicht in de plooi houdend, en probeer een gepaste reactie te bedenken.

'Ja, ik weet dat het er beangstigend uitziet,' zegt Eddie, die mijn stilte verkeerd begrijpt, 'maar laat je niet intimideren door al die moeilijke woorden. In feite stelt het niets voor! Heb je al naar het salaris gekeken?'

Mijn blik flitst naar het vet gedrukte bedrag onder de kop WEEKLOON. Het is iets minder dan ik als jurist per uur declareerde.

'Het lijkt me heel gul,' zeg ik na een korte stilte. 'Hartelijk dank, meneer.'

'Is er nog iets wat je niet begrijpt?' zegt hij joviaal. 'Zeg het maar!'
Waar moet ik beginnen?

'Eh, dit stukje hier.' Ik wijs naar *voorwaarde 7: werktijden*. 'Wil dat zeggen dat ik het hele weekend vrij heb? Elk weekend?'

'Natuurlijk,' zegt Eddie verbaasd. 'We verwachten niet van je dat je je weekend opoffert! Tenzij er iets bijzonders is, maar dan betalen we je extra... Kijk maar bij punt 9...'

Ik hoor hem niet. Elk weekend vrij. Ik kan het niet bevatten. Ik geloof niet dat ik sinds mijn twaalfde ooit nog een heel weekend vrij heb gehad.

'Fantastisch.' Ik kijk op, niet in staat mijn glimlach te bedwingen. 'Dank u wel!'

'Gaven je vorige werkgevers je geen vrije weekends?' vraagt Eddie verbluft.

'Nou, nee,' zeg ik naar waarheid. 'Niet echt.'

'Wat een slavendrijvers! Je zult wel merken dat wij veel redelijker zijn!' Hij straalt. 'Goed, dan laat ik je nu even rustig het contract doornemen voordat je je handtekening zet.'

'Ik heb het al zo'n beetje gelezen...' Eddie steekt vermanend een hand op en ik zwijg.

'Samantha, Samantha, Samantha,' zegt hij vaderlijk, en hij schudt zijn hoofd. 'Laat ik je een advies geven dat je je hele leven goed van pas zal komen: lees juridische documenten altijd héél zorgvuldig.'

Ik kijk hem aan. Mijn neus trilt van de inspanning die het me kost mijn gezicht in de plooi te houden.

'Goed, meneer,' zeg ik dan. 'Ik zal proberen het te onthouden.'

Eddie loopt de kamer uit. Ik kijk weer naar het contract en wend de blik hemelwaarts. Ik pak een potlood en begin in een reflex correcties aan te brengen, formuleringen te veranderen, dingen door te strepen en vraagtekens in de kantlijn te zetten.

Dan dwing ik mezelf ermee op te houden.

Waar ben ik in vredesnaam mee bezig?

Ik pak een gummetje en gum al mijn correcties snel uit. Ik reik naar een balpen en kijk naar de onderkant van de bladzij, waar een getekend uiltje in toga naar een stippellijn wijst.

Naam: Samantha Sweeting.
Beroep:

Ik aarzel even... en vul dan 'hulp in de huishouding' in.

Terwijl ik de woorden opschrijf, kan ik het even niet geloven. Ik doe dit echt. Ik neem deze baan, die in alle opzichten mijlenver van mijn vroegere leven af staat, werkelijk aan. En geen mens weet wat ik doe.

Ik zie plotseling het gezicht van mijn moeder voor me, hoe ze zou kijken als ze wist waar ik nu ben... als ze me in mijn uniform kon zien... Ze zou flippen. Ik kom bijna in de verleiding haar op te bellen om haar te vertellen waar ik mee bezig ben.

Maar ik doe het niet. En ik heb geen tijd om erover na te denken. Ik moet de was doen.

Ik moet twee keer op en neer lopen voordat ik alle was naar de wasruimte heb gebracht. Ik zet de overvolle manden met een plof op de tegelvloer en kijk naar de hypermoderne wasmachine. Dit zou een fluitje van een cent moeten zijn.

Ik ben niet bepaald ervaren op dit gebied. Thuis stuur ik alles behalve mijn ondergoed naar de stomerij, maar dat wil nog niet zeggen dat ik het niet zou kúnnen. Het is gewoon een kwestie van je verstand gebruiken. Ik maak de deur van de trommel open, ter verkenning, en meteen begint er een elektronisch display naar me te knipperen. WASSEN? WASSEN?

Het maakt me zenuwachtig. Natuurlijk wil ik wassen, zou ik terug willen snauwen. Geef me even de kans om die stomme kleren erin te stouwen.

Ik haal diep adem. Kalm blijven. Alles op zijn tijd. Stap 1: de trommel vullen. Ik pak een berg kleren... en bedenk me.

Nee. Stap 1: kleren sorteren. In mijn nopjes omdat ik dit heb bedacht, begin ik de vuile kleren op hoopjes te leggen, waarbij ik de wasetiketten raadpleeg.

Witte was 40°
Witte was 90°
Binnenstebuiten wassen
Kleuren afzonderlijk wassen
Behoedzaam wassen
Zeer behoedzaam wassen

Tegen het eind van de eerste mand snap ik er niets meer van. Ik heb ongeveer twintig verschillende stapeltjes op de vloer gemaakt, en de meeste bestaan uit maar één kledingstuk. Dit is belachelijk. Ik kan geen twintig wassen draaien. Dat kost me een hele week.

Wat nu? Hoe moet ik hier orde in scheppen? Ik voel machteloosheid opkomen. En een lichte paniek. Ik ben hier al een kwartier, en ik heb nog niet eens een begin gemaakt.

Oké... gebruik je verstand. Over de hele wereld worden dagelijks wassen gedraaid. Zo moeilijk kan het niet zijn. Ik zal gewoon een beetje moeten combineren.

Ik pak een bundel kleren van de vloer en prop hem in de trommel. Dan maak ik een kast open en zie een heel assortiment wasmiddelen. Wat wordt het? Er spelen woorden door mijn hoofd die ik alleen van tv-spotjes ken. *Smetteloos wit. Witter dan wit. Niet-biologisch. Wasmachines leven langer met Calgon.*

Het kan me niet schelen hoe lang die wasmachine leeft. Ik wil alleen die rotkleren wassen.

Uiteindelijk pak ik een doos met plaatjes van witte T-shirts erop, schud wat poeder in het laatje bovenin en voor de zekerheid ook wat in de trommel. Ik klik de deur stevig dicht. En nu?

WASSEN? knippert het paneel me nog steeds toe. WASSEN?

'Eh, ja!' zeg ik. 'Wassen maar.' Ik druk in het wilde weg een toets in.

VOER PROGRAMMA IN, knippert het paneel terug.

Programma?

Mijn ogen flitsen zoekend naar aanwijzingen over het paneel en dan zie ik een gebruiksaanwijzing achter een spuitfles. Ik pak het boekje en begin erin te bladeren.

De toets 'halve belading' voor kleine wasjes kan alleen gebruikt worden in combinatie met voorwasprogramma's A3-E2 en superspoelprogramma's G2-L7, met uitzondering van H4.

Huh?

Kom op, zeg. Ik heb een bul van Cambridge. Ik heb Latijn geleerd, verdomme. Ik moet hieruit kunnen komen. Ik blader door.

Bij programma E5 en F1 wordt niet gecentrifugeerd, tenzij toets S voor het begin van het programma vijf seconden ingedrukt wordt gehouden of in het geval van E5 (niet-wol) tien seconden tijdens het programma.

Ik kan het niet bevatten. Mijn tentamen internationaal bedrijfsrecht was een miljoen keer makkelijker dan dit. Oké, laat die gebruiksaanwijzing maar zitten. We doen het gewoon met ons gezond verstand. Ik druk op mijn mooiste capabele-huishoudstersmanier kordaat een toets in.

PROGRAMMA K3? knippert het paneel me toe. PROGRAMMA K3?

De klank van programma K3 staat me niet aan. Het klinkt sinister. Als een steile rotswand, of een geheim regeringscomplot.

'Nee,' zeg ik hardop, en ik druk nog een toets in. 'Ik wil iets anders.'
U HEBT PROGRAMMA K3 GEKOZEN, knippert het paneel.
'Maar ik wil programma K3 niet!' roep ik geagiteerd. 'Ik wil iets anders!' Ik druk alle toetsen in, maar de machine negeert me. Ik hoor de trommel vol water stromen en dan gaat er een groen lampje branden.
START PROGRAMMA K3, knippert het paneel. INTENSIEF MEUBELSTOFFENPROGRAMMA.
Intensief? Meubelstoffen?
'Ophouden,' zeg ik met ingehouden woede, en ik stomp op alle toetsen tegelijk. 'Hou op!' Ik geef radeloos een trap tegen de machine. 'Hou óp!'
'Alles goed?' klinkt Trish' stem vanuit de keuken. Ik spring achteruit en strijk mijn haar glad.
'Eh, prima. Prima!' Ze verschijnt in de deuropening en ik zet een professionele glimlach op. 'Ik ben gewoon... de was aan het doen.'
'Mooi zo.' Ze reikt me een streepjesoverhemd aan. 'Meneer Geiger wil graag dat je een knoop aan zijn overhemd zet, als je zo vriendelijk zou willen zijn...'
'Natuurlijk!' Ik neem het overhemd van haar over, inwendig naar adem snakkend.
'En hier is je lijst met taken!' Ze geeft me een vel papier. 'Lang niet alles staat erop, maar het zou je op weg moeten helpen...'
Ik laat mijn blik over de eindeloze lijst glijden en word een beetje slap.
Bedden opmaken... stoep aanvegen en dweilen... bloemen schikken... alle spiegels afnemen... voorraadkasten opruimen... was... badkamers dagelijks schoonmaken...
'Er staat toch niets bij waar je moeite mee hebt?' vraagt Trish.
'Eh, nee!' Mijn stem klinkt een beetje verstikt. 'Nee, dat zou allemaal goed moeten komen!'
'Als je maar met het strijkwerk begint,' vervolgt ze resoluut. 'Het is vrij veel, vrees ik, zoals je vast al wel hebt gezien. Het stapelt zich nogal op...' Trish kijkt om de een of andere reden omhoog. Met een gevoel van naderend onheil volg ik haar blik. Daar, boven ons, hangt een baal gekreukte overhemden aan een houten droogrek. Het zijn er minstens dertig.

Ik kijk er onzeker naar. Ik kan geen overhemden strijken. Ik heb nog nooit van mijn leven gestreken. Wat moet ik doen?

'Ik neem aan dat je er zó doorheen vliegt!' zegt Trish vrolijk. 'De strijkplank staat daar,' vervolgt ze met een knikje.

'Eh, dank u!' pers ik eruit.

Waar het nu om gaat, is overtuigend overkomen. Ik zet de strijkplank neer, wacht tot ze weg is... en dan bedenk ik wel weer iets.

Ik reik nonchalant naar de strijkplank, alsof het de gewoonste zaak van de wereld voor me is. Ik geef een ruk aan een van de metalen poten, maar er komt geen beweging in. Ik trek aan een andere poot, tevergeefs. Ik wrik steeds harder, tot ik het er warm van krijg, maar het kreng geeft geen krimp. Hoe krijg ik die poten los?

'Er zit een schuif op,' zegt Trish, die me verbaasd gadeslaat. 'Aan de onderkant.'

'O, natuurlijk!' Ik glimlach stralend naar haar en tast dan wanhopig porrend en drukkend rond tot er zonder enige waarschuwing een driehoek van poten naar buiten schuift. Het ding glijdt uit mijn handen, zakt in elkaar en klikt vast op een meter hoogte.

'Zo!' Ik lach zenuwachtig. 'Dan, eh, zet ik hem even goed.'

Ik til de plank op en probeer de poten mee omhoog te laten komen, maar ze blijven steken. Met gloeiende wangen worstel ik met de plank, wrikkend en draaiend. *Hoe werkt dat kloteding?*

'Bij nader inzien,' zeg ik langs mijn neus weg, 'hou ik wel van een lage strijkplank. Ik laat hem zo.'

'Zo kun je toch niet strijken?' zegt Trish met een verbijsterd lachje. 'Gewoon dat hefboompje overhalen! Je moet er een ruk aan geven... Ik zal het voordoen.'

Ze neemt de plank van me over en zet de poten met twee bewegingen op precies de juiste hoogte. 'Je bent zeker een ander model gewend?' zegt ze slim terwijl ze de poten vergrendelt. 'Ze hebben allemaal hun eigen trucjes.'

'Ja!' grijp ik het excuus opgelucht aan. 'Natuurlijk! Ik ben gewend met de... de... Nimbus 2000 te werken.'

Trish kijkt me verbaasd aan. 'Is dat niet de bezemsteel uit *Harry Potter*?'

Shit.

Ik wist dat ik het ergens had gehoord.

'Ja, dat klopt,' zeg ik hevig blozend. 'En ook een bekende strijkplank. Ik geloof zelfs dat de bezemsteel, eh, naar de strijkplank is vernoemd.'

'Echt waar?' zegt Trish gefascineerd. 'Dat wist ik niet!' Tot mijn afgrijzen leunt ze verwachtingsvol tegen de deur en steekt een sigaret op. 'Let maar niet op mij!' zegt ze door de rook heen. 'Ga maar gewoon door!'

Gewoon doorgaan?

'Daar staat het strijkijzer,' wijst ze. 'Achter je.'

'Eh, fijn! Dank u!' Ik pak het strijkijzer en steek zo langzaam mogelijk de stekker in het stopcontact, met bonzend hart van angst. Ik kan dit niet. Ik moet een uitweg vinden, maar ik kan niets bedenken. Mijn geest is volkomen leeg.

'Het zal nu wel warm genoeg zijn!' zegt Trish behulpzaam.

'Ja!' Ik glimlach weeïg naar haar.

Ik heb geen keus. Ik moet nu gaan strijken. Ik reik naar een van de overhemden aan het rek en spreid het onhandig over de strijkplank uit om tijd te rekken. Ik weet niet eens waar ik moet beginnen.

'Meneer Geiger wil niet te veel stijfsel in zijn boordjes,' merkt Trish op.

Te veel wat? Mijn blik dwaalt verwilderd rond en vindt een spuitbus met het opschrift 'stijfsel'.

'Goed!' Ik slik in een poging mijn paniek te maskeren. 'Tja, ik kom waarschijnlijk... zo meteen... in het stijfselstadium...'

Ik geloof het zelf bijna niet, maar ik pak het strijkijzer. Het is veel zwaarder dan ik had gedacht en het braakt een beangstigende wolk stoom uit. Ik laat het heel behoedzaam naar het katoenen kledingstuk zakken. Ik heb geen idee op welk stuk overhemd ik mik. Misschien houd ik mijn ogen dicht.

Opeens klinkt er een geluid uit de keuken. De telefoon. Godzijdank... godzijdank...

'Wie is dát nu weer?' zegt Trish, en ze fronst haar voorhoofd. 'Neem me niet kwalijk Samantha, maar ik moet opnemen...'

'Geen probleem!' zeg ik met schrille stem. 'Geeft niet! Ik ga gewoon door...'

Zodra Trish weg is, zet ik het strijkijzer met een klap neer en sla mijn handen voor mijn gezicht. Ik moet krankzinnig geweest zijn.

Dit wordt niets. Ik ben niet voor huishoudster in de wieg gelegd. Het strijkijzer blaast een wolkje stoom in mijn gezicht en ik slaak een gil van schrik. Ik zet het ding uit en zak als een hoopje ellende tegen de muur. Het is pas tien voor halftien en ik ben al gesloopt.
   En ik dacht dat bedrijfsjurist een stressbaan was.

11

Tegen de tijd dat Trish terugkomt uit de keuken, heb ik mezelf weer in de hand. Ik kan dit wel. Natuurlijk kan ik het. Het is geen kwantumfysica. Het is *huishoudelijk werk.*

'Samantha, ik vrees dat we je vandaag aan je lot moeten overlaten,' zegt Trish met een bezorgd gezicht. 'Meneer Geiger is aan het golfen en ik ga de nieuwe Mercedes van een heel dierbare vriendin bekijken. Red jij je wel in je eentje?'

'Ja, hoor!' zeg ik hopelijk niet al te opgetogen. 'Over mij hoeft u niet in te zitten. Echt niet. Ik werk gewoon door...'

'Ben je al klaar met strijken?' Ze kijkt geïmponeerd naar de wasruimte.

Klaar? Wie denkt ze dat ik ben, Supervrouw?

'Eigenlijk wilde ik het strijkwerk even laten liggen en eerst de rest van het huis aanpakken,' zeg ik zo terloops mogelijk. 'Dat is mijn gebruikelijke volgorde.'

'Uitstekend.' Trish knikt verwoed. 'Wat jou maar het beste uitkomt. Goed, ik kan je vragen niet beantwoorden, vrees ik, maar Nathaniel wel!' Ze gebaart naar buiten. 'Je kent Nathaniel toch al, hè?'

'O,' zeg ik als hij in een gescheurde spijkerbroek en met warrig haar binnen komt zetten. 'Eh... ja. Hallo daar.'

Het is een beetje vreemd om hem weer te zien na alle drama's van gisteravond. Hij kijkt me aan met een zweem van een glimlach rond zijn mondhoeken.

'Hallo,' zegt hij. 'Hoe gaat het?'

'Prima,' zeg ik. 'Heel goed.'

'Nathaniel kent dit huis als zijn broekzak,' zegt Trish terwijl ze lippenstift opdoet. 'Dus als je iets niet kunt vinden... wilt weten hoe je een deur open krijgt of wat dan ook... is hij je man.'

'Ik zal eraan denken,' zeg ik. 'Dank u.'

'Maar Nathaniel, ik wil niet dat je Samantha lastigvalt,' vervolgt Trish, en ze kijkt hem streng aan. 'Ze heeft natuurlijk haar eigen vaste routine.'

'Natuurlijk,' zegt Nathaniel plechtig knikkend. Als Trish niet kijkt, werpt hij me een geamuseerde blik toe en ik voel een blos optrekken.

Wat bedoelt hij eigenlijk? Hoe weet hij dat ik geen vaste routine heb? Dat ik niet kan koken, wil nog niet zeggen dat ik helemáál niets kan.

'Dus je redt je wel?' Trish pakt haar handtas. 'Heb je alle schoonmaakspullen gevonden?'

'Eh...' Ik kijk zoekend om me heen.

'In de wasruimte!' Ze loopt erheen en komt terug met een gigantische blauwe teil vol schoonmaakmiddelen, die ze met een plof op tafel zet. 'Kijk eens aan! En vergeet je Marigolds niet!' besluit ze opgewekt.

Mijn wat?

'Huishoudhandschoenen,' verklaart Nathaniel. Hij pakt een groot, roze paar uit de teil en biedt het me met een buiging aan.

'Ja, dank je,' zeg ik waardig. 'Dat wist ik wel.'

Ik heb nog nooit van mijn leven huishoudhandschoenen gedragen. Ik schuif ze langzaam om mijn handen en probeer er geen grimas bij te trekken.

O, mijn god. Ik heb nog nooit zoiets glibberigs en rubberachtigs en... walgelijks gevoeld. Moet ik die de hele dag aan?

'Toedeloe!' roept Trish vanuit de hal, en dan slaat de voordeur dicht.

'Zo!' zeg ik. 'Nou... dan ga ik maar eens aan de slag.'

Ik wacht tot Nathaniel weggaat, maar die leunt tegen de tafel en kijkt me onderzoekend aan. 'Heb je enig idee hoe je een huis schoonmaakt?'

Ik begin me flink beledigd te voelen. Zie ik eruit alsof ik geen huis kan schoonmaken? 'Natuurlijk weet ik dat.' Ik wend de blik hemelwaarts.

'Want weet je, ik heb mijn moeder gisteravond over je verteld.' Hij glimlacht opens, alsof hij zich het gesprek herinnert, en ik kijk hem wantrouwig aan. Wat heeft hij tegen haar gezegd? 'Luister.' Nathaniel kijkt op. 'Ze wil je wel kookles geven. En ik heb gezegd dat je waarschijnlijk ook schoonmaakadvies moest hebben...'

'Ik hoef geen schoonmaakadvies te hebben!' zeg ik kattig. 'Ik heb talloze huizen schoongemaakt. Trouwens, ik moet eens beginnen.'
'Let maar niet op mij.' Nathaniel haalt zijn schouders op.
Ik zal hem eens wat laten zien. Ik pak daadkrachtig een spuitbus uit de teil en spuit het aanrecht onder. Zo. Wie zegt dat ik niet weet wat ik doe?
'Zo, dus jij hebt al vaak schoongemaakt,' zegt Nathaniel, die al mijn bewegingen volgt.
'Ja. Ik doe niet anders.'
Het spul uit de spuitbus vormt harde grijze kristallen. Ik wrijf er stevig met een doek over, maar ze laten niet los. Shit.
Ik kijk nog eens goed naar de spuitbus. NIET GESCHIKT VOOR GRANIETEN OPPERVLAKKEN. Shit.
'Maar goed,' zeg ik, en ik leg snel de doek over de kristallen, 'je loopt in de weg.' Ik pak een plumeau uit de blauwe teil en veeg de kruimels ermee van de keukentafel. 'Pardon...'
'Dan laat ik je maar met rust,' zegt Nathaniel. Zijn mondhoeken trekken weer. Hij kijkt naar de plumeau. 'Doe je dat niet liever met stoffer en blik?'
Ik kijk onzeker naar de plumeau. Wat mankeert eraan? En trouwens, wie denkt hij dat hij is, de schoonmaakpolitie?
'Ik heb mijn methodes,' zeg ik, en ik steek mijn kin naar voren. 'Dank je.'
'Ook goed.' Hij grinnikt. 'Tot ziens.'

Ik laat me niet door hem van de wijs brengen. Ik ben heel goed in staat dit huis schoon te maken. Ik moet alleen... een plan hebben. Ja. Een werkschema, net als op kantoor.
Zodra Nathaniel weg is, pak ik een pen en een stuk papier en begin een lijst voor de dag op te stellen. Ik zie voor me hoe ik soepel van taak naar taak zweef, met een blik in mijn ene hand en een stoffer in de andere, en overal orde schep. Net als Mary Poppins.

09.30-09.36 Bedden opmaken
09.36-09.43 Was uit de machine halen en in de droger stoppen
09.42-10.00 Badkamers schoonmaken

Ik ben klaar en lees mijn lijst met frisse moed door. Dit is beter. Dit lijkt er meer op. In dat tempo zou ik gemakkelijk voor de lunch klaar moeten kunnen zijn.

09.36 Shit. Ik kan dit bed niet opmaken. Waarom blijft dat laken niet strak liggen?

09.42 En waarom maken ze die matrassen zo zwáár?

09.54 Dit is je reinste marteling. Mijn armen hebben nog nooit van mijn leven zo'n pijn gedaan. Die dekens wegen een ton, de lakens blijven niet recht liggen en ik heb geen idee wat ik met die misselijke hoekjes aan moet. Hoe doen kamermeisjes dat? Hoe?

10.30 Eindelijk. Een vol uur zwoegen en ik heb exact één bed opgemaakt. Ik loop al verschrikkelijk achter, maar het geeft niet. Gewoon doorgaan. Nu de was.

10.36 Nee. Alsjeblieft, nee toch?
Ik durf nauwelijks te kijken. Het is een complete ramp. Alles in de wasmachine is roze geworden. Echt alles.
Wat is er gebéúrd?
Ik pak met bevende vingers een vochtig vestje van kasjmierwol. Het was beige toen ik het in de trommel stopte, maar nu heeft het een gemene zuurstokkleur. Ik wist dat K3 niets goeds voorspelde. Ik wíst het...
Kalm blijven. Er moet een oplossing zijn, dat moet. Mijn ogen flitsen panisch over de blikken en dozen op de planken. 'Vlekkentovenaar'. 'Vanish'. Er moet een remedie zijn... Ik moet erover nadenken...

10.42 Oké, ik heb het. Misschien werkt het niet helemaal, maar meer kan ik niet doen.

11.00 Ik heb net £ 852 uitgegeven aan het zo goed mogelijk vervangen van alle kleren uit de machine. Ze waren heel behulpzaam bij Harrods, en ze sturen alles morgen per expresse op. Ik hoop van ganser harte dat Eddie en Trish niet merken dat hun garderobe zich op wonderbaarlijke wijze heeft vernieuwd.

Nu moet ik alleen nog al die roze kleren zien te lozen. En de rest van mijn lijst afwerken.

11.06 En... o. Het strijkwerk. Hoe ga ik dat oplossen?

11.12 Zo. Ik heb in de plaatselijke krant gekeken, en dat probleem is ook opgelost. Een meisje uit het dorp komt het strijkgoed halen, strijkt de hele boel voor drie pond per overhemd en zet Eddies knoop aan.

Deze baan heeft me tot nu toe bijna duizend pond gekost, en het is nog niet eens twaalf uur.

11.42 Ik red me wel. Ik red me heel goed. De stofzuiger staat aan, ik zwier lekker rond...

Shit. Wat was dat? Wat is er in de stofzuiger verdwenen? Waarom maakt hij zo'n knarsend geluid?

Heb ik hem kapótgemaakt?

11.48 Wat zou een stofzuiger kosten?

12.24 Mijn benen krijsen van de pijn. Ik heb voor mijn gevoel uren op keiharde tegels geknield gezeten het bad geboend. Ik heb striemen in mijn knieën van de voegen, ik stik van de hitte en ik moet hoesten van de chemische schoonmaakmiddelen. Ik wil alleen nog maar uitrusten, maar ik moet doorgaan. Ik heb geen seconde te verliezen. Ik loop zó achter...

12.30 Wat mankeert die fles bleek? Aan welk kant zit de spuitmond eigenlijk? Ik draai de fles confuus rond, tuur naar de pijlen op het plastic... Waarom komt er niets uit? Oké, nu ga ik echt keihard knijpen...

Shit. Bijna in mijn oog.

12.32 *Jezus!* Wat heeft die troep met mijn háár gedaan?

Om drie uur kun je me opvegen. Ik ben pas halverwege mijn lijst en ik zie mezelf het eind niet meer halen. Ik weet niet hoe andere mensen huizen schoonmaken. Het is het zwaarste werk dat ik ooit heb gedaan, echt.

Ik zweef niet soepel van taak naar taak, zoals Mary Poppins. Ik flits als een kip zonder kop van de ene onafgemaakte klus naar de andere. Ik sta nu op een stoel in de salon de spiegel af te nemen, maar het lijkt wel een nachtmerrie. Hoe meer ik wrijf, hoe groezeliger hij wordt.

Ik vang telkens een glimp van mezelf op in de spiegel. Ik heb er nog nooit zo verfomfaaid uitgezien. Mijn haar piekt wild alle kanten op en er zit een enorme, groteske groenig blonde streep in van het bleekmiddel. Mijn gezicht is zweterig en knalrood, mijn handen zijn rood en pijnlijk van het schrobben en mijn ogen zijn bloeddoorlopen.

Waarom wordt die spiegel niet schoon? Waarom niet?

'Word schoon!' roep ik bijna snikkend van onmacht. 'Schoon worden, misselijk... ellendig...'

'Samantha.'

Ik houd prompt op met wrijven en zie Nathaniel, die vanuit de deuropening naar de smoezelige spiegel kijkt. 'Heb je het al met azijn geprobeerd?'

'Azijn?' Ik kijk hem argwanend aan.

'Dat lost het vet op,' verklaart hij. 'Het werkt goed op glas.'

'O. Juist.' Ik leg mijn doekje neer en probeer mijn zelfbeheersing te herwinnen. 'Ja, dat wist ik wel.'

Nathaniel schudt zijn hoofd. 'Nee, dat wist je niet.'

Ik zie de vastberadenheid op zijn gezicht. Het heeft geen zin om nog te doen alsof. Hij weet dat ik nog nooit van mijn leven een huis heb schoongemaakt.

'Je hebt gelijk,' geef ik onwillig toe. 'Ik wist het niet.'

Ik klim wankel van moeheid van de stoel en klamp me even aan de schoorsteenmantel vast om mijn hoofd helder te krijgen.

'Je moet even pauze nemen,' zegt Nathaniel resoluut. 'Je bent de hele dag al bezig, ik heb je wel gezien. Heb je wel iets gegeten tussen de middag?'

'Geen tijd.'

Ik zak op een stoel, opeens te uitgeput om me nog te bewegen. Alle spieren in mijn lichaam doen pijn, ook die waarvan ik het bestaan nooit had vermoed. Ik voel me alsof ik een marathon heb gelopen. Of het Kanaal over ben gezwommen. En ik heb nog steeds het houtwerk niet in de was gezet en de kleden niet geklopt.

'Het is... moeilijker dan ik dacht,' zeg ik uiteindelijk. 'Een stuk moeilijker.'

'Hm-hm.' Hij knikt en kijkt nog eens goed naar me. 'Wat is er met je haar gebeurd?'

'Bleekwater,' zeg ik kortaf. 'Toen ik de wc schoonmaakte.'

Hij proest ingehouden, maar ik kijk niet op. Eerlijk gezegd kan het me niets meer schelen.

'Je bent een harde werker,' zegt hij. 'Dat moet ik je nageven. En het wordt wel makkelijker...'

'Ik kan het niet.' De woorden rollen eruit voordat ik ze kan tegenhouden. 'Ik kan dit werk niet aan. Ik ben... hopeloos.'

'Natuurlijk kun je het wel.' Hij rommelt in zijn rugzak en haalt er een blikje cola uit. 'Hier, drink dit maar op. Je kunt niet op een lege tank werken.'

'Dank je,' zeg ik. Ik neem het blikje aan, maak het open en neem een teug. Ik heb nog nooit zoiets verrukkelijks geproefd. Ik slurp nog eens gulzig, en nog een keer.

'Het aanbod staat nog,' vervolgt Nathaniel na een korte stilte. 'Mijn moeder wil je wel les geven, als je wilt.'

'Echt waar?' Ik veeg mijn mond af, duw mijn klamme haar achter mijn oren en kijk naar hem op. 'Wil ze dat echt doen?'

'Ze houdt wel van een uitdaging, die moeder van mij,' zegt Nathaniel met een glimlachje. 'Ze kan je wegwijs maken in de keuken en je alles leren wat je verder nog moet weten.' Hij kijkt veelbetekenend naar de smoezelige spiegel.

Ik wend mijn blik af, plotseling gloeiend van vernedering. Ik wil niet hopeloos zijn. Ik wil geen lessen nodig hebben. Zo ben ik niet. Ik wil dit alleen kunnen, zonder anderen om hulp te hoeven vragen.

Maar ik moet wel reëel blijven. Ik heb echt hulp nodig.

Nog afgezien van al het andere ben ik over twee weken failliet als ik zo doorga als vandaag.

Ik kijk Nathaniel aan.

'Heel graag,' zeg ik deemoedig. 'Dat zou ik heel fijn vinden. Dank je wel.'

12

Op zaterdagochtend word ik met bonzend hart wakker en spring uit bed, malend over alles wat ik moet doen...
 En dan stoppen de gedachten, als een auto die met gierende remmen tot stilstand komt. Ik blijf even als aan de grond genageld staan en zink dan aarzelend terug in bed, overweldigd door het vreemdste, eigenaardigste gevoel dat ik ooit heb gehad.
 Ik heb niets te doen.
 Geen contracten door te nemen, geen e-mails te beantwoorden, geen crisisoverleg op kantoor. Niets.
 Ik probeer me te herinneren wanneer ik voor het laatst niets te doen had en frons mijn voorhoofd, maar ik geloof niet dat ik het weet. Het lijkt alsof ik sinds ik een jaar of zeven was nóóit niets te doen heb gehad. Ik stap uit bed, loop naar het raam en kijk naar de doorschijnend blauwe vroege-ochtendlucht. Ik kan het niet bevatten. Ik heb een vrije dag. Niemand heeft iets over me te zeggen. Niemand kan me opbellen en mijn aanwezigheid eisen. Dit is mijn eigen tijd. *Mijn eigen tijd.*
 Terwijl ik bij het raam sta en dat feit laat bezinken, krijg ik een raar gevoel vanbinnen. Licht en duizelig, als een gasballon. Ik ben vrij. Ik kijk in de spiegel en zie een opgetogen glimlach over mijn gezicht trekken. Voor het eerst in jaren kan ik doen wat ik wil.
 Ik kijk hoe laat het is: pas kwart over zeven. De dag strekt zich als een onbeschreven vel papier voor me uit. Wat zal ik gaan doen? Waar moet ik beginnen? Ik voel weer blijdschap in me opborrelen en heb zin om hardop te lachen.
 In mijn hoofd begin ik al een schema voor vandaag op te stellen. Niets partjes van zes minuten. Niets jachten en jagen. Ik ga de tijd in úren afmeten. Een uur om in me in bad te wentelen en me aan te kle-

den. Een uur om op mijn gemak te ontbijten. Een uur om de krant te lezen, van voor tot achter. Ik ga er de traagste, sloomste, lekkerste ochtend van mijn volwassen leven van maken.

Op weg naar de badkamer voel ik in mijn hele lijf pijnlijke spieren opspelen. Spieren waarvan ik niet wist dat ik ze had. Ze zouden huishoudelijk werk eens als een goede training aan de man moeten brengen. Ik laat een diep, warm bad vollopen, gooi er wat badolie van Trish in, stap in het geurige water en zak tevreden onderuit.

Heerlijk. Ik ga uren en nog eens uren liggen weken.

Ik doe mijn ogen dicht, laat het water over mijn schouders kabbelen en de tijd in grote banen voorbijtrekken. Ik geloof dat ik zelfs even indommel. Ik heb nog nooit van mijn leven zo lang in bad gelegen.

Ten slotte doe ik mijn ogen open, reik naar een handdoek en kom eruit. Terwijl ik me afdroog, reik ik naar mijn horloge, gewoon uit nieuwsgierigheid.

Halfacht.

Wát?

Heb ik maar een kwartier in bad gelegen?

Ik ben verbijsterd. Hoe kan ik maar een kwartier in bad hebben gelegen? Ik blijf even druipend staan, me besluiteloos afvragend of ik er weer in moet stappen en het allemaal nog eens overdoen, maar dan langzamer.

Nee. Dat zou te dol zijn. Laat maar. Dan heb ik maar te snel gebaad. Ik zorg gewoon dat ik echt op mijn gemak ontbijt. Ik ga er echt van genieten.

Ik heb tenminste kleren om aan te trekken. Trish is gisteren met me naar een winkelcentrum in de buurt gegaan, zodat ik ondergoed, korte broeken en zomerjurken kon kopen. Ze zei dat ze me mijn gang zou laten gaan, maar uiteindelijk heeft ze de baas over me gespeeld en alles voor me uitgezocht... en op de een of andere manier zit er niets zwarts bij.

Ik trek omzichtig een roze hemdjurkje en sandalen aan en bekijk mezelf. Ik heb nooit eerder roze gedragen, maar tot mijn verbazing zie ik er niet slecht uit, behalve die bleekveeg in mijn haar dan. Daar moet ik iets aan doen.

Ik loop door de gang zonder een geluid uit de slaapkamer van de Geigers te horen. Ik sluip langs hun deur, plotseling verlegen. Het zal wel gek zijn, een heel weekend in hun huis zonder iets te doen te hebben. Ik kan beter weggaan. Niemand in de weg lopen.

De keuken is nog net zo stil en blinkend als altijd, maar niet meer zo ontzagwekkend. Ik kan in elk geval met de waterkoker en de broodrooster omgaan, en ik heb een hele voorraad jam in de proviandkast gevonden. Ik ga toast voor mezelf maken, met sinaasappel- en gembermarmelade, en een lekkere kop koffie. En ik ga de krant van voor tot achter lezen. Daar ben ik wel zoet mee tot een uur of elf, en dan kan ik bedenken wat ik daarna ga doen.

Ik vind *The Times* op de mat en als ik ermee de keuken in kom, springt mijn toast net omhoog.

Dát is pas leven.

Ik ga bij het raam zitten, waar ik lekker rustig op mijn toast knabbel, koffie nip en in de krant blader. Na drie sneetjes toast, twee koppen koffie en alle weekendbijlagen strek ik uiteindelijk breed gapend mijn armen uit en kijk op de klok.

Ik geloof mijn ogen niet. Het is pas vier voor acht.

Wat heb ik? Ik had uren over dat ontbijt moeten doen. Ik had hier de hele ochtend moeten zitten. Niet alles binnen twintig minuten afraffelen.

Oké... geen punt. Niets om me druk over te maken. Ik verzin wel een andere manier om te onthaasten.

Ik zet mijn ontbijtboel in de afwasmachine en neem de toastkruimels af. Dan ga ik weer aan de tafel zitten en kijk om me heen. Wat nu? Het is nog te vroeg om eropuit te gaan.

Ik merk opeens dat ik met mijn nagels op de tafel trommel, hou ermee op en kijk even naar mijn handen. Dit is bespottelijk. Ik heb mijn eerste echte vrije dag in tien jaar of zo. Ik zou ontspánnen moeten zijn. Kom op, ik kan toch zeker wel iets leuks bedenken?

Wat doen andere mensen op vrije dagen? Ik laat een aantal beelden van de tv aan mijn geestesoog voorbijtrekken. Zal ik nog eens koffie zetten? Maar ik heb al twee koppen op. Ik hoef eigenlijk niet meer. Zal ik de krant nog eens lezen? Maar ik heb een bijna fotografisch geheugen, dus iets nog eens lezen heeft niet zo veel nut.

Mijn blik dwaalt naar de tuin, waar een eekhoorn op een stenen zuil wakker om zich heen zit te kijken. Zal ik naar buiten gaan, van de tuin, de natuur en de ochtenddauw genieten? Goed plan.

Het probleem met de ochtenddauw is alleen dat je er natte voeten van krijgt. Ik baan me een weg door het vochtige gras en heb er nu al spijt van dat ik open sandalen heb aangetrokken. Of dat ik niet nog even heb gewacht met mijn ochtendwandelingetje.
 De tuin is veel groter dan ik had gedacht. Ik loop over het gazon naar een sierheg die het eind lijkt te zijn en zie dan dat de tuin daarachter nog doorgaat, met een boomgaard aan het eind en een soort ommuurde tuin aan mijn linkerhand.
 Het is een adembenemende tuin. Dat kan ik zelfs zien. De bloemen zijn kleurig, maar niet schreeuwerig, alle muren zijn bedekt met mooie kruip- of klimplanten en in de boomgaard aangekomen zie ik kleine, goudkleurige peren aan de takken hangen. Ik geloof niet dat ik ooit eerder een echte peer aan een boom heb zien groeien.
 Ik loop door de boomgaard naar een grote, vierkante, bruine lap aarde met dichte rijen begroeiing. Dat zullen de groenten zijn. Ik por voorzichtig met mijn voet in een plant. Het zou een kool kunnen zijn, of een krop sla. Of de bladeren van iets wat onder de grond groeit, misschien.
 Eerlijk gezegd zou het wat mij betreft ook iets buitenaards kunnen zijn. Ik heb geen idee.
 Ik drentel nog wat rond, ga dan op een bemoste houten bank zitten en kijk naar een struik vol witte bloemetjes. Goh, mooi.
 En nu? Wat worden mensen geacht in hun tuin te dóén?
 Ik heb het gevoel dat ik iets te lezen zou moeten hebben. Of dat ik iemand zou moeten opbellen. Mijn handen jeuken om iets te doen. Ik kijk op mijn horloge. Het is nog maar zestien over acht. O, god.
 Kom op, ik mag het nog niet opgeven. Ik blijf hier nog even van de rust genieten. Ik leun achterover, nestel me behaaglijk op de bank en kijk een tijdje naar een vogeltje dat in de grond pikt.
 Dan kijk ik weer op mijn horloge. Zeventien over acht.
 Ik kan dit niet.
 Ik kan niet de hele dag niksen. Ik word er krankzinnig van. Ik zal nog een krant bij de dorpswinkel moeten gaan kopen. Als ze *Oorlog*

en vrede hebben, koop ik dat ook. Ik sta op en net als ik kordaat over het gazon terugloop, maant een bliepje in mijn zak me tot staan.

Het is mijn mobieltje. Ik heb een sms gekregen. Iemand heeft me op zaterdagochtend in alle vroegte een sms gestuurd. Ik pak het toestel en kijk er nerveus naar. Ik heb al meer dan een dag geen contact meer met de buitenwereld gehad.

Ik weet dat ik meer sms'jes heb gekregen, maar ik heb ze niet gelezen. Ik weet dat er berichten op mijn voicemail zijn ingesproken, maar ik heb er niet één beluisterd. Ik wil het niet weten. Ik verdring het allemaal.

Ik voel aan mijn mobieltje en zeg tegen mezelf dat ik het weg moet stoppen, maar mijn nieuwsgierigheid is gewekt. Iemand heeft me een paar seconden geleden een bericht gestuurd. Iemand heeft ergens een bericht aan mij ingetoetst op een mobiele telefoon. Ik krijg opeens een visioen van Guy in zijn vrijetijdsbroek en blauwe overhemd. Aan zijn bureau, met gefronste wenkbrauwen aan het toetsen.

Om me zijn excuses aan te bieden.

Om me nieuws te vertellen. Een ontwikkeling die ik gisteren niet had kunnen vermoeden...

Ik kan er niets aan doen. Ondanks alles voel ik opeens een sprankje hoop. Terwijl ik daar op het vroege-ochtendgazon sta, voel ik hoe ik mentaal uit die tuin word getrokken, terug naar Londen, terug naar kantoor. Er is daar een hele dag voorbijgegaan zonder mij. Er kan veel gebeuren in een dag. Alles kan veranderen. Alles kan op de een of andere manier ten goede zijn gekeerd.

Of... nog erger geworden zijn. Ze doen me een proces aan. Ik word vervolgd.

De spanning in mijn binnenste stijgt. Ik knijp steeds harder in mijn mobieltje. Goed of slecht, ik moet het weten. Ik klap het toestel open en vind de sms. Hij komt van een nummer dat ik niet herken.

Wie? Wie heeft me in vredesnaam een sms gestuurd?

Ik toets bijna misselijk 'ok' in om het bericht te lezen.

hoi samantha, met nathaniel.

Nathaniel?
Nathaniel?
Ik ben zo opgelucht dat ik in de lach schiet. Natuurlijk! Ik heb hem gisteren mijn nummer gegeven, voor zijn moeder. Ik klik naar beneden om de rest van het bericht te lezen.

mam kan vandaag met de kooklessen beginnen, als je zin hebt. nat

Kooklessen. Ik voel enthousiasme opkomen. Dat is het. De ideale manier om de dag te vullen. Ik sms snel terug:

heel graag. dank je. sam

Ik verzend het bericht met een glimlach. Dit is leuk. Een paar minuten later bliept de telefoon weer.

hoe laat? is 11 te vroeg? nat

Ik kijk op mijn horloge. Het is nog tweeëneenhalf uur tot elf uur.
Tweeëneenhalf uur waarin ik niets anders te doen heb dan de krant lezen en Trish en Eddie ontlopen. Ik sms terug:

10 uur ook goed? Sam

Om vijf voor tien sta ik klaar in de hal. Het schijnt dat het huis van Nathaniels moeder lastig te vinden is, dus hebben we hier afgesproken, zodat hij me erheen kan brengen. Ik zie mezelf in de gangspiegel en krimp in elkaar. De gebleekte veeg in mijn haar is nog erg zichtbaar. Ik strijk mijn haar een paar keer naar voren en naar achteren, maar ik kan het niet verbergen. Misschien kan ik mijn hand achteloos bij mijn hoofd houden onder het lopen, alsof ik in diep gepeins verzonken ben. Ik probeer een paar poses voor de spiegel.
'Heb je hoofdpijn?'
Ik draai me geschrokken om en zie Nathaniel in de deuropening staan, in een ruitjeshemd en spijkerbroek.
'Eh, nee hoor,' zeg ik met mijn hand stevig tegen mijn hoofd. 'Ik stond alleen...'

Ach, wat heeft het ook voor nut? Ik laat mijn hand zakken en Nathaniel kijkt naar de streep.

'Leuk,' zegt hij. 'Net een das.'

'Een das?' zeg ik beledigd. 'Ik lijk niet op een das.'

Een snelle blik in de spiegel, ter geruststelling. Nee, ik lijk niet op een das.

'Dassen zijn schitterende dieren,' zegt Nathaniel schouderophalend. 'Ik zou liever op een das lijken dan op een wezel.'

Wacht even. Sinds wanneer kan ik alleen maar tussen das en wezel kiezen? Ik weet niet eens meer hoe we in dit gesprek verzeild zijn geraakt.

'Misschien kunnen we maar beter gaan,' zeg ik waardig. Ik pak mijn tas, werp nog een laatste blik in de spiegel en loop naar de deur.

Goed dan. Misschien heb ik in de verte iets van een das.

De zomerlucht wordt al warm buiten, en ik snuif waarderend terwijl ik over het grind van de oprijlaan loop. Er hangt een soort lekkere bloemengeur die ik beslist ergens van ken...

'Kamperfoelie en jasmijn!' schiet me opeens te binnen. Ik heb de badolie van Jo Malone thuis.

'Kamperfoelie langs de muur.' Nat wijst naar een wirwar van piepkleine lichtgele bloempjes op de oude, goudkleurige stenen. 'Vorig jaar geplant.'

Ik kijk belangstellend naar de tere bloesems. Dus zo ziet kamperfoelie eruit?

'Maar er staat hier geen jasmijn,' zegt hij verbaasd. 'Ruik je het echt?'

'Eh...' Ik maak een vaag handgebaar. 'Misschien ook niet.'

Ik geloof dat ik op dit moment beter niets over die badolie kan zeggen. Of op welk moment dan ook, trouwens.

We bereiken de weg en ik besef dat ik voor het eerst sinds mijn komst hier het terrein van de Geigers verlaat, afgezien van het winkeluitstapje met Trish dan, maar toen had ik het te druk met het zoeken van haar cd van Celine Dion om oog voor mijn omgeving te hebben. Nathaniel is links afgeslagen en beent soepel door, maar ik kan me niet bewegen. Ik kijk met open mond naar het schouwspel voor mijn ogen. Dit dorp is gewoon adembenemend.

Ik had er geen idee van.

Ik kijk om me heen en zie de oude, honingkleurige stenen muren. De rijen eeuwenoude huizen met puntdaken. Het riviertje met de wilgen erlangs. Verderop staat de pub die ik de eerste avond heb gezien, getooid met hangmanden vol bloemen. In de verte hoor ik hoefgeklepper. Alles is in harmonie. Het is allemaal zacht en rustig en het voelt alsof het al eeuwen zo is.

'Samantha?'

Nathaniel heeft eindelijk gemerkt dat ik als aan de grond genageld ben blijven staan.

'Sorry.' Ik ren naar hem toe. 'Het is gewoon zo mooi! Dat wist ik niet.'

'Ja, het is mooi.' Ik hoor trots in zijn stem. 'Er komen te veel toeristen, maar...' Hij schokschoudert.

'Ik had er geen idee van!' We lopen verder door de straat, maar ik blijf met grote ogen om me heen kijken. 'Moet je die rivier zien! Moet je dat kérkje zien!'

Ik voel me net een kind dat een nieuw speeltje ontdekt. Ik ben eigenlijk nooit op het Engelse platteland geweest, besef ik plotseling. We bleven altijd in Londen, en anders gingen we naar het buitenland. Ik weet niet eens meer hoe vaak ik in Toscane ben geweest, en ik heb ooit een halfjaar in New York gewoond toen mam daar gedetacheerd was, maar de Cotswolds heb ik nog nooit gezien.

We volgen een oude stenen boogbrug de rivier over. Op het hoogste punt blijf ik staan om naar de eenden en zwanen te kijken.

'Het is gewoon schitterend,' verzucht ik. 'Echt beeldschoon.'

'Heb je hier dan niets van gezien toen je aankwam?' Nathaniel neemt me geamuseerd op. 'Of ben je zomaar uit het niets opgedoken?'

Ik denk terug aan die panische, verdwaasde, radeloze reis. Hoe ik uit de trein stapte, met bonzend hoofd, en alles in een waas zag.

'Zoiets,' zeg ik uiteindelijk. 'Ik keek niet echt goed om me heen.'

We kijken allebei naar een koppel zwanen dat vorstelijk onder het bruggetje door zeilt. Dan kijk ik op mijn horloge. Het is al vijf over tien.

'We moeten doorlopen,' zeg ik geschrokken. 'Je moeder zit te wachten.'

Ik snel de brug af. 'Er is geen haast bij,' roept Nathaniel me na. 'We hebben de hele dag de tijd.' Hij loopt met grote passen de brug af en haalt me in. 'Niets aan de hand. Je hoeft niet te rennen.'

Hij loopt de straat in en ik voeg me bij hem en probeer zijn ontspannen tred bij te benen, maar ik ben niet aan dat gemoedelijke tempo gewend. Ik ben gewend over drukke stoepen te benen, dwars door de massa heen, duwend en met mijn ellebogen werkend.

'En, ben je hier geboren en getogen?' vraag ik terwijl ik probeer mijn benen tot slenteren te dwingen.

'Ja.' Hij slaat links af een beklinkerd laantje in. 'Ik ben hier teruggekomen toen mijn vader ziek werd, en na zijn dood moest ik dingen regelen. Voor mam zorgen. Het is zwaar voor haar geweest. De financiën waren een puinhoop... Het was allemaal een puinhoop.'

'Wat erg voor jullie,' zeg ik onbeholpen. 'Heb je nog meer familie?'

'Een broer, Jake. Hij is een week hier geweest.' Nathaniel aarzelt. 'Hij heeft zijn eigen bedrijf. Een groot succes.'

Hij praat net zo ontspannen als anders, maar ik bespeur een zweempje van... iets. Misschien kan ik beter niet meer naar zijn familie vragen.

'Nou, ik zou hier graag willen wonen,' zeg ik enthousiast.

Nathaniel kijkt me bevreemd aan. 'Je woont hier toch?' frist hij mijn geheugen op.

Het verrast me. Hij zal wel gelijk hebben. In feite woon ik hier.

Onder het lopen probeer ik dat nieuwe idee te verwerken. Ik heb nooit ergens anders dan in Londen gewoond, afgezien van mijn studietijd in Cambridge. Ik heb altijd een Londense postcode gehad. Een Londens kengetal. Zo ben ik. Zo... was ik.

De oude ik begint echter steeds verder weg te lijken. Als ik aan mezelf terugdenk, al is het maar de ik van een week geleden, is het alsof ik mezelf door overtrekpapier zie.

Alles wat ik ooit koesterde, is verwoest. Ik voel me ook nog steeds beurs en gekwetst, maar tegelijkertijd... heb ik me nog nooit zo zinderend van de mogelijkheden gevoeld. Ik snuif de plattelandslucht zo diep op dat ik mijn borstkas voel uitzetten en word plotseling overspoeld door optimisme; euforie bijna. In een opwelling blijf ik bij een reusachtige boom staan en kijk omhoog naar de zwaar met groen beladen takken.

'Walt Whitman heeft een prachtig gedicht over een eik geschreven.' Ik steek een hand op en aai teder over de koele, ruwe schors. '"Ik zag een eik groeien in Louisiana. Heel alleen stond hij, en het mos hing van zijn takken neer."'

Ik kijk zijdelings naar Nathaniel, half verwachtend dat hij onder de indruk zal zijn.

'Het is een beuk,' zegt hij met een knikje naar de boom.

O. Goh.

Ik ken geen gedicht over een beuk.

'We zijn er.' Nathaniel duwt een oud smeedijzeren hek open en gebaart naar een tegelpad met aan het eind een huisje met blauwe bloemetjesgordijnen. 'Mag ik je voorstellen aan je kooklerares?'

Nathaniels moeder is heel anders dan ik had verwacht. Ik had me een gemoedelijk vrouwtje Piggelmee met een grijs knotje en een half brilletje voorgesteld, maar in plaats daarvan zie ik een pezige vrouw met een levendig, knap gezicht. Ze heeft helderblauwe ogen met een aanzet van potloodlijntjes eromheen. Haar grijze haar hangt in vlechten aan weerszijden van haar gezicht en ze draagt een spijkerbroek met een schort erop, een T-shirt en espadrilles, en ze staat met kracht een soort deeg te kneden.

'Mam?' Nathaniel grinnikt en duwt me verder de keuken in. 'Daar is ze dan. Samantha. Samantha... mijn moeder. Iris.'

'Samantha, welkom.' Iris kijkt op en ik zie dat ze me al knedend van top tot teen bekijkt. 'Even dit afmaken.'

Nathaniel wenkt dat ik moet gaan zitten, en ik zak behoedzaam op een houten stoel. De keuken ligt aan de achterkant van het huis en is vol licht en zon. Overal staan bloemen in kannen van aardewerk. Er staat een ouderwets groot fornuis, en een geloogde houten tafel, en er is een staldeur naar buiten. Terwijl ik me zit af te vragen of ik nu iets moet zeggen, komt er een kip binnen die aan de vloer begint te krabben.

'O, een kip!' roep ik voordat ik er erg in heb.

'Ja, een kip.' Iris kijkt me licht spottend aan. 'Nog nooit een kip gezien?'

Alleen in de koeling van de supermarkt. De kip loopt pikkend naar mijn sandalen met open tenen en ik trek snel mijn voeten onder mijn stoel, met een houding alsof ik dat toch al van plan was.

'Zo.' Iris pakt het deeg, vormt er efficiënt een bal van die ze op een bakblik legt, trekt de zware ovendeur open en schuift het bakblik erin. Ze wast haar met bloem bestoven handen bij het aanrecht en draait zich naar me om.

'Zo, dus jij wilt leren koken?' Ze zegt het vriendelijk, maar zakelijk. Volgens mij is dit een vrouw die geen woorden verspilt.

'Ja,' zeg ik met een glimlach. 'Graag.'

'Van die chique Franse liflafjes,' vult Nathaniel aan, die tegen het fornuis geleund staat.

'En kun je al goed koken?' Iris droogt haar handen aan een roodgeblokte handdoek. 'Nathaniel zei dat je nog nooit had gekookt, maar dat kan niet waar zijn.' Ze vouwt de handdoek op en glimlacht voor het eerst naar me. 'Wat kun je al? Wat zijn je basisgerechten?'

Haar indringende blauwe ogen maken me een tikje nerveus. Ik pijnig mijn hersenen, zoekend naar een gerecht dat ik kan maken.

'Nou, ik kan, eh, toast maken,' zeg ik. 'Toast is mijn basisgerecht.'

'Toast?' herhaalt Iris verbluft. 'Alleen maar toast?'

'En warme broodjes,' vul ik snel aan. 'Theebroodjes... Alles wat je kunt roosteren, eigenlijk...'

'Ja, maar wat kun je kóken?' Iris hangt de handdoek over een roestvrijstalen stang aan het fornuis en kijkt me onderzoekend aan. 'Wat dacht je van een... omelet? Je kunt toch zeker wel een omelet maken?'

Ik slik. 'Niet echt.'

Iris kijkt me zo ongelovig aan dat ik ervan bloos. 'Ik heb eigenlijk nooit huishoudkunde gehad op school,' leg ik uit. 'Ik heb nooit geleerd hoe je eten maakt.'

'Maar je moeder zal toch wel... Je grootmoeder...' Ze ziet me nee schudden en breekt haar zin af. 'Níémand?'

Ik bijt op mijn onderlip. Iris zucht alsof de ernst van de situatie nu pas tot haar doordringt.

'Dus je kunt helemaal niets koken. En wat heb je beloofd voor de Geigers te koken?'

O, god.

'Trish wilde een weekmenu zien, dus toen heb ik, eh... Ik heb op basis hiervan een menu opgesteld.' Ik haal schaapachtig het gekreukte menu van Maxim's uit mijn tas en geef het aan Iris.

'Assemblé van gesmoord lam met sjalotjes met gesuikerde aardappel in een korst van geitenkaas, gegarneerd met spinaziepuree met kardemom,' leest ze ongelovig voor.

Ik hoor geproest, kijk op en zie dat Nathaniel zich slap staat te lachen.

'Ik had niets anders!' roep ik afwerend uit. 'Wat had ik dan moeten zeggen: vissticks met patat?'

'"Assemblé" is gewoon een duur woord,' zegt Iris, die nog steeds naar het menu kijkt. 'Het is een opgeleukte stamppot. Dat kan ik je wel leren. En die gesmoorde forel met amandelen is simpel zat...' Ze laat haar vinger verder naar beneden glijden en kijkt dan met gefronst voorhoofd naar me op. 'Ik kan je die gerechten wel leren maken, Samantha, maar als je echt nog nooit hebt gekookt, zal het niet gemakkelijk worden.' Ze kijkt even naar Nathaniel. 'Ik vraag me af...'

Ik zie haar kijken en word bang. Alsjeblieft, laat haar nou niet zeggen dat ze zich heeft bedacht.

'Ik leer snel.' Ik leun naar voren. 'En ik zal enorm mijn best doen. Ik heb er alles voor over. Ik wil dit echt heel, heel graag.'

Ik kijk haar ernstig aan en probeer de boodschap door te seinen: *alstublieft. Ik moet het leren.*

'Goed dan,' zegt Iris uiteindelijk. 'We zetten je aan het koken.'

Ze reikt in een kast naar een keukenweegschaal en ik grijp die kans aan om een kladblok en pen uit mijn tas te pakken. Als Iris zich omdraait en me ziet, kijkt ze me verwonderd aan.

'Waar is dat voor?' Ze knikt naar het kladblok.

'Om aantekeningen te maken,' leg ik uit. Ik noteer de datum, zet er 'Kookles 1' onder, onderstreep het en kijk op. Iris schudt langzaam haar hoofd.

'Samantha, je gaat geen aantekeningen maken,' zegt ze. 'Koken is geen kwestie van schrijven, maar van proeven, voelen, aanraken en ruiken.'

'Juist.' Ik knik pienter.

Dat moet ik onthouden. Ik trek snel de dop van mijn pen en krabbel: 'Koken = kwestie van proeven, ruiken, voelen enz.' Ik doe de dop op de pen en kijk op. Iris kijkt me ongelovig aan.

'Proeven,' zegt ze, en ze pakt me de pen en het papier af. 'Niet schrijven. Je moet je zintuigen gebruiken. Je intuïtie.'

Ze haalt het deksel van een pan die zacht op het fornuis staat te sudderen en zet er een lepel in. 'Proef maar.'

Ik steek voorzichtig de lepel in mijn mond.

'Jus,' zeg ik meteen. 'Zalig!' voeg ik er beleefd aan toe.

Iris schudt haar hoofd. 'Niet zeggen wat je denkt dat het is, maar zeggen wat je proeft.'

Ik kijk haar niet-begrijpend aan. Het moet een strikvraag zijn.

'Ik proef... jus.'

Haar gezichtsuitdrukking blijft afwachtend. Ze wil meer horen.

'Eh, vlees?' gok ik.

'Wat nog meer?'

Mijn hoofd is leeg. Ik kan niets meer bedenken. Ik bedoel, het is jus. Wat kun je verder nog over jus zeggen?

'Proef nog eens,' zegt Iris onvermurwbaar. 'Je moet beter je best doen.'

Ik zoek naar woorden. Mijn gezicht begint te gloeien. Ik voel me net dat stomme kind op de achterste bank dat de tafel van twee niet kan opzeggen.

'Vlees, water...' Ik probeer wanhopig te bedenken wat er nog meer in jus zit. 'Bloem!' zeg ik in een plotselinge inval.

'Samantha, niet proberen de smaak te herleiden. Vertel me gewoon wat je proeft.' Iris houdt me de lepel weer voor. 'Proef nog eens, en nu met je ogen dicht.'

Met mijn ogen dicht?

'Goed.' Ik neem een hap en doe gehoorzaam mijn ogen dicht.

'Zo. Wat proef je nu?' hoor ik de stem van Iris in mijn oor. 'Concentreer je op de smaaksensatie. Verder niets.'

Met mijn ogen stijf dicht sluit ik al het andere buiten en concentreer me alleen op mijn mond. Het enige waar ik me van bewust ben, is de warme, zoutige smaak op mijn tong. *Zout.* Dat is een smaak. En zoet... en... Ik proef nog iets bij het slikken...

Het is bijna alsof er kleuren zichtbaar worden. Eerst de felle die je niet kunt missen en dan de zachtere die je gemakkelijk zouden kunnen ontgaan...

'Het is zoutig en vlezig...' zeg ik bedachtzaam, zonder mijn ogen open te doen, '... en zoet, en... bijna fruitig? Zoiets als kersen?'

Ik doe mijn ogen open, een beetje gedesoriënteerd. Iris kijkt me doordringend aan. Opeens zie ik Nathaniel achter haar, die ook naar me kijkt. Het maakt me een beetje zenuwachtig. Jus proeven met je ogen dicht is best intiem, blijkt nu. Ik weet niet of ik het wel prettig vind dat iedereen naar me kijkt.

Iris lijkt het te begrijpen.

'Nathaniel,' zegt ze gedecideerd, 'we hebben ingrediënten voor al die gerechten nodig.' Ze maakt een lange boodschappenlijst, die ze aan hem geeft. 'Ga dat eens voor ons inslaan, lieverd.'

Hij loopt de keuken uit en ze kijkt me met een flauwe glimlach om haar lippen aan. 'Dat was een stuk beter.'

'Mijn hemel, ze snapt het?' zeg ik hoopvol, en Iris werpt schaterend het hoofd in de nek.

'Nog niet, schat, op geen stukken na. Hier, trek een schort aan.' Ze reikt me een rood-met-wit gestreept schort aan en ik bind het verlegen om.

'Het is heel vriendelijk van u dat u me wilt helpen,' zeg ik aarzelend terwijl zij uien pakt en een oranje groente die ik niet thuis kan brengen. 'Ik ben u heel dankbaar.'

'Ik hou wel van een uitdaging,' zegt ze met twinkelende ogen. 'Anders verveel ik me maar. Nathaniel doet alles voor me. Te veel, soms.'

'Maar toch. U hebt me nog nooit gezien...'

'Wat ik hoorde, stond me wel aan.' Iris pakt een zware houten snijplank. 'Nathaniel heeft me verteld hoe je jezelf laatst uit de penarie hebt geholpen. Daar was lef voor nodig.'

'Ik moest toch iets doen?' Ik lach spijtig.

'En het draaide erop uit dat ze je salarisverhoging gaven. Prachtig.' Als ze glimlacht, krijgt ze fijne lijntjes rond haar ogen, als zonnestralen. 'Trish Geiger is een ontzettend onbenullige vrouw.'

'Ik mag Trish graag,' zeg ik loyaal.

'Ik ook.' Iris knikt. 'Ze heeft Nathaniel veel steun gegeven, maar het kan je niet ontgaan zijn dat ze weinig of geen hersens heeft.' Ze zegt het zo nuchter dat ik moet giechelen. Ik kijk toe hoe zij een grote, blinkende pan op het fornuis zet. Ze draait zich om, slaat haar armen over elkaar en kijkt me aan. 'Je hebt ze dus finaal ingepakt?'

'Ja,' zeg ik met een glimlach. 'Ze hebben geen idee wie ik ben.'

'En wie ben je dan?'

De vraag overrompelt me. Ik doe mijn mond open, maar er komt geen geluid uit.

'Heet je wel echt Samantha?'

'Ja!' zeg ik ontdaan.

'Dat was een beetje bot.' Iris heft begrijpend een hand. 'Maar als er een meisje uit het niets op het platteland opduikt en een baan aanneemt waar ze niet geschikt voor is...' Ze zwijgt even alsof ze naar woorden zoekt. 'Je hebt een slechte relatie achter de rug, zei Nathaniel?'

'Ja,' mompel ik met gebogen hoofd. Ik voel dat Iris me aandachtig opneemt met haar schrandere ogen.

'Je wilt er niet over praten, hè?'

'Liever niet, nee. Nee.'

Ik kijk op en zie begrip in haar ogen.

'Mij best.' Ze pakt een mes. 'Zullen we dan maar? Stroop je mouwen op, maak een staart in je haar en was je handen. Ik ga je leren uien snijden.'

We koken het hele weekend door.

Ik leer een ui in dunne plakjes snijden en hem dan een kwartslag te draaien en er dobbelsteentjes van te maken. Ik leer kruiden hakken met een mes met een rond lemmet. Ik leer vlees in te wrijven met bloem en gemalen gember, waarna ik het in een gloeiend hete gietijzeren pan braad. Ik leer dat je deeg met snelle, koude handen moet kneden, bij een open raam. Ik leer het trucje om snijbonen eerst in kokend water te blancheren en ze dan pas in boter te sauteren.

Een week geleden wist ik niet eens wat sauteren wás.

Tussen het koken door zit ik met Iris op de stoep naar de in de aarde krabbende kippen te kijken, nippend van versgezette koffie met een pompoenmuffin of zelfgebakken brood met zoute brokkelkaas en sla ertussen.

'Eet en geniet,' zegt Iris telkens wanneer ze me mijn portie geeft, en zodra ik begin te eten, schudt ze ontstemd haar hoofd. 'Niet zo snel. Neem er de tijd voor. Próéf wat je eet!'

Zondagmiddag maak ik onder Iris' kalme leiding gebraden kip met een vulling van salie en ui, gestoomde broccoli, wortelen met komijn en gebakken aardappelen. Wanneer ik de zware ovenschaal uit de oven til, laat ik de warme, naar kip geurende lucht even om me heen zweven. Ik heb nog nooit zoiets huiselijks geroken. De kip is goudkleurig; het knapperige, brosse vel is bespikkeld met de peper die ik eroverheen heb gemalen; het vleesnat sist in de schaal.

'Tijd voor de jus,' roept Iris vanaf de andere kant van de keuken. 'Kip uit de schaal en op een dienschaal leggen... en afdekken. We moeten hem warm houden... Nu de ovenschaal schuin houden. Zie je die vetbolletjes bovenop? Die moet je eruit lepelen.'

Terwijl ze praat, legt ze een deegdekseltje op een pruimen-kruimeltaart. Ze bestrijkt het met boter, wipt de taart in de oven, reikt naadloos naar een doekje en veegt het werkblad schoon. Ik heb de hele dag naar haar gekeken, hoe snel en precies ze in de keuken werkt, al proevend en de situatie volkomen meester. Geen greintje paniek. Alles gaat zoals het moet gaan.

'Goed zo.' Ze staat naast me en kijkt hoe ik de jus klop. 'Doorgaan... het wordt zo dikker...'

Ongelooflijk, dat ik jus sta te maken. *Ik maak jus.*

En het lukt, zoals alles in deze keuken. De ingrediënten gehoorzamen. Het mengelmoesje van kipvocht, bouillon en bloem verandert op de een of andere manier in een gladde, geurige vloeistof.

'Heel goed!' zegt Iris. 'Schenk het nu maar in die lekker warme kom... klontjes eruit zeven... Zie je nou hoe gemakkelijk dat is?'

'Volgens mij kun je toveren,' zeg ik plompverloren. 'Daarom lukt alles hier. Jij bent een kookheks.'

'Een kookheks!' Ze grinnikt. 'Die is goed. Kom op. Schort af. Tijd om te genieten van wat we hebben gemaakt.' Ze doet haar schort af en steekt haar hand uit om het mijne aan te nemen. 'Nathaniel, heb je de tafel gedekt?'

Nathaniel is het hele weekend de keuken in en uit geweest, en ik ben aan zijn aanwezigheid gewend geraakt. Ik heb het zelfs zo druk gehad met koken dat hij me nauwelijks is opgevallen. Nu dekt hij de houten tafel met biezen placemats, oud bestek met benen heften en servetten met een pastelruitje.

'Wijn voor de koks,' zegt Iris. Ze pakt een fles uit de koelkast en ontkurkt hem. Ze schenkt me een glas in en wijst naar de tafel. 'Zitten, Samantha. Je hebt genoeg gedaan dit weekend. Je zult wel kapot zijn.'

'Welnee!' zeg ik in een reflex, maar als ik op de dichtstbijzijnde stoel zak, voel ik pas hoe uitgeput ik ben. Ik doe mijn ogen dicht en merk dat ik me voor het eerst die dag ontspan. Mijn rug en armen doen pijn van al het hakken en mengen. Mijn zintuigen zijn gebombardeerd met geuren, smaken en nieuwe ervaringen.

'Niet in slaap vallen!' roept Iris me terug naar het heden. 'Dit is onze beloning! Nathaniel, lieverd, zet Samantha's gebraden kip daar maar neer. Jij mag voorsnijden.'

Ik open mijn ogen en zie Nathaniel met de dienschaal aankomen. Nu ik de kip weer zie, helemaal knapperig, goudkleurig en mals, gloei ik opnieuw van trots. Mijn eerste gebraden kip. Ik wil er bijna een foto van maken.

'Je wilt toch niet zeggen dat jíj dit hebt gemaakt?' zegt Nathaniel ongelovig.

Ha-ha. Hij weet heel goed dat ik het heb gemaakt. Toch moet ik zijn glimlach wel beantwoorden.

'Zomaar iets wat ik al eerder in elkaar had gedraaid...' Ik haal achteloos mijn schouders op. 'Zoals wij Franse koks gewend zijn.'

Nathaniel snijdt de kip met een geroutineerd gebaar voor, en Iris schept de groente op. Als we allemaal bediend zijn, gaat ze zitten en heft haar glas.

'Op jou, Samantha. Je hebt het uitstekend gedaan.'

'Dank je.' Ik glimlach en wil een slokje wijn nemen, maar dan zie ik dat de andere twee zich niet bewegen.

'En op Ben,' vervolgt Iris zacht.

'Op zondag herdenken we pap altijd,' legt Nathaniel uit.

'O.' Ik aarzel even en hef dan ook mijn glas.

'Zo.' Iris' ogen schitteren en ze zet haar glas neer. 'Het moment van de waarheid.' Ze neemt een hap kip en ik kijk hoe ze kauwt. Ik probeer niet te laten merken hoe gespannen ik ben.

'Heel goed,' zegt ze uiteindelijk met een knikje. 'Echt heel goed.'

Ik straal tegen wil en dank. 'Echt? Is het lekker?' Iris heft haar glas naar me.

'Mijn hemel. De kip snapt ze in elk geval.'

Ik zit in de gloed van het avondlicht en zeg zelf niet veel, maar eet en luister naar de andere twee. Ze vertellen me anekdotes over Eddie en Trish, over toen ze de dorpskerk wilden kopen om er een gastenverblijf van te maken, en ik moet wel lachen. Nathaniel zet zijn plan voor de tuin van de Geigers uiteen en maakt een schets van de laan met limoenbomen die hij bij Marchant House heeft gemaakt. Hoe levendiger hij wordt, hoe sneller hij tekent, en het potloodstompje lijkt piepklein in zijn grote hand. Iris ziet me met bewondering toekijken en wijst me op een aquarel van de dorpsvijver aan de muur.

'Die heeft Ben gemaakt.' Ze knikt naar Nathaniel. 'Hij heeft een aardje naar zijn vaartje.'

De sfeer is ontspannen en ongedwongen, heel anders dan de maaltijden vroeger bij ons thuis. Er hangt niemand aan de telefoon. Niemand heeft haast om ergens anders naartoe te gaan. Ik zou hier de hele nacht kunnen blijven.

Tegen het eind van de maaltijd schraap ik mijn keel.

'Iris, ik wil je nogmaals bedanken.'

'Ik vond het leuk.' Iris neemt een hap pruimen-kruimeltaart. 'Ik heb altijd graag de baas over mensen mogen spelen.'

'Nee, echt. Ik ben je heel dankbaar. Ik weet niet wat ik zonder jou had moeten beginnen.'

'De volgende keer gaan we lasagne maken. En gnocchi!' Iris neemt een slokje wijn en bet haar mond. 'We maken er een Italiaans weekend van.'

'De volgende keer?' Ik kijk haar met grote ogen aan. 'Maar...'

Je dacht toch niet dat je er al was?' Ze lacht bulderend. 'Ik ben nog maar net met je begonnen!'

'Maar... Ik kan niet al je weekends in beslag nemen...'

'Ik geef je je diploma nog niet,' zegt ze met een vrolijke onbehouwenheid, 'dus je hebt geen keus. Zo, en waar heb je verder nog hulp bij nodig? Schoonmaken? Wassen?'

Ik geneer me een beetje. Het is wel duidelijk dat ze precies weet hoe ik me gisteren in de nesten heb gewerkt.

'Ik weet niet goed hoe de wasmachine werkt,' geef ik onwillig toe.

'Dat lossen we op.' Ze knikt. 'Ik kom wel even langs als ze weg zijn en dan kijken we ernaar.'

'En ik kan geen knopen aanzetten...'

'Knopen.' Ze pakt potlood en papier en noteert het, nog steeds kauwend. 'Kun je zomen?'

'Eh...'

'Zomen.' Ze schrijft het op. 'En strijken?' Ze kijkt op, plotseling geanimeerd. 'Je hebt vast al moeten strijken. Hoe heb je je daar uit gered?'

'Ik stuur het strijkgoed naar Stacey Nicholson,' biecht ik op. 'In het dorp. Ze vraagt drie pond per overhemd.'

'Stacey Nicholson?' Iris legt het potlood neer. 'Die domme gans?'

'In haar advertentie stond dat ze een ervaren wasvrouw was.'

'Ze is vijftien!' Trish schuift woest haar stoel naar achteren. 'Samantha, ik wil niet dat jij Stacey Nicholson voor je strijkwerk betaalt. Je gaat leren het zelf te doen.'

'Maar ik heb nog nooit...'

'Ik leer het je wel. Iedereen kan strijken.' Ze loopt naar een zijkamertje, pakt een oude strijkplank met een gebloemde hoes, klapt hem uit en wenkt me. 'Wat moet je strijken?'

'Voornamelijk de overhemden van meneer Geiger,' zeg ik, en ik loop zenuwachtig naar de strijkplank.

'Goed.' Iris steekt de stekker van het strijkijzer in het stopcontact en draait aan de knop. 'Heet, voor katoen. Wachten tot het strijkijzer warm is. Het heeft geen zin om te beginnen voordat het op temperatuur is. Zo, ik zal je eens laten zien hoe je een overhemd aanpakt...'

Ze wroet met gefronste wenkbrauwen in een baal schoon wasgoed in het zijkamertje. 'Overhemden... overhemden... Nathaniel, trek je overhemd eens even uit.'

Ik verstijf, kijk naar Nathaniel en zie dat hij ook is geschrokken.

'Mam!' Hij lacht verlegen.

'O, stel je niet aan, jongen,' zegt Iris ongeduldig. 'Je kunt je overhemd toch wel even uitdoen? Dat is niet gênant. Je vindt het toch niet gênant, Samantha?'

'Eh...' Mijn stem is een beetje schor. 'Eh, nee, natuurlijk niet.'

'Kijk, dit is de stoomknop.' Iris drukt een knop op het strijkijzer in en er spuit een wolk stoom de lucht in. 'Altijd eerst kijken of er genoeg water in de stoomopening zit... Nathaniel! Komt er nog wat van?'

Door de stoom heen zie ik Nathaniel langzaam zijn overhemd openknopen. Ik vang een glimp van zijn gladde, gebruinde huid op en sla snel mijn ogen neer.

Niet zo puberaal doen. Dan trekt hij zijn overhemd maar uit, nou en?

Hij gooit het overhemd naar zijn moeder, die het behendig opvangt. Ik kijk angstvallig naar de vloer. Ik ga niet naar hem kijken.

Ik kijk níét naar hem.

'Je begint met het kraagje...' Iris spreidt het overhemd op de strijkplank uit. 'Je hoeft niet veel kracht te zetten.' Ze leidt mijn hand en het strijkijzer glijdt over de stof. 'Soepel blijven bewegen...'

Dit is belachelijk. Ik ben een rijpe, volwassen vrouw. Ik kan wel naar een man zonder overhemd kijken zonder het op mijn zenuwen te krijgen. Weet je wat ik doe? Ik kijk even achteloos. Ja. Dan hoef ik er niet meer aan te denken.

'Nu het schouderjuk...' Iris keert het overhemd om en ik begin weer te strijken. 'Heel goed... Nu de manchetten...'

Ik pak het overhemd om het om te draaien, en terwijl ik het doe, kijk ik per ongeluk-expres op.

God allemachtig.

Ik vraag me af of dat niet-meer-aan-denken-plan wel wat wordt.

'Samantha?' Iris pakt het strijkijzer uit mijn hand. 'Je maakt schroeiplekken in het overhemd!'

'O.' Ik kom weer bij. 'Sorry. Ik... ik dacht er even niet bij na.'

'Wat zijn je wangen rood.' Iris legt bezorgd een hand op mijn wang. 'Gaat het wel, lieverd?'

'Het zal van de, eh, de stoom komen.' Ik begin weer te strijken, gloeiend als een oven.

Iris geeft weer aanwijzingen, maar er dringt geen woord tot me door. Terwijl ik het strijkijzer blindelings heen en weer haal, denk ik obsessief aan a) Nathaniel; b) Nathaniel zonder overhemd aan; c) of Nathaniel een vriendin heeft.

Ten slotte schud ik het gestreken overhemd uit, volmaakt in de plooi en met alle vouwen op de juiste plaats.

'Heel goed,' zegt Iris, en ze klapt voor me. 'Nog even oefenen en je kunt het in op de kop af vier minuten.'

'Ziet er goed uit,' zegt Nathaniel, die zijn hand uitsteekt en naar me glimlacht. 'Dank je.'

'Niets te danken!' pers ik er kwakend uit, en ik wend snel mijn blik weer af. Mijn hart bonst in mijn keel.

Leuk, hoor. Echt leuk. Eén glimp van zijn lijf en ik ben smoorverliefd.

Ik dacht echt dat ik meer diepgang had, eerlijk waar.

13

Hij heeft geen vriendin.

Die informatie heb ik gisteren uit Trish weten te peuteren onder het mom dat ik nieuwsgierig was naar alle buren. Er zou een meisje uit Gloucester zijn geweest, maar dat is al maanden voorbij. Ik heb vrij baan. Nu alleen nog een strategie.

De volgende ochtend ben ik tijdens het douchen en aankleden gefixeerd door gedachten aan Nathaniel. Ik ben me ervan bewust dat ik ben teruggevallen in het gedrag van een veertienjarige puber; dat het niet veel scheelt of ik teken hartjes met pijlen waar 'Samantha' en 'Nathaniel' bij staat, maar het kan me niet schelen. Zoveel had ik er nou ook weer niet aan om een rijpe, nuchtere bedrijfsjurist te zijn.

Ik borstel mijn haar, kijk uit over de nevelig groene velden en voel een onverklaarbare luchthartigheid. Ik heb geen reden om zo blij te zijn. Op papier ziet het er allemaal nog even rampzalig uit. Mijn hoogvliegerscarrière is voorbij. Mijn familie heeft geen idee waar ik zit. Ik verdien een fractie van mijn vorige salaris in een functie die me onder andere verplicht andermans vuile ondergoed van de vloer te rapen.

En toch moet ik neuriën terwijl ik mijn bed opmaak.

Mijn leven is veranderd en ik verander mee. Het is alsof de behoudende, kleurloze Samantha van voorheen een popje van papier is geworden. Ik heb haar in het water gegooid en ze verdwijnt langzaam. En er is een nieuwe ik voor haar in de plaats gekomen. Een ik met mogelijkheden.

Ik heb nog nooit achter een man aangezeten, maar tot gisteren had ik ook nog nooit een kip bedropen. Als ik dat kan, kan ik toch zeker ook wel een man vragen of hij met me uit wil? De oude Samantha zou rustig hebben afgewacht tot hij naar haar toe kwam.

Nou, de nieuwe Samantha niet. Ik heb de koppelprogramma's op tv gezien, ik weet hoe het werkt. Het gaat allemaal om hoe je kijkt, je lichaamstaal en flirterige gesprekken.

Ik loop naar de spiegel en bekijk mezelf voor het eerst sinds ik hier ben met eerlijke, onverschrokken ogen.

Ik heb er meteen spijt van. De onwetendheid was beter.

Om te beginnen: geen mens kan er toch goed uitzien in een blauw nylon jasschort? Ik pak een ceintuur, doe hem om mijn middel en sjor het jasschort omhoog tot de rok een centimeter of acht korter is, net als vroeger op school.

'Hallo,' zeg ik tegen mijn spiegelbeeld, en ik schud achteloos mijn haar over mijn schouder. 'Ha, Nathaniel. Hé, Nat.'

Het enige wat er nog aan ontbreekt is heel veel heel slecht aangebrachte zwarte eyeliner, en dan ben ik in alle opzichten weer mijn eigen veertienjarige zelf.

Ik pak mijn make-uptasje, ben tien minuten bezig met het afwisselend opbrengen en verwijderen van make-up en heb dan iets wat natuurlijk en subtiel, maar toch zichtbaar is. Of heb ik tien minuten verprutst? Ik zou het niet weten.

Nu de lichaamstaal. Ik trek een denkrimpel in mijn voorhoofd, zo doe ik mijn best me de regels van tv te herinneren. Als een vrouw zich aangetrokken voelt tot een man, krijgt ze grote pupillen. En ze leunt zonder het zelf te weten naar hem over, lacht om zijn grapjes en laat haar polsen en handpalmen zien.

Ik leun naar mijn spiegelbeeld over en houd mijn handen op om het te proberen.

Ik lijk Jezus wel.

Ik doe er een flirterige lach bij. 'Ha ha ha,' roep ik hardop. 'Wat ben je toch geestig!'

Nu lijk ik op een blije Jezus.

Ik vraag me ernstig af of dit mijn kans vergroot.

Ik ga naar beneden, trek de gordijnen open om de felle ochtendzon binnen te laten en raap de post van de mat. Net als ik in een regionaal makelaarstijdschrift zit te bladeren om te zien wat een huis hier in de Cotswolds kost, wordt er aangebeld. Er staat een vent in uniform met een klembord op de stoep, en op de inrit achter hem staat

een bestelauto. 'Een bestelling van Professional Chef's Equipment Direct,' zegt hij. 'Waar zal ik de dozen neerzetten?'
'O, goh,' zeg ik nerveus. 'In de keuken, alstublieft. Dank u.'
Professioneel keukengerei. Dat zal wel voor mij zijn, de professionele kok. Ik had zo'n beetje gehoopt dat het pas later gebracht zou worden.
'Samantha, wat is dat voor auto?' roept Trish, die in ochtendjas op hooggehakte muiltjes de trap af wiebelt. 'Zijn dat bloemen?'
'Het zijn de keukenspullen die u voor me had besteld!' Op de een of andere manier weet ik een enthousiaste toon te treffen.
'O, fijn! Eindelijk!' Trish kijkt me stralend aan. 'Nu kun je ons versteld laten staan van je kookkunst! Vanavond krijgen we toch gegrilde zeebrasem met fijngesneden groenten, is het niet?'
'Eh... ja!' hijg ik. 'Ja, ik dacht het wel.'
'Opgepast!'
We springen allebei opzij voor twee bezorgers met hoge stapels dozen in hun armen. Ik loop mee naar de keuken en kijk ongelovig naar de groeiende berg. Wat hebben de Geigers in godsnaam allemaal besteld?
'Ja, we hebben álles voor je gekocht,' zegt Trish alsof ze gedachten kan lezen. 'Toe maar! Maak maar open! Je staat natuurlijk te popelen!'
Ik pak een mes en begin de eerste doos uit te pakken, terwijl Trish het plastic van een andere doos met haar scheermesnagels doorsnijdt. Uit de massa piepschuimkorrels en bubbeltjesplastic til ik een blinkende, roestvrijstalen... dinges. Wat is dit in vredesnaam? Ik kijk snel op het etiket op de zijkant van de doos. *Tulbandvorm.*
'Een tulbandvorm!' jubel ik. 'Fantastisch. Net wat ik nodig had.'
'We hebben er acht besteld,' zegt Trish zorgelijk. 'Is dat genoeg?'
'Eh...' Ik kijk er hulpeloos naar. 'Dat moet meer dan genoeg zijn.'
'En dan nu de steelpannen.' Trish heeft een doos met glanzende aluminium pannen opengescheurd en laat me er verwachtingsvol een zien. 'We hebben ons laten vertellen dat dit de allerbeste kwaliteit was. Vind jij dat ook? Als gediplomeerd chef-kok?'
Ik kijk naar de pan. Die is nieuw en glimt. Meer zou ik er niet van kunnen zeggen.
'Laten we maar eens kijken,' zeg ik zo professioneel mogelijk. Ik

neem de steelpan taxerend in mijn handen, til hem op, kijk naar de bodem, haal mijn vinger langs de rand en tik om het af te maken met mijn nagel tegen het oppervlak. 'Ja, dat is een kwaliteitspan,' zeg ik ten slotte. 'U hebt een goede keus gemaakt.'

'O, fijn!' Trish wroet stralend in een volgende doos. 'En moet je dit zien!' Piepschuim in het rond strooiend diept ze een vreemd gevormd hebbedingetje met een houten handvat op. 'Ik heb nog nooit zoiets gezien! Wat is het, Samantha?'

Ik kijk er zwijgend naar. Wat is dat in hemelsnaam? Het lijkt op een kruising tussen een zeef, een rasp en een garde. Ik spiek snel op de doos, maar het etiket is eraf gescheurd.

'Wat is het?' vraagt Trish weer.

Kom op, ik ben een gediplomeerd chef-kok. Natuurlijk weet ik wat dit is.

'Dit wordt gebruikt bij een zeer gespecialiseerde kooktechniek,' zeg ik uiteindelijk. 'Zeer gespecialiseerd.'

'Maar wat dóé je ermee?' Trish kijkt er perplex naar. 'Doe het eens voor?' Ze steekt me het handvat toe.

'Tja.' Ik neem het ding van haar over. 'Het is een soort... kloppende... rondgaande beweging... met lichte pols...' Ik klop een paar keer stevig in de lucht. 'Zoiets. Het is moeilijk voor te doen zonder de, eh, de truffels.'

Truffels? Waar haal ik het vandaan?

'Zodra ik hem gebruik, zal ik het u laten zien,' besluit ik, en ik leg het ding snel op het aanrecht.

'Ja, graag!' Trish kijkt me opgetogen aan. 'Hoe noem je zo'n ding?'

'Ik ken het niet anders dan als... truffelklopper,' zeg ik na een korte aarzeling. 'Maar er zou ook een andere benaming voor kunnen zijn. Zal ik koffie voor u zetten?' voeg ik er snel aan toe. 'Ik pak de rest later wel uit.'

Ik zet de waterkoker aan, pak de koffiepot en kijk naar buiten. Nathaniel beent over het gazon.

O, god. Al mijn verliefdheidsbellen rinkelen. Een complete, echte, ouderwetse puberverliefdheid.

Ik kan mijn ogen niet van hem afhouden. De zon valt op de punten van zijn donkerblonde haar en hij heeft een stokoude verschoten spijkerbroek aan. Terwijl ik kijk, pakt hij een grote zak met iets op, zwaait hem moeiteloos omhoog en mikt hem op iets wat een composthoop zou kunnen zijn.

Opeens stel ik me voor dat hij mij net zo optilt. Dat hij me met gemak rondzwaait in zijn grote, sterke armen. Ik bedoel maar, ik kan nooit veel zwaarder zijn dan een zak aardappelen...

'En, Samantha, hoe was je vrije weekend?' onderbreekt Trish mijn gemijmer. 'We hebben je bijna niet gezien! Ben je de stad in geweest?'

'Ik ben bij Nathaniel thuis geweest,' antwoord ik zonder erbij na te denken.

'Nathaniel?' vraagt Trish stomverbaasd. 'De túínman? Waarom?'

Ik besef prompt dat ik een grote blunder heb gemaakt. Ik kan niet bepaald zeggen: 'Om kookles te volgen.' Ik kijk haar even dommig aan terwijl ik probeer ter plekke een overtuigende verklaring te bedenken.

'Eigenlijk... gewoon om dag te zeggen...' antwoord ik uiteindelijk. Ik hoor dat ik hakkel. En ik voel dat ik rood word.

Ik zie aan Trish' gezicht dat het haar begint te dagen. Haar ogen worden zo groot als schoteltjes.

'O, op zó'n manier,' zegt ze. 'Wat snóézig!'

'Nee!' zeg ik snel. 'Het is niet... echt niet...'

'Wees maar niet bang!' onderbreekt Trish me met nadruk. 'Ik zeg geen woord. Ik ben de discretie zelve.' Ze drukt een vinger tegen haar lippen. 'Je kunt van me op aan.'

Voordat ik nog iets kan zeggen, pakt ze haar koffie en loopt de keuken uit. Ik zak tussen al het keukengerei en verpakkingsmateriaal op de keukenvloer en pruts aan de truffelklopper.

Dat was pijnlijk, maar ik denk niet dat het iets uitmaakt. Als ze maar niets ongepasts tegen Nathaniel zegt.

Dan dringt tot me door hoe stom ik ben. Natúúrlijk gaat ze iets ongepasts tegen Nathaniel zeggen. Ze gaat een o zo subtiele toespeling maken. En god weet wat hij dan van me zal denken. Dit zou heel gênant kunnen worden. Dit zou alles kunnen verpesten.

Ik moet naar hem toe om hem heel duidelijk te maken hoe het zit. Dat Trish me verkeerd heeft begrepen en dat ik helemaal niet verliefd op hem ben of zo.

Waarbij ik natuurlijk heel duidelijk moet maken dat ik dat wél ben.

Ik dwing mezelf te wachten tot ik Trish en Eddie van ontbijt heb voorzien, de nieuwe keukenspullen heb opgeborgen, olijfolie en geraspte citroenschil heb gemengd en de zeebrasemfilets voor vanavond erin heb gelegd, precies zoals ik van Iris heb geleerd.

Dan sjor ik mijn uniform nog iets hoger, doe voor de zekerheid nog wat eyeliner op en loop de tuin in, gewapend met een mand die ik in de proviandkast heb gevonden. Als Trish vraagt wat ik doe, ben ik kruiden aan het plukken voor het avondeten.

Ik loop een tijdje door de tuin en vind Nathaniel ten slotte in de boomgaard achter de oude muur, waar hij op een ladder touw om een boom staat te binden. Op weg naar hem toe word ik plotseling bespottelijk zenuwachtig. Mijn mond is droog – en voelde ik mijn knieën echt knikken?

God, je zou toch denken dat ik me een beetje kon beheersen. Je zou toch denken dat ik na zeven jaar als bedrijfsjurist iets steviger in mijn schoenen zou staan. Ik negeer mijn zenuwen zo goed mogelijk, loop naar de ladder, schud mijn haar over mijn schouder en glimlach naar hem, waarbij ik probeer mijn ogen niet dicht te knijpen tegen de zon.

'Hallo!'

'Hallo!' Nathaniel kijkt glimlachend naar beneden. 'Hoe gaat het?'

'Goed, dank je! Stukken beter. Nog geen rampen...'

Het blijft stil. Opeens merk ik dat ik iets te indringend naar zijn handen kijk, die het touw aantrekken. 'Ik kwam even wat... rozemarijn halen.' Ik wijs naar de mand. 'Heb je dat?'

'Ja, hoor. Ik zal wat voor je afknippen.' Hij springt van de ladder en we lopen samen over het pad naar de kruidentuin.

Het is volkomen stil, zo ver van het huis, op een enkel gonzend insect en het knerpen van het grindpad onder onze voeten na. Ik probeer iets luchtigs en spontaans te verzinnen om te zeggen, maar er komt niets.

'Wat is het warm,' weet ik ten slotte uit te brengen.

Goh, goed.

'Hm, hm.' Nathaniel knikt en stapt soepeltjes over de stenen muur van de kruidentuin. Ik probeer lichtvoetig achter hem aan te huppelen en blijf met mijn voet achter de muur haken. Au.

'Gaat het?' Nathaniel kijkt over zijn schouder.

'Ja, hoor!' zeg ik stralend, hoewel mijn voet pijnlijk bonst. 'Eh... mooie kruiden!' Ik gebaar oprecht bewonderend om me heen. De kruidentuin is zeshoekig, met paadjes tussen de vakken. 'Heb jij dat allemaal aangelegd? Ongelooflijk.'

'Dank je. Ik ben er zelf ook mee in mijn nopjes.' Nathaniel glimlacht. 'Maar goed. Je rozemarijn.'

Hij pakt een snoeischaar uit een oud leren holstergeval en begint in een donkergroene, stekelige struik te knippen.

Mijn hart slaat op hol. Nu moet ik zeggen wat ik kwam zeggen.

'Dus, eh... Het is gek,' begin ik zo luchtig mogelijk terwijl ik aan de geurige blaadjes van een ruige plant voel, 'maar Trish lijkt een verkeerde indruk van ons te hebben! Ze schijnt te denken dat we... Je weet wel.'

'Aha.' Hij knikt zonder me aan te kijken.

'Wat natuurlijk... belachelijk is!' vervolg ik met weer een lachje.

'Hm-hm.' Hij knipt nog wat takjes rozemarijn af en steekt ze op. 'Heb je hier genoeg aan?'

Hm-hm? Is dat alles? Is dat alles wat hij over het onderwerp te melden heeft?

'Ik wil eigenlijk iets meer,' zeg ik, en hij richt zijn aandacht weer op de struik. 'Dus... is het niet belachelijk?' vervolg ik in een radeloze poging hem tot een echt antwoord aan te zetten.

'Ja, natuurlijk.' Pas nu kijkt Nathaniel me aan. Hij heeft een frons in zijn gebruinde voorhoofd. 'Jij wilt voorlopig nergens aan beginnen. Niet zo snel na een mislukte relatie.'

Ik kijk hem wezenloos aan. Hoe komt hij in vredesnaam...

O, ja. Mijn mislukte relatie.

'Ja,' zeg ik na een korte stilte. 'Ja, precies.'

Verdomme.

Waarom moest ik een mislukte relatie verzinnen? Hoe kwam ik op het idéé?

'Hier is je rozemarijn.' Nathaniel legt een geurig bundeltje in mijn armen. 'Verder nog iets?'

'Eh, ja!' zeg ik snel. 'Mag ik ook wat munt?'

Ik zie hem voorzichtig tussen de rijen kruiden door naar de munt lopen, die in grote stenen bakken staat.

'Trouwens...' Ik dwing mezelf luchtig te klinken. 'Trouwens, zo slecht was die relatie nu ook weer niet. Ik geloof zelfs dat ik er wel zo'n beetje overheen ben.'

Nathaniel kijkt op en houdt een hand boven zijn ogen tegen de zon.

'Je bent in een week over een relatie van zeven jaar heen?'

Nu hij het zó stelt, klinkt het inderdaad een beetje ongeloofwaardig. Ik denk razendsnel na.

'Ik ben heel veerkrachtig,' zeg ik uiteindelijk. 'Ik ben net... rubber.'

'Rubber,' herhaalt hij met een uitgestreken gezicht.

Was rubber een slechte woordkeus? Nee. Kom op, rubber is sexy.

Nathaniel legt de munt bij de rozemarijn in mijn armen. Zo te zien probeert hij me te doorgronden.

'Mam zei...' Hij zwijgt verlegen.

'Wat zei ze?' vraag ik een beetje hijgerig. Hebben ze over me gepraat?

'Mam vroeg zich af of je... mishandeld bent.' Hij kijkt snel een andere kant op. 'Je bent zo gespannen en nerveus.'

'Ik ben niet gespannen en nerveus!' antwoord ik prompt.

Misschien was dat een beetje een gespannen, nerveuze reactie.

'Ik ben van nature zenuwachtig,' leg ik uit, 'maar ik ben niet mishandeld of zo. Ik was alleen... Ik voelde me altijd... gevangen.'

Het woord verrast mij ook.

Ik zie in een flits mijn leven bij Carter Spink voor me. Soms woonde ik zo ongeveer op kantoor, wekenlang. Ik nam bergen werk mee naar huis. Beantwoordde elk uur e-mail. Misschien voelde ik me echt een beetje gevangen.

'Maar het gaat wel weer.' Ik schud mijn haar over mijn schouder. 'Ik ben klaar om verder te gaan... en ik sta open voor een nieuwe relatie... of iets lossers... wat dan ook...'

Een wipje voor één nacht zou al goed zijn...

Ik kijk naar hem op, doe mijn uiterste best om grote pupillen op te zetten en breng als terloops een hand naar mijn oor om het af te maken. Er valt een lange, geladen stilte, die alleen wordt doorbroken door het gonzen van insecten.

'Waarschijnlijk kun je je beter niet halsoverkop in iets nieuws storten,' zegt Nathaniel. Hij wendt zich zonder me aan te kijken van me af om de bladeren van een struik te inspecteren.

Zijn rug heeft iets opgelatens. Het bloed golft naar mijn gezicht als ik het snap: hij laat me een blauwtje lopen zonder me te willen kwetsen. Hij wil niets met me.

Aargh. Dit is afschuwelijk. Daar sta ik dan, met mijn opgesjorde rok en eyeliner alle lichaamstaal te spreken die ik ken, ik bied me zo ongeveer áán... En hij probeert me duidelijk te maken dat hij geen belangstelling heeft.

Ik besterf het. Ik moet hier weg. Bij hem.

'Je hebt gelijk,' zeg ik geagiteerd. 'Het is nog veel te vroeg om aan zulke dingen te denken. Het zou zelfs een ontzettend slecht idee zijn. Ik ga me gewoon op mijn nieuwe baan toeleggen. Koken en... enzovoort. Ik moet weer eens aan het werk. Bedankt voor de kruiden.'

'Niets te danken,' zegt Nathaniel.

'O. Goed. Nou, tot ziens dan maar.'

Ik klem de bundel kruiden steviger in mijn arm, maak rechtsomkeert, stap over de muur, deze keer zonder mijn voet te stoten, en loop met grote passen over het grindpad terug naar het huis.

Ik ben méér dan gegeneerd. Dat was dan de gloednieuwe Samantha.

Ik ga nooit meer achter een man aan, echt nooit. Mijn oorspronkelijke strategie van beleefd wachten, niet opgemerkt worden en dan zien hoe hij er met een ander vandoor gaat was oneindig veel beter.

Enfin, ik zit er niet mee. Eigenlijk is het maar beter zo, want ik moet me echt op mijn werk storten. Zodra ik weer binnen ben, zet ik de strijkplank en het strijkijzer klaar, doe de radio aan en zet een lekker sterke kop koffie. Hier ga ik me voortaan op richten: het volbrengen van mijn taken voor die dag. Niet op mijn stomme, belachelijke verliefdheid op de tuinman. Ik krijg betaald om hier een klus op te knappen en dat zal ik doen ook.

Halverwege de ochtend heb ik tien overhemden gestreken, een lading was in de machine gestopt en de serre gestofzuigd. Tegen de lunch heb ik in alle kamers beneden afgestoft en gestofzuigd en alle spiegels met azijn gepoetst. Rond theetijd heb ik nog een was gedraaid, mijn groenten in de keukenmachine gehakt, de wilde rijst afgemeten die gestoomd moet worden en met zorg vier mandjes filodeeg gekneed voor mijn 'tartes de fruits', zoals Iris me heeft geleerd.

Om zeven uur heb ik de eerste partij aangebrande deegmandjes weggegooid en de tweede partij gebakken, met aardbeien gevuld en bedekt met warm gemaakte abrikozenjam. Ik heb de gehakte groenten in olijfolie met knoflook gebakken tot ze zacht waren. Ik heb mijn snijbonen geblancheerd. Ik heb de zebrasem in de oven gezet. Ik heb ook de nodige slokken vermout voor de 'coulis' genomen, maar dat terzijde.

Mijn gezicht is knalrood, mijn hart bonst en ik jaag in een soort versnelde werkelijkheid door de keuken... maar ik voel me wel lekker. Ik voel me zelfs bijna opgetogen. Kijk mij nou, ik bereid helemaal in mijn eentje een maaltijd... en ik heb alles in de hand! Behalve het fiasco met de champignons dan, maar die liggen veilig in de afvalbak.

Ik heb de tafel gedekt met het mooiste servies dat ik kon vinden en kaarsen in de zilveren kandelaars gezet. Ik heb een fles Prosecco in de koelkast klaargelegd, de verwarmde borden staan in de oven en ik heb zelfs Trish' cd met liefdesliedjes van Enrique Iglesias opgezet. Het voelt alsof ik het eerste dineetje van mijn leven geef.

Met een plezierig soort kriebel in mijn maag strijk ik mijn schort glad, doe de keukendeur open en roep: 'Mevrouw Geiger? Meneer Geiger?'

Ik zou een grote gong moeten hebben.

'Mevrouw Geiger?' probeer ik nog eens.

Er komt totaal geen antwoord. Ik had verwacht dat ze inmiddels wel bij de keuken zouden rondhangen. Ik loop de keuken weer in, pak een glas en een vork en laat ze luid tegen elkaar tinkelen.

Niets. Waar zitten ze toch?

Ik doorzoek de kamers beneden, maar daar is niemand. Dan loop ik behoedzaam de trap op.

Misschien hebben ze een *Joy of Sex*-moment. Misschien kan ik me beter terugtrekken.

'Eh, mevrouw Geiger?' roep ik aarzelend. 'Het eten is opgediend.'

Ik doe nog een paar aarzelende passen en hoor dan stemmen aan het eind van de gang. 'Mevrouw Geiger?'

Plotseling zwaait er woest een deur open.

'Waar heb je anders geld voor?' snerpt de stem van Trish door de lucht. 'Leg me dat maar eens uit!'

'Ik hoef jou niet uit te leggen waar we geld voor hebben!' schreeuwt Eddie terug. 'Je hebt er altijd wel raad mee geweten!'

'Als jij ook maar íéts begreep...'

'Ik begrijp het heel goed!' Eddie klinkt alsof hij tegen een hartaanval aan zit. 'Zeg nou niet dat ik het niet begrijp!'

Oóó-kéé. Waarschijnlijk dus geen *Joy of Sex*- moment. Ik sluip op mijn tenen weg, maar het is al te laat.

'En Portugal dan?' krijst Trish. 'Weet je dát nog?' Ze stormt de kamer uit in een dwarreling van roze, ziet mij en blijft stokstijf staan.

'Eh, het eten is klaar,' mompel ik met mijn blik strak op de vloer gericht. 'Mevrouw.'

Eddie beent de kamer uit. 'Als jij nog één keer over dat kloterige Portugal begint...'

'Eddie!' valt Trish hem woest in de rede, en dan knikt ze naar mij. '*Pas devant.*'

'Huh?' zegt Eddie met een kwade kop.

'*Pas devant les... les...*' Ze draait met haar handen alsof ze het ontbrekende woord tevoorschijn wil toveren.

'*Domestiques?*' opper ik schutterig.

Trish werpt me een ijzige blik toe en richt zich waardig op. 'Ik ben in mijn kamer.'

'Het is verdomme ook mijn kamer, hoor!' zegt Eddie ziedend, maar de deur is al dichtgeslagen.

'Eh... ik heb gekookt...' begin ik aarzelend, maar Eddie loopt me straal voorbij.

Ik ben de wanhoop nabij. Als die zeebrasem niet snel wordt opgegeten, verschrompelt hij helemaal.

'Mevrouw Geiger?' Ik klop op de slaapkamerdeur. 'Ik ben bang dat het eten verpietert...'

'Nou en?' antwoordt haar gedempte stem. 'Ik ben niet in de stemming om te eten.'

Ik kijk ongelovig naar de deur. Ik ben verdomme de hele dag met het eten voor die twee bezig geweest. Alles staat klaar. De kaarsen branden, de borden staan in de oven. Ze kunnen gewoon niet weigeren te eten.

'Jullie móéten eten!' roep ik uit, en Eddie blijft halverwege de trap staan. De slaapkamerdeur gaat open en een verblufte Trish kijkt naar buiten.

'Wat?' zegt ze.

Oké. Nu moet ik het tactisch spelen.

'Iedereen moet eten,' improviseer ik. 'Het is een menselijke behoefte. Dus waarom zou u uw meningsverschil niet onder het eten uitpraten? Of laat het even wachten! Drink een glas wijn, kom tot rust en spreek af niet over, eh... Portugal te beginnen.'

Bij het woord 'Portugal' voel ik dat ze hun stekels opzetten.

'Ik ben er niet over begonnen,' grauwt Eddie. 'Ik dacht dat dat onderwerp was afgesloten.'

'Ik begon er alleen over omdat jij zo gevóélloos deed...' Trish' stem wordt schril en ze veegt een plotselinge traan uit haar oog. 'Hoe denk je dat het voor mij is om jouw... paradepaardje te zijn?'

Paradepaardje?

Ik mag niet lachen.

'Trish.' Tot mijn verbijstering rent Eddie zo snel als zijn buik toestaat de trap op. 'Dat mag je niet zeggen.' Hij pakt haar bij de schouders en kijkt haar indringend aan. 'We hebben altijd een verbond gehad. Dat weet je toch? Al sinds Sydenham.'

Eerst Portugal, nu Sydenham. Ik zal Trish toch eens met een fles wijn op de bank moeten zetten om haar hele levensverhaal uit haar te trekken.

'Ja,' fluistert Trish.

Ze kijkt naar Eddie op alsof er verder geen mens op de wereld is, en opeens doet het me pijn. Ze houden echt van elkaar. Ik zie de vijandigheid in hun ogen langzaam smelten, alsof ik naar een chemische reactie in een reageerbuisje kijk.

'Zullen we gaan eten?' zegt Eddie ten slotte. 'Samantha heeft gelijk. We moeten lekker gaan eten samen. Rustig zitten en het uitpraten.'

Hij werpt me een blik toe en ik lach opgelucht naar hem. Goddank. De zeebrasem zal nog wel goed zijn... Ik moet alleen de saus in een kom schenken...

'Goed dan,' zegt Trish, nog nasnotterend. 'Samantha, we gaan vanavond uit eten.'

De glimlach besterft me op de lippen. Wat?

'Je hoeft niet voor ons te koken, hoor,' vult Eddie aan, en hij geeft me een joviaal klopje op mijn arm. 'Neem vanavond maar vrij.'

Wát?

'Maar... ik heb al gekookt!' zeg ik snel. 'Het is klaar.'

'O. Nou ja, geeft niet.' Trish maakt een vaag fladderend gebaar. 'Eet het zelf maar op.'

Nee. Nee, dit kunnen ze me niet aandoen.

'Maar het staat allemaal al voor jullie klaar! Gegrilde vis... en fijngesneden groenten...'

Trish hoort geen woord van wat ik zeg. 'Waar zullen we naartoe gaan?' vraagt ze aan Eddie. 'Zullen we proberen of er nog een tafel vrij is in The Mill House?'

Ze verdwijnt in de slaapkamer, op de voet gevolgd door Eddie, en ik blijf als verdoofd staan. De deur valt dicht en ik blijf alleen op de overloop achter.

Mijn etentje is naar de knoppen.

Wanneer ze in Eddies Porsche de oprijlaan af gebulderd zijn, loop ik naar de eetkamer en ruim langzaam alles af. Ik zet de kristallen glazen weg, vouw de servetten op en blaas de kaarsen uit. Dan ga ik terug naar de keuken en laat mijn blik glijden over alle gerechten die paraat staan. Mijn saus, die nog op het fornuis borrelt. Mijn garnituur van partjes citroen. Ik was zo trots op alles.

Enfin. Niets aan te doen.

Mijn zeebrasems kijken me vol zelfbeklag aan, maar ik leg er toch een op een bord en schenk mezelf een glas wijn in. Ik ga aan tafel zitten, snij een hap af en breng hem naar mijn mond. Dan leg ik mijn mes en vork neer zonder ook maar iets te proeven. De eetlust is me vergaan.

Een hele dag werk voor niets. En morgen begint het weer van voren af aan. Bij die gedachte krijg ik zin om mijn hoofd op mijn armen te leggen en nooit meer op te kijken.

Wat doe ik hier?

Nee, echt, bedoel ik. Waar ben ik mee bezig? Waarom stap ik niet nu meteen op de trein terug naar Londen?

Terwijl ik daar met kromme schouders zit, hoor ik een klopje op de deur. Ik kijk op en zie Nathaniel met zijn rugzak in de deuropening staan. Bij de herinnering aan onze ontmoeting van die ochtend stijgt het schaamrood me naar de kaken. Onwillekeurig draai ik mijn stoel iets van hem af en sla mijn armen over elkaar.

'Hallo,' zeg ik met een licht 'als je denkt dat ik jou leuk vind, zit je er ver naast'-schouderophalen.

'Ik dacht, ik ga even zien of je hulp nodig hebt.' Zijn blik dwaalt over al het onaangeroerde eten in de keuken. 'Wat is er gebeurd?'

'Ze hebben het niet opgegeten. Ze zijn naar een restaurant gegaan.'

Nathaniel kijkt me aan, doet zijn ogen even dicht en schudt zijn hoofd.

'Terwijl jij de hele dag voor ze in de keuken hebt gestaan?'

'Het is hun eten. Hun huis. Zij hebben het voor het zeggen.'

Ik probeer het nuchter en onverschillig te zeggen, maar de teleurstelling weegt nog zwaar in mijn binnenste. Nathaniel zet zijn rugzak neer, beent naar het fornuis en kijkt naar de zeebrasem. 'Ziet er lekker uit.'

'Het ziet eruit als papperige, te gare vis,' verbeter ik hem.

'Zo heb ik hem het liefst.' Hij grinnikt, maar ik ben niet in de stemming om mee te lachen.

'Nou, tast toe.' Ik gebaar naar de schaal. 'Iemand anders eet het ook niet op.'

'Tja, in dat geval... Weggooien is zonde.' Hij schept zichzelf van alle gerechten op, tot hij een belachelijk vol bord heeft, schenkt zichzelf een glas wijn in en komt tegenover me aan tafel zitten.

We zwijgen allebei. Ik kijk niet eens naar hem.

Nathaniel heft zijn glas. 'Op jou. Gefeliciteerd.'

'Ja, hoor.'

'Nee, echt, Samantha.' Hij wacht geduldig tot ik mijn blik van de vloer omhoog heb gesleept. 'Of ze het nu wilden eten of niet, dit is echt een prestatie. Ik bedoel, god allemachtig.' Zijn mondhoeken trekken plagerig. 'Weet je nog, het laatste diner dat je in deze keuken hebt bereid?'

Ik glimlach onwillig. 'Het lam des verderfs, bedoel je.'

'Die kikkererwten. Die vergeet ik nooit meer.' Hij neemt een hapje vis en schudt ongelovig zijn hoofd. 'Dit is lekker, trouwens.'

Ik zie die piepkleine zwarte kogeltjes weer voor me; hoe ik in pa-

niek chaotisch rondrende; het op de vloer druipende schuimgebak...
en ondanks alles moet ik giechelen. Ik heb al zoveel geleerd sinds
die avond.

'Nou, ik had me die avond best gered, hoor,' zeg ik nonchalant.
'Als jij er niet op had gestaan me te hélpen. Tot jij me in de weg
kwam lopen, had ik alles in de hand.'

Nathaniel legt nog kauwend zijn vork neer en kijkt me zwijgend
aan. Hij heeft rimpeltjes om zijn ogen, van het lachen, denk ik. Ik
voel de verraderlijke blos naar mijn wangen stijgen, buig mijn
hoofd en zie dat mijn handen met de palm naar boven op het tafelblad liggen.

En ik leun ook nog eens naar hem over, besef ik plotseling tot mijn
afgrijzen. Mijn pupillen zullen ook wel zo groot als wagenwielen
zijn. Als ik met viltstift 'ik wil je hebben' op mijn voorhoofd had geschreven, had ik niet duidelijker kunnen zijn.

Ik leg snel mijn handen in mijn schoot, recht mijn rug en trek een
onaangedaan gezicht. Ik ben de gekrenktheid van vanochtend nog
niet te boven. Ik zou van de gelegenheid gebruik kunnen maken om
iets te zeggen.

'Dus...' begin ik, precies tegelijk met Nathaniel.

'Toe maar.' Hij gebaart naar me en neemt nog een hap vis. 'Jij eerst.'

'Tja.' Ik schraap mijn keel. 'Na ons... gesprek van vanochtend wilde ik je even zeggen dat je gelijk had wat een relatie betreft. Ik ben
natuurlijk nog niet aan iets nieuws toe. Ik moet er zelfs niet aan denken. Absoluut niet.'

Zo. Daar kan hij het mee doen. Ik vraag me af hoe overtuigend het
klonk, maar ik heb tenminste iets van mijn waardigheid gered.

'Wat wilde jij zeggen?' vraag ik terwijl ik hem nog eens bijschenk.

'Ik wilde vragen of je met me uit wilde,' zegt Nathaniel, en ik giet
bijna de fles op tafel leeg.

Wát wilde hij?

Hebben die open handen gewérkt?

'Maar wees maar niet bang.' Hij neemt een grote slok wijn. 'Ik begrijp het wel.'

Terugkomen. Ik moet nu heel snel op mijn woorden terugkomen,
maar wel subtiel, zodat hij niet echt merkt dat ik mezelf tegenspreek...

O, verdomme, ik doe gewoon inconsequent. Ik ben een vrouw, en die mogen dat.

'Nathaniel,' zeg ik geforceerd kalm, 'ik wil graag met je uit.'

'Leuk,' zegt hij, totaal niet van de wijs gebracht. 'Kun je vrijdagavond?'

'Prima.'

Ik grinnik naar hem en voel opeens dat ik honger heb. Ik trek mijn bord met zeebrasem naar me toe, pak mijn bestek en val aan.

14

Ik haal de vrijdagochtend zonder grote ongelukken. Of zonder dat de Geigers iets van de grote ongelukken merken.

Er was die ramp met de groenterisotto op dinsdag, maar ik ben er goddank in geslaagd een cateringbedrijf op het laatste moment een vervanging te laten brengen. Er was een perzikkleurig hemdje dat bij nader inzien iets minder heet gestreken had moeten worden. Er was die Dartington-vaas die ik kapot heb laten vallen toen ik probeerde hem met het stofzuigerhulpstuk af te stoffen. Maar tot nog toe lijkt niemand gemerkt te hebben dat hij weg is, en de nieuwe zou morgen gebracht moeten worden.

Deze week heeft me tot nu toe nog maar tweehonderd pond gekost, een enorme verbetering ten opzichte van vorige week. Ik zou binnenkort zelfs winst kunnen gaan maken.

Net als ik met mijn ogen zo goed mogelijk afgewend Eddies vochtige ondergoed in de wasruimte ophang, hoor ik Trish roepen.

'Samantha! Waar zít je?' Ze klinkt niet blij, en ik bibber inwendig. Wat heeft ze ontdekt? 'Ik kan je echt niet langer zo rond laten lopen.' Trish is hoofdschuddend bij de deur van de wasruimte aangekomen.

'Pardon?' Ik kijk haar angstig aan.

'Dat háár.' Ze trekt een lelijk gezicht.

'O, dat.' Ik tast met een grimas naar de gebleekte streep. 'Ik was van plan er dit weekend iets aan te laten doen...'

'Je gaat er nú iets aan laten doen,' onderbreekt ze me. 'Mijn kapster is hier, en ze is súper.'

'Nu?' Ik gaap haar verbaasd aan. 'Maar... ik moet stofzuigen.'

'Ik laat jou niet langer als een vogelverschrikker rondlopen. Haal je uren later maar in. En ik hou het geld op je loon in. Kom op, Annabel zit te wachten!'

Ik neem aan dat ik geen keus heb, leg de rest van Eddies ondergoed zo lang op het droogrek en loop achter Trish aan naar boven.

'O, en, ik wilde je nog over mijn vestje van kasjmierwol spreken,' vervolgt Trish boven aan de trap streng. 'Dat crèmekleurige.'

Shit. Shit. Ze heeft ontdekt dat ik het heb vervangen. Natuurlijk heeft ze het ontdekt. Ik had kunnen weten dat ze niet zó stom was dat...

'Ik weet niet wat je ermee hebt gedaan...' – Trish blaast een rookwolk uit en maakt de deur van haar slaapkamer open – '... maar het ziet er gewéldig uit. Dat inktvlekje op de zoom is helemaal weg! Het is als nieuw!'

'O.' Ik glimlach opgelucht. 'Tja... dat hoort allemaal bij de dienstverlening!'

Ik loop achter Trish aan de slaapkamer in, waar een magere vrouw met hoog opgekamd blond haar in een witte spijkerbroek met een goudkleurige schakelriem net een stoel neerzet.

'Hallo!' Ze kijkt op, met een sigaret in haar hand, en dan zie ik dat ze een jaar of zestig is. 'Samantha, ik heb al zóveel over je gehoord.'

Ze heeft een gruizige stem, haar mond is gerimpeld van het trekken aan sigaretten en haar make-up ziet eruit alsof hij aan haar huid is gelast. In feite is ze Trish, maar dan vijftien jaar ouder. Ze loopt op me af, kijkt naar mijn haar en schrikt.

'Wat moet dat voorstellen? Wou je de streepjestrend eens proberen?' Ze lacht schor om haar eigen grap.

'Het was een... bleekongelukje.'

'Een ongelukje!' Ze haalt met haar tong klakkend haar vingers door mijn haar. 'Nou, maar die kleur kun je niet houden. We kunnen beter een mooie tint blond nemen. Je vindt het toch niet erg om blond te worden, kind?'

Blond?

'Ik ben nog nooit blond geweest,' zeg ik bedremmeld. 'Ik weet niet zeker...'

'Je hebt er echt de teint voor.' Ze is mijn haar al aan het borstelen.

'Goed, als het maar niet té blond wordt,' zeg ik snel. 'Niet... u weet wel, dat onnatuurlijke, ordinaire platinablond...'

Het dringt tot me door dat de andere twee vrouwen in de kamer allebei onnatuurlijk, ordinair platinablond haar hebben.

'Of, eh...' Ik slik. Ik durf niet op te kijken. 'Wat u maar het beste lijkt. Ik vind het goed.'

Ik ga op de stoel zitten, sla een handdoek om mijn schouders en probeer niet in elkaar te krimpen wanneer Annabel kordaat een chemisch ruikende pasta op mijn hoofd smeert en zo te voelen duizenden reepjes aluminiumfolie om mijn haar wikkelt.

Blond. Geel haar. Barbiepoppen.

O, god. Waar ben ik mee bézig?

'Ik geloof dat ik me heb vergist,' zeg ik botweg, en ik probeer op te staan. 'Ik geloof niet dat ik een geboren blondine ben...'

'Rustig!' Annabel omklemt mijn schouders, duwt me terug op de stoel en stopt een tijdschrift in mijn handen. Achter haar maakt Trish een fles champagne open. 'Het wordt beeldig. Zo'n knappe meid als jij zou iets met haar haar moeten dóén. Lees ons nu onze toekomst maar eens voor.'

'De toekomst?' herhaal ik confuus.

'De horoscoop!' Annabel klakt met haar tong. 'Het is geen licht, hè?' zegt ze zachtjes tegen Trish.

'Ze is wel een beetje dom,' fluistert Trish discreet terug, 'maar ze kan fantástisch wassen.'

Dus zo is het om een niet-werkende dame te zijn. Met aluminiumfolie in je haar champagne-jus drinken en dure tijdschriften lezen. Ik heb sinds mijn dertiende geen andere tijdschrift meer gelezen dan *De jurist*. Bij de kapper tik ik doorgaans e-mails, of ik neem contracten door.

Ik kan hier echter niet ontspannen van genieten. Met toenemende ongerustheid lees ik 'De tien tekenen dat je bikini te klein is'. Tegen de tijd dat ik bij 'Waargebeurde vakantieliefdes' ben en Annabel mijn haar föhnt, sta ik strak van angst.

Ik wil niet blond zijn. Zo ben ik gewoon niet.

'Klaar!' Annabel zet met een laatste warme luchtstoot de föhn uit. Het is stil. Ik durf mijn ogen niet open te doen.

'Stukken beter!' zegt Trish goedkeurend.

Ik doe langzaam een oog open. Dan het tweede.

Mijn haar is niet blond.

Het is karamelkleurig. Het heeft een warme karamelkleur met streepjes honing en heel fijne draadjes goud zo hier en daar, die zinderen als ik mijn hoofd beweeg.

Ik slik een paar keer in een poging mezelf in de hand te houden. Ik ben bijna bang dat ik moet huilen.

'Je vertrouwde me niet, hè?' Annabel kijkt me met opgetrokken wenkbrauwen in de spiegel aan, voldaan glimlachend. 'Je dacht dat ik niet wist wat ik deed, hè?'

Ze leest mijn gedachten zo exact dat ik me schaam.

'Het is prachtig,' zeg ik zodra ik weer kan praten. 'Ik ben... Heel erg bedankt.'

Ik ben verrukt van mijn spiegelbeeld. Ik kan mijn ogen niet afhouden van mijn nieuwe, glanzende karamel-met-honing zelf. Ik zie er levendig uit. Ik zie er kléúrig uit.

Ik wil nooit meer terug naar mijn oude uiterlijk. Nooit meer.

Mijn blijdschap ebt niet weg. Zelfs wanneer ik weer beneden ben en de stofzuiger door de salon duw, ga ik nog helemaal op in mijn nieuwe haar. Bij elk glimmend oppervlak blijf ik staan om mezelf te bewonderen en mijn haar op te zwiepen, zodat het in een karamelkleurige waterval naar beneden golft.

Stofzuiger onder het kleed. *Zwiep*. Stofzuiger onder de salontafel. *Zwiep. Zwiep.*

Het is nooit in me opgekomen dat ik mijn haar zou kunnen kleuren. Wat heb ik nog meer aan me voorbij laten gaan?

'Ha, Samantha.' Ik kijk op en zie Eddie keurig in het pak binnenkomen. 'Ik heb straks een bespreking in de eetkamer. Zou je ons koffie willen brengen?'

'Ja, meneer.' Ik maak een buiging. 'Voor hoeveel personen?'

'Vier in totaal. En wat koekjes. Hapjes. Weet ik veel.'

'Uiteraard.'

Hij is rood aangelopen en ziet er opgefokt uit. Ik vraag me af wat het voor soort bespreking is. Op weg naar de keuken kijk ik nieuwsgierig door het raam en zie een onbekende Mercedes S5 op de oprijlaan staan, met ernaast een BMW cabrio.

Hm. Waarschijnlijk niet de dorpsdominee, dus.

Ik maak koffie en zet de pot op een blad, samen met een schaal koekjes en muffins die ik voor de thee had gekocht. Dan koers ik naar de eetkamer en klop aan.

'Kom binnen.'

Ik duw de deur open en zie Eddie met drie mannen in pak om de eettafel zitten, allemaal met papieren voor zich.

'Uw koffie,' murmel ik onderdanig.

'Dank je, Samantha.' Eddies wangen gloeien. 'Zou je willen inschenken?'

Ik zet het blad op het buffet en geef de mannen allemaal een kopje. Onbewust werp ik intussen een blik op de papieren, waarin ik prompt contracten herken.

'Eh... melk en suiker?' vraag ik aan de eerste man.

'Alleen melk, graag.' Hij kijkt niet eens op. Terwijl ik koffie in zijn kopje schenk, kijk ik nog eens. Het ziet eruit als een investering in onroerend goed. Gaat Eddie zijn kapitaal ergens in steken?

'Koekje?' bied ik aan.

'Ik ben al zoet genoeg.' De man ontbloot grijnzend zijn tanden en ik glimlach beleefd terug. Wat een eikel.

'Zo, Eddie. Begrijp je dat punt nu?' vraagt een man met een paarse stropdas gemaakt bezorgd. 'Als je door het jargon heen kijkt, is het vrij duidelijk.'

Zijn stem bezorgt me een rilling van herkenning. Niet dat ik die man ken, maar ik ken zijn soort. Ik heb er zeven jaar mee gewerkt. En ik voel aan mijn water dat het die man geen fluit interesseert of Eddie het begrijpt.

'Ja!' Eddie lacht joviaal. 'Ja, vast wel.' Hij tuurt onzeker naar het contract en legt het neer.

'Wij zijn net zo beducht op de risico's als jij,' zegt de man met de paarse stropdas glimlachend.

'Wie niet, als het om geld gaat?' schertst de eerste man.

Oké. Wat is hier precies aan de hand?

Ik loop naar de volgende man om koffie in te schenken, en nu kan ik het contract goed zien. Ik laat mijn blik er met een geoefende snelheid overheen glijden. Het is een gezamenlijk bouwproject. Beide partijen leggen geld in... ontwikkeling van een woonwijk... tot nu toe allemaal gesneden koek...

Dan verstijf ik van ontzetting. Het staat er heel omzichtig verwoord, in een onschuldig ogend puntje onder aan de bladzij. In een enkele regel wordt Eddie ertoe verplicht tekorten op zich te nemen. Het is een eenzijdige verplichting, voorzover ik het kan zien.

Dus als het misgaat, krijgt Eddie de rekening gepresenteerd. Beseft hij dat wel?

Ik sta versteld. De neiging het contract van tafel te grissen en het te verscheuren is bijna overweldigend. Als we bij Carter Spink zaten, zouden die kerels het geen twee minuten volhouden. Niet alleen zou ik het contract van tafel vegen, ik zou mijn cliënt ook aanbevelen...

'Samantha?' roept Eddie me terug in de werkelijkheid. Hij kijkt me ontstemd aan en wijst naar de schaal met koekjes.

We zitten niet bij Carter Spink. Ik heb een huishoudstersuniform aan en moet koffie met iets lekkers serveren.

'Chocoladekoekje?' Op de een of ander manier dwing ik mezelf de vent met het zwarte haar beleefd de schaal voor te houden. 'Of een muffin?'

Hij pakt gewoon iets zonder me op te merken, en ik loop razendsnel denkend naar Eddie. Ik moet hem op de een of andere manier waarschuwen.

'Zo. Genoeg gepraat. Het avontuur begint.' De vent met de paarse stropdas draait de dop van een dure vulpen open. 'Na jou.' Hij reikt Eddie de pen aan.

Wil hij zijn handtekening zetten? Nú?

Nee. Nee, hij mag dit contract niet tekenen.

'Neem er de tijd voor,' vervolgt de man, en hij lacht volmaakte tanden bloot. 'Als je het nog eens wilt doorlezen...'

Ik voel woede oplaaien tegen die kerels met hun opzichtige auto's, paarse stropdassen en gladde praatjes. Zij gaan mijn baas niet afzetten. Ik sta het niet toe. Op het moment dat Eddies penpunt het papier raakt, buig ik me naar hem over.

'Meneer Geiger,' zeg ik gespannen. 'Kan ik u even spreken? Onder vier ogen?'

Eddie kijkt verstoord op.

'Samantha,' zegt hij overdreven vriendelijk, 'ik zit midden in een nogal belangrijke bespreking. Ik vind het in elk geval wél belangrijk!' Hij kijkt om zich heen, en de drie anderen lachen kruiperig.

'Het is heel dringend,' zeg ik. 'Het duurt niet lang.'
'Samantha...'
'Meneer Geiger, alstublieft. Ik móét u spreken.'
Eddie zucht vertwijfeld en legt de pen neer.
'Goed dan.' Hij staat op, drijft me voor zich uit de kamer uit en vraagt streng: 'Wat is er?'
Ik kijk hem schaapachtig aan. Nu ik hem de gang op heb gekregen, heb ik geen idee hoe ik het tegen hem moet zeggen. Hoe zeg ik het?
Meneer Geiger, ik raad u aan clausule 14 te herzien.
Meneer Geiger, uw lasten zijn niet voldoende ingedekt.
Het gaat niet. Ik kan niets zeggen. Wie neemt er nu juridisch advies van zijn huishoudster aan?
Hij legt zijn hand op de deurknop. Dit is mijn laatste kans.
'Hebt u suiker in uw koffie?' flap ik eruit.
'Wát?' Eddie gaapt me aan.
'Ik wist het niet meer,' mompel ik. 'En ik wilde niet in het openbaar de aandacht vestigen op uw suikergebruik.'
'Ja, een klontje,' zegt Eddie korzelig. 'Was dat het?'
'Nou... er was nog iets. Zo te zien staat u op het punt wat papieren te tekenen.'
'Dat klopt.' Hij fronst zijn wenkbrauwen. 'Persoonlijke documenten.'
'Natuurlijk!' Ik slik. 'Ik vroeg me alleen af of u een advocaat hebt. Het, eh, het schoot me zomaar te binnen. U hebt zelf tegen me gezegd dat ik altijd heel voorzichtig moest zijn met documenten.'
Ik kijk hem in de ogen in de hoop dat mijn boodschap overkomt.
Ga naar een advocaat, stomme schlemiel.
Eddie lacht hartelijk.
'Heel attent van je, Samantha, maar je hoeft je geen zorgen te maken. Ik ben niet gek.' Hij doet de deur open en beent naar binnen. 'Heren, waar waren we gebleven?'
Hij pakt de pen weer en ik kijk angstig toe. Ik kan hem niet tegenhouden. Die idioot laat zich uitkleden.
Maar niet als ik er iets aan kan doen.
Ik haast me de kamer in. 'Meneer Geiger, uw koffie...' mompel ik. Ik pak de pot, begin te schenken en mors dan per ongeluk-expres op tafel.

'Aargh!'
'Jezus!'
De koffie verspreidt zich als een donkerbruin meer over de tafel, doorweekt papieren en druipt op de vloer. De chaos breekt uit.

'De contracten!' roept de man met de paarse stropdas geërgerd uit. 'Stommeling!'

'Het spijt me,' zeg ik zo ontdaan als ik kan. 'Het spijt me ontzettend. De koffiepot... gleed gewoon uit mijn hand.' Ik dep de koffie met een tissue op, waarbij ik ervoor zorg dat alle andere papieren ook vol vlekken komen te zitten.

'Hebben we nog kopieën?' vraagt een van de mannen, en ik verstijf.

'Ze lagen allemaal op tafel, verdomme,' zegt de man met het zwarte haar radeloos. 'We zullen ze opnieuw moeten laten afdrukken.'

'Weten jullie, als jullie kopieën laten maken... dan wil ik er graag een extra, als het goed is.' Eddie schraapt zijn keel. 'Ik wil mijn advocaat er graag even naar laten kijken. Voor de zekerheid.'

De mannen wisselen blikken. Ik voel een lichte consternatie opkomen.

'Natuurlijk,' zegt de man met de paarse das na een lange stilte. 'Geen punt.'

Ha. Iets zegt me dat dit contract misschien toch niet doorgaat.

'Uw jas, meneer?' zeg ik glimlachend, en ik reik hem zijn colbert aan. 'En nogmaals mijn verontschuldigingen.'

Het mooie van een juridische opleiding is dat je écht leert liegen.

Je leert ook het gefoeter van je baas te verdragen. Wat goed uitkomt, want zodra Trish hoort wat ik heb gedaan, dwingt ze me twintig minuten in de keuken te blijven staan terwijl zij me ijsberend de les leest.

'Meneer Geiger werkt aan een heel belangrijk zakelijk project!' Ze trekt furieus aan haar sigaret en haar pasgeverfde haar danst om haar schouders. 'Die bespreking was van cruciaal belang!'

'Het spijt me heel erg, mevrouw,' zeg ik met neergeslagen ogen.

'Ik weet dat jij zulke dingen niet begrijpt, Samantha.' Haar ogen vliegen mijn kant op. 'Maar er staat veel geld op het spel! Meer dan jij je kunt voorstellen, waarschijnlijk.'

Kalm blijven. Nederig blijven.

'Veel geld,' herhaalt Trish gewichtig.

Ze popelt om me meer te vertellen. Ik zie het gevecht tussen de drang om te snoeven en de drang om discreet te blijven op haar gezicht.

'Zés nullen,' zegt ze ten slotte.

'Eh... goh.' Ik doe mijn best om geïmponeerd te kijken.

'We zijn heel goed voor je geweest, Samantha. We hebben onze úíterste best gedaan.' Haar stem trilt van verontwaardiging. 'En we verwachten in ruil daarvoor dat jij ook je uiterste best doet.'

'Het spijt me vreselijk,' zeg ik voor de zoveelste keer.

Trish kijkt me ontevreden aan. 'Nou, vanavond verwacht ik veel meer zorg.'

'Vanavond?' herhaal ik verbaasd.

'Bij het eten.' Trish wendt de blik hemelwaarts.

'Maar ik heb vanavond vrij,' zeg ik geschrokken. 'U zei dat het goed was, dat ik koud eten klaar kon zetten...'

Trish is ons hele gesprek duidelijk vergeten.

'Ja,' zegt ze verongelijkt, 'maar dat was voordat je koffie over onze gasten heen gooide. Dat was voordat je de hele ochtend verlummelde bij de kapster.'

Wát? Dit is zo gemeen dat ik er geen woorden voor heb,

'Samantha, ik verwacht eerlijk gezegd iets meer inzet. Vanavond blijf je thuis en verzorg je onze maaltijd.' Ze kijkt me streng aan, pakt een tijdschrift en schrijdt de keuken uit.

Ik kijk haar na, bekropen door een bekend, zwaar gevoel van berusting. Dit is me zo vaak gebeurd dat ik eraan gewend ben geraakt. Ik zal mijn afspraak met Nathaniel moeten afzeggen. Weer een afspraak... weer een afzegging...

En dan houden mijn gedachten opeens halt. Ik werk niet meer bij Carter Spink. Ik hoef dit niet te pikken.

Ik loop met grote passen de keuken uit op zoek naar Trish, die in de woonkamer zit.

'Mevrouw Geiger,' zeg ik zo resoluut mogelijk, 'het spijt me van de koffie, en ik zal mijn uiterste best doen om mijn leven te beteren, maar ik moet vanavond vrij hebben. Ik heb plannen gemaakt, en daar wil ik me aan houden. Ik ga om zeven uur weg, zoals we hadden afgesproken.'

Tegen de tijd dat ik klaar ben, bonst mijn hart. Ik ben nog nooit op zo'n manier voor mezelf opgekomen. Als ik bij Carter Spink ooit zoiets had gezegd, had ik wel kunnen inpakken.

Trish lijkt des duivels te zijn, maar dan klakt ze tot mijn verbazing geërgerd met haar tong en slaat een bladzij van haar tijdschrift om.

'O, vooruit dan maar. Als het zó belangrijk is...'

'Ja.' Ik slik. 'Het is belangrijk. Mijn privé-leven is belangrijk.'

Terwijl ik het zeg, leef ik op. Ik heb bijna zin om meer tegen Trish te zeggen. Iets over prioriteiten, over evenwicht...

Maar Trish gaat alweer helemaal op in een artikel over 'Het rodewijndieet; hoe het ook voor u kan werken'. Ik weet niet of ze nu wel gestoord wil worden.

15

Die avond om zeven uur is Trish' stemming om onverklaarbare redenen omgeslagen. Of misschien niet zó onverklaarbaar. Als ik beneden in de gang kom, zie ik haar met een cocktailglas de woonkamer uit drentelen. Ze heeft bloeddoorlopen ogen en ziet rood.
 'Zo,' zegt ze welwillend, 'dus jij gaat vanavond met Nathaniel uit?'
 'Ja.' Ik kijk in de spiegel. Ik heb voor vrijetijdskleding gekozen. Spijkerbroek, lekker simpel topje, sandalen. Nieuw, glanzend haar. *Zwiep.*
 'Het is een heel aantrekkelijke jongen.' Ze kijkt me over de rand van haar glas onderzoekend aan. 'Heel gespíérd.'
 'Eh, ja, dat zal wel.'
 'Doe je dat aan?' Ze laat haar blik over mijn kleding glijden. 'Het is niet erg swingend, hè? Ik leen je wel wat.'
 'Ik hoef er niet zo swingend uit te zien,' begin ik, want ik heb zo mijn bedenkingen, maar Trish is de trap al op gerend. Even later komt ze terug met een bijouteriekistje.
 'Zo. Jij moet een beetje schitteren.' Ze pakt een haarspeld met stras in de vorm van een zeepaardje. 'Die heb ik uit Monte Carlo!'
 'Eh... mooi!' zeg ik, het ding vol afgrijzen bekijkend. Voordat ik kan ingrijpen, harkt Trish mijn haar opzij en prikt de speld erin. Ze neemt me schattend op. 'Nee... Volgens mij moet je iets gróters hebben. Hier.' Ze vist een groot, met edelstenen bezet insect uit het kistje en speldt het in mijn haar. 'Zo. Zie je wel hoe goed die smaragden je ogen laten uitkomen?'
 Ik kijk sprakeloos naar mijn spiegelbeeld. Ik kan de deur niet uit met een flonkertor op mijn hoofd.
 'En dit is heel opvallend!' Nu doet ze een vergulde ketting om mijn middel. 'Even de bedeltjes eraan hangen...'

Bedeltjes?

'Mevrouw Geiger...' begin ik nerveus, en op hetzelfde moment duikt Eddie uit de werkkamer op.

'Ik heb net de offerte voor de badkamer gekregen,' zegt hij tegen Trish.

'Is die olifant met glittertjes niet fantastisch?' zegt Trish, en ze haakt hem aan de ceintuur. 'En die kikker!'

'Alstublieft,' zeg ik wanhopig. 'Ik weet niet of ik wel een olifant...'

'Zevenduizend,' praat Eddie door me heen. 'Lijkt me best redelijk. Exclusief BTW.'

'Hoeveel is het dan inclusief?' vraagt Trish, die weer in haar schatkist rommelt. 'Waar is die aap nou gebleven?'

Ik voel me net een kerstboom. Ze hangt meer en meer glimmende versiersels aan de ceintuur, en dan heb ik het nog niet eens over de tor. En Nathaniel kan elk moment komen... en dan zíét hij me...

'Weet ik veel!' kaatst Eddie ongeduldig terug. 'Wat is zeventieneneenhalf procent van zevenduizend?'

'Twaalfhonderdvijfentwintig,' antwoord ik zonder erbij na te denken.

Er valt een verblufte stilte.

Oeps. Stom van me.

Ik kijk op en zie dat Trish en Eddie me aangapen.

'Of... zoiets.' Ik lach, ter afleiding. 'Ik sloeg er maar een slag naar. Zo... hebt u nog meer bedeltjes?'

Ze nemen geen van beiden ook maar de geringste notitie van me. Eddie kijkt strak naar het papier in zijn hand. Dan kijkt hij heel langzaam op, met een vreemd bewegende mond.

'Het klopt,' zegt hij met verstikte stem. 'Ze heeft gelijk, godsamme. Dat is het goede antwoord.' Hij wijst naar het papier. 'Hier staat het!'

'Heeft ze het goed?' Trish ademt hoorbaar in. 'Maar hoe...'

'Je hebt haar gezien.' Eddies stem zwelt aan tot een ongelovig gekwaak. 'Ze heeft het uit haar hoofd gedaan!'

Ze kijken me allebei weer met grote ogen aan.

'Is ze soms autístisch?' Trish lijkt buiten zinnen te zijn.

O, doe normaal zeg. Als je het mij vraagt, heeft *Rain Man* veel kwaad gedaan.

'Ik ben niet autistisch!' zeg ik. 'Ik kan alleen... Ik ben gewoon goed in rekenen... Het stelt niets voor...'

Tot mijn immense opluchting wordt er gebeld, en ik ga opendoen. Nathaniel staat iets gesoigneerder dan anders op de stoep, in een lichtbruine broek en een groen overhemd.

'Ha,' zeg ik gejaagd. 'Zullen we gaan?''

'Wacht even!' Eddie snijdt me de pas af. 'Jongedame, jij zou weleens veel slimmer kunnen zijn dan je zelf beseft.'

O, nee, hè?

'Waar gaat het over?' vraagt Nathaniel.

'Ze is een wiskundig genie!' barst Trish los. 'En wij hebben het ontdekt! Het is ongelooflijk!'

Ik werp Nathaniel een gekwelde 'ze kletst maar wat'-blik toe.

'Samantha, wat voor opleiding heb je genoten?' vraagt Eddie streng. 'Afgezien van het koken.'

O, god. Wat heb ik tijdens het sollicitatiegesprek gezegd? Ik weet het echt niet meer.

'Eh... van alles wat.' Ik spreid vaag mijn handen. 'U weet wel...'

'Het zijn die scholen van tegenwoordig.' Trish inhaleert diep. 'Ze zouden Tony Blair tegen de múúr moeten zetten.'

'Samantha,' zegt Eddie zelfingenomen, 'ik zal je opleiding ter hand nemen. En als je bereid bent hard te werken... maar dan ook echt hard, hoor... kun je vast wel een diploma halen.'

Nee. Het gaat helemaal mis.

'Ik hoef geen diploma, meneer,' mompel ik met neergeslagen ogen. 'Ik ben zo ook wel gelukkig. Maar toch bedankt...'

'Je mag niet weigeren!' dringt Eddie aan.

'Mik hoger, Samantha!' zegt Trish met een plotselinge bevlogenheid, en ze grijpt mijn arm. 'Geef jezelf een kans in het leven. Reik naar de sterren!'

Ik kijk van de een naar de ander en voel me tegen wil en dank ontroerd. Ze hebben het beste met me voor.

'Eh... tja... misschien.' Ik ontdoe me steels van alle met edelstenen bezette dieren en stop ze terug in het bijouteriekistje. Dan kijk ik naar Nathaniel, die geduldig op de stoep staat te wachten. 'Zullen we gaan?'

'Wat was dat nou allemaal?' vraagt Nathaniel als we over de dorpsweg lopen. De lucht is zacht en warm en mijn nieuwe haar veert, en bij elke pas zie ik mijn teennagels, roze van Trish' nagellak. 'Ben jij een wiskundig genie?'

'Welnee.' Ik schiet in de lach. 'Natuurlijk niet!'

'Wat is je achtergrond dán?'

'O... dat wil je niet weten.' Ik scheep hem af met een glimlach. 'Oersaai.'

'Daar geloof ik niets van.' Zijn toon is luchtig maar vasthoudend. 'Had je werk? Voordat je hier kwam?'

Ik loop een paar passen door zonder iets te zeggen, naar de grond kijkend, zoekend naar woorden. Ik voel dat Nathaniel naar me kijkt, maar wend mijn hoofd af voor zijn kritische blik.

'Wil je er niet over praten?' vraagt hij uiteindelijk.

'Het is... moeilijk.'

Nathaniel zucht. 'Heb je het zwaar gehad?'

O, god, hij denkt nog steeds dat ik een mishandelde echtgenote ben.

'Nee! Dat is het niet.' Ik haal mijn handen door mijn haar. 'Het is gewoon... een lang verhaal.'

Nathaniel schokschoudert. 'We hebben de hele avond.'

Ik kijk in zijn kalme ogen en voel opeens iets trekken, alsof er een vishaak in mijn borst is geslagen. Ik wil het hem vertellen. Ik wil mijn hart bij hem uitstorten. Vertellen wie ik ben, wat er is gebeurd en hoe erg het was. Als ik iemand kan vertrouwen, is hij het wel. Hij zou het aan niemand vertellen. Hij zou het begrijpen. Hij zou het voor zich houden.

'Zo.' Hij blijft op straat staan, met zijn duimen in zijn zakken. 'Ga je me nog een keer vertellen wie je bent?'

'Misschien,' zeg ik na een aarzeling, en ik glimlach onwillekeurig. Nathaniel glimlacht terug en zijn ogen rimpelen met een trage, verrukkelijke ongedwongenheid.

'Maar nu niet.' Ik kijk naar de met goud bepoederde dorpsstraat. 'Zo'n mooie avond wil ik niet bederven met een verhaal over rampspoed en ellende. Ik vertel het later wel een keer.'

We lopen door, langs een oude natuurstenen muur die bedekt is met een weelde aan klimrozen. Ik adem de heerlijke geur in en voel me plotseling licht, bijna euforisch. De straat is bespikkeld met zacht avondlicht en de laatste zonnestralen vallen warm op mijn schouders.

'Leuk haar, trouwens,' zegt hij.

'O, dank je.' Ik glimlach nonchalant. 'Het is niets, eigenlijk.' *Zwiep.*

We steken de brug over en blijven staan om naar de rivier te kijken. Waterhoentjes duiken naar onkruid en de zon maakt amberkleurige plassen op het water. Een paar toeristen maken foto's van elkaar en ik gloei van trots. Ik ben niet op bezoek in dit lieflijke dorp, zou ik willen zeggen, ik wóón hier.

'Waar gaan we eigenlijk naartoe?' vraag ik als we weer lopen.

'De pub,' zegt hij. 'Als je het goed vindt?'

'Prima!'

Dichter bij The Bell gekomen zie ik een groepje mensen buiten: een paar bij de deur, anderen die aan houten tafels zitten.

'Wat doen die mensen daar?' vraag ik verbaasd.

'Wachten,' zegt hij. 'De kastelein is laat.'

'O,' zeg ik. Ik kijk om me heen, maar alle tafels zijn al bezet. 'Nou ja, geeft niet. We kunnen hier wel zitten.'

Ik laat me op een oude ton zakken, maar Nathaniel loopt door naar de deur van de pub.

En... dat is gek... Iedereen gaat opzij om hem door te laten. Ik zie verbijsterd dat hij een grote sleutelbos uit zijn zak haalt en dan zoekend naar mij achter zich kijkt.

'Kom op,' wenkt hij me grinnikend. 'Openingstijd.'

Heeft Nathaniel een púb?

'Heb jij een púb?' vraag ik als de eerste drukte van de avond voorbij is.

Ik heb een kwartier verwonderd toegekeken terwijl Nathaniel bier tapte, met de klanten lachte, het barpersoneel aanwijzingen gaf en zorgde dat iedereen het naar zijn zin had. Nu het iets rustiger is geworden, is hij naar mijn kant van de bar gekomen, waar ik met een glas wijn op een kruk zit.

'Drie pubs,' verbetert hij me. 'En ze zijn niet van mij alleen. Het is ons familiebedrijf. The Bell, The Swan in Bingley en The Two Foxes.'

'Wauw. Maar... het is zo druk!' Ik kijk om me heen. Alle stoelen lijken bezet te zijn, en dan zijn er ook nog mensen uitgeweken naar het tuintje en het terras voor de zaak. Het geroezemoes is oorverdovend. 'Hoe kun je dit doen en ook nog tuinier zijn?'

'Oké, ik zal het opbiechten.' Nathaniel steekt zijn handen op. 'Ik sta niet vaak achter de bar. We hebben fantastisch personeel. Maar het leek me vanavond wel leuk.'

'Dus je bent niet echt tuinier!'

'Ik ben wel echt tuinier.' Hij kijkt naar beneden en legt een viltje recht. 'Dit is... zakendoen.'

Hij klinkt weer net zoals eerder. Alsof ik een gevoelige plek heb geraakt. Ik wend mijn blik af, en mijn aandacht wordt getrokken door een foto aan de muur van een man van middelbare leeftijd. Hij heeft Nathaniels wilskrachtige kin en blauwe ogen, en dezelfde lachrimpeltjes.

'Is dat je vader?' vraag ik voorzichtig. 'Het moet een fantastische man geweest zijn.'

'Hij was de ziel van het bedrijf.' Nathaniels blik wordt zachter. 'Iedereen hier was gek op hem.' Hij neemt een flinke teug bier en zet zijn glas neer. 'Maar hé, we hoeven hier niet te blijven, hoor. Als je liever ergens anders heen gaat, naar een chiquere tent...'

Ik kijk om me heen in de rumoerige zaal. De muziek overstemt het gepraat en gelach. Een groep stamgasten wisselt vrolijk beledigingen uit. Een paar oudere Amerikaanse toeristen in T-shirts uit Stratford laten zich door een barkeeper met rood haar en pretogen adviseren over de plaatselijke biersoorten. Aan de andere kant van de zaal zijn ze aan het darten. Ik kan me niet herinneren wanneer ik voor het laatst ergens ben geweest waar zo'n vrije, vriendelijke sfeer hing.

'Ik blijf liever. En ik wil helpen!' Ik glijd van mijn kruk en loop om de bar heen.

'Heb je weleens getapt?' Nathaniel, die het zo te zien wel grappig vindt, loopt met me mee.

'Nee,' zeg ik terwijl ik een glas pak en het onder een tap hou, 'maar ik kan het toch leren?'

'Oké.' Nathaniel komt achter me staan. 'Je houdt het glas schuin, zo... en nu de hendel overhalen.'

Ik haal de hendel over en er sputtert een lading schuim uit de tap. 'Shit!'

'Langzaam...' Hij slaat zijn armen om me heen en leidt mijn handen. 'Goed zo...'

Hm, lekker. Hij praat tegen me, maar ik versta er geen woord van in mijn verzaligde, gelukkige waas, omvat door zijn sterke armen. Misschien kan ik doen alsof ik een heel trage leerling ben als het op tappen aankomt. Misschien kunnen we de hele avond zo blijven staan.

'Weet je,' begin ik. Ik kijk naar hem om, zie iets en breek mijn zin af. Aan de muur hangt een oud houten bord met de tekst 'geen modderlaarzen s.v.p.' en 'geen werkkleding'. Daaronder is nog een mededeling geprikt, op geel papier met verschoten viltstift, en er staat: 'Verboden voor juristen'.

Ik kijk ernaar, met stomheid geslagen. Geen juristen?

Lees ik dat goed?

'Zo.' Nathaniel houdt een glas vol glanzende, amberkleurige vloeistof op. 'Je allereerste pint.'

'Eh, super!' zeg ik. Ik dwing mezelf een natuurlijke pauze in te lassen en gebaar dan achteloos naar het papier. 'Wat is dat?'

'Ik bedien geen juristen,' antwoordt hij zonder een spier te vertrekken.

'Nathaniel! Kom eens hier?' roept iemand aan het uiteinde van de bar, en hij klakt geërgerd met zijn tong.

'Ik ben zo terug.' Hij raakt mijn hand aan en loopt weg. Ik neem meteen een grote slok wijn. Hij bedient geen juristen. Waarom bedient hij geen juristen?

Oké... rustig blijven, hou ik mezelf streng voor. Het is een grapje. Natuurlijk is het een grapje. Iedereen heeft de pest aan juristen, zoals ook iedereen de pest heeft aan makelaars en belastinginspecteurs. Het is een geaccepteerd gegeven.

Maar niet iedereen hangt toch zulke bordjes in zijn kroeg?

Terwijl ik zit te piekeren, komt de barkeeper met het rode haar naar me toe en schept wat ijs uit de koeler.

'Hallo,' zegt hij met uitgestoken hand. 'Ik ben Eamonn.'

'Samantha.' Ik geef hem glimlachend een hand. 'Ik ben hier met Nathaniel.'

'Dat had hij al gezegd.' Zijn ogen twinkelen. 'Welkom in Lower Ebury.'

Ik zie hem werken en opeens valt het me in dat hij meer van dat bordje zou kunnen weten.

'Zo!' zeg ik luchtig zodra hij weer aan mijn kant van de bar is. 'Dat bordje over juristen, dat is toch zeker een grapje?'

'Niet echt,' antwoordt Eamonn opgewekt. 'Nathaniel heeft een bloedhekel aan juristen.'

'Goh!' Op de een of andere manier lukt het me te blijven glimlachen. 'Eh... waarom?'

'Sinds het overlijden van zijn vader.' Eamonn tilt een krat breezers op de bar en ik ga verzitten om hem goed te kunnen zien.

'Hoezo? Wat is er dan gebeurd?'

'Er liep een proces tegen de gemeente.' Eamonn onderbreekt zijn werk. 'Nathaniel zegt dat ze er nooit aan hadden moeten beginnen, maar Ben liet zich overhalen door zijn advocaten. Hij was al niet in orde, en hij raakte er steeds gestrester door, kon nergens anders meer aan denken... en toen kreeg hij een hartaanval.'

'God, wat verschrikkelijk,' zeg ik ontdaan. 'En Nathaniel vond dat het de schuld van de advocaten was?'

'Hij vindt dat de zaak nooit had mogen voorkomen.' Eamonn gaat verder met kratten sjouwen. 'Het ergste was wel dat ze na Bens dood een van de pubs moesten verkopen om de proceskosten te betalen.'

Ik ben compleet overstuur. Ik kijk naar Nathaniel, die aan de andere kant van de bar met een diepe frons in zijn voorhoofd naar iemand staat te luisteren.

'De laatste keer dat er hier een advocaat binnenkwam...' – Eamonn leunt vertrouwelijk naar me over – '... heeft Nathaniel hem een opdoffer verkocht.'

'Heeft hij hem gestómpt?' Mijn stem is een angstig piepje.

'Het was op de dag dat zijn vader werd begraven.' Eamonn gaat zachter praten. 'Een van de advocaten van zijn pa kwam hier binnen en toen heeft Nathaniel hem een mep gegeven. We plagen hem er nog steeds mee.'

Eamonn wendt zich af om iemand te bedienen en ik neem nog een slok wijn. Mijn hart bonst van de zenuwen.

Laten we nou niet hysterisch worden. Dan heeft hij maar de pest aan juristen. Dat zegt nog niets over mij. Natuurlijk niet. Ik kan nog

gewoon eerlijk tegen hem zijn. Ik kan hem best over mijn verleden vertellen. Hij zal het me niet aanrekenen. Echt niet.
 Maar als hij dat nu eens wel doet?
 Als hij mij nou eens een stomp geeft?
 'Neem me niet kwalijk.' Nathaniel staat opeens voor me, met een warm, vriendelijk gezicht. 'Alles goed?'
 'Prima!' zeg ik overdreven vrolijk. 'Ik amuseer me kostelijk!'
 'Hé, Nathaniel,' zegt Eamonn, die glazen staat te poleren, met een knipoog naar mij. 'Vijfduizend juristen op de bodem van de zee, hoe noem je dat?'
 'Een begin!' De woorden floepen eruit voordat ik er iets aan kan doen. 'Ze moeten allemaal... wegrotten. In de hel.'
 Er valt een verbaasde stilte. Ik zie dat Eamonn en Nathaniel elkaar met opgetrokken wenkbrauwen aankijken.
 Oké, ander onderwerp. Nu.
 'Zo! Eh...' Ik kijk snel naar een groepje mensen aan de bar. 'Wie wil er iets bestellen?'

Tegen het eind van de avond heb ik een stuk of veertig glazen bier getapt. Ik heb een bord kabeljauw met patat en een half bakje kleverige toffeepudding gegeten... en Nathaniel met darts verslagen, onder luid gejuich en gejoel van de toeschouwers.
 'Je zei dat je nog nooit had gespeeld!' zegt hij ongelovig nadat ik mijn winnende *double eight* heb gegooid.
 'Heb ik ook niet,' zeg ik onschuldig. Waarom zou ik vertellen dat ik op school vijf jaar aan boogschieten heb gedaan?
 Uiteindelijk laat Nathaniel de bel galmen om de laatste ronde aan te geven, en een uurtje later vertrekken de laatste klanten. Ze nemen allemaal afscheid voordat ze naar buiten gaan.
 'Tot ziens.'
 'Tot de volgende keer, Nathaniel.'
 Ik heb iedereen weg zien gaan, en behalve de toeristen heeft iedereen persoonlijk afscheid genomen van Nathaniel. Hij moet echt iedereen in dit dorp kennen.
 'Wij ruimen wel op,' zegt Eamonn gedecideerd als Nathaniel glazen begint te stapelen. 'Geef maar. Maak er nog een fijne avond van.'

'Nou... goed dan.' Nathaniel slaat hem op zijn rug. 'Bedankt, Eamonn.' Hij kijkt naar mij. 'Zullen we?'

Ik glijd onwillig van mijn barkruk. 'Het was een fantastische avond,' zeg ik tegen Eamonn. 'Fijn je te ontmoeten.'

'Insgelijks.' Hij grijnst. 'Stuur de rekening maar.'

Ik lach stralend terug, nog steeds opgepept door de sfeer, mijn overwinning met darten en de voldoening dat ik deze avond echt iets heb gedáán. Ik heb nog nooit van mijn leven zo'n avondje uit meegemaakt.

In Londen nam niemand me ooit mee naar de pub, laat staan dat ik achter de bar zou mogen komen. Op mijn eerste avondje uit met Jacob ging hij met me naar *Les Sylphides* in Covent Garden. Na twintig minuten liep hij de zaal uit om een telefoontje uit Amerika aan te nemen en kwam niet meer terug. De volgende dag zei hij dat hij zo gefascineerd was geraakt door een handelsrechtelijke kwestie dat hij me was 'vergeten'.

Het ergste is nog wel dat ik niet 'klootzak die je bent!' zei en hem een mep verkocht, maar vroeg wat die kwestie was.

Na de roezige warmte in de pub is de zomeravond koel en fris. Ik hoor verderop in de straat het gedempte lachen van cafébezoekers en in de verte start een auto. Er zijn geen straatlantaarns; het enige licht is afkomstig van de bolle volle maan en de met gordijnen afgeschermde ramen.

'Vond je het leuk?' vraagt Nathaniel een beetje gespannen. 'Ik was niet van plan tot sluitingstijd te blijven hangen...'

'Ik vond het echt helemaal top,' zeg ik enthousiast. 'Het is een geweldige pub, en ik kan er niet over uit hoe gezellig het er was. Iedereen kent je daar! En de gemeenschapszin. Iedereen geeft om elkaar, dat merk je.'

'Hoe merk je dat?' Nathaniel klinkt alsof hij het grappig vindt.

'Aan de manier waarop ze elkaar allemaal op de schouders slaan,' leg ik uit. 'Als iemand in moeilijkheden zit, scharen alle anderen zich op een hartverwarmende manier achter hem. Dat zie je gewoon.'

Ik hoor Nathaniel proesten. 'We hebben vorig jaar wel de onderscheiding voor het hartverwarmendste dorp gekregen,' zegt hij.

'Lach maar,' repliceer ik, 'maar in Londen is niemand hartverwarmend. Als je dood op straat neervalt, schuiven ze je gewoon in de goot. Nadat ze je portemonnee hebben gepikt en je identiteitsbewijs hebben gejat. Dat zou hier toch nooit gebeuren?'

'Nou, nee,' zegt Nathaniel, en hij zwijgt even peinzend. 'Als je hier sterft, komt het hele dorp om je bed zitten en dan zingen ze het dorpsklaaglied.'

Mijn mondhoeken trekken omhoog. 'Ik wíst het. Strooien ze ook bloemblaadjes?'

'Uiteraard.' Hij knikt. 'En ze maken ceremoniële maïspoppetjes.'

We lopen een poosje zwijgend door. Een klein dier steekt de weg over, blijft staan, kijkt ons met twee gele koplampjes van ogen aan en schicht een heg in.

'Hoe gaat dat klaaglied eigenlijk?' vraag ik.

'Ongeveer zo.' Nathaniel schraapt zijn keel en zingt met een treurige, monotone basstem: 'O, nee. Hij is er niet meer.'

Ik voel een giechel opborrelen, maar hou hem op de een of andere manier binnen.

'En als het een vrouw is?'

'Daar zeg je iets. Dan zingen we een ander klaaglied.' Hij haalt diep adem en zingt weer op dezelfde toonloze manier: 'O, nee. Ze is er niet meer.'

Mijn maag verkrampt van het ingehouden lachen.

'Nou, in Londen hebben we geen klaagliederen,' zeg ik. 'Wij gaan door. Altijd maar vooruit, die Londenaren. Altijd anderen vóórblijven.'

'Ik ken de Londenaren.' Nathaniels gezicht staat cynisch. 'Ik heb een tijd in Londen gewoond.'

Ik kijk verbaasd naar hem op in het maanlicht. Heeft Nathaniel in Londen gewoond? Ik probeer me voor te stellen dat hij aan een lus hangend in de ondergrondse een krant staat te lezen, maar het lukt niet.

'Echt waar?' vraag ik ten slotte, en hij knikt.

'En ik vond het verschrikkelijk. Echt waar.'

'Maar wat... Waarom...'

'Ik was kelner in mijn vrije jaar voordat ik ging studeren. Ik woonde tegenover een 24-uurssupermarkt die de hele nacht met van die felle neonreclames verlicht was. En de herrie...' Hij krimpt in elkaar.

'In de tien maanden dat ik daar heb gewoond, heb ik geen minuut echte duisternis of totale stilte gehad. Ik heb geen vogel gehoord. Geen ster gezien.'

Ik leg in een reflex mijn hoofd in mijn nek om naar de heldere avondlucht te kijken. Mijn ogen wennen langzaam aan het duister en geleidelijk aan verschijnen er overal speldenprikjes licht, die wervelingen en patronen vormen die ik met geen mogelijkheid kan beschrijven. Hij heeft gelijk. Ik heb in Londen ook nooit sterren gezien.

'En jij?' brengt zijn stem me terug op aarde.

'Hoe bedoel je?'

'Je zou me je verhaal vertellen,' zegt hij. 'Hoe je hier terecht bent gekomen.'

'O.' Ik ril van de zenuwen. 'Ja, dat is ook zo.' Hij kan me amper zien in het donker, maar toch wend ik mijn gezicht af. Ik probeer na te denken, voorzover dat nog lukt na drie glazen wijn.

Ik moet iets zeggen. Misschien kan ik het kort houden. De waarheid vertellen zonder erbij te zeggen dat ik jurist was.

'Nou,' zeg ik ten slotte, 'ik zat in Londen. Ik had die, eh...'

'Relatie,' souffleert hij.

'Eh, ja.' Ik slik. 'Nou, en het ging mis. Ik stapte op de trein... en toen kwam ik hier.'

Hij zwijgt verwachtingsvol. 'Dat was het,' besluit ik.

'Dat wás het?' zegt Nathaniel ongelovig. 'Was dat het hele verhaal?'

O, god.

'Hoor eens.' Ik keer hem mijn gezicht toe in het maanlicht. Mijn hart bonst wild. 'Ik weet dat ik je meer zou vertellen, maar zijn de details echt zo belangrijk? Maakt het iets uit wat ik deed, of wie ik was? Het gaat erom dat ik nu hier ben. En dat dit de leukste avond van mijn leven was. De allerleukste.'

Ik zie dat hij wil aandringen; hij doet zijn mond zelfs open om iets te zeggen. Dan krijgt zijn gezicht iets berustends en wendt hij zich af zonder iets te zeggen.

Ik voel een diepe wanhoop over me komen. Misschien heb ik het nu helemaal verpest. Misschien had ik toch de waarheid moeten vertellen. Of een ingewikkeld verhaal over een akelig vriendje moeten verzinnen.

We lopen zonder iets te zeggen de avond in. Nathaniels schouder strijkt langs de mijne. Dan voel ik zijn hand. Zijn vingers glijden eerst terloops langs mijn hand, als bij toeval, en dan verstrengelen ze zich een voor een met de mijne.

Mijn hele lichaam reageert door zich te spannen, maar op de een of andere manier dwing ik mezelf niet naar adem te snakken. We zeggen geen van beiden een woord. Er klinkt geen ander geluid dan dat van onze voetstappen op de weg en de verre roep van een uil. Nathaniel houdt mijn hand zelfverzekerd en stevig vast. Ik voel de ruwe eeltplekken op zijn vingers, zijn duim die over de mijne wrijft.

We hebben nog steeds geen woord gezegd. Ik vraag me af of ik wel iets kán zeggen.

Bij de oprijlaan van de Geigers blijven we staan. Hij kijkt zwijgend op me neer, met een bijna plechtig gezicht. Ik voel mijn adem stokken bij elke tweede hartslag. Het kan me niet schelen of hij merkt dat ik naar hem verlang.

Ik ben toch nooit zo goed in dat spelletje geweest.

Hij laat mijn hand los en slaat zijn armen om mijn middel. Nu trekt hij me langzaam naar zich toe. Ik doe mijn ogen dicht, klaar om me in de kus te verliezen.

'Mijn hemel!' klinkt een stem die ik uit duizenden herken. 'Ga je haar nog zoenen of hoe zit dat?'

Ik doe geschrokken mijn ogen open. Nathaniel, die er niet minder geschrokken uitziet, stapt in een reflex achteruit. Ik draai me als door een wesp gestoken om en zie tot mijn afgrijzen dat Trish met een sigaret in haar hand uit een bovenraam geleund naar ons kijkt.

'Ik ben niet préúts, hoor,' zegt ze. 'Kussen is toegestaan!'

Ik laat mijn ogen woedende pijlen op haar afschieten. Heeft ze nog nooit van het woord 'privacy' gehoord?

'Ga rustig door!' Ze wuift, en ik zie de punt van haar sigaret gloeien. 'Let maar niet op mij.'

Niet op haar letten? Het spijt me, maar ik ga niet kussen onder het toeziend oog van Trish. Ik kijk weifelend naar Nathaniel, die net zo confuus kijkt als ik me voel.

'Zullen we...' Ik zwijg, want ik weet niet wat ik eigenlijk wil voorstellen.

'Is het geen heerlijke zomeravond?' zegt Trish langs haar neus weg.

'Heerlijk,' roept Nathaniel beleefd terug.

Ik kijk hem aan en voel opeens een onbedwingbare lachbui opkomen. Dit is een ramp. De stemming is volkomen verpest.

'Eh... bedankt voor de leuke avond,' zeg ik, mijn gezicht zo goed mogelijk in de plooi houdend. 'Ik heb het erg naar mijn zin gehad.'

'Ik ook.' Zijn ogen zijn bijna nachtblauw in de schaduw; zijn mondhoeken trekken. 'Zo. Laten we mevrouw Geiger aan haar trekken komen, of laten we haar met een ondraaglijk, uitzinnig onvervuld verlangen zitten?'

We kijken allebei omhoog naar Trish, die nog gretig uit het raam hangt. Alsof wij het optreden verzorgen en ik Nathaniel elk moment een schootdans kan geven.

'O... ik denk dat ze het ondraaglijke, uitzinnige onvervulde verlangen verdient,' zeg ik fijntjes glimlachend.

'Zie ik je morgen weer?'

'Ik ben om tien uur bij je moeder.'

'Dan zie ik je daar.'

Hij steekt zijn hand uit en we strelen elkaars vingertoppen vlinderlicht voordat hij zich omdraait en wegloopt. Ik zie hem in het donker verdwijnen, draai me om en loop naar het huis. Mijn hele lichaam vibreert nog.

Leuk dat we Trish het nakijken hebben gegeven, maar hoe zit het met míjn ondraaglijke, uitzinnige onvervulde verlangen?

16

De volgende dag word ik gewekt door Trish, die op mijn deur roffelt. 'Samantha! Ik moet je spreken! Nu!'

Het is zaterdagochtend en nog niet eens acht uur. Waar is de brand?

'Joehoe!' roep ik slaapdronken. 'Ik kom!'

Ik stommel uit bed en trek een ochtendjas aan, met mijn hoofd nog vol zalige herinneringen aan de vorige avond. Nathaniels hand in de mijne... Nathaniels armen om me heen...

'Ja, mevrouw Geiger?' Ik doe de deur open en zie Trish in haar ochtendjas staan, met blossen op haar wangen en bloeddoorlopen ogen. Ze legt haar hand op de draadloze telefoon die ze bij zich heeft.

'Samantha.' Ze knijpt haar ogen meer dan ooit tot spleetjes en er klinkt iets vreemd triomfantelijks in haar stem door. 'Je hebt tegen me gejokt, hè?'

Ik voel een withete flits van schrik en een zakker in mijn maag tot aan mijn voeten. Hoe is ze... Hoe kan ze...

'Nou?' Ze kijkt me priemend aan. 'Je weet zeker wel waar ik het over heb?'

Ik neem als een razende alle leugentjes door die ik Trish ooit heb verteld, tot en met 'ik ben huishoudster'. Het zou alles kunnen zijn. Het kan iets kleins en onbelangrijks zijn, maar ze kan ook de hele waarheid hebben ontdekt.

'Ik weet niet waar u op doelt,' zeg ik schor. 'Mevrouw.'

'Nou.' Trish komt op me af, verontwaardigd ritselend met haar zijden ochtendjas. 'Je kunt je vast wel voorstellen dat het me nogal hóóg zit dat je me nooit hebt verteld dat je paella hebt gekookt voor de Spaanse ambassadeur.'

Mijn mond zakt open. De Spaanse wát?

'Ik heb je tijdens het sollicitatiegesprek specifiek gevraagd of je ooit voor vooraanstaande personen had gekookt.' Trish trekt verwijtend haar wenkbrauwen op. 'Je hebt dat banket voor driehonderd personen op het landgoed niet eens genóémd.'

Het wát? Is ze gek geworden?

Oké, is ze de hele tijd al bipolair? Dat zou veel verklaren.

'Mevrouw Geiger,' zeg ik een tikje nerveus, 'wilt u niet liever gaan zitten?'

'Nee, dank je!' zegt ze afgemeten. 'Ik heb lady Edgerly nog aan de lijn.'

De vloer lijkt onder mijn voeten te deinen. Heeft ze *Freya* aan de lijn?

'Lady Edgerly...' Trish brengt het toestel naar haar oor. 'U hebt volkomen gelijk, ze is véél te bescheiden...' Ze kijkt op. 'Lady Edgerly wil je graag even spreken.'

Ze reikt me het toestel aan en ik hou het daas van ongeloof tegen mijn oor. 'Hallo?'

'Samantha?' knalt Freya's vertrouwde krassende stem door een zee van geknetter in mijn oor. 'Gaat het? Wat is er in godsnaam aan de hand?'

'Het gaat... goed!' Ik kijk naar Trish, die ongeveer twee meter van me af staat. 'Ik ga even naar een plek die... iets...'

Zonder me iets van Trish' laserblik aan te trekken stap ik mijn kamer in en doe de deur stevig achter me dicht. Dan houd ik het toestel weer bij mijn oor.

'Met mij gaat het goed!' Ik word helemaal blij nu ik Freya weer spreek. 'Ongelooflijk dat ik je zomaar aan de lijn heb!'

'Wat is er in godsnaam aan de hand?' vraagt ze weer. 'Ik kreeg een bericht door, maar het sloeg nergens op. Ben je húíshoudster geworden? Is dit een uit de hand gelopen geintje?'

'Nee.' Ik kijk naar de deur, loop de badkamer in en zet de ventilator aan. 'Ik ben voltijds huishoudster,' zeg ik zacht. 'Ik ben bij Carter Spink weg.'

'Heb je ontslag genomen?' zegt Freya ongelovig. 'Zomaar?'

'Ik heb geen ontslag genomen. Ik ben... eruit geschopt. Ik had een fout gemaakt en toen hebben ze me ontslagen.'

Ik vind het nog steeds moeilijk om het te zeggen. Of er zelfs maar aan te denken.

'Hebben ze je eruit geschopt om een kleine vergissing?' Freya klinkt verontwaardigd. 'Jezus Christus, die lui...'

'Het was geen kleine vergissing,' onderbreek ik haar. 'Het was een heel grote, belangrijke vergissing. Maar goed, zo is het gegaan. En toen besloot ik iets anders te gaan doen. Een tijdje huishoudster te worden.'

'Je besloot huishoudster te worden,' herhaalt Freya langzaam. 'Samantha, ben je nou helemaal gek geworden?'

'Waarom niet?' zeg ik afwerend. 'Je hebt zelf gezegd dat ik er eens een tijdje uit moest.'

'Ja, maar húíshoudster? Je kunt niet eens koken!'

'Ik weet het.'

'Ik bedoel, je kunt écht niet koken!' Ze giechelt. 'Ik heb je kookkunst bewonderd. En al het schoonmaakwerk dat je niet doet.'

'Ik wéét het.' Ik begin hysterisch te worden. 'Eerst was het nogal een nachtmerrie, maar ik begin het zo'n beetje... te leren. Je zou ervan staan te kijken.'

'Moet je een schort aan?'

'Ik heb een afzichtelijk nylon uniform...' Ik proest nu van het lachen. 'En ik noem haar mevrouw... en hem meneer... en ik buig voor ze...'

'Samantha, dit is krankzinnig,' zegt Freya tussen het proesten door. 'Volslagen krankzinnig. Je kunt daar niet blijven. Ik kom je redden. Ik neem morgen het vliegtuig terug...'

'Nee!' zeg ik feller dan ik had bedoeld. 'Nee! Ik... heb het naar mijn zin. Ik vind het best hier.'

Er valt een argwanende stilte. Verdomme. Freya kent me veel te goed.

'Is er een man in het spel?' vraagt ze ten slotte plagerig.

'Misschien.' Ik begin tegen wil en dank te grijnzen. 'Ja.'

'Details?'

'Het is nog pril, maar hij is... je weet wel. Leuk.' Ik lach idioot stralend naar mijn eigen gezicht in de badkamerspiegel.

'Ja, maar dan nog. Je weet dat je maar hoeft te bellen. Je kunt in ons huis logeren...'

'Dat is lief van je, Freya.'

'Geen probleem. Samantha?'

'Ja?' Het blijft zo lang stil dat ik bang word dat de verbinding is weggevallen.

'Hoe zit het met het bedrijfsrecht?' vraagt Freya uiteindelijk. 'En het vennootschap? Ik weet dat ik je ermee heb gepest, maar het was je grote droom. Doe je daar zomaar afstand van?'

Mijn grote, verdrongen verdriet steekt de kop op.

'Die droom is voorbij,' zeg ik kortaf. 'Vennoten maken geen vergissingen van vijftig miljoen.'

'*Vijftig miljoen?*'

'Hm-hm.'

'Jezus,' hijgt ze geschrokken. 'Ik had er geen idee van. Ik begrijp niet hoe je dat allemaal hebt doorstaan...'

'Laat maar,' onderbreek ik haar. 'Ik ben er al overheen. Echt.'

Freya zucht. 'Weet je, ik had al zo'n idee dat er iets aan de hand was. Ik heb geprobeerd je een e-mail via je website van Carter Spink te sturen, maar je pagina was weg.'

'O?' Het doet gek genoeg pijn.

'En toen dacht ik...' Ze breekt haar zin af, en ik hoor tumult op de achtergrond. 'O, tering. Daar is ons vervoer. Hoor eens, ik bel je gauw weer...'

'Wacht even!' zeg ik gespannen. 'Freya, voor je ophangt, wat heb je in gódsnaam tegen Trish gezegd over de Spaanse ambassadeur? En over het landhuis?'

'O, dat.' Ze giechelt. 'Nou, ze bleef maar vragen stellen, dus toen dacht ik dat ik maar beter wat kon verzinnen. Ik heb gezegd dat je servetten in een scène uit het *Zwanenmeer* kunt vouwen... en dat je ijssculpturen kunt maken... en dat David Linley je ooit om je recept voor kaasstengels heeft gevraagd...'

'Freya...' Ik doe mijn ogen dicht.

'Ik heb vrij veel verzonnen, eigenlijk. Ze smulde ervan! Ik moet ophangen, schat. Kusjes.'

'Kusjes.'

De verbinding wordt verbroken en ik blijf nog even roerloos staan. Het is opeens heel stil in de badkamer, zonder Freya's hese stem tegen de achtergrond van het rumoerige India.

Ik kijk op mijn horloge. Kwart voor tien. Ik heb nog net tijd om even een kijkje te nemen.

Drie minuten later zit ik wachtend op verbinding met het internet met mijn vingers op Eddies bureau te trommelen. Ik heb Trish gevraagd of ik heel misschien een e-mail aan lady Edgerly zou mogen sturen, en ze was maar al te bereid om de werkkamer voor me open te maken en achter de stoel te blijven treuzelen tot ik haar beleefd vroeg of ze weg wilde gaan.

Eddies startpagina wordt geopend en ik tik meteen 'www.carter-spink.com' in.

Het bekende paarse logo verschijnt en beschrijft een cirkel van 360 graden op het scherm en ik voel alle oude spanningen opkomen, als bladeren van de bodem van een vijver. Ik haal diep adem, klik snel door de inleiding en ga direct naar 'medewerkers'. De lijst verschijnt... en Freya heeft gelijk. Snell wordt onmiddellijk gevolgd door Taylor. Geen Sweeting meer.

Ik adem uit. Doe normaal, zeg ik tegen mezelf. Natuurlijk hebben ze me geschrapt. Ik ben ontslagen, wat had ik dan verwacht? Dat was mijn oude leven, en daar heb ik niets meer mee te maken. Ik kan beter de computer uitzetten, naar Iris gaan en het uit mijn hoofd zetten. Dat zou ik moeten doen.

In plaats daarvan pak ik de muis en geef de zoekopdracht 'Samantha Sweeting'. 'Geen resultaat', verschijnt er even later met een *ping*, en ik kijk er onthutst naar.

Geen resultaat? Nergens op die hele website? Maar... zit ik dan niet in het hoofdstuk Media? Of in het Nieuwsarchief?

Ik klik snel 'Afgesloten contracten' aan en zoek naar 'Euro-Sal, fusie, DanCo'. Dat was een grote Europese transactie van vorig jaar, en ik heb de financiering gedaan. Het verslag verschijnt op het scherm onder de kop 'Carter Spink adviseert in fusie van £ 20 miljard'. Mijn ogen tasten de bekende tekst af. 'Het team van Carter Spink in Londen onder aanvoering van Arnold Saville bestond uit Guy Ashby en Jane Smilington.'

Ik geloof mijn ogen niet, ga terug naar het begin en lees de tekst nog eens aandachtig door op zoek naar de ontbrekende woorden 'en Samantha Sweeting'. Dat zou er moeten staan, maar het staat er niet. Ik sta er niet bij. Ik klik gehaast een andere deal aan, de overname van Conlon. Ik weet zeker dat ik in dat verslag sta. Ik heb het gelezen, verdomme. Ik zat in het team, ik heb zelfs een zerk om het te bewijzen.

Maar ook in dat verslag word ik niet genoemd.

Ik klik met bonzend hart van de ene deal naar de andere. Ik ga een jaar terug. Twee jaar. Vijf jaar. Ik ben helemaal gewist. Iemand heeft nauwgezet mijn naam overal uit de hele website verwijderd. Ik ben geschrapt uit elke deal waar ik ooit bij betrokken ben geweest. Alsof ik nooit heb bestaan.

Ik haal diep adem om kalm te blijven, maar de woede borrelt heet en sterk op. Hoe durven ze de geschiedenis te vervalsen? Hoe durven ze me te wissen? Ik heb die lui zeven jaar van mijn léven gegeven. Ze kunnen me niet zomaar uitvegen; doen alsof ik zelfs nooit op de loonlijst heb gestaan...

Dan krijg ik een inval. Waarom hebben ze die moeite eigenlijk genomen? Er zijn wel vaker mensen vertrokken, maar die zijn niet gewist. Waarom schamen ze zich zo voor mij? Ik kijk even zwijgend naar het scherm. Dan tik ik langzaam 'www.google.com' in en geef 'Samantha Sweeting' als zoekopdracht. Ik zet er nog 'jurist' bij, voor de zekerheid, en dan druk ik op enter.

Een ogenblik later loopt het scherm vol. Ik bekijk de treffers met het gevoel dat ik een klap voor mijn kop heb gekregen.

...het **Samantha Sweeting** debacle...
...ontdekking, verdween **Samantha Sweeting** spoorloos, het aan haar collega's overlatend...
...over **Samantha Sweeting** gehoord...
...**Samantha Sweeting**-moppen. Hoe noem je een jurist die...
...**Samantha Sweeting** ontslagen door Carter Spink...

Het gaat maar door. Juridische websites, juridische nieuwsdiensten, bulletinboards van rechtenstudenten... Het is alsof de hele juridische wereld achter mijn rug over me roddelt. Ik klik verdwaasd naar de volgende pagina, en daar gaat het gewoon door. Bladzijdenlang.

Ik heb het gevoel dat ik naar een ingestorte brug kijk. Ik zie de schade; besef nu pas hoe groot de verwoesting is.

Ik kan nooit meer terug.

Dat wist ik al, maar ik geloof niet dat ik het echt wíst. Niet diep vanbinnen, in mijn maag. Niet waar het je echt raakt.

Ik voel iets nats op mijn wang, spring overeind en sluit alle webpagina's; dan wis ik alles voor het geval Eddie nieuwsgierig wordt. Ik zet de computer uit en kijk om me heen in de stille kamer. Hier ben ik. Niet daar. Dat deel van mijn leven is afgesloten.

Ik ren buiten adem naar de voordeur van Iris' huisje, dat er nog net zo idyllisch uitziet als altijd. Nog idyllischer zelfs, want nu kuiert er een gans met haar kuikens rond.

'Hallo.' Iris, die een kop thee zit te drinken, kijkt glimlachend op. 'Wat zie je er verhit uit.'

'Ik wilde gewoon op tijd komen.' Ik kijk de tuin in, maar Nathaniel is nergens te bekennen.

'Nathaniel moest naar een lekkende leiding in een van de pubs kijken,' zegt Iris alsof ze mijn gedachten kan lezen, 'maar hij komt hier terug. Wij gaan intussen brood bakken.'

'Super,' zeg ik. Ik loop met haar mee naar de keuken en bind weer hetzelfde gestreepte schort om als de vorige keer.

'Ik heb al een begin voor ons gemaakt,' zegt Iris, die naar een grote, ouderwetse mengkom op tafel loopt. 'Gist, warm water, gesmolten boter en bloem. Mengen en je hebt deeg. Nu ga jij het kneden.'

'Super,' zeg ik weer, en ik kijk wezenloos naar het deeg.

Iris kijkt me verwonderd aan. 'Samantha, is er iets? Je ziet eruit alsof je... van slag bent.'

'Nee, hoor.' Ik probeer te glimlachen. 'Sorry.'

Ze heeft gelijk. Ik heb mijn hoofd er niet bij. Kom op. Concentreer je.

'Ik weet dat er apparaten zijn om dit voor je op te knappen,' vervolgt Iris terwijl ze het deeg op tafel tilt, 'maar wij doen het op de ouderwetse manier. Je hebt vast nog nooit zoiets lekkers geproefd.'

Ze kneedt een paar keer stevig. 'Zie je? Dubbelslaan, en een kwartslag draaien. Je moet een beetje kracht zetten.'

Ik steek mijn handen behoedzaam in het zachte deeg en probeer Iris na te doen.

'Ja, zo,' zegt Iris, die aandachtig toekijkt. 'Kom in het ritme en bewérk dat deeg. Kneden is een goed middel tegen stress,' vervolgt ze met een wrang soort humor. 'Doe maar alsof je je aartsvijanden klop geeft.'

'Dat zal ik doen!' Ik slaag erin het vrolijk te zeggen.

Maar mijn maag is verknoopt van de spanning, en het gaat niet over door het kneden. Hoe harder ik het deeg dubbelsla en draai, hoe erger het zelfs lijkt te worden. Ik blijf maar aan die website denken. De onrechtvaardigheid blijft maar in mijn borstkas branden.

Ik heb goede dingen voor dat bedrijf gedaan. Ik heb cliënten binnengehaald. Ik heb over contracten onderhandeld. Ik was niet niks.

Ik was níét niks.

'Hoe langer je kneedt, hoe lekkerder het brood wordt,' zegt Iris, die glimlachend op me af loopt. 'Voel je het al warm en elastisch worden in je handen?'

Ik kijk naar het deeg in mijn vingers, maar ik krijg er geen contact mee. Ik voel niet waar ze het over heeft. Mijn zintuigen doen het niet. Mijn gedachten glibberen rond als een vogel op het ijs.

Ik kneed door, nu nog harder, in een poging dat gevoel terug te krijgen. Ik zoek naar die voldoening van de vorige keer; dat aardse gevoel van eenvoud. Ik raak echter telkens uit mijn ritme; mijn vingers haken in het deeg en ik vloek machteloos. Mijn bovenarmen doen zeer, het zweet staat op mijn gezicht en ik word alleen maar onrustiger vanbinnen.

Hoe durven ze me te wissen? Ik was een goede jurist.

Ik was een goede jurist, verdomme.

'Wil je even bijkomen?' Iris loopt naar me toe en legt een hand op mijn schouder. 'Als je het niet gewend bent, is het zwaar werk.'

'Wat heeft het voor nut?' De woorden floepen eruit voordat ik ze kan tegenhouden. 'Ik bedoel, wat heeft dit nou voor zin? Brood bakken. Je maakt het en dan eet je het op. En dan is het weg.'

Ik kan wel op mijn tong bijten. Wat bezielt me? Mijn ademhaling is oppervlakkig en hijgerig. Ik heb mezelf niet helemaal in de hand, geloof ik.

Iris kijkt me onderzoekend aan. 'Dat kun je van alle gerechten zeggen,' merkt ze vriendelijk op. 'En van het leven zelf.'

'Precies.' Ik veeg met mijn schort over mijn voorhoofd. 'Precies.'

Ik weet niet wat ik zeg. Waarom zoek ik ruzie met Iris? Ik moet tot kalmte komen, maar ik voel de agitatie in me borrelen.

'Ik geloof dat het zo wel genoeg gekneed is,' zegt Iris. Ze neemt het deeg van me over en klopt het in een ronde vorm.

'En nu?' zeg ik. Ik probeer normaler te klinken. 'Zal ik het in de oven zetten?'

'Nog niet.' Iris legt het deeg weer in de mengkom en zet hem op het fornuis. 'Eerst wachten.'

'Wachten?' Ik kijk haar met grote ogen aan. 'Hoe bedoel je, wachten?'

'Wachten.' Ze legt een theedoek over de kom. 'Een halfuur moet genoeg zijn. Ik ga thee zetten.'

'Maar... waar wáchten we dan op?'

'Op het rijzen van de gist, die wonderen doet voor het deeg.' Ze glimlacht. 'Onder die theedoek voltrekt zich een klein wonder.'

Ik kijk naar de mengkom en probeer aan wonderen te denken, maar het lukt niet. Ik kan me niet kalm of sereen voelen. Mijn lichaam is veel te opgefokt; al mijn zenuwen stuiteren van de spanning. Vroeger wist ik van minuut tot minuut wat me te doen stond. Op de seconde af. En nu moet ik op gist wachten? Ik moet hier in mijn schort staan wachten op een... een *schimmel*?

'Sorry,' zeg ik plotseling. 'Ik kan het niet.' Ik loop door de keukendeur de tuin in.

'Wat is er?' Iris veegt haar handen aan haar schort af en loopt achter me aan. 'Lieverd, wat is er toch?'

'Ik kán dit niet!' Ik draai me woest naar haar om. 'Ik kan niet zomaar... geduldig zitten wachten tot die gíst eens mee wil werken.'

'Waarom niet?'

'Omdat het zo zonde van de tijd is!' Ik grijp machteloos naar mijn hoofd. 'Het is zo zonde van de tijd allemaal!'

'Wat zouden we dan moeten doen, denk je?' vraagt ze belangstellend.

'Iets... zínnigs, oké?' Ik loop naar de appelboom en terug, niet in staat stil te blijven staan. 'Iets opbouwends.'

Ik kijk naar Iris, die het zich niet lijkt aan te trekken. Ze schijnt het eerder komisch te vinden.

'Wat is er zinvoller dan brood bakken?'

O, gód. Ik kan het wel uitkrijsen. Zij heeft makkelijk praten met haar kippen, haar schort en geen verwoeste carrière op internet.

'Je snapt er niets van,' zeg ik bijna in tranen. 'Het spijt me, maar je snapt het niet. Hé... ik kan beter weggaan.'

'Blijf hier,' zegt Iris verrassend kordaat. Dan staat ze tegenover me, legt haar handen op mijn schouders en kijkt me met haar scherpe blauwe ogen aan.

'Samantha, je bent getraumatiseerd,' zegt ze op kalme, vriendelijke toon. 'Iets heeft je heel erg aangegrepen...'

'Ik bén niet getraumatiseerd!' Ik wurm me onder haar handen vandaan. 'Ik heb alleen... Ik kan dit niet, Iris. Ik kan me niet anders voordoen dan ik ben. Ik ben geen broodbakster, oké? Ik bén geen keukenprinses.' Ik kijk wanhopig om me heen, alsof de tuin me iets kan zeggen. 'Ik weet niet meer wie ik ben. Ik heb geen idee, verdomme.'

Er rolt een eenzame traan over mijn wang en ik veeg hem ruw weg. Ik ga niet huilen waar Iris bij is.

'Ik weet niet wie ik ben.' Ik adem uit, iets kalmer. 'Of wat mijn doel is... of welke kant mijn leven op gaat. Of wat dan ook.'

Mijn energie is op en ik laat me in het droge gras zakken. Iris kijkt even naar me en hurkt dan naast me.

'Het geeft niet,' zegt ze zacht. 'Neem het jezelf niet kwalijk dat je niet overal een antwoord op weet. Je hoeft niet altijd te weten wie je bent. Je hoeft het grote geheel niet te kunnen zien, of te weten waar je naartoe gaat. Soms is het al genoeg om te weten wat het volgende is dat je gaat doen.'

Ik zwijg en laat haar woorden door mijn hoofd stromen, als koel water op een zeer voorhoofd.

'En wat is het volgende dat ik ga doen?' zeg ik uiteindelijk, en ik haal moedeloos mijn schouders op.

'Je gaat me helpen de bonen voor het middageten af te halen.' Ze zegt het zo nuchter dat ik wel moet glimlachen, al is het maar flauwtjes.

Ik volg Iris gedwee naar binnen, krijg een grote bak tuinbonen van haar en breek ze doormidden, zoals ze me voordoet. De doppen gaan in een mand op de vloer, de boontjes in een pan water. Steeds hetzelfde.

Ik ga in mijn taak op en kom tot bedaren. Ik heb nooit geweten dat tuinbonen uit van die peulen kwamen.

Eerlijk gezegd weet ik niet meer van tuinbonen dan dat je ze in plastic zakjes bij de supermarkt koopt, in de koelkast legt, ze er een week na de uiterste houdbaarheidsdatum weer uit haalt en ze dan weggooit.

Maar dit is je ware. Zo zijn ze echt, zo uit de grond gespit. Of... van de struik geplukt. Wat dan ook.

Telkens als ik een peul doormidden breek, is het alsof ik een rij lichtgroene edelstenen vind. En als ik er een in mijn mond stop, is het...

O, dat is ook zo. Je moet ze eerst koken.

Gadver.

Als ik klaar ben met de bonen, kneden we het deeg weer. We vormen er broden van voor in de blikken, en dan moet het deeg weer een halfuur rijzen, maar op de een of andere manier vind ik het nu niet erg. Ik zit samen met Iris aan tafel aardbeien te ontkronen en naar de radio te luisteren tot het tijd is om de blikken in de oven te zetten. Dan laadt Iris een blad vol kaas, bonensalade, koekjes en aardbeien waar we buiten mee gaan zitten, aan een tafel in de schaduw van een boom.

'Zo,' zegt ze terwijl ze ijsthee in een glas met bubbeltjes voor me inschenkt. 'Beter?'

'Ja. Dank je,' zeg ik stuntelig. 'Sorry van daarnet. Ik had gewoon...'

'Samantha, het is al goed.' Ze kijkt me even aan, tussen het kaas snijden door. 'Je hoeft geen excuses te maken.'

'Toch wel.' Ik haal diep adem. 'Ik ben je echt heel dankbaar, Iris. Je bent zo goed voor me... En Nathaniel...'

'Hij is met je naar de pub geweest, hoorde ik.'

'Het was ongelooflijk!' zeg ik enthousiast. 'Wat zul je er trots op zijn dat je zo'n familiebedrijf hebt.'

Iris knikt. 'Die pubs zijn al generaties in handen van de Blewetts.' Ze gaat zitten en schept voor ons allebei bonensalade op met een dressing van olie, bespikkeld met kruiden. Ik neem een hap, en het smaakt echt verrukkelijk.

'Het zal wel moeilijk voor je zijn geweest toen je man stierf,' probeer ik voorzichtig.

'Het was allemaal één grote puinhoop.' Iris zegt het nuchter. Er loopt een kip naar de tafel en ze verjaagt hem. 'Er waren financiële problemen. Ik voelde me niet goed. Als Nathaniel er niet was geweest, hadden we de pubs misschien niet meer. Hij heeft ze weer op het goede spoor gezet. Om zijn vader te eren.' Er trekt een waas voor haar ogen en ze aarzelt, met haar vork halverwege haar mond. 'Je weet nooit hoe het zal uitpakken, hoeveel voorzieningen je ook treft, maar dat had jij ook al gemerkt.'

'Ik heb altijd een bepaald beeld van mijn leven gehad,' zeg ik, naar mijn bord kijkend. 'Ik had het al helemaal uitgestippeld.'

'Maar het pakte anders uit?'

Ik kan niet meteen antwoord geven. Ik denk terug aan het moment dat ik hoorde dat ik in de vennootschap opgenomen zou worden. Dat moment van zuivere, duizelingwekkende vreugde. Toen ik dacht dat alles in mijn leven eindelijk op zijn plaats was gevallen; toen ik dacht dat alles volmaakt was.

'Ja,' zeg ik, mijn stem met moeite neutraal houdend. 'Het pakte anders uit.'

Iris kijkt me met zulke heldere, meelevende ogen aan dat ik bijna zou denken dat ze mijn gedachten kan lezen.

'Wees niet te kritisch op jezelf, snoes,' zegt ze. 'We broddelen ons allemaal door het leven.'

Ik kan me niet voorstellen dat Iris ooit broddelt. Ze lijkt zo kalm en beheerst.

Ze ziet het op mijn gezicht. 'O, ik heb ook gebroddeld, hoor,' zegt ze. 'Na Benjamins dood. Het was zo plotseling. Alles waarvan ik zeker dacht te zijn, was van de ene dag op de andere weg.'

'En... wat heb je toen...' Ik hou hulpeloos mijn handen op.

'Ik heb een andere manier gevonden om me erdoorheen te slaan,' zegt ze, 'maar dat heeft tijd gekost.' Ze kijkt me even aan en werpt dan een blik op haar horloge. 'Over tijd gesproken, ik ga koffie zetten. En zien hoe die broden worden.'

Ik sta op, maar ze drukt me terug in mijn stoel.

'Zit. Blijf. Ontspan je.'

Ik zit in het gespikkelde zonlicht van mijn ijsthee te nippen en probeer me te ontspannen. Probeer gewoon te genieten van het zitten in die mooie tuin. Alleen flitsen de emoties nog als onrustige vissen door mijn hoofd.
Een andere manier.
Maar ik kén geen andere manier. Ik heb geen idee waar ik mee bezig ben; geen idee hoe het in het grote geheel past. Het voelt alsof ik op de tast door het duister loop, voetje voor voetje, en alleen maar weet dat ik niet terug kan naar wie ik was.

Ik knijp mijn ogen dicht om mijn geest helder te maken. Ik had nooit naar die website moeten kijken. Ik had die commentaren niet moeten lezen. Die dingen horen nu bij een andere wereld.

'Samantha, steek je armen uit,' hoor ik Iris plotseling achter me. 'Ogen dicht. Toe dan?'

Ik heb geen idee wat ze van plan is, maar ik sluit mijn ogen en steek mijn armen uit, waar prompt iets warms in wordt gelegd. Er stijgt een gistachtige geur uit op. Ik doe mijn ogen open en zie een brood in mijn armen liggen.

Ik kijk er perplex naar. Het is net een echt brood. Zo'n echt brood, zoals het hoort, zoals ze bij de bakker in de etalage liggen. Rond en mollig en goudbruin, met een knapperige, bijna vlokkerige bovenkant met fijne barstjes erin. Het ruikt zo zalig dat het water me in de mond loopt.

'Zeg nou nog eens dat dat niet zinvol is,' zegt Iris. Ze geeft me een kneepje in mijn arm. 'Dat heb jij gemaakt, lieverd. En je zou trots op jezelf moeten zijn.'

Ik kan niets terugzeggen. Iets heets knijpt mijn keel dicht terwijl ik daar met het warme brood in mijn armen zit. Ik heb dit brood gebakken. Ik. Ik, Samantha Sweeting, die nog geen pakje soep uit de magnetron kon maken. Die zeven jaar van haar leven heeft gegeven en toen met lege handen kwam te staan, van de aardbodem gevaagd. Die geen idee meer heeft wie ze is.

Ik heb een brood gebakken. Op dit moment voelt het alsof dat het enige is waar ik me aan vast moet klampen.

Tot mijn ontzetting rolt er opeens een traan over mijn wang, gevolgd door een tweede. Dit is bespottelijk. Ik moet me vermannen.

'Ziet er goed uit,' hoor ik Nathaniels ongedwongen stem achter me, en ik kijk geschrokken om. Hij staat naast Iris. Zijn haar glanst in de zon.

'Hallo,' zeg ik beduusd. 'Ik dacht dat jij... een waterleidingbuis moest repareren of zoiets.'

'Doe ik ook,' zegt hij knikkend. 'Ik kom alleen even langs.'

'Ik ga de andere broden uit de oven halen,' zegt Iris. Ze geeft me een schouderklopje en loopt over het gazon naar het huis.

Ik sta op en kijk over het brood naar Nathaniel. Naar hem kijken is al genoeg om nog veel meer emoties bij me op te wekken: meer visjes die door me heen flitsen.

Hoewel, nu ik erover nadenk: eigenlijk zijn het allemaal variaties op dezelfde vis.

'Gaat het wel?' zegt hij met een blik op mijn betraande wangen.

'Ja, hoor. Het is gewoon een rare dag,' zeg ik, en ik veeg gegeneerd de tranen weg. 'Meestal raak ik niet zo overstuur van... brood.'

'Mam zei dat je het even niet meer kon opbrengen.' Hij trekt vragend zijn wenkbrauwen op. 'Al dat kneden?'

'Vooral dat rijzen,' zeg ik met een quasi-zielige glimlach. 'Het wachten. Ik heb nooit goed kunnen wachten.'

'Hm-hm.' Nathaniels standvastige blauwe ogen vinden de mijne.

'Op wat dan ook.' Op de een of andere manier lijk ik steeds dichter bij hem te komen, ik weet niet goed hoe. 'Ik wil alles metéén hebben.'

'Hm-hm.'

We staan nu bijna neus aan neus. Ik kijk moeizaam ademend naar hem op, en alle frustraties en emoties van de afgelopen paar weken lijken in me te stollen. Er ontstaat een gigantisch blok van opgekropte spanning, steeds benauwender, tot ik het niet meer aankan. Ik moet een uitlaatklep hebben. Ik kan me niet meer bedwingen, steek mijn handen uit en trek zijn gezicht naar het mijne.

Ik heb niet meer zo gezoend sinds ik een tiener was. Armen om elkaar heen geslagen; helemaal van de wereld. Weg. Als Trish er met een videocamera bij stond en regieaanwijzingen gaf, zou ik het niet eens merken.

Naar mijn gevoel uren later doe ik mijn ogen open en maken we ons van elkaar los. Mijn lippen voelen gezwollen en mijn knieën knikken. Nathaniel is zo te zien net zo verpletterd. Zijn ogen zijn troebel en hij ademt snel.

Het brood is helemaal vermorzeld, zie ik opeens. Terwijl ik weer op adem kom, probeer ik het zo goed mogelijk weer in vorm te krijgen en zet het als een mislukt boetseerwerkje op tafel.

'Ik heb niet veel tijd,' zegt Nathaniel. 'Ik moet terug naar de pub.' Zijn handen glijden licht over mijn rug en ik voel dat mijn lichaam zich naar het zijne kromt.

'Ik heb niet veel tijd nodig,' zeg ik hees van verlangen.

Wanneer ben ik eigenlijk zo schaamteloos geworden?

'Ik heb écht niet veel tijd.' Hij kijkt op zijn horloge. 'Een minuut of zes.'

'Ik heb maar zes minuten nodig,' murmel ik met een verleidelijke blik. Nathaniel glimlacht terug alsof ik een grapje maak.

'Nee, echt,' zeg ik bescheiden, maar toch sexy, hoop ik. 'Ik ben snel. Plusminus zes minuten.'

Het blijft even stil. Er trekt een ongelovige uitdrukking over Nathaniels gezicht. Op de een of andere manier lijkt hij niet zo onder de indruk als ik had gedacht.

'Nou... hier doen we het iets kalmer aan,' zegt hij uiteindelijk.

'Juist,' zeg ik, en ik probeer mijn teleurstelling te verdoezelen. Wat wil hij daarmee zeggen? Dat hij een probleempje heeft of zoiets? 'Eh... goh... Het zal wel...' Mijn stem sterft weg.

Ik had niet eens aan die zin moeten beginnen.

Hij kijkt nog eens op zijn horloge. 'Ik moet ervandoor. En vanavond moet ik naar Gloucester.'

Het klinkt zo zakelijk dat ik een zakker in mijn maag voel. Hij ziet me nauwelijks nog. Ik had nooit over die minuten moeten beginnen, besef ik teleurgesteld. Iedereen weet dat je nooit over maten en getallen moet beginnen wanneer je met een man vrijt. Dat is de meest elementaire regel. Dat, en dat je niet halverwege naar de afstandsbediening moet reiken, tenzij je zeker weet dat het geluid uitstaat.

'Nou... tot ziens dan maar,' zeg ik achteloos, maar hopelijk toch bemoedigend. 'Wat doe je morgen?'

'Weet ik nog niet.' Hij haalt vrijblijvend zijn schouders op. 'Kom jij hier nog?'

'Ik denk het wel. Misschien.'
'Nou, dan zie ik je misschien wel.'
En met die woorden beent hij weg over het gras, en ik blijf achter met niet meer dan een misvormd brood en totale ontreddering.

17

Er zou een ander systeem moeten zijn, zoals ik al zei. Er zou een soort wereldwijde afspraak moeten zijn die elk misverstand uitsluit. Het zou met handsignalen kunnen, eventueel. Of met kleine, discrete stickers op je revers, met een kleurencode voor de verschillende boodschappen:
Beschikbaar/Niet beschikbaar.
Wel relatie/Geen relatie.
Seks in zicht/Seks afgeblazen/Seks alleen even uitgesteld.
Hoe kun je anders weten hoe het zit? Nou?

Ik heb er lang en diep over nagedacht, maar de volgende ochtend ben ik nog geen stap verder. Of: a) Nathaniel is beledigd door mijn seksuele toespelingen en wil me niet meer; of b) niets aan de hand, hij wil nog wel, hij gedroeg zich gewoon als een man en zei niet veel, en ik moet niet zo neurotisch doen.

Of iets ertussenin.

Of een andere mogelijkheid die niet eens in me opgekomen is, of...

Nee, ik geloof dat ik er nu wel ben. Maar toch. Als ik er alleen maar aan denk, raak ik al volslagen in de war.

Om een uur of negen strompel ik in mijn ochtendjas naar beneden. Eddie en Trish staan opgedoft in de hal. Eddie draagt een blazer met glimmende goudkleurige knopen en Trish een wit pakje van ruwe zijde met de grootste corsage van rode namaakrozen die ik ooit heb gezien. Ze lijkt ook een beetje een probleem te hebben met het dichtknopen van het jasje. Ten slotte wringt ze de laatste knoop in het knoopsgat en doet licht hijgend een pas achteruit om in de spiegel te kijken.

Nu ziet ze eruit alsof ze haar armen niet meer kan bewegen.

'Wat vind jij?' vraagt ze aan Eddie.

'Ja, mooi,' zegt hij zonder op te kijken van zijn *Britse wegenkaart 1994*. 'Is het nou de A347 of de A367?'

'Eh... ik vind het jasje open mooier,' zeg ik behoedzaam. 'Wat... losser.'

Trish kijkt me met toegeknepen ogen aan, alsof ze me ervan verdenkt dat ik opzettelijk haar verschijning wil saboteren.

'Ja,' zegt ze dan. 'Misschien heb je wel gelijk.' Ze wil de knopen openmaken, maar ze is zo stevig ingebonden dat ze er niet meer bij kan. En Eddie is inmiddels naar de werkkamer gedrenteld.

'Zal ik...' bied ik aan.

'Ja.' Ze krijgt rode vlekken in haar hals. 'Als je zo vriendelijk zou willen zijn.'

Ik loop naar haar toe en maak de knopen zo voorzichtig mogelijk open, wat niet erg voorzichtig is, gezien de stugheid van de stof. Als ik klaar ben, doet ze weer een pas achteruit, bekijkt zichzelf enigszins misnoegd in de spiegel en plukt aan haar zijdeachtige bloesgeval.

'Samantha, zeg eens...' zegt ze zogenaamd achteloos, 'als je me nu voor het eerst zag, welk wóórd zou er dan bij je opkomen om me te beschrijven?'

O, godver. Ik weet zeker dat dit niet in mijn functieomschrijving stond. Ik pijnig snel mijn hersens, zoekend naar het meest flatteuze woord dat ik kan verzinnen.

'Eh, eh... elegant,' zeg ik uiteindelijk, knikkend om het woord meer kracht bij te zetten. 'Ik zou u elegant noemen.'

'Elegant?' Ze kijkt me priemend aan. Iets zegt me dat ik fout zit.

'Dun, bedoel ik!' verbeter ik, want het muntje is gevallen.

Hoe had ik 'dun' kunnen vergeten?

'Dun.' Ze bekijkt zichzelf heen en weer draaiend voor de spiegel. 'Dun.'

Ze klinkt nog niet helemaal tevreden. Wat is er in vredesnaam mis met dun en elegant zijn?

Al is ze het eerlijk gezegd geen van beide.

'Wat dacht je van...' Ze schudt haar haar naar achteren, me bewust niet aankijkend. 'Wat dacht je van... "jong"?'

Ik ben te perplex om meteen iets terug te kunnen zeggen. Jong? In vergelijking waarmee?

'Eh... zeker weten,' zeg ik zodra ik weer kan praten. 'Dat... spreekt vanzelf.'
Zeg nou alsjeblieft niet: 'Hoe oud denk je...'
'Samantha, hoe oud schat je me?'
Ze schudt met haar hoofd heen en weer en knipt stof van haar jasje alsof het antwoord haar niet echt boeit, maar ik weet dat ze haar oren heeft gespitst alsof het twee gigantische microfoons zijn, klaar om het miniemste geluidje op te vangen.
Mijn gezicht prikt. Wat moet ik zeggen? Ik zeg... vijfendertig. Nee. Stel je niet aan. Zo'n verwrongen zelfbeeld kan ze niet hebben. Veertig? Nee. Veertig kan ik niet zeggen. Dat komt te dicht bij de waarheid.
'Bent u... zo tegen de zevenendertig?' gok ik ten slotte. Trish draait zich om, en haar zelfvoldane, blije gezicht doet me vermoeden dat ik de juiste vleitoon heb getroffen.
'Nee, ik ben al negenendertig!' zegt ze, en ze krijgt blosjes op haar wangen.
'Nee!' roep ik uit. Ik probeer niet naar haar kraaienpootjes te kijken. 'Ongelooflijk!'
Wat kan dat mens liegen. Ze is in februari zesenveertig geworden en als ze niet wil dat anderen dat weten, moet ze haar paspoort niet op haar toilettafel laten slingeren.
'Zo!' zegt ze zichtbaar opgemonterd. 'We gaan de hele dag weg, naar het feest van mijn zuster. Nathaniel komt in de tuin werken, maar dat wist je vast al...'
'Nathaniel?' Het voelt alsof ik een schok krijg. 'Komt hij hier?'
'Hij heeft vanochtend gebeld. De lathyrus moet... opgebonden worden, of omgeleid of zoiets?' Ze pakt een lipliner en begint haar al omlijnde lippen te omlijnen.
'O. Dat wist ik niet.' Ik probeer kalm te blijven, maar de opwinding slaat in mijn binnenste zijn vangarmen uit. 'Dus... Werkt hij dan op zondag?'
'Ja hoor, heel vaak. Hij is zéér toegewijd.' Ze doet een pas achteruit om in de spiegel te kijken en kleurt haar lippen dan met nog meer lippenstift in. 'Ik hoorde dat hij je had meegenomen naar zijn cafeetje?'
Zijn *cafeetje*. Wat bedoelt ze?
'Eh, ja. Klopt.'

'Ik was er echt zó blij om.' Ze pakt een mascararoller en brengt extra lagen op haar toch al keiharde wimpers aan. 'We hadden bijna een andere tuinman moeten zoeken, stel je vóór. Al was het natuurlijk wel heel jammer voor hem. Na al die plannen.'

Ik kijk haar niet-begrijpend aan. Ik geloof dat ik een stuk of drie plaatjes heb gemist. Waar hééft ze het over?

'Wat was jammer?' vraag ik.

'Voor Nathaniel. Zijn kwekerij. Planten.' Ze tuurt naar haar spiegelbeeld en tikt een stipje mascara onder haar oog weg. 'Biologische zus of zo. Hij heeft ons zijn bedrijfsplan laten zien. We overwogen zelfs hem financieel te steunen. We zijn heel betrókken werkgevers, Samantha.' Ze kijkt me strak aan met haar blauwe ogen, alsof ze me tart haar tegen te spreken.

'Zeker!'

'Ben je zover?' Eddie komt met een panamahoed op uit de werkkamer. 'Het wordt bloedheet, hoor.'

'Eddie, begin nou niet weer,' zegt Trish bits. Ze stopt de mascararoller in de houder. 'We gaan naar dat feest en dat is dat. Heb je het cadeau?'

'En wat gebeurde er toen?' probeer ik het gesprek weer op te pakken. 'Met Nathaniels kwekerij?'

Trish trekt een spijtig pruilmondje naar zichzelf in de spiegel.

'Tja, zijn vader overleed plotseling, en toen zaten ze met dat vreselijke gedoe met de pubs, en toen heeft hij zich bedacht. Hij heeft de grond niet gekocht.' Ze kijkt nog eens ontevreden naar zichzelf. 'Kan ik niet beter mijn roze pakje aantrekken?'

'Néé!' zeggen Eddie en ik als uit één mond. Ik kijk naar Eddies wanhopige gezicht en bedwing een giechel.

'U ziet er beeldschoon uit, mevrouw Geiger,' zeg ik. 'Heus.'

Op de een of andere manier slagen Eddie en ik erin Trish van de spiegel los te weken en haar door de voordeur over het grind naar Eddies Porsche te loodsen. Eddie heeft gelijk, het wordt een snikhete dag. De zon staat nu al als een oogverblindende bol aan de transparant blauwe lucht.

'Hoe laat komt u terug?' vraag ik als ze instappen.

'Niet eerder dan vanavond laat,' zegt Trish. 'Eddie, waar is dat cadeáú nou? Ha, Nathaniel, daar ben je.'

Ik kijk vol angstige vermoedens over de auto. Daar komt hij op espadrilles aangelopen met zijn rugzak over zijn schouder, in een spijkerbroek en een oud grijs T-shirt. En daar sta ik in mijn ochtendjas en met piekhaar.

En nog steeds zonder te weten hoe het zit tussen ons.

Al reageren bepaalde stukjes van mijn lichaam al wel op hem. Die lijken nergens aan te twijfelen.

'Hallo,' zeg ik als hij dichterbij is.

'Hallo.' Nathaniels ogen rimpelen vriendelijk, maar hij maakt geen aanstalten me te zoenen of zelfs maar naar me te glimlachen. In plaats daarvan blijft hij staan en kijkt naar me. Iets aan zijn indringende, doelbewuste blik maakt me een beetje wankel op mijn benen.

Of het is nog ongeveer net zoals gisteren, halverwege de kus, óf het is mijn noodlot hem wanhopig sexy te vinden, wat voor signalen hij ook afgeeft.

'Zo.' Ik ruk mijn ogen van hem los en kijk naar het grind. 'Dus jij gaat vandaag... hard werken.'

'Ik zou best wat hulp kunnen gebruiken,' zegt hij langs zijn neus weg. 'Als je niets beters te doen hebt.'

Mijn hart springt op van vreugde, wat ik met een kuchje probeer te maskeren.

'Aha.' Ik haal mijn schouders op en kijk bijna zorgelijk. 'Tja... wie weet.'

'Fijn.' Hij knikt naar de Geigers en kuiert naar de tuin.

Trish heeft de ontmoeting met groeiende ontevredenheid gevolgd.

'Jullie zijn niet erg knúffelig, hè?' zegt ze. 'Weet je, de ervaring heeft míj geleerd...'

'Laat dat stel toch met rust!' onderbreekt Eddie haar, en hij start. 'Ik wil dat rotfeest achter de rug hebben.'

'Eddie Geiger!' snerpt Trish, zich op haar stoel naar hem omdraaiend. 'Je hebt het wel over het feest van mijn zus, hoor! Besef je wel...'

Haar stem verzuipt in het gebrul van de motor en de Porsche rijdt met opspattend grind in zijn kielzog de oprijlaan af. Ik blijf alleen achter in de geluidloos blakerende zon.

Zo.

Vandaag wordt het dus... Nathaniel en ik. Alleen. Tot acht uur vanavond. Daar komt het in grote trekken op neer.

Ergens diep in mijn binnenste begint het te bonzen. Alsof een dirigent de maat slaat; als een inleiding.

Opzettelijk nonchalant keer ik om en loop terug naar het huis. Ik blijf zelfs even bij een bloembed staan om een willekeurige plant te bekijken en de groene bladeren tussen mijn vingers te laten glijden.

Ik zou best naar hem toe kunnen lopen om hem de helpende hand te bieden. Het zou niet meer dan beleefd zijn.

Ik dwing mezelf niet te haasten. Ik neem een douche, kleed me aan en ontbijt met een halve kop thee en een appel. Dan ga ik naar boven om wat make-up op te doen. Niet veel, maar wel genoeg.

Ik heb me simpel gekleed. Een T-shirt, een katoenen rok en teenslippers. Ik sta voor de spiegel, bijna sidderend van verwachting, maar met een vreemd leeg hoofd. Ik lijk niet meer te kunnen denken. Wat waarschijnlijk geen slechte zaak is.

Na het koele huis lijkt de tuin verzengend; de verstilde lucht zindert bijna. Ik loop in de schaduw het zijpad af. Ik weet niet waar hij aan het werk is, waar ik naartoe ga, maar dan zie ik hem midden in een rij lavendelkleurige en lila bloemen. Met zijn ogen half dichtgeknepen tegen de zon legt hij een knoop in een stuk touw.

'Hallo,' zeg ik.

'Hallo.' Hij kijkt op en veegt het zweet van zijn voorhoofd. Ik verwacht half en half dat hij zijn werk laat vallen en me een kus komt geven, maar dat doet hij niet. Hij maakt gewoon de knoop af en snijdt het touw dan met een mes door.

'Ik kom je helpen,' zeg ik na een korte stilte. 'Wat gaan we doen?'

'De lathyrus opbinden.' Hij gebaart naar de planten, die langs een soort rieten wigwams groeien. 'Ze hebben steun nodig, anders zakken ze gewoon in.' Hij gooit een bol touw naar me toe. 'Probeer het maar eens. Gewoon voorzichtig vastbinden.'

Het was geen grapje. Ik ga hem écht in de tuin helpen. Ik wikkel voorzichtig een stuk touw af en volg zijn voorbeeld. De zachte bloemblaadjes en bladeren kietelen aan mijn handen en vervullen de lucht met een verbijsterend zoete geur.

'Zoiets?'

'Laat maar eens zien.' Nathaniel komt kijken. 'Ja. Je zou ze iets strakker kunnen vastbinden.' Zijn hand strijkt in het voorbijgaan even langs de mijne. 'Doe er nog maar een.'
Mijn hand tintelt van zijn aanraking. Deed hij het expres? Ik bind onzeker de volgende plant op, met een strakker aangetrokken knoop dan de eerste.
'Ja, zo is het goed.' Nathaniels stem klinkt opeens achter me en ik voel zijn vingers in mijn nek en langs mijn oorlelletje. 'Je moet de hele rij doen.'
Dat deed hij wel degelijk expres. Geen twijfel mogelijk. Ik draai me om, wil reageren, maar hij staat al aan de andere kant van de rij geconcentreerd over een lathyrus gebogen, alsof er niets is gebeurd.
Hij heeft een strategie, dringt het plotseling tot me door.
Oké, nu ben ik echt opgewonden.
Ik ga van plant naar plant en het begint steeds harder te bonzen in mijn binnenste. Er klinken geen andere geluiden dan het ritselen van de bladeren en het knappen van het touw dat ik afsnijd. Ik bind nog drie planten op en dan ben ik aan het eind van de rij.
'Klaar,' zeg ik zonder me om te draaien.
'Goed zo, laat maar eens zien.' Hij komt naar me toe om mijn geknoopte touw te inspecteren. Ik voel zijn hand langs mijn dij omhoogkruipen, zijn vingers die naar me tasten. Ik kan me niet bewegen. Ik ben aan de grond genageld. Dan loopt hij plotseling weg en pakt weer helemaal zakelijk een paar gevlochten manden.
'Wat...' Ik kan niet eens meer een zin bouwen.
Hij kust me kort op mijn mond, hard. 'Kom op. We moeten de frambozen plukken.'

De frambozenkassen staan verderop in de tuin, als kamers van groene netten met droge, aarden vloeren en rijen frambozenstruiken. Onder het net klinkt geen enkel geluid, afgezien van het gonzen van insecten en het fladderen van een opgesloten vogel, die door Nathaniel wordt verjaagd.
We plukken de eerste rij struiken geconcentreerd, zonder een woord te wisselen. Tegen het eind van de rij heb ik een zure frambozensmaak in mijn mond; mijn handen zitten vol schrammen en doen pijn van het onophoudelijke plukken en ik zweet over mijn

hele lijf. De hitte lijkt hier, in die frambozentent, intenser dan waar ook in de tuin.

Aan het eind van de rij treffen we elkaar. Nathaniel kijkt me even zwijgend aan. Het zweet druipt van zijn gezicht.

'Warm werk,' zegt hij. Hij zet zijn mand neer en trekt zijn T-shirt uit.

'Ja.' Het blijft een hartenklop stil tussen ons en dan doe ik bijna tartend hetzelfde. Daar sta ik in mijn beha, slechts een paar centimeter bij hem vandaan, met een huid die melkachtig wit is vergeleken met de zijne.

'Hebben we genoeg gedaan?' Ik gebaar naar de mand, maar Nathaniel kijkt niet eens.

'Nog niet.'

Iets aan zijn gezicht maakt dat mijn knieholtes prikkelig klam worden. Ik kijk hem aan en het is alsof we elkaar uitdagen.

'Daar kan ik niet bij.' Ik wijs naar een tros frambozen die net iets te hoog voor me hangt.

'Ik help je wel.' Hij leunt van achteren over me heen, huid op huid, en ik voel zijn lippen op mijn oorlelletje terwijl hij de vruchten plukt. Mijn hele lichaam reageert. Ik verdraag het niet meer; het moet ophouden. En het mag niet ophouden.

Maar het gaat door. We bewegen ons als twee hofdansers tussen de rijen op en neer. Het lijkt alsof we ons op het plukken concentreren, maar we zijn ons sterk van elkaar bewust. Aan het eind van elke rij streelt hij me ergens met zijn mond of vingers. Hij voert me op een gegeven moment frambozen en ik schamp met mijn tanden langs zijn vingers. Ik wil hem hebben, hem overal aanraken, maar hij wendt zich telkens af voordat we goed en wel begonnen zijn.

Ik begin over mijn hele lijf te beven van begeerte. Twee rijen terug heeft hij mijn beha losgemaakt. Ik heb zelf mijn onderbroek uitgetrokken. Hij heeft zijn riem af gedaan. En toch plukken we nog steeds frambozen, nog steeds.

De manden zijn vol en zwaar en mijn armen doen zeer, maar ik merk het amper. Het enige wat ik voel is dat mijn hele lichaam pulseert; dat het bonzen dreunen is geworden; dat ik het niet lang meer volhoud. Aan het eind van de laatste rij zet ik de mand neer en kijk hem aan, niet meer in staat mijn verlangen te verbergen.

'Zijn we klaar?'

Ik adem gejaagd, hijgerig. Ik moet hem hebben. Hij moet het weten. Wat kan ik verder nog doen?

'We hebben vrij veel gedaan.' Zijn blik glijdt naar de andere kassen. 'Er is nog meer te doen...'

'Nee,' zeg ik zonder het zelf te beseffen. 'Niet meer.'

Ik sta daar in de hitte en de stoffige aarde, hijgend van pijnlijke begeerte. En net als ik denk dat ik ontplof, komt hij naar me toe en brengt zijn mond naar mijn tepel, en ik val bijna flauw. En nu blijft hij. Nu is het menens. Zijn handen strijken over mijn lichaam, mijn rok valt op de grond en zijn spijkerbroek glijdt naar beneden. Dan sidder ik, druk hem tegen me aan en schreeuw het uit. De frambozen rollen over de grond en worden door onze lichamen geplet.

Het voelt alsof we daarna nog uren stil blijven liggen. Ik ben slap van genot. Er zitten kiezeltjes en aarde in mijn rug, knieën en handen gedrukt en ik zit onder de frambozenvlekken, maar het kan me niet schelen. Ik kan me er zelfs niet toe zetten mijn hand op te tillen om de mier weg te slaan die als een kriebelend spikkeltje over mijn buik kruipt.

Mijn hoofd rust op Nathaniels borst. Zijn hartslag is als het sonore, geruststellende tikken van een klok. De zon is warm op mijn huid. Ik heb geen idee hoe laat het is. Het maakt me niet uit hoe laat het is. Ik heb geen enkel benul meer van uren en minuten.

Dan beweegt Nathaniel eindelijk zijn hoofd. Hij kust mijn schouder en glimlacht. 'Je smaakt naar frambozen.'

'Dat was...' Ik zwijg, bijna te bedwelmd om zinnige woorden aan elkaar te rijgen. 'Weet je, anders...' Een immense gaap verrast me en ik sla mijn hand voor mijn mond. Ik wil nu slapen, het liefst een paar dagen.

Nathaniel trekt met zijn wijsvinger lome cirkels op mijn rug.

'Zes minuten is geen seks,' hoor ik hem nog net zeggen. 'Zes minuten is een gekookt ei.'

Tegen de tijd dat ik wakker word, zijn de frambozen onder de netten deels in schaduw gehuld. Nathaniel heeft zich onder me vandaan gewurmd, een kussen van mijn gekreukte rok vol frambozenvlekken voor me gemaakt, zijn spijkerbroek aangetrokken en bier uit de koelkast van de Geigers gehaald. Ik richt me op, nog steeds suf in mijn hoofd, en zie hem tegen een boom op het gras geleund uit de fles drinken.

'Luilak,' zeg ik. 'De Geigers denken dat jij hun lathyrus opbindt'.

Hij kijkt me aan en ik zie een lachje op zijn gezicht. 'Heb je goed geslapen?'

'Hoe lang ben ik onder zeil geweest?' Ik breng mijn hand naar mijn gezicht en pulk een steentje uit mijn wang. Ik voel me volslagen gedesoriënteerd.

'Een paar uur. Wil je ook?' Hij wijst naar het bier. 'Het is koud.'

Ik sta op, klop me af, trek mijn rok en beha aan bij wijze van gulden middenweg en ga bij hem op het gras zitten. Hij geeft me een fles bier en ik neem een voorzichtige slok. Ik heb nog nooit bier gedronken, maar zo, koud en schuimig uit de fles, is het de meest verfrissende drank die ik ooit heb geproefd.

Ik zak tegen de boomstam, met mijn blote voeten in het koele gras.

'God, wat voel ik me...' Ik til een hand op en laat hem zwaar vallen.

'Je bent niet meer zo nerveus,' zegt Nathaniel. 'Vroeger sprong je een meter de lucht in als ik iets tegen je zei.'

'Nietes!'

'O, jawel.' Hij knikt. 'Als een konijn.'

'Ik was toch een das?'

'Je bent een kruising tussen een das en een konijn. Een uiterst zeldzame soort.' Hij grinnikt naar me en neemt een teug bier. We zwijgen een poosje. Ik kijk naar een piepklein vliegtuig hoog in de lucht dat een wit spoor in het blauw trekt.

'Mam zegt ook dat je veranderd bent.' Nathaniel werpt me een snelle, vragende blik toe. 'Ze zegt dat voor wie je ook bent gevlucht... wat er ook is gebeurd... Volgens haar begint het zijn greep op je te verliezen.'

Ik hoor de vraag in zijn stem, maar ga er niet op in. Ik denk aan Iris, gisteren. Hoe ze me al mijn frustraties op haar liet uitleven. Terwijl ze het zelf ook niet bepaald gemakkelijk heeft gehad.

'Je moeder is een fantastisch mens,' zeg ik uiteindelijk.

'Ja.'

Ik zet de fles neer, rol op het gras en kijk naar de blauwe lucht. Ik ruik de aarde onder mijn hoofd, voel de grassprieten aan mijn oren en hoor vlakbij sprinkhanen tjirpen.

Ik ben veranderd. Ik voel het zelf ook. Ik voel me... rustiger vanbinnen.

'Wie zou je willen zijn?' vraag ik terwijl ik een graspriet om mijn vinger wikkel. 'Als je zomaar weg kon. Iemand anders worden.'

Nathaniel kijkt even zwijgend over zijn fles heen naar de tuin.

'Mezelf,' zegt hij dan schouderophalend. 'Ik ben gelukkig met mezelf. Ik hou van de plek waar ik woon. Ik hou van wat ik doe.'

Ik draai me op mijn buik en tuur tegen de zon in naar zijn gezicht. 'Er moet toch iets anders zijn wat je ook zou willen doen? Een droom van je.'

Hij schudt glimlachend zijn hoofd. 'Ik doe wat ik wil doen.'

Opeens schiet me het gesprek met Trish van vanochtend te binnen en ik schiet overeind.

'En die kwekerij dan die je wilde beginnen?'

Nathaniel kijkt verbaasd op. 'Hoe weet jij...'

'Trish heeft me er vanochtend over verteld. Ze zei dat je al een bedrijfsplan had en alles. Wat is er gebeurd?'

Hij wendt zijn gezicht af en zwijgt. Ik weet niet wat er in hem omgaat.

'Het was maar een idee,' zegt hij uiteindelijk.

'Je hebt het opgegeven voor je moeder. Om de pubs te leiden.'

'Wie weet.' Hij reikt naar een lage tak en begint de bladeren eraf te scheuren. 'Alles werd anders.'

'Maar is dat echt wat je wilt, die pubs leiden?' Ik schuif over het gras naar voren om zijn blik te vangen. 'Je hebt zelf gezegd dat je geen kastelein bent, maar tuinman.'

'Het is geen kwestie van wíllen,' zegt Nathaniel met een stem waar plotseling machteloosheid in doorklinkt. 'Het is een familiebedrijf. Iemand moet het leiden.'

'Waarom jij?' dring ik aan. 'Waarom je broer niet?'

'Die is... anders. Die doet zijn eigen dingen.'

'Jij zou óók je eigen dingen kunnen doen.'

'Ik heb verantwoordelijkheden.' Zijn gezicht betrekt. 'Mijn moeder...'

'Die zou willen dat jij doet wat je wilt doen,' zeg ik met klem. 'Ik weet het zeker. Ze wil dat jij gelukkig bent, niet dat je je geluk opgeeft voor haar.'

'Ik ben gelukkig. Hoe kun je zeggen...'

'Maar zou je niet nóg gelukkiger kunnen zijn?'

Stilte in de tuin. Nathaniel kijkt de andere kant op, met gebogen schouders, alsof hij zich wil afsluiten voor wat ik zeg.

'Heb je nooit zin om de boel de boel te laten?' Ik spreid plotseling uitbundig mijn armen. 'Om... gewoon de wijde wereld in te gaan en maar te zien wat er gebeurt?'

'Is dat wat jij hebt gedaan?' vraagt hij strijdlustig, en hij draait zich naar me om.

Ik kijk hem onzeker aan.

'Ik... We hebben het nu niet over mij,' zeg ik na een korte stilte. 'We hadden het over jou.'

'Samantha...' Hij wrijft zuchtend over zijn voorhoofd. 'Ik weet dat je niet over het verleden wilt praten, maar één ding moet je me vertellen. En ik wil dat je eerlijk bent.'

Ik ril inwendig van angst. Wat wil hij vragen?

'Ik zal mijn best doen,' besluit ik. 'Wat wil je weten?'

Nathaniel kijkt me recht aan en haalt diep adem. 'Heb je kinderen?'

Ik ben met stomheid geslagen. Denkt hij dat ik kínderen heb? Voordat ik er iets aan kan doen, werkt een opborrelende, opgeluchte lach zich naar buiten.

'Nee, ik heb geen kinderen! Wat, denk je dat ik vijf arme bloedjes met lege buikjes heb achtergelaten?'

'Ik weet het niet.' Hij fronst zijn voorhoofd en kijkt me schaapachtig, maar opstandig aan. 'Waarom niet?'

'Omdat... Ik bedoel... Zie ik erúít alsof ik vijf kinderen heb gebaard?' Ik klink tegen wil en dank verontwaardigd, en nu moet hij ook lachen.

'Misschien geen víjf...'

'Wat wil je daarmee zeggen?' Net als ik hem met zijn T-shirt wil meppen, snijdt er een stem door de lucht.

'Samántha?'

Het is Trish. Haar stem komt uit de richting van het huis. Zijn ze al thúís?

Ik kijk Nathaniel ongelovig aan.

'Samántha?' kwinkeleert ze nog eens. 'Ben je buiten?'

O, shit. Mijn blik glijdt panisch over ons beiden. Ik ben naakt op een rok en een beha na, en ik zit vol zand en frambozenvlekken. Nathaniel ziet er ongeveer hetzelfde uit, maar dan in een spijkerbroek.

'Snel! Mijn kleren!' sis ik terwijl ik overeind spring.

'Waar zijn ze?' zegt Nathaniel om zich heen kijkend.

'Weet ik het! Jíj hebt ze uitgetrokken!' Ik kijk naar hem en voel een hulpeloze lachbui oprijzen. 'We worden allebei ontslagen.'

'Samántha?' Ik hoor dat ze de serredeuren openslaat.

'Shit!' piep ik. 'Ze komt eraan!'

'Stil maar,' zegt Nathaniel, die zijn T-shirt heeft gepakt. Hij trekt het over zijn hoofd en ziet er op slag weer bijna normaal uit. 'Ik zorg voor afleiding. Jij glipt achter de struiken langs naar de zijkant van het huis, gaat door de keuken naar binnen, rent naar boven en trekt schone kleren aan, oké?'

'Oké,' zeg ik ademloos. 'En wat is onze smoes?'

'Onze smoes is...' Hij wacht even, alsof hij nadenkt. 'Onze smoes is dat we geen wipje in de tuin hebben gemaakt en ook geen bier uit de koelkast hebben gepakt.'

'Precies.' Ik giechel tegen wil en dank. 'Goed plan.'

'Ga snel, Bruin Konijn.' Hij geeft me nog een kus en dan schiet ik over het gazon naar een enorme rododendron die dekking biedt.

Ik sluip achter de struiken om naar de zijkant van het huis. Ik probeer niet te veel te ritselen. De vochtige, beschaduwde aarde is koud aan mijn blote voeten; ik trap op een steentje en vertrek mijn gezicht, maar geef geen kik. Ik heb hetzelfde gevoel als bij het verstoppertje spelen toen ik een jaar of tien was, die mengeling van angst en verrukking die mijn hart laat bonzen.

Op een meter of tien van het huis duik ik achter een struik en wacht. Na een paar minuten zie ik Nathaniel de Geigers vastberaden over het gazon naar de lelievijver leiden.

'Volgens mij is het een geval van meeldauw,' zegt hij. 'Ik vond dat u het met eigen ogen moest zien.'

Ik wacht tot ze me ruimschoots voorbij zijn en ren dan als een hinde naar de serre, het huis door en de trap op. Eenmaal veilig achter mijn dichte kamerdeur plof ik op het bed, lacherig van opluchting, van de onzinnigheid, de stupiditeit van het hele geval. Dan sta ik op en kijk door het raam. Ik zie het hele stel net bij de vijver staan. Nathaniel wijst iets aan met een stok.

Ik haast me de badkamer in, zet de douchekraan helemaal open en blijf er een halve minuut onder staan. Vervolgens trek ik schoon ondergoed aan, een schone spijkerbroek en een zedig topje met lange mouwen. Ik vergeet zelfs niet mijn lippenstift bij te werken. Dan trek ik espadrilles aan en loop naar beneden, de tuin in.

Nathaniel en de Geigers zijn op de terugweg. De hoge hakken van Trish zakken weg in het gras en Eddie en zij zien er allebei verhit en geërgerd uit.

'Hallo,' zeg ik achteloos als we dichter bij elkaar zijn.

'Daar ben je dan,' zegt Nathaniel. 'Ik heb je de hele middag nog niet gezien.'

'Ik heb recepten bestudeerd,' zeg ik schijnheilig, en dan wend ik me beleefd glimlachend tot Trish. 'Hebt u een leuk feest gehad, mevrouw Geiger?'

Ik zie te laat dat Nathaniel achter hun rug om gebaren maakt alsof hij zijn keel doorsnijdt.

'Attent dat je het vraagt, Samantha.' Trish ademt hoorbaar in. 'Maar ik wil er liever niet over praten als je het niet erg vindt.'

Eddie maakt een woest sputterend geluid. 'Jij weet van geen ophouden, hè? Ik heb alleen maar gezegd...'

'Het gaat erom hóé je het zei!' krijst Trish. 'Soms geloof ik dat jij maar één doel in je leven hebt: mij voor paal zetten!'

Eddie snuift verbolgen en beent naar het huis, met zijn panamahoed scheef op zijn hoofd.

O-o. Ik kijk met opgetrokken wenkbrauwen naar Nathaniel, die over Trish' sidderende kapsel naar me grijnst.

'Hebt u zin in een lekker kopje thee, mevrouw Geiger?' zeg ik sussend. 'Of... een wodka-tomatensap?'

'Graag, Samantha,' antwoordt ze met waardig naar voren gestoken kin. 'Een wodka-tomatensap, alsjeblieft.'

Tijdens de wandeling terug naar de serre lijkt Trish iets te kalmeren. Ze maakt zelfs haar eigen wodka-tomatensap in plaats van mij te betuttelen terwijl ik het doe, en ze geeft Nathaniel en mij er ook een.

'Zó,' zegt ze als we alle drie tussen de varenachtige planten zitten en een slok hebben genomen. 'Ik moet je nog iets vertellen, Samantha. We krijgen een gast.'

'O, goh,' zeg ik. Ik moet moeite doen om niet te lachen, want Nathaniel, die naast me zit, schuift onder de salontafel met zijn espadrille die van mij van mijn voet.

'Mijn nichtje komt morgen en blijft een paar weken logeren. Ze zoekt de rust en stilte van het platteland. Ze moet werken, en het is van het hoogste belang dat ze niet wordt gestoord, dus hebben meneer Geiger en ik haar hier onze gastvrijheid aangeboden. Wil je de logeerkamer voor haar in orde maken?'

'Goed.' Ik knik plichtsgetrouw.

'Ze moet een opgemaakt bed hebben, en een bureau... Ik geloof dat ze een laptop meeneemt.'

'Goed, mevrouw Geiger.'

'Het is een pientere meid, die Melissa.' Trish steekt een sigaret op met haar Tiffany-aansteker. 'Bijzonder dynamisch. Zo'n City-meisje.'

'O, goh,' zeg ik. Nathaniel heeft mijn espadrille eindelijk uitgetrokken en ik bedwing een giechel. 'Wat doet ze?'

'Ze is juriste,' zegt Trish. Ik kijk sprakeloos naar haar op. Juriste? Komt er een jurist in dit huis logeren?

Nathaniel kietelt me onder mijn voet, maar ik kan niet meer dan een zwakke glimlach opbrengen. Dit zou heel ongunstig kunnen zijn. Het zou zelfs een ramp kunnen worden.

Als ik die juriste nu eens kén?

Terwijl Trish nog een wodka-tomatensap voor zichzelf maakt, pijnig ik als een dolle mijn hersenen. *Melissa.* Het zou Melissa Davis van Freshwater kunnen zijn. Of Melissa Christie van Clark Forrester. Het zou Melissa Taylor kunnen zijn, die aan de fusie van DeltaCo heeft gewerkt. We hebben uren met elkaar in dezelfde kamer gezeten. Ze zou me in één oogopslag herkennen.

'Dus... Is het een nichtje van uw kant, mevrouw Geiger?' vraag ik langs mijn neus weg als Trish weer bij ons komt zitten. 'Heet zij ook Geiger?'

'Nee, ze heet Hurst.'

Melissa Hurst. Er gaat me geen lichtje op.

'En waar werkt ze?' *Alsjeblieft, laat het in het buitenland zijn...*

'O, bij een dynamisch kantoor in Londen.' Trish gebaart vaag met haar glas.

Oké, ik ken haar dus niet, maar het ziet er niet goed uit. Een dynamische juriste uit Londen. Als ze bij een van de grotere firma's zit, moet ze van me hebben gehoord. Ze moet iets hebben gehoord over die juriste van Carter Spink die vijftig miljoen heeft verspeeld en er toen vandoor is gegaan. Ze zal tot in de vernederende details weten hoe ik in ongenade ben geraakt.

Bij die gedachte krijg ik de koude rillingen. Ze hoeft mijn naam maar te herkennen, twee en twee bij elkaar op te tellen... en het hele verhaal komt naar buiten. Ik zal me hier net zo vernederd voelen als in Londen. Iedereen krijgt te horen waar ik vandaan kom. Iedereen zal weten dat ik heb gelogen. Ik kijk naar Nathaniel en krijg een gevoel van naderend onheil.

Ik kán haar geen roet in het eten laten gooien. Niet nu.

Hij knipoogt naar me en ik neem een grote slok van mijn wodkatomatensap. De oplossing laat zich raden: ik zal gewoon al het mogelijke moeten doen om mijn geheim te bewaren.

18

Er is geen reden waarom die juriste mijn gezicht zou herkennen, maar voor de zekerheid meet ik me een eenvoudige vermomming aan. De volgende middag maak ik eerst de logeerkamer in orde en haast me dan naar mijn eigen kamer. Ik speld mijn haar boven op mijn hoofd met artistiek loshangende lokken voor mijn gezicht en zet een oude zonnebril op die ik in een la heb gevonden. Hij is uit de jaren tachtig en heeft een groot, groen montuur dat mijn hele gezicht bedekt. Ik lijk er ook mee op Elton John, maar daar kan ik mee leven. Als ik maar totaal niet op mijn oude zelf lijk.

Als ik beneden kom, loopt Nathaniel net met een chagrijnige kop de keuken uit. Hij ziet me en blijft verrast staan.

'Samantha... Wat heb je gedaan?'

'O, mijn haar?' Ik voel er achteloos aan. 'Ik wilde eens iets anders.'

'Is die zonnebril van jóú?' Hij kijkt me ongelovig aan.

'Ik heb een beetje hoofdpijn. Wat is er met jou?' verander ik snel van onderwerp.

'Trish.' Hij trekt een kwaad gezicht. 'Ze heeft me een preek over lawaai gegeven. Ik mag tussen tien en twee het gras niet maaien. Ik moet vragen of ik de heggenschaar mag gebruiken. Zou ik alsjeblieft op mijn tenen over het grind willen lopen? Op mijn ténen.'

'Hoezo?'

'Vanwege die ellendige logee. We moeten allemaal op eieren lopen voor haar. Een juríst, verdomme.' Hij schudt ongelovig zijn hoofd. 'Háár werk is belangrijk? Míjn werk is belangrijk.'

'Daar komt ze!' snerpt Trish' stem opeens vanuit de keuken, en ze snelt de gang in. 'Zijn we er allemaal klaar voor?' Ze zwaait de voordeur open en ik hoor een portier dichtslaan.

Mijn hart bonst in mijn keel. Het is zover. Ik trek nog een paar lokken voor mijn gezicht en bal mijn vuisten. Als ik die vrouw herken, hou ik mijn ogen neergeslagen, mompel wat en speel mijn rol. Ik ben huishoudster. Ik ben nooit iets anders geweest dan huishoudster.

'Zo, Melissa, je zou hier véél rust moeten krijgen,' hoor ik Trish zeggen. 'Ik heb het personeel opgedragen extra veel zorg aan je te besteden...'

Ik kijk naar Nathaniel, die de blik hemelwaarts wendt.

'Daar zijn we! Ik hou de deur voor je open...'

Ik hou mijn adem in. Trish komt het huis in, gevolgd door een meisje in een spijkerbroek met een strak wit topje dat een koffer achter zich aan sleept.

Is dit die dynamische topjurist?

Ik gaap haar verbluft aan. Ze heeft lang, donkerbruin haar en een levendig, knap gezicht, en ze is amper volwassen.

'Melissa, dit is Samantha, onze fantástische huishoudster...' Trish breekt verbaasd haar zin af. 'Samantha wat is dat in vredesnaam? Je lijkt Elton John wel!'

Leuk, hoor. Ik heb alleen maar de aandacht getrokken.

'Hallo,' zeg ik verlegen. Ik zet de zonnebril af, maar hou mijn hoofd gebogen. 'Aangenaam kennis te maken.'

'Wat súper dat ik hier ben.' Melissa heeft een kakaccent en schudt op de bijbehorende manier haar haar over haar schouder. 'In Londen werd ik zo waanzinnig somber, weet je.'

'Mevrouw Geiger zei dat je jurist was bij een... grote instelling in Londen?'

'Ja.' Ze glimlacht zelfingenomen. 'Ik zit op de Chelsea Law School.'

Wát?

Ze is nog niet eens jurist. Ze studeert nog. Ze is nog maar een kínd. Ik hef behoedzaam mijn hoofd en kijk haar aan, maar zie geen greintje herkenning in haar ogen. O, kom op, zeg. Ik hoef niet bang te zijn voor dat wicht. Ik schiet bijna in de lach.

'En wie hebben we daar?' Melissa fladdert verleidelijk met haar in de mascara gezette wimpers naar Nathaniel, die een nog bozer gezicht trekt.

'Dit is Nathaniel, onze tuinman,' zegt Trish. 'Maar maak je geen zorgen, ik heb hem ten strengste verboden je te storen. Ik heb tegen hem gezegd dat je absolute stilte nodig hebt voor je werk.'

'Ik moet zo ontzéttend veel leren.' Melissa zucht blasé en haalt een hand door haar haar. 'Je gelooft gewoon niet hoe zwaar die studie is, tante Trish. Ik ben zo ontzéttend gestrest.'

'Ik snap niet hoe je het doet!' Trish slaat een arm om Melissa's schouders en drukt haar tegen zich aan. 'Zo, wat wil je doen? We staan allemaal tot je beschikking.'

'Zou jij mijn spullen willen uitpakken?' vraagt Melissa me. 'Mijn kleren zullen wel gekreukt zijn, dus die moeten gestreken worden.'

Ik ben in mijn wiek geschoten. Pakt ze haar koffers niet zelf uit? Ben ik het kamermeisje van die griet geworden?

'Ik denk dat ik buiten ga leren,' vervolgt ze luchtig. 'Zou de tuinman een tafel voor me in de schaduw kunnen zetten?'

Trish kijkt vol bewondering naar Melissa, die in een rugzak vol studieboeken rommelt.

'Moet je al die boeken zien, Samantha!' roept ze uit als Melissa *Procesvoering voor beginners* heeft gevonden. 'Kijk eens wat een moeilijke woorden!'

'Eh... wauw,' zeg ik beleefd.

'Als jij nu eens eerst koffie voor ons ging zetten?' zegt Trish tegen mij. 'Serveer het maar op het terras. Met koekjes erbij.'

'Goed, mevrouw Geiger,' zeg ik, en ik maak automatisch een buiging.

'Mag ik half gewone koffie, half decafé?' zegt Melissa over haar schouder. 'Ik wil niet te opgefokt raken, zeg maar.'

Nee, dat mag je niet, aanstellerig trutje dat je bent.

'Natuurlijk.' Ik glimlach knarsetandend. 'Met alle genoegen.'

Iets zegt me dat die meid en ik geen dikke vriendinnen gaan worden.

Als ik vijf minuten later met de koffie het terras op kom, zitten Trish en Melissa samen met Eddie onder een parasol.

'Heb je Melissa al ontmoet?' vraagt Eddie wanneer ik het blad op een smeedijzeren tafel zet. 'Ons sterretje? Onze juridische topper?'

'Ja.' Ik reik Melissa haar koffie aan. 'Kijk eens? Precies zoals je had gevraagd.'

'Melissa staat erg onder druk,' zegt Eddie. 'Aan ons de taak om het haar gemakkelijk te maken.'

'Je kunt je niet vóórstellen hoe zwaar het is,' zegt Melissa ernstig. 'Ik moet zelfs 's avonds werken en alles. Ik heb totaal geen sociaal leven meer, zeg maar.' Ze neemt een slokje koffie en kijkt me aan. 'Trouwens, wat ik nog wilde zeggen...' Ze denkt na. 'Hoe heet je ook alweer?'

'Samantha.'

'Ja, Samantha. Zul je heel voorzichtig doen met mijn rode topje met kraaltjes?' Ze schudt haar haar over haar schouder en neemt nog een grote slok koffie.

'Ik zal mijn best doen,' antwoord ik beleefd. 'Kan ik gaan, mevrouw Geiger?'

'Wacht!' Eddie zet zijn kop neer. 'Ik heb iets voor je. Ik ben ons gesprekje van laatst niet vergeten!' Hij reikt onder zijn stoel naar een bruinpapieren zak. Ik zie dat er een paar glimmende boeken uitsteken. 'Hier kom je niet onderuit, Samantha. Dit kan ons projectje worden!'

Ik krijg opeens een angstig vermoeden. O, nee. Laat dit alsjeblieft niet zijn wat ik denk.

'Meneer Geiger,' zeg ik snel, 'ik vind het heel aardig van u, maar...'

'Ik wil er geen woord meer over horen!' onderbreekt hij me met opgestoken hand. 'Ooit zul je me dankbaar zijn!'

'Waar hebben jullie het over?' Melissa trekt nieuwsgierig haar mopsneus op.

'Samantha gaat diploma's halen!' Eddie haalt zwierig twee boeken uit de zak. Ze zijn allebei kleurig, met grote, opzichtige letters en illustraties. Ik zie de woorden 'wiskunde' en 'Engels' en 'leergang voor volwassenen'.

Hij slaat een boek open bij een tekening van een vrolijke koe. Er komt een wolkje uit zijn snuit met de vraag: 'Wat is een voornaamwoord?'

Ik kijk er sprakeloos naar.

'Zie je wel?' zegt Eddie trots. 'Dat wordt leuk! Je krijgt gouden plaksterretjes voor je vorderingen!'

'Melissa wil je vast graag helpen als je iets niet snapt,' vult Trish aan. 'Ja toch, schat?'

'Natuurlijk,' zegt Melissa met een neerbuigende glimlach. 'Goed zo, Samantha! Het is nooit te laat.' Ze schuift haar volle kop koffie naar me toe. 'Wil je nieuwe voor me zetten? Deze is te slap.'

Ik loop het huis in en smijt de studieboeken op de keukentafel. Ik vul de waterkoker en zet de koffiepot met een klap op het aanrecht.

'Alles goed?' Nathaniel bekijkt me geamuseerd vanuit de deuropening. 'Hoe is dat meisje?'

'Verschrikkelijk!' flap ik eruit. 'Ze heeft geen manieren. Ze behandelt me als haar dienstmeisje. Ik moet haar spullen uitpakken... en van die stomme half-om-halfkoffie voor haar zetten...'

'Dan zit er maar één ding op,' zegt Nathaniel. 'In haar koffie spugen.'

'Gatver!' Ik trek een vies gezicht. 'Dat doe ik niet.' Ik schep gewone koffie in de pot en doe er een lepeltje decafé bij. Ongelooflijk dat ik echt aan haar stomme grillen gehoorzaam.

'Laat je niet door haar op stang jagen.' Nathaniel komt naar me toe, slaat zijn armen om me heen en kust me. 'Ze is het niet waard.'

'Weet ik.' Ik zet de koffie neer, nestel me met een glimlachje in zijn omhelzing en voel de spanning wegebben. 'Hm. Ik heb je gemist.'

Hij laat zijn handen over mijn rug glijden en ik tintel van genot. Gisteravond ben ik met Nathaniel in de pub gebleven en om zes uur 's ochtends naar de Geigers teruggeslopen. Iets zegt me dat het een vast patroon zou kunnen worden.

'Ik heb jou ook gemist.' Hij legt zijn vinger op mijn neus en kijkt me onderzoekend aan. 'En trouwens, Samantha, denk maar niet dat ik het niet weet.'

Ik verstijf in zijn armen. 'Wat niet?' vraag ik achteloos.

'Ik weet dat je je geheimpjes hebt.' Hij kijkt naar mijn gezicht. 'Maar je hebt je er een laten ontglippen, en je kunt er niets meer aan doen.'

Ik heb me er een laten ontglippen? Waar heeft hij het in godsnaam over?

'Nathaniel, wat bedoel je?' Ik probeer rustig te klinken, maar ik voel dat al mijn waarschuwingssystemen in actie komen.

'Kom op.' Hij lijkt het grappig te vinden. 'Je weet vast wel wat ik bedoel. Samantha, je kunt je wel van de domme houden, maar het is uitgekomen. We wéten het.'

'Wát?' zeg ik verbijsterd.

Nathaniel schudt zijn hoofd alsof hij zin heeft om te lachen. 'Ik zal je een hint geven. Morgen.' Hij geeft me nog een kus en loopt naar de deur.

Ik heb geen idee waar hij het over heeft. Morgen? Waar slaat dat nou op?

Halverwege de volgende dag snap ik het nog steeds niet, wat zou kunnen komen doordat ik geen moment de tijd heb gehad om er rustig over na te denken. Wat weer zou kunnen komen doordat ik de godganse dag achter Melissa aan moet rennen.

Ik heb een stuk of vijftig koppen koffie voor haar gezet, waarvan ze de helft niet eens heeft opgedronken. Ik heb haar gekoeld water gebracht. Ik heb broodjes gesmeerd. Ik heb alle vuile kleren gewassen die in haar koffer bleken te zitten. Ik heb haar witte bloes gestreken zodat ze die vanavond aan kan. Telkens wanneer ik aan een van mijn gewone taken wil beginnen, word ik door Melissa's hoge stem ontboden.

Intussen loopt Trish op haar tenen rond, alsof T.S. Eliot in eigen persoon in de tuin aan zijn laatste grote epische gedicht zit te werken. Terwijl ik in de woonkamer stof afneem, kijkt zij naar Melissa, die aan een tafel op het gazon zit.

'Ze werkt zo hard.' Ze neemt een diepe haal van haar sigaret. 'Zo'n intelligénte meid, die Melissa.'

'Hm,' brom ik vrijblijvend.

'Weet je, het is helemaal niet zo gemakkelijk om toegelaten te worden op de juridische faculteit, Samantha. Zeker niet op de beste!' Ze kijkt me veelbetekenend aan. 'Melissa heeft honderden anderen moeten verslaan om die plek te krijgen!'

'Fantastisch.' Ik haal de stofdoek slordig over de tv. 'Geweldig.'
Ze zit niet op de beste faculteit, dat je het maar weet.

'Hoe lang blijft ze?' Ik probeer het als terloops te vragen.

'Hangt ervan af.' Trish blaast een rookwolk uit. 'Haar tentamens beginnen over een paar weken, en ik heb gezegd dat ze zo lang mag blijven als ze wil!'

Een paar wéken? Ze is er pas een dag, en ze drijft me nu al tot waanzin.

's Middags blijf ik in de keuken en hou me Oost-Indisch doof. Telkens wanneer Melissa me roept, zet ik de blender aan, of de radio harder, of ik kletter met bakvormen. Als ze me nodig heeft, komt ze me maar halen.

Ten slotte duikt ze in de keuken op, rood van ergernis. 'Samantha, ik heb je geroepen.'

'Echt waar?' Ik kijk onschuldig op van de boter die ik met twee messen snijd om deeg te maken. 'Ik heb niets gehoord.'

'We moeten een belsysteem of zoiets bedenken.' Ze blaast geërgerd uit. 'Het is belachelijk dat ik mijn werk moet onderbreken.'

'Wat is er?'

'Mijn waterkaraf is leeg. En ik moet een hapje eten. Om mijn energie op peil te houden.'

'Je had je karaf mee kunnen nemen naar de keuken,' merk ik vriendelijk op. 'En je kunt toch wel zelf iets te eten maken?'

'Hoor eens, ik heb geen tijd om eten te maken, oké?' zegt Melissa kattig. 'Ik sta zwaar onder druk. Ik heb bergen werk, ik moet van alles op tijd inleveren... Je hebt geen idéé hoe mijn leven eruitziet.'

Ik kijk haar zwijgend aan, diep ademhalend om mijn woede te bedwingen.

'Ik zal je straks een broodje brengen,' zeg ik uiteindelijk.

'Goh, dank je wél,' zegt ze sarcastisch, en dan slaat ze haar armen over elkaar alsof ze op iets wacht.

'Wat is er?' vraag ik.

'Toe dan.' Ze knikt naar me. 'Buig dan.'

Wat? Dat kan ze niet menen. 'Ik buig niet voor jou!' zeg ik bijna lachend.

'Je buigt wel voor mijn tante. En mijn oom.'

'Dat zijn mijn werkgevers,' repliceer ik afgemeten. 'Dat is iets anders.' *En neem maar van mij aan dat als ik de klok kon terugzetten, niemand voor iemand zou buigen.*

'Ik woon nu in dit huis.' Ze schudt haar haar over haar schouder. 'Dus ben ik ook je werkgever. Je moet mij met hetzelfde respect behandelen.'

Ik kan die meid wel sláán. Als zij bij Carter Spink onder me werkte, zou ik haar... vernietigen.

'Goed.' Ik leg mijn messen neer. 'Zal ik het dan maar aan mevrouw Geiger vragen?' Voordat ze nog iets kan zeggen, been ik de keuken uit. Dit pik ik niet. Als Trish haar kant kiest, ben ik hier weg.

Ik kan Trish beneden nergens vinden, dus loop ik naar boven, met bonzend hart. Bij haar kamer aangekomen klop ik aan. 'Mevrouw Geiger, kan ik u even spreken?'

Even later zet Trish de deur op een kier en steekt haar hoofd om de hoek. Ze ziet er een beetje verfomfaaid uit.

'Samantha! Wat is er?'

'Ik ben niet blij met de huidige gang van zaken,' zeg ik. Ik probeer me een kalme, beschaafde stem aan te meten. 'Ik wil dit met u bespreken, alstublieft.'

'Welke gang van zaken?' Ze trekt een rimpel in haar voorhoofd.

'Met Melissa. En haar... aanhoudende verzoeken. Ik word van mijn dagelijkse taken afgehouden. Als ik haar moet blijven bedienen, lijdt het huishouden eronder.'

Trish lijkt geen woord te hebben gehoord.

'O, Samantha... niet nu.' Ze wuift het probleem verstrooid weg. 'We hebben het er nog wel over.'

Ik hoor Eddie ergens in de kamer mompelen. Leuk. Ze waren waarschijnlijk aan het vrijen. Ze wil het zeker weer in Turkse stijl doen.

'Goed.' Ik probeer mijn frustratie in toom te houden. 'Zal ik dan maar... gewoon doorgaan?'

'Wacht.' Trish lijkt me nu pas echt te zien. 'Samantha, we willen over een halfuur op het terras champagne drinken met een paar, ahum, vrienden. Ik wil dat je iets anders aantrekt dan je uniform.' Haar blik glijdt enigszins afkeurend over het nylon. 'Het is niet je meest flatteuze kledingstuk.'

Je hebt het verdomme zelf uitgekozen! zou ik willen gillen, maar ik maak een buiginkje, draai me om en loop ziedend naar mijn kamer.

Takke Trish. Takke Melissa. Als ze op haar broodje wacht, blijft ze maar mooi wachten.

Ik doe de deur dicht, plof op mijn bed en kijk naar mijn handen, die rood en ruw zijn van het met de hand wassen van Melissa's tere kledingstukken.

Wat doe ik hier?

Ik voel teleurstelling en ontgoocheling opkomen. Misschien was het naïef van me, maar ik dacht echt dat Trish en Eddie respect voor me hadden gekregen. Niet alleen als hun huishoudster, maar ook als mens. Maar zoals Trish zich daarnet gedroeg... Het is wel duidelijk dat ik in hun ogen maar 'personeel' ben. Een soort praktisch voorwerp, net iets beter dan de stofzuiger. Ik krijg zin om mijn spullen te pakken en weg te lopen.

Opeens zie ik voor me hoe ik de trap af banjer, de voordeur openzwaai en over mijn schouder naar Melissa roep: 'Trouwens, ik heb ook rechten gestudeerd, en aan een betere universiteit dan jij.'

Maar dat zou kleinzielig zijn. Nee, erger. Het zou gewóón zielig zijn.

Ik zak weer op het bed, masseer mijn slapen, voel mijn hartslag rustiger worden en zie alles geleidelijk aan weer in het juiste perspectief.

Ik heb hier zelf voor gekozen. Niemand heeft me gedwongen. Misschien was het niet de verstandigste zet van de wereld en misschien blijf ik hier niet eeuwig, maar het is aan mij om er het beste van te maken zolang ik hier ben. Het is aan mij om een vakvrouw te zijn.

Of tenminste... daarnaar te streven, voorzover mogelijk, in aanmerking genomen dat ik nog steeds geen idee heb wat een tulbandvorm is.

Ten slotte verzamel ik de fut om op te staan, mijn uniform uit en een jurk aan te trekken en mijn haar te borstelen. Ik doe zelfs wat lippenstift op om het af te maken. Dan pak ik mijn mobieltje en sms Nathaniel

hoi! ben je daar? Sam

Ik wacht op antwoord, maar er komt niets. Ik heb hem de hele middag nog niet gezien, besef ik opeens. En ik heb nog steeds geen idee waar hij het gisteren over had. Ik heb me een van mijn geheimen 'laten ontglippen'? Wat voor geheim? Ik kijk naar mijn ogen in de spiegel en word een beetje ongerust. Hij zal toch niet...

Ik bedoel, hij kan toch niet...

Nee. Hoe zou hij? Onmogelijk. Er is wel een verklaring. Die is er altijd.

Ik loop de trap af en de hal in. Het huis is leeg en stil. Ik weet niet hoe laat die vrienden van Trish komen, maar ze zijn nog niet in zicht.

Misschien kan ik nog even snel mijn deeg afmaken. Misschien kan ik zelfs de groenten schoonmaken.

Ik ren naar de keuken, en op hetzelfde moment duikt Nathaniel op.

'Daar ben je dan.' Hij slaat zijn armen om me heen en kust me terwijl hij me onder de trap trekt. We hebben ontdekt dat het een handige plek is om je te verstoppen. 'Hm. Ik heb je gemist.'

'Nathaniel...' stribbel ik tegen, maar hij houdt me alleen nog steviger vast. Ik worstel me los.

'Nathaniel, ik moet deeg maken. Ik loop al achter, en ik schijn straks ook nog drankjes te moeten serveren...'

'Wacht even.' Nathaniel trekt me terug en kijkt op zijn horloge. 'Nog een minuut, dan kunnen we gaan.'

Ik kijk hem onzeker aan, want ik heb een angstig voorgevoel.

'Nathaniel... waar heb je het over?'

'Doe je nog steeds alsof je van niets weet?' Hij schudt lachend zijn hoofd. 'Dacht je nou echt dat je ons kon foppen? Lieverd, we zijn niet stom! Ik heb toch gezegd dat we het wéten?'

Ik krijg een knoop in mijn maag. Ze weten het. Wat weten ze? *Wat hebben ze in vredesnaam ontdekt?*

Ik slik. Mijn mond is plotseling kurkdroog. 'Wat hebben jullie precies...'

'Nee, nee.' Nathaniel legt een vinger op mijn lippen. 'Te laat. Je krijgt je verrassing, of je het leuk vindt of niet.'

'Verrassing?' stamel ik.

'Kom mee naar buiten. Ze zitten te wachten. Ogen dicht...' Hij slaat een arm om mijn middel en bedekt met zijn vrije hand mijn ogen. 'Hierheen... Ik leid je...'

Ik loop vooruit in het donker, alleen geleid door Nathaniels arm en bijna misselijk van angst. Ik probeer te achterhalen wat er achter mijn rug om is gebeurd en verzin de gekste dingen. Wie zitten er buiten op me te wachten?

Alsjeblieft, alsjeblieft, zeg nou niet dat ze hebben geprobeerd mijn leven weer op de rails te krijgen. Zeg alsjeblieft niet dat ze een soort reünie hebben georganiseerd. Opeens zie ik Ketterman voor mijn geestesoog op het gazon staan, met een fonkelend stalen brilmontuur in de zon. Of Arnold. Of mijn moeder.

'Daar komt ze!' Nathaniel leidt me door de openslaande deuren de treden naar de tuin af. Ik voel de zon op mijn gezicht, hoor een klapperend geluid en... muziek? 'Toe maar! Doe je ogen maar open!'

Ik kan mijn ogen niet opendoen. Wat het ook is, ik wil het niet weten.

'Toe maar!' zegt Nathaniel met een lach. 'We eten je niet op! Kijk maar!'

Met bonzend hart doe ik mijn ogen open. Ik knipper een paar keer. Droom ik?

Wat... wat is er aan de hand?

Tussen twee bomen hangt een enorm spandoek met de tekst: 'Hartelijk gefeliciteerd Samantha!' Dat maakt dat klapperende geluid. De tuintafel is gedekt met een wit kleed, een boeket bloemen en flessen champagne. Aan een stoel is een tros glanzende ballonnen met 'Samantha' erop vastgemaakt. Er klinkt jazzmuziek uit een cd-speler. Eddie en Trish staan met Iris, Eamonn en Melissa op het gras en ze kijken me allemaal stralend aan, behalve Melissa, die pruilt.

Het voelt alsof ik in een soort parallel universum ben geslingerd.

'Verrassing!' roepen ze in koor. 'Gefeliciteerd!'

Ik doe mijn mond open, maar er komt geen geluid uit. Ik ben te perplex om iets te zeggen. Waarom denken de Geigers dat ik jarig ben?

'Moet je haar nou zien,' zegt Trish. 'Ze staat paf. Ja toch, Samantha?'

'Eh... ja,' hakkel ik.

'Ze had geen idee,' bevestigt Nathaniel grinnikend.

'Hartelijk gefeliciteerd, lieverd.' Iris loopt naar me toe, drukt me tegen zich aan en geeft me een zoen.

'Eddie, trek de champagne open!' hoor ik Trish ongeduldig achter me roepen. 'Kom op!'

Ik ben compleet verdwaasd. Wat moet ik doen? Wat moet ik zeggen? Hoe leg je de mensen die een verrassingsfeest voor je verjaardag hebben georganiseerd uit dat je eigenlijk... niet jarig bent?

Hoe komen ze erbij dat ik jarig ben? Heb ik tijdens het sollicitatiegesprek een geboortedatum uit mijn mouw geschud? Ik herinner me er niets van...

'Champagne voor het feestvarken!' Eddie laat een kurk knallen en de champagne schuimt in een glas.

'Nog vele jaren!' Eamonn komt stralend op me af. 'O, je had je eigen gezicht daarnet moeten zien.'

'Kostelijk!' beaamt Trish. 'Zo, een toast!'

Ik mag dit niet veel langer laten doorgaan.

'Eh... meneer en mevrouw Geiger... mensen... dit is fantastisch, en ik ben diep geroerd.' Ik slik iets weg en zet me schrap om het te zeggen. 'Maar... ik ben niet jarig.'

Tot mijn verbazing barsten ze allemaal in lachen uit.

'Had ik het niet voorspeld?' zegt Trish verrukt. 'Ze had gezégd dat je het zou ontkennen.'

'Zo erg is het toch niet om een jaartje ouder te worden?' zegt Nathaniel met een plagerige glimlach. 'Leg je er nu maar bij neer dat we het weten. Drink je champagne en vermaak je.'

Ik snap er niets van. 'Wie had gezegd dat ik het zou ontkennen?'

'Lady Edgerly natuurlijk!' zegt Trish stralend. 'Zij heeft je geheimpje verklapt!'

Freya? Zit Freya hier achter?

'Wat... wat heeft ze precies gezegd?' Ik probeer luchtig te klinken. 'Lady Edgerly?'

'Ze zei dat je gauw jarig was,' zegt Trish voldaan. 'En ze waarschuwde me dat jij zou proberen het geheim te houden. Stoute meid!'

Freya is niet te geloven. Niet te gelóven.

'Ze vertelde me ook...' – Trish laat haar stem meelevend dalen – '... dat je vorige verjaardag nogal een teleurstelling was geworden. Ze zei dat we het goed moesten maken. Zij was ook degene die voorstelde dat we er een grote verrassing van maakten!' Trish heft haar glas. 'Op Samantha! Gefeliciteerd!'

'Gefeliciteerd!' zeggen de anderen, en ze drinken me toe.

Moet ik nu lachen of huilen? Of allebei? Ik kijk naar het spandoek en de zilverkleurige ballonnen die in de bries deinen, naar de champagneflessen en de lachende gezichten. Wat kan ik zeggen? Ik zal mee moeten doen.

'Nou... dank jullie wel,' zeg ik. 'Ik waardeer het echt.'

'Sorry dat ik vanmiddag een beetje kortaf tegen je deed,' zegt Trish opgewekt, en ze neemt nog een slok. 'We waren met die ballonnen aan het worstelen. We waren vanmiddag al een tros kwijtgeraakt.' Ze kijkt verwijtend naar Eddie.

'Heb jij ooit geprobeerd heliumballonnen in een kofferbak te proppen?' repliceert Eddie driftig. 'Dat wil ik weleens zien! Ik heb maar twee handen, hoor.'

Ik zie voor me hoe Eddie vecht met een tros ballonnen die hij in de Porsche wil proppen en bijt hard op mijn onderlip.

'We hebben je leeftijd maar niet op de ballonnen gezet, Samantha,' vult Trish samenzweerderig zacht aan. 'Ik dacht dat je die geste wel zou kunnen waarderen, als vrouwen onder elkaar.' Ze heft haar glas en geeft me een stiekem knipoogje.

Ik kijk van haar geanimeerde, veel te dik opgemaakte gezicht naar het vlezige, rode gezicht van Eddie en ben opeens zo ontroerd dat ik er geen woorden voor heb. Hier hebben ze een tijd aan gewerkt. Ze hebben een spandoek gemaakt. Ze hebben ballonnen besteld.

'Meneer Geiger, mevrouw Geiger, ik ben zo van mijn stuk...'

'Het is nog niet klaar!' zegt Trish met een knikje over mijn schouder.

'Lang zal ze leven...' zingt een stem achter me, en even later vallen de anderen in. Ik draai me geschrokken om en zie Iris over het gras naderen met een gigantische taart met een verdieping. Hij is helemaal lichtroze geglazuurd, met roosjes en frambozen van suiker, een enkele, elegante kaars en in zilveren letters: *Van harte, lieve Samantha, namens ons allemaal.*

Ik heb nog nooit zoiets moois gezien. Ik kijk ernaar, met een brok in mijn keel, niet in staat iets te zeggen. Er heeft nog nooit iemand een taart voor me gebakken.

'Blaas je kaars uit!' roept Eamonn zodra ze zijn uitgezongen.

Ik blaas amechtig het vlammetje uit en iedereen roept hoera.

'Vind je hem mooi?' vraagt Iris glimlachend.

'Hij is schitterend,' hijg ik. 'Ik heb nog nooit zoiets gezien.'

'Gefeliciteerd, mopje.' Ze klopt op mijn hand. 'Als iemand het verdient, ben jij het wel.'

Iris zet de taart neer en snijdt hem aan. Eddie tikt met een pen tegen zijn glas.

'Mag ik even de aandacht...' Hij stapt op het terras en schraapt zijn keel. 'Samantha, we zijn allemaal heel blij met jouw komst in onze familie. Je doet je werk fantastisch en dat waarderen we allemaal.' Eddie heft zijn glas naar me. 'Eh... goed gedaan!'

'Dank u wel, meneer Geiger,' stamel ik. Ik kijk naar alle vriendelijke gezichten, omlijst door blauwe lucht en kersenbloesem. 'Ik... ik ben ook blij dat ik hier ben gekomen. Jullie zijn allemaal heel gastvrij en vriendelijk voor me geweest.' O, god, ik schiet vol. 'Ik zou me geen betere werkgevers kunnen wensen...'

'Hou op!' Trish fladdert met haar handen en pinkt een traan weg.

'For she's a jolly good fellow,' heft Eddie bruusk aan. 'For she's a jolly good fellow...'

'Eddie! Samantha wil dat stomme gezang van jou niet horen!' onderbreekt Trish hem schril, nog steeds haar ogen bettend. 'Maak nog een fles champagne open, godbetert!'

Het is een van de warmste avonden van het jaar. De zon zakt langzaam en wij lummelen op het gras, champagne drinkend en pratend. Eamonn vertelt me over zijn vriendin, Anna, die in een hotel in Gloucester werkt. Iris tovert minuscule, vlinderlichte quiches met kip en kruiden tevoorschijn. Nathaniel versiert een boom met kerstverlichting. Melissa verkondigt telkens luidkeels dat ze niet kan blijven, dat ze weer aan het werk moet... en laat zich dan nog één glaasje champagne inschenken.

De lucht is eindeloos avondblauw en ruikt naar kamperfoelie. Muziek kabbelt zacht op de achtergrond en Nathaniels hand rust losjes op mijn dij. Ik heb me nog nooit zo tevreden gevoeld.

'Cadeautjes!' zegt Trish opeens. 'We hebben de cadeautjes nog niet gegeven!'

Ik weet zo goed als zeker dat ze meer champagne heeft gedronken dan wie ook. Ze wankelt naar de tafel, grabbelt in haar tas en haalt er een envelop uit. 'Dit is een kleine bónus, Samantha,' zegt ze, en ze geeft me de envelop. 'Om jezelf eens te verwennen.'

'Dank u wel!' zeg ik overdonderd. 'Wat ongelooflijk aardig van u!'

'Je krijgt niet meer saláris,' vervolgt ze, me een beetje achterdochtig aankijkend. 'Je begrijpt hopelijk wel dat dit geen ópslag is of zo. Het is eenmalig.'

'Ik begrijp het,' zeg ik, een glimlach onderdrukkend. 'Heel gul van u, mevrouw Geiger.'

'Ik heb ook iets voor je.' Iris tast in haar mand naar een pakje in bruin papier. Er zitten vier fonkelnieuwe broodvormen en een geplisseerd schort met rozen in. Ik kijk naar Iris en moet wel schateren.

'Dank je wel,' zeg ik. 'Ik zal ze goed benutten.'

Trish kijkt verwonderd en afkeurend naar de vormen. 'Maar... Samantha heeft toch zeker al stapels broodvormen?' zegt ze terwijl ze er een in haar gemanicuurde hand neemt. 'En schorten?'

'Ik heb het erop gewaagd,' zegt Iris, en ze kijkt me met twinkelende ogen aan.

'Kijk eens, Samantha?' Melissa geeft me een geschenkverpakking shampoo van de Body Shop. Ik weet zeker dat het al zolang ik hier ben in Trish' kast in de badkamer heeft gestaan.

'Dank je wel,' zeg ik beleefd. 'Dat had je nou niet moeten doen.'

'En Melissa,' valt Trish in, die plotseling geen belangstelling meer heeft voor de broodvormen, 'je mag Samantha geen extra werk meer bezorgen! Ze kan niet de hele tijd achter jou aanlopen! We mogen haar niet kwijtraken, hoor.'

Ik zie de ontzetting op Melissa's gezicht. Ze kijkt zo verontwaardigd alsof Trish haar een pets heeft gegeven.

'En dit is van mij,' komt Nathaniel snel tussenbeide. Hij geeft me een piepklein pakje in wit vloeipapier, en iedereen kijkt benieuwd toe.

Ik maak het pakje open en er valt een mooie zilveren bedelarmband in mijn hand. Er hangt maar één bedeltje aan: een pollepeltje. Ik proest het weer uit. Eerst zo'n tuttig schort en nu weer een pollepel.

'Het deed me denken aan onze eerste ontmoeting,' zegt Nathaniel, en zijn mondhoeken kruipen omhoog.

'Het is... fantastisch.' Ik sla mijn armen om hem heen en zoen hem. 'Dank je wel,' fluister ik in zijn oor.

Trish kijkt verlekkerd toe. We maken ons van elkaar los.

'Nou, ik kan wel raden wat jóú in Samantha aantrok,' zegt ze tegen Nathaniel. 'Haar kookkunst, hè?'

'Haar kikkererwten,' bevestigt Nathaniel ernstig.

Eamonn, die op het terras zat, springt de treden af en geeft me een fles wijn. 'Van mij,' zegt hij. 'Het is niet veel, maar...'

'O, wat lief van je!' zeg ik ontroerd. 'Dank je wel, Eamonn.'

'En wat ik nog wilde vragen, heb je zin om in de bediening te werken?'

'In de pub?' zeg ik verbaasd, maar hij schudt zijn hoofd.

'Nee, voor particulieren. We hebben een bedrijfje in het dorp. Het is niet echt een onderneming, meer een manier om vrienden aan werk te helpen. Om een extraatje te verdienen, zeg maar.'

Vrienden aan werk helpen. Er verspreidt zich een warme gloed door mijn binnenste.

'Heel graag.' Ik glimlach naar hem. 'Lief dat je aan me hebt gedacht.'

Eamonn grinnikt terug. 'En als je zin hebt om mee te gaan, er staat een drankje voor je klaar achter de bar.'

'Tja, eh...' Ik kijk naar Trish. 'Een andere keer, misschien...'

'Ga maar!' zegt Trish, en ze wuift naar me. 'Veel plezier! Denk maar niet eens aan je werk!' Ze vervolgt: 'Wij zetten de vuile glazen wel in de keuken, dan kun je morgen opruimen.'

'Dank u wel, mevrouw Geiger,' zeg ik, met moeite mijn gezicht in de plooi houdend. 'Dat is heel aardig van u.'

'Ik moet ook eens gaan,' zegt Iris. Ze staat op. 'Welterusten, en bedankt voor alles.'

'Kunnen we je niet naar de pub lokken, Iris?' zegt Eamonn.

'Vanavond niet.' Ze glimlacht. Haar gezicht wordt beschenen door de twinkelende kerstlampjes. 'Welterusten, Samantha. Welterusten, Nathaniel.'

'Slaap lekker, mam.'

'Welterusten, Eamonn.'

'Welterusten, Iris.'

'Welterusten, opa,' zeg ik.

Ik flapte het er zomaar uit. Ik sta als aan de grond genageld, gloeiend van schaamte. Ik hoop maar dat niemand het heeft gehoord, maar Nathaniel draait langzaam zijn hoofd naar me toe, met lachrimpeltjes bij zijn mondhoeken. Natuurlijk heeft hij het gehoord.

'Welterusten, Mary Ellen.' Hij trekt zijn wenkbrauwen op.

'Welterusten, Jim Bob,' kaats ik achteloos terug.

'Ik zie mezelf meer als een John Boy.'

'Hm.' Ik bekijk hem van top tot teen. 'Vooruit dan maar, jij mag John Boy zijn.'

Ik was als kind smoorverliefd op John Boy, al ga ik dat Nathaniel niet aan zijn neus hangen.

'Kom op.' Nathaniel steekt zijn hand uit. 'We gaan naar het café van Ike.'

'Ike had de wínkel,' zeg ik, en ik wend de blik hemelwaarts. 'Weet je dan helemaal niets?'

Op weg naar het huis komen we langs Melissa en Eddie, die op het terras aan de tuintafel zitten, die vol paperassen en brochures ligt.

'Het is zóó moeilijk,' zegt Melissa. 'Ik bedoel, dit is een beslissing die mijn hele leven beïnvloedt. Maar hoe kom je erachter, hè?'

'Meneer Geiger,' onderbreek ik haar schutterig. 'Ik wilde u nog heel erg bedanken voor deze avond. Het was echt ongelooflijk.'

'Het was leuk!' zegt Eddie.

'Prettige avond nog,' zegt Melissa met een diepe zucht. 'Ik moet nog werken.'

'Je doet het niet voor niets, schat.' Eddie geeft een bemoedigend klopje op haar hand. 'Je zult er blij om zijn als je eenmaal bij...' Hij pakt een brochure van de tafel en tuurt er door zijn leesbril naar. 'Carter Spink zit.'

Ik verstijf.

Gaat Melissa bij Carter Spink solliciteren?

'Is dat...' Ik probeer ongedwongen te klinken. 'Is dat de naam van de firma waar je gaat solliciteren?'

'O, ik weet het nog niet,' zegt Melissa pruilend. 'Het is de beste, maar het zijn ongelóóflijke strebers. Ze nemen er bijna niemand aan.'

'Het ziet er poepchic uit!' zegt Eddie. Hij slaat de glimmende bladzijden met foto's om. 'Moet je die kantoren zien.'

Ik kijk als verlamd met hem mee. Daar heb je de hal. Daar de verdieping waar ik werkte. Ik kan mijn ogen er niet van afhouden, maar tegelijkertijd wil ik het niet zien. Dat is mijn oude leven. Het hoort hier niet. Dan slaat Eddie weer een bladzij om en krijg ik een schok van ongeloof.

Dat ben ik, op die foto. Ik.

Ik zit in mijn zwarte mantelpak met opgestoken haar aan een vergadertafel met Ketterman, David Elldridge en een vent die uit Amerika over was. Nu herinner ik me weer dat die foto werd gemaakt. Ketterman was des duivels omdat hij gestoord werd.

Wat zie ik bléék. Wat kijk ik ernstig.

'En het is ook... Wíl ik al mijn vrije tijd wel opgeven?' Melissa wijst met een priemende vinger naar de foto. 'Die mensen werken elke avond! Hoe moet het dan met je sociale leven?'

Daar is mijn gezicht, midden op tafel. Ik kan gewoon wachten tot iemand me herkent, zijn voorhoofd fronst en zegt: 'Wácht eens even...'

Maar dat gebeurt niet. Melissa rebbelt maar door, wijzend naar de foto. Eddie knikt en Nathaniel staart zichtbaar verveeld naar boven.

'Al verdien je er wel weer ontzettend goed...' verzucht Melissa, en ze slaat de bladzij om.

De foto is weg. Ik ben weg.

'Ga je mee?' Nathaniels warme hand trekt aan de mijne, en ik knijp terug.

'Ja,' zeg ik met een glimlach. 'We gaan.'

19

Ik zie de brochure van Carter Spink pas twee weken later weer, als ik de keuken binnen drentel om de lunch te maken.
Ik weet niet wat er met de tijd is gebeurd. Ik herken hem niet meer terug. De uren en minuten tikken niet meer in starre blokken voorbij, maar vloeien af en aan en wervelen rond. Ik heb niet eens een horloge meer om. Gisteren heb ik de hele middag met Nahaniel in het hooi op een weiland liggen kijken naar voorbij zwevende paardebloempluizen, en het enige tikkende geluid was afkomstig van de krekels.
Ik ken mezelf ook nauwelijks meer terug. Ik ben bruin van het zonnen in de middagpauzes. Ik heb gouden strepen in mijn haar. Ik heb appelwangetjes. Mijn armen worden gespierd van al het poetsen, kneden en met zware pannen zeulen.
De zomer is in volle gang en het is elke nieuwe dag warmer dan de vorige. Elke ochtend loopt Nathaniel met me mee door het dorp naar het huis van de Geigers, en zelfs op dat uur begint het al warm te worden. Alles lijkt loom en lui, deze dagen. Niets lijkt ertoe te doen. Iedereen is in vakantiestemming, behalve Trish, die compleet manisch is. Ze geeft volgende week een grote lunch voor een goed doel, want ze heeft in een tijdschrift gelezen dat dames uit de betere kringen zulke dingen doen. Ze maakt er zo'n toestand van dat je zou denken dat ze een koninklijke bruiloft organiseert.
Als ik de papieren opruim die Melissa op tafel heeft laten slingeren, valt mijn oog op de brochure van Carter Spink, die onder een map ligt. Ik kan de verleiding niet weerstaan hem te pakken en de vertrouwde foto's te bekijken. Daar zijn de treden die ik zeven jaar lang elke dag heb beklommen. Daar is Guy, nog net zo adembenemend knap als altijd. Daar is dat meisje Sarah, van de afdeling Pro-

cesvoering, die ook was voorgedragen om in de vennootschap opgenomen te worden. Ik heb niet meer gehoord of het haar is gelukt.

'Wat doe je daar?' Melissa is zonder dat ik het hoorde de keuken in gekomen en kijkt wantrouwig naar me. 'Dat is van mij.'

Toe nou, zeg. Alsof ik een brochure zou jatten.

'Ik ruim alleen je spullen op,' zeg ik vinnig, en ik leg de brochure neer. 'Ik heb de tafel nodig.'

'O. Dank je.' Melissa wrijft over haar gezicht. Ze ziet er afgetobd uit, de laatste tijd. Ze heeft donkere kringen onder haar ogen en haar haar glanst niet meer.

'Je werkt hard,' zeg ik iets vriendelijker.

'Tja, ach.' Ze steekt haar kin naar voren. 'Uiteindelijk is het de moeite waard. In het begin beulen ze je af, maar als je eenmaal bent aangenomen, wordt het wel rustiger.'

Ik kijk naar haar vermoeide, genepen, arrogante snoet. Zelfs al kon ik haar vertellen wat ik weet, dan zou ze me nog niet geloven.

'Ja,' zeg ik na een korte stilte. 'Je hebt vast wel gelijk.' Ik werp nog een blik op de brochure van Carter Spink, die open ligt bij een foto van Arnold. Hij draagt een knalblauwe das met stippen met een bijpassende pochet en lacht stralend naar de wereld. Als ik hem zie, moet ik al glimlachen.

'Dus je gaat bij die firma solliciteren?' vraag ik als terloops.

'Ja. Dat is de beste.' Melissa pakt een cola-light uit de koelkast. 'Ik zou een gesprek met die vent krijgen,' zegt ze met een knikje naar de foto van Arnold, 'maar hij gaat weg.'

Ik kijk ervan op. Gaat Arnold weg bij Carter Spink?

'Weet je dat zeker?' vraag ik voordat ik me kan bedwingen.

'Ja.' Melissa kijkt me verwonderd aan. 'Hoezo?'

'O, zomaar,' zeg ik, en ik leg snel de brochure weg. 'Ik bedoel... Hij ziet er nog niet uit alsof hij al met pensioen kan.'

'Nou, hij gaat toch weg.' Ze haalt haar schouders op en drentelt de keuken uit, mij verbaasd achterlatend.

Gaat Arnold weg bij Carter Spink? Maar hij blufte altijd dat hij nooit met pensioen zou gaan. Hij blufte altijd dat hij nog minstens twintig jaar mee kon. Waarom zou hij nu dan weggaan?

Ik ben er helemaal uit. De afgelopen weken heb ik in een droom geleefd. Ik heb *De jurist* niet gezien, ik heb zelfs nauwelijks een krant ingekeken. Ik ken de roddels niet meer en ik heb ze niet gemist, maar nu ik naar Arnolds vertrouwde gezicht kijk, steekt de nieuwsgierigheid de kop op.

Ik weet dat het mijn wereld niet meer is, maar ik wil het tóch weten. Waarom gaat Arnold in vredesnaam bij Carter Spink weg? Wat is er nog meer gebeurd zonder dat ik het weet?

Die middag ga ik nadat ik de tafel heb afgeruimd dus stiekem naar Eddies werkkamer, zet de computer aan en ga naar Google. Ik zoek op 'Arnold Saville' en ja hoor: op de tweede bladzij vind ik een artikeltje over zijn vervroegde pensioen. Ik lees het stukje van vijftig woorden telkens opnieuw, zoekend naar aanwijzingen. Waarom zou Arnold met vervroegd pensioen gaan? Is hij ziek?

Ik zoek verder, maar meer kan ik er niet over vinden. Na een korte aarzeling tik ik 'Samantha Sweeting' als zoekopdracht in, al hou ik mezelf voor dat ik het beter niet kan doen. Er duiken prompt triljoenen verhalen op, maar deze keer raak ik er niet meer zo overstuur van. Het voelt bijna niet meer alsof het over mij gaat.

Ik klik de treffers aan en zie telkens opnieuw dezelfde gegevens. Na een bladzij of vijf voeg ik 'Third Union Bank' aan mijn zoekopdracht toe en kijk wat dat oplevert. Dan tik ik 'Third Union Bank, BLLC Holdings' in en dan 'Third Union Bank, Glazerbrooks'. Dan zoek ik met een rare huivering op 'Samantha Sweeting, £ 50 miljoen, carrière afgelopen' en wacht op alle echt nare verhalen. Het is alsof ik mezelf in de herhaling tegen een boom zie rijden.

God, wat is Google verslavend. Ik zit totaal gefascineerd te klikken, te tikken en te lezen, me verlustigend aan eindeloze webpagina's, en waar het wordt gevraagd, typ ik automatisch het wachtwoord van Carter Spink in. Na een uur hang ik als een zombie in Eddies stoel. Ik heb rugpijn en een stijve nek en de woorden lopen allemaal in elkaar over. Ik was vergeten hoe het is om achter een computer te zitten. Deed ik dat vroeger echt de hele dag?

Ik wrijf mijn vermoeide ogen uit, kijk naar de geopende webpagina voor me en vraag me af wat ik er doe. Het is een onduidelijke lijst van de gasten op een lunch eerder dit jaar in de Painters Hall. Ongeveer halverwege staat de naam BLLC Holdings, en dat moet de treffer zijn geweest. Ik laat op de automatische piloot de cursor over de bladzij glijden en dan verschijnt de naam 'Nicholas Hanford Jones, directeur' in beeld.

Er rinkelt iets in mijn verwarde brein. *Nicholas Hanford Jones.* Hoe ken ik die naam? Waarom breng ik die op de een of andere manier in verband met Ketterman?

Is BLLC Holdings een cliënt van Ketterman? Nee, dat kan niet. Dan had ik het wel geweten.

Ik knijp mijn ogen dicht en denk ingespannen na. *Nicholas Hanford Jones.* Ik zie het bijna voor me; ik reik naar een verband... een beeld... Kom op, denk na...

Dat is het probleem met een bijna fotografisch geheugen. De mensen denken dat het handig is, maar je wordt er alleen maar knettergek van.

En dan zie ik het plotseling. De krulletters op een uitnodiging voor een huwelijk. Hij hing op het prikbord in Kettermans kantoor, een jaar of drie geleden. Hij heeft er weken gehangen. Ik zag hem telkens als ik binnenkwam.

> *De heer en mevrouw Saville*
> *nodigen u van harte uit*
> *voor het huwelijk van hun dochter Fiona*
> *met Nicholas Hanford Jones*

Nicholas Hanford Jones is de schoonzoon van Arnold Saville? Arnold heeft een familieband met BLLC Holdings?

Ik zak helemaal confuus terug in mijn stoel. Waarom heeft hij dat nooit gezegd?

En dan valt me nog iets in. Ik zat net nog op de website van BLLC Holdings Companies House. Waarom stond Nicholas Hanford Jones daar niet als directeur vermeld? Dat is om te beginnen al tegen de wet.

Ik wrijf over mijn voorhoofd, leun dan uit nieuwsgierigheid naar voren en zoek op 'Nicholas Hanford Jones'. Binnen de kortste keren loopt het scherm vol, en ik buig me er verwachtingsvol naar over.

O, verdomme. Internet is klote. Ik zie allemaal andere Nicholassen, Hanfords en Jonesen, in allerlei verschillende contexten. Ik tuur er machteloos naar. Beséft Google dan niet dat het me daar niet om gaat? Waarom zou ik iets willen lezen over een Canadese roeiploeg waar een Greg Hanford, een Dave Jones en een Chip Nicholas in zitten?

Zo vind ik nooit iets.

Desondanks lees ik elk stuk tekst vluchtig en klik door naar de tweede en derde pagina. En dan, net als ik het wil opgeven, valt mijn blik op een onopvallend weggestopt stukje onder aan de bladzij. *William **Hanford Jones**, financieel directeur van Glazerbrooks, bedankte **Nicholas** Jenkins voor zijn toespraak...*

Ik kijk er een paar seconden ongelovig naar. Heet de financieel directeur van Glazerbrooks ook Hanford Jones? Zijn ze soms famílie? Ik ga met het gevoel dat ik een soort privé-detective ben naar de website van Friends Reunited, en twee minuten later heb ik mijn antwoord. Het zijn broers.

Ik voel me verdwaasd. Dit is best een belangrijk verband. De financieel directeur van Glazerbrooks, dat failliet is gegaan met een schuld van £ 50 miljoen aan de Third Union Bank. Een directeur van BLLC Holdings, dat drie dagen eerder £ 50 miljoen aan Glazerbrooks had geleend. En Arnold, de vertegenwoordiger van de Third Union Bank. Allemaal verwant; allemaal lid van dezelfde grote familie. En het bizarre is dat ik er vrij zeker van ben dat verder geen mens het weet.

Arnold heeft er nooit iets over gezegd. Niemand bij Carter Spink heeft er ooit iets over gezegd. Ik ben het ook niet tegengekomen in alle berichten over het hele geval. Arnold heeft het allemaal heel stil gehouden.

Ik wrijf in mijn ogen en probeer mijn verwarde gedachten te ordenen. Is dit geen potentieel belangenconflict? Had hij het niet meteen moeten onthullen? Waarom zou Arnold in vredesnaam iets zo belangrijks geheimhouden? Tenzij...

Nee.

Nee. Het zal toch niet...

Hij zal toch niet...

Ik doe mijn ogen open, een beetje duizelig, alsof ik plotseling over een richel in onpeilbaar diep water ben gezwommen. Mijn geest flitst voor mij uit, op mogelijkheden stuitend en er ongelovig voor wegscherend.

Heeft Arnold iets ontdekt? Houdt hij iets verborgen?

Gaat hij daarom weg?

Ik sta op en hark met mijn handen door mijn haar. Oké, ik moet gewoon... ophouden, nu meteen. Ik heb het wel over Arnold, hoor. *Arnold*. Ik begin een gestoorde gek met complottheorieën te worden. Straks zoek ik nog op 'buitenaardse wezens, Roswell, ze zijn onder ons'.

Plotseling kordaat pak ik mijn telefoon. Ik ga Arnold bellen. Ik ga hem een fijne oude dag wensen. Misschien kan ik dan al die belachelijke ideeën uit mijn hoofd zetten.

Pas na een stuk of zes mislukte pogingen heb ik genoeg moed verzameld om het hele nummer in te toetsen en te wachten tot er wordt opgenomen. Het idee dat ik met iemand van Carter Spink moet praten, Arnold nog wel, maakt me een beetje misselijk. Ik blijf terugschrikken voordat er wordt opgenomen; ik verbreek de verbinding alsof ik ternauwernood ben ontsnapt.

Ten slotte zet ik me schrap, druk de toetsen in en blijf aan de lijn. Als ik het niet doe, kom ik er nooit achter. Ik kan wel met Arnold praten. Ik kan mijn hoofd wel hoog houden.

De telefoon gaat drie keer over en dan neemt Lara op. 'Met het kantoor van Arnold Saville.'

Opeens zie ik haar voor me aan het blankhouten bureau, in het wijnrode jasje dat ze altijd aanheeft, tikkend. Het lijkt nu allemaal miljoenen kilometers ver weg.

'Ha, Lara,' zeg ik. 'Met... Samantha. Samantha Sweeting.'

'Samántha?' Lara klinkt verbijsterd. 'Godsamme! Hoe is het met je? Wat doe je?'

'Het gaat goed, dank je. Echt heel goed.' Ik bedwing mijn zenuwstuipen. 'Ik bel alleen even omdat ik heb gehoord dat Arnold weggaat. Is het echt waar?'

'Ja, het is waar!' zegt Lara gretig. 'Ik wist niet wat ik hoorde! Naar het schijnt is Ketterman nog met hem uit eten geweest om hem over te halen te blijven, maar zijn besluit stond vast. En moet je horen, hij gaat naar de Bahama's.'

'De Baháma's?' herhaal ik verbluft.

'Hij heeft er een huis gekocht. Het ziet er prachtig uit. Vrijdag is zijn afscheidsfeest,' vervolgt Lara. 'Ik word overgeplaatst naar Derek

Green, weet je nog? Vennoot van Taxaties? Prima vent, al schijnt hij driftig te kunnen zijn...'

'Eh... super!' onderbreek ik haar, want opeens weet ik weer dat ze uren kan roddelen zonder zelfs maar adem te halen. 'Lara, ik wilde Arnold alleen het beste wensen. Zou je me kunnen doorverbinden?'

'O?' zegt Lara verbaasd. 'Dat vind ik ongelooflijk grootmoedig van je, Samantha. Na wat er is gebeurd.'

'Tja, ach,' zeg ik stuntelig. 'Het was Arnolds schuld toch niet? Hij heeft zijn best gedaan.'

Er valt een merkwaardige stilte.

'Ja,' zegt Lara dan. 'Tja. Ik verbind je door.'

Even later buldert Arnolds vertrouwde stem over de lijn.

'Samantha, beste meid! Ben je het echt?'

'Ik ben het echt.' Ik glimlach moeizaam. 'Ik ben niet helemáál van de aardbodem verdwenen.'

'Ik mag hopen van niet! Zo, en gaat het goed met je?'

'Ja hoor,' zeg ik verlegen. 'Dank je. Ik was alleen verbaasd toen ik hoorde dat je met pensioen gaat.'

'Ik ben nooit een masochist geweest!' Hij lacht ongedwongen. 'Drieëntwintig jaar aan het front van het recht. Dat zou iedereen genoeg vinden, zelfs een jurist!'

Zijn joviale stem is al genoeg om me te sussen. Ik ben niet goed bij mijn hoofd. Arnold zou nooit bij iets onrechtmatigs betrokken kunnen zijn. Hij kan niets te verbergen hebben. Hij is *Arnold*.

Ik begin erover, besluit ik. Gewoon om het mezelf te bewijzen.

'Nou... ik hoop dat het allemaal goed uitpakt,' zeg ik. 'En... ik neem aan dat je je familie vaker zult zien?'

'Ik word met die etters opgescheept, ja!' Hij buldert weer van het lachen.

'Ik heb nooit geweten dat jouw schoonzoon in de directie van BLLC Holdings zat!' zeg ik zo achteloos mogelijk. 'Wat een toeval!'

Het blijft even stil.

'Pardon?' zegt Arnold. Hij klink nog net zo charmant als altijd, maar ik hoor geen warmte meer in zijn stem.

'BLLC Holdings.' Ik slik. 'Je weet wel, het andere bedrijf dat betrokken was bij de lening van de Third Union Bank? Dat de lening wél had geregistreerd? Het viel me gewoon op...'

'Samantha, ik moet ophangen!' snijdt Arnold me soepel de pas af. 'Leuk je weer eens te spreken, maar ik ga vrijdag het land uit en er is nog veel te doen. Het is hier extreem druk, dus ik zou maar niet meer bellen als ik jou was.'

Voordat ik nog iets kan zeggen, wordt de verbinding verbroken. Ik leg de telefoon langzaam neer en kijk naar een vlinder die achter het raam fladdert.

Dat klopte niet. Dat was geen natuurlijke reactie. Zodra ik over zijn schoonzoon begon, wilde hij me lozen.

Er is iets niet pluis. Er is beslist iets niet pluis.

Wat zou het kunnen zijn? Ik heb het huishoudelijke werk eraan gegeven voor vandaag en zit met een blocnote en potlood op bed te proberen de mogelijkheden op een rijtje te krijgen.

Wie heeft er iets te winnen? Ik kijk weer naar de feiten en pijlen die ik op het papier heb gekrabbeld. Twee broers. Miljoenen ponden die van banken naar bedrijven gaan. Denk na. *Denk na...*

Ik scheur het vel met een machteloze kreet uit de blocnote en maak er een prop van. Laten we opnieuw beginnen. Laten we alles in een logische volgorde zetten. Glazerbrooks is failliet gegaan. De Third Union Bank is zijn geld kwijtgeraakt. BLLC Holdings is voorgedrongen in de rij...

Ik tik ongeduldig met mijn potlood op het papier. Wat dan nog? Glazerbrooks heeft alleen het geld teruggekregen dat het zelf heeft uitgeleend. Het heeft er niets bij gewonnen, er geen voordeel aan gehad, het is zinloos.

Tenzij... Als ze nu eens nooit echt geld hebben overgemaakt?

De gedachte komt uit het niets. Ik schiet ademloos overeind. Als dat het nu eens is? *Als dat de zwendel nu eens is?*

Mijn gedachten slaan op hol. Stel dat er twee broers zijn die weten dat Glazerbrooks ernstige financiële problemen heeft. Ze weten dat de bank net vijftig miljoen heeft uitgekeerd, maar dat de lening van de bank niet is ingeschreven. Dat betekent dat er een ongedekte lening van vijftig miljoen in het bedrijf zweeft, die voor het grijpen ligt voor iedereen die zelf een lening laat registreren...

Ik kan niet meer stilzitten. Ik ijsbeer heen en weer, koortsachtig op mijn potlood knauwend, met een brein dat vonkt als een stroomschakeling. Het kan. Het kan. Ze knoeien met de cijfers. BLLC Holdings krijgt het geld dat de Third Union Bank heeft uitgeleend, de verzekeraars van Carter Spink betalen de rekening...

Ik staak mijn geijsbeer. Nee. Het kan niet. Stom van me. De verzekeraars hoesten het geld alleen maar op omdat ik nalatig ben geweest. Dat is het cruciale element. Het hele plan kon alleen werken als ik, Samantha Sweeting, die bepaalde fout maakte.

Maar ik bedoel... Hoe hadden ze dat in vredesnaam kunnen voorzien? Het slaat nergens op. Het is onmogelijk. Je kunt een fout niet van tevoren plannen. Je kunt niet régelen dat iemand iets vergeet, je kunt niet zórgen dat iemand het verkloot...

En dan blijf ik stokstijf staan. Mijn gezicht is opeens klam. Het memo.

Ik zag dat memo pas op mijn bureau liggen toen het al te laat was. Ik had het niet eerder gezien.

Stel dat...

O, mijn god.

Met benen die van rubber lijken zijg ik op de erkerbank neer. Stel dat iemand dat memo op mijn bureau heeft verstopt? Het onder een berg papier heeft geschoven toen de deadline al verstreken was?

Mijn hart begint te bonzen en ik klamp me vast aan het gordijn om niet te vallen.

Als ik nu eens geen fout heb gemaakt?

Het voelt alsof de hele wereld rondom me instort en een andere vorm aanneemt. Als Arnold die lening nu eens opzettelijk niet heeft geregistreerd... en het zo heeft gedraaid dat het mijn schuld leek?

Mijn gesprek met Arnold wordt telkens opnieuw in mijn hoofd afgedraaid. Toen ik zei dat ik me niet herinnerde het memo op mijn bureau te hebben gezien. En hij onmiddellijk over iets anders begon.

Ik nam aan dat het memo er al een tijd lag. Ik nam aan dat het mijn fout was. Mijn slordigheid. Maar als dat nu eens niet zo was? Iedereen bij Carter Spink wist dat ik het rommeligste bureau van de firma had. Het zou een koud kunstje zijn om het memo tussen een stapel papieren te schuiven. Zodat het leek alsof het er al weken lag.

Ik ga steeds harder hijgen, tot ik bijna hyperventileer. Ik heb die fout twee maanden met me meegetorst. Hij was er elke ochtend bij het wakker worden en elke avond bij het naar bed gaan. Als een aanhoudende pijn op de achtergrond, als een refrein in mijn hoofd: Samantha Sweeting heeft haar leven geruïneerd. Samantha Sweeting heeft het verknald.

Maar... als ze me nu eens hebben gebruikt? Als het nu eens niet mijn schuld was? *Als ik nu eens helemaal geen fout heb gemaakt?*

Ik moet het weten. Ik moet de waarheid weten. Nu meteen. Met bevende hand reik ik naar mijn mobieltje en toets het nummer weer in.

'Lara, ik moet Arnold nog even spreken,' zeg ik zodra er wordt opgenomen.

'Samantha...' zegt Lara gegeneerd. 'Ik vrees dat Arnold geen gesprekken van jou meer wil aannemen. En hij heeft me gevraagd aan je door te geven dat je hem niet meer mag lastigvallen over je baan.'

Ik schrik me kapot. Wat heeft hij over me gezegd?

'Lara, ik val hem niet lastig over mijn baan,' zeg ik, mijn stem met moeite in bedwang houdend. 'Ik moet hem alleen spreken over een... andere kwestie. Als hij me niet te woord wil staan, kom ik naar kantoor. Kun je een afspraak voor me maken, alsjeblieft?'

'Samantha...' Ze klinkt nu nog gegeneerder. 'Ik moet van Arnold tegen je zeggen... Als je probeert hier binnen te komen, word je door de beveiliging verwijderd.'

'Verwijderd?' Ik kijk ongelovig naar mijn mobieltje.

'Het spijt me. Echt waar. En ik kan jou niets kwalijk nemen!' vervolgt ze vol vuur. 'Ik vind het echt schokkend wat Arnold met je heeft gedaan! Veel mensen hier.'

Nu voel ik me weer verward. Wat hij met me heeft ge*dáán*? Weet Lara van het memo?

'Wat... wat bedoel je?' hakkel ik.

'Hoe hij je heeft laten ontslaan!' zegt Lara.

'Wat?' Het voelt alsof de lucht uit mijn longen wordt geperst. 'Waar heb je het over?'

'Ik vroeg me al af of je het wist.' Ze gaat zachter praten. 'Nu hij weggaat, kan ik het wel zeggen. Ik heb op die vergadering genotuleerd, nadat jij was weggelopen. En Arnold heeft alle andere vennoten omgepraat. Hij zei dat je een ongeleid projectiel was en dat ze het risico niet konden nemen je aan te houden en van alles. Er waren er veel die je nog een kans wilden geven, hoor.' Ze klakt met haar tong. 'Ik vond het verschrikkelijk. Ik kon natuurlijk niets tegen Arnold zéggen...'

'Natuurlijk niet,' breng ik met moeite uit. 'Bedankt dat je het me hebt verteld, Lara. Ik... had er geen idee van.'

Ik ben duizelig. Alles tolt vervormd in het rond. Arnold is helemaal niet voor me in de bres gesprongen. Hij heeft me laten ontslaan. Ik ken die man helemaal niet. Al die hartelijke, innemende charme... Het was toneelspel. Het was toneel, verdomme.

Met een misselijkmakende zakker in mijn maag herinner ik me opeens hoe hij er de dag erna op stond dat ik bleef waar ik was, dat ik niet terugkwam. Nu weet ik waarom. Hij wilde me uit de weg hebben, zodat ik niet voor mezelf kon opkomen. Zodat hij me kon belazeren.

En ik vertrouwde hem. Volkomen. Als een stomme, stómme goedgelovige dwaas.

Mijn borstkas gaat pijnlijk op en neer. Al mijn twijfels zijn verdwenen. Arnold is bij een vies zaakje betrokken. Ik weet het zeker. Hij heeft me erin geluisd. Hij heeft dat memo verstopt in de wetenschap dat het mijn carrière zou verwoesten.

En over drie dagen is hij naar de Bahama's verdwenen. Ik voel paniek opkomen. Ik moet nu iets doen.

'Lara,' zeg ik zo kalm mogelijk. 'Kun je me met Guy Ashby doorverbinden?'

Ik weet dat Guy en ik ruzie hebben gehad, maar hij is de enige die ik kan bedenken die me kan helpen.

'Guy zit in Hong Kong,' zegt Lara verbaasd. 'Wist je dat niet?'

'Aha,' zeg ik. Ik voel me reddeloos verloren. 'Nee, dat... wist ik niet.'

'Maar hij heeft zijn BlackBerry vast wel bij zich,' vervolgt ze behulpzaam. 'Je kunt hem een mailtje sturen.'

'Ja.' Ik haal diep adem. 'Ja, misschien doe ik dat wel.'

20

Ik kan het niet. Ik kan het gewoon niet. Ik kan die e-mail met geen mogelijkheid zo schrijven dat ik niet op een paranoïde krankzinnige lijk.

Ik kijk wanhopig naar mijn tiende poging.

> Beste Guy,
> Je moet me helpen. Ik geloof dat Arnold me erin heeft geluisd. Ik denk dat hij dat memo op mijn bureau heeft verstopt. Er klopt iets niet. Hij heeft familiebanden binnen zowel BLLC Holdings als Glazerbrooks, wist je dat?? Waarom heeft hij dat nooit aan iemand verteld? En nu heeft hij me de toegang tot het gebouw ontzegd, wat op zich al verdacht is...

Ik klink als iemand met waandenkbeelden. Ik klink als een verbitterde, geschifte ex-werknemer vol wrok.

Wat ik natuurlijk ook ben.

Ik laat mijn blik over de woorden glijden en kan alleen maar aan de oude vrouw met de verwilderde ogen denken die vroeger op de hoek van onze straat 'ze komen me hálen' stond te pruttelen.

Ik heb nu alle begrip voor die oude vrouw. Waarschijnlijk kwamen ze haar echt halen.

Guy zal er gewoon om lachen. Ik zie het voor me. Arnold Saville, een boef? Het klinkt krankzinnig. Misschien ben ik wel krankzinnig. Het is maar een theorie. Ik heb geen bewijs; ik heb niets concreets. Ik zak voorover en leg vertwijfeld mijn hoofd op mijn handen. Geen mens zal me ooit geloven. Of zelfs maar naar me willen luisteren.

Had ik maar bewijs. Maar waar moet ik dat vandaan halen?

Ik schrik van mijn piepende mobieltje en kijk wazig op. Ik was bijna vergeten waar ik ben. Ik pak het toestel en zie dat ik een sms heb.

ik ben beneden. wil je een verrassing laten zien. Nat

Ik loop naar beneden, maar ik heb mijn hoofd er niet bij. Telkens als ik denk aan Arnolds snaakse glimlach, de manier waarop hij me aanmoedigde mijn bureau rommelig te houden, hoe hij me vertelde dat hij zijn uiterste best voor me zou doen, hoe hij luisterde terwijl ik mezelf de schuld gaf, mijn excuses aanbood en door het stof kroop, word ik weer overmand door oplaaiende woede.

Het ergste is nog wel dat ik niet eens heb geprobeerd mezelf te verdedigen. Ik heb me nooit afgevraagd waarom ik me niet kon herinneren dat ik dat memo eerder had gezien. Ik heb meteen het slechtste van mezelf gedacht: gedacht dat het mijn schuld was omdat ik zo'n rommelig bureau had.

Arnold kent me vrij goed. Misschien rekende hij daar wel op. Klootzak. *Klootzak.*

'Hallo.' Nathaniel wuift met zijn hand voor mijn gezicht. 'Aarde aan Samantha.'

'O... sorry. Hoi!' Ik kan op de een of andere manier een glimlach opbrengen. 'Waar is de verrassing?'

'Kom maar mee.' Hij loodst me grinnikend naar zijn auto, een oude VW Kever met open dak. Zoals gewoonlijk staat de achterbank vol rijen bloempotten en er steekt een oude houten spa naar buiten.

'Dame.' Hij houdt galant het portier voor me open.

'Wat wil je me nou laten zien?' vraag ik terwijl ik instap.

'Je krijgt een *magical mystery tour.*' Hij glimlacht raadselachtig en start.

We rijden Lower Ebury uit en volgen een route die ik niet ken, door een naburig gehuchtje de heuvels in. Nathaniel, die een goede bui lijkt te hebben, vertelt me verhalen over alle boerderijen en pubs die we passeren, maar er dringt nauwelijks een woord tot me door, zo malen mijn gedachten nog.

Wat kan ik doen? Ik kan het gebouw niet eens in. Ik heb geen geloofwaardigheid. Ik sta machteloos. En ik heb nog maar drie dagen. Als Arnold eenmaal naar de Bahama's is afgereisd, is het afgelopen.

'We zijn er!' Nathaniel slaat een grindpad in, manoeuvreert de auto naar een lage stenen muur en draait de contactsleutel om. 'Wat vind je ervan?'

Ik dwing mijn geest met moeite terug naar het heden. 'Eh...' Ik kijk wezenloos om me heen. 'Ja. Heel mooi.'

Wat word ik geacht te zien?

'Samantha, gaat het wel?' Nathaniel kijkt me onderzoekend aan. 'Je maakt een gespannen indruk.'

'Nee, hoor.' Ik probeer te glimlachen. 'Ik ben gewoon een beetje moe.'

Ik maak het portier open om uit te stappen, onder zijn blik vandaan. Ik sluit het portier achter me, doe een paar passen en kijk weer om me heen.

We staan op een soort binnenplaats, zo heet als een oven in de avondzon. Rechts van me staat een gammel huis met een bord TE KOOP ervoor. Verderop staan batterijen kassen te schitteren in de lage zon. Ik zie lapjes grond met rijen groenten, een caravan met het opschrift TUINCENTRUM...

Wacht eens even.

Ik draai me verbijsterd om naar Nathaniel, die ook is uitgestapt. Hij lacht naar me en heeft een bundel papier in zijn hand.

'Een kans voor de tuinbouwondernemer,' leest hij hardop. '1,6 hectare grond, met de mogelijkheid er nog eens vier bij te kopen, afhankelijk van onderhandelingen. 3.000 m^2 kasruimte. Boerenbehuizing met vier slaapkamers, moet opgeknapt worden...'

'Ga je dit kópen?' vraag ik, nu een en al aandacht.

'Ik overweeg het. Ik wilde het eerst aan jou laten zien.' Hij maakt een weids armgebaar. 'Het is best een goede investering. Ik moet het bedrijf opbouwen, maar de grond is er. We kunnen folietunnels neerzetten, het kantoor uitbreiden...'

Ik kan het allemaal niet bevatten. Sinds wanneer heeft Nathaniel zo'n ondernemersgeest?

'En de pubs dan? Hoe komt het dat je zo opeens...'

'Het komt door jou. Door wat je die dag in de tuin zei.' Hij zwijgt even. De bries speelt met zijn haar. 'Je had gelijk, Samantha. Ik ben geen cafébaas, ik ben tuinman. Ik zou gelukkiger zijn als ik deed wat ik echt wil. Dus... Ik heb er lang met mam over gepraat, en ze begreep het. We vinden allebei dat Eamonn de pubs wel kan overnemen, al weet hij dat zelf nog niet.'

'Wauw.' Ik kijk weer om me heen en zie een stapel houten kratten, zaaibakken en een gescheurde poster met reclame voor kerstbomen. 'Dus je gaat het echt doen?'

Nathaniel schokschoudert, maar ik zie de opwinding op zijn gezicht. 'Je leeft maar één keer.'

'Nou, ik vind het fantastisch,' zeg ik, stralend van oprecht enthousiasme.

'En er is een huis bij.' Hij knikt ernaar. 'Of tenminste, dat kan het worden. Het is een beetje vervallen.'

'Ja.' Ik kijk grinnikend naar het krakkemikkige bouwsel. 'Het ziet er een beetje aftands uit.'

'Ik wilde het eerst aan jou laten zien,' zegt Nathaniel. 'Je goedkeuring vragen. Ik bedoel, je zou ooit...' Hij breekt zijn zin af.

Het is stil op het plein. Opeens tollen al mijn relatiesensoren als gekken rond, als de Hubble die een buitenaards ruimtevoertuig heeft ontdekt. Wat hebben mijn sensoren geregistreerd? Wat wilde hij zeggen?

'Ik zou ooit... kunnen komen logeren?' vul ik ten slotte een beetje verlegen aan.

'Precies.' Nathaniel wrijft over zijn neus. 'Zullen we een kijkje gaan nemen?'

Het huis is vanbinnen groter dan het van buitenaf lijkt, met kale houten vloeren, oude open haarden en een krakende houten trap. In een kamer is bijna al het pleisterwerk van de muren gebladderd en de keuken met kastjes uit de jaren dertig is hopeloos verouderd.

'Mooie keuken.' Ik kijk plagerig naar Nathaniel.

'Ik kan hem vast wel zo opknappen dat hij aan jouw culinaire normen voldoet,' kaatst hij terug.

We gaan naar boven, naar een enorme slaapkamer aan de achterkant van het huis. Van bovenaf lijken de lapjes met groenten op een ordelijke patchwork sprei die zich uitstrekt tot aan een groen weiland. Ik zie een terrasje beneden en een klein tuintje dat bij het huis zelf hoort, een en al clematis en verwilderde rozen.

'Het is prachtig,' zeg ik, met mijn ellebogen in de vensterbank geleund. 'Ik vind het schitterend.'

Nu ik naar dit uitzicht kijk, lijkt Londen iets van een andere planeet. Carter Spink, Arnold en het hele stel lijken opeens bij een ander leven te horen. Ik heb niet alleen geen voet meer tussen de deur, de deur is definitief dicht.

Toch voel ik dat ik, terwijl ik over het rustgevende landschap uitkijk, naar de klink reik. Ik kan het niet loslaten, ik kan me niet ontspannen. Eén telefoontje naar de juiste persoon zou genoeg kunnen zijn...

Als ik maar bewijs had...

Wat dan ook...

Ik begin de feiten weer door te nemen, als een vogel die met zijn snavel tegen lege slakkenhuizen tikt. Als ik zo doorga, maak ik mezelf gek.

'Wat ik me afvroeg...'

Opeens dringt het tot me door dat Nathaniel iets zegt. Hij zou zelfs al een poosje aan het praten kunnen zijn, maar ik heb geen woord gehoord van wat hij zei. Ik draai me haastig om en zie hem tegenover me. Zijn wangen zijn rood en hij lijkt verlegen voor zijn doen. Zo te zien heeft het hem moeite gekost te zeggen wat hij heeft gezegd.

'... voel jij het ook zo, Samantha?'

Hij kucht en zwijgt verwachtingsvol.

Ik kijk hem stompzinnig aan. Wat voel ik ook zo?

O, shit. Tering. Zei hij iets uit het diepst van zijn hart dat heel belangrijk was? Was het een soort liefdesverklaring? En heb ik die gemíst?

Dat zal me leren zo neurotisch te doen. De man op wie ik stiekem verliefd ben, heeft net een romantische toespraak tegen me gehouden, waarschijnlijk de enige die ik in mijn hele leven zal krijgen, en ik *heb niet geluisterd*?

Ik kan mezelf wel voor mijn kop schieten voor mijn waardeloze gedrag.

En nu wacht hij op mijn antwoord. Wat moet ik doen? Hij heeft net zijn hart bij me uitgestort. Ik kan moeilijk zeggen: 'Sorry, maar ik was er even niet bij.'

'Eh...' Ik strijk mijn haar uit mijn gezicht om tijd te winnen. 'Tja... je hebt me heel wat stof tot nadenken gegeven.'

'Maar ben je het met me eens?'

Waar ben ik het mee eens? De doodstraf voor inbrekers? Een triotje?

Oké, we hebben het wel over Nathaniel, hoor. Ik ben het vast wel met hem eens, wat het ook is.

'Ja.' Ik zet mijn oprechtste gezicht op. 'Ja, ik ben het met je eens. Hartgrondig. Toevallig... heb ik het zelf ook vaak gedacht.'

Nathaniel neemt me op en er trekt een vreemde uitdrukking over zijn gezicht. 'Je bent het met me eens,' zegt hij, alsof hij er zeker van wil zijn. 'Met alles?'

'Eh... ja!' Ik begin een tikje nerveus te worden. Waar heb ik mee ingestemd?

'Zelfs dat van de chimpansees?'

'De chimpansees?' Opeens zie ik Nathaniels mond trekken. Hij heeft me door.

'Je hebt geen woord gehoord van wat ik zei, hè?' zegt hij nuchter.

'Ik wist niet dat je iets belangrijks zei!' kerm ik met hangend hoofd. 'Had me dan gewaarschuwd!'

Nathaniel kijkt me ongelovig aan. 'Daar was moed voor nodig, hoor, om dat allemaal te zeggen.'

'Zeg het nog eens,' smeek ik hem. 'Zeg het allemaal nog een keer! Ik zal goed luisteren!'

'O, nee.' Hij schudt zijn hoofd en lacht. 'Later, misschien.'

'Het spijt me, Nathaniel. Echt.' Ik draai me om, druk mijn hoofd tegen het glas en kijk weer naar buiten. 'Ik was gewoon... afwezig.'

'Ik weet het.' Hij komt naar me toe en slaat zijn armen om me heen, over de mijne. Ik voel zijn gestage, kalmerende hartslag tegen me aan. 'Samantha, wat scheelt eraan? Is het je verbroken relatie weer?'

'Ja,' mompel ik na een korte stilte.

'Waarom wil je me er niet over vertellen? Misschien kan ik je helpen.'

Ik draai me naar hem om. De zon gloeit in zijn ogen en op zijn gebruinde gezicht. Hij heeft er nog nooit zo aantrekkelijk uitgezien. Plotseling zie ik voor me hoe hij Arnold midden in zijn gezicht stompt.

Maar ik kan hem hier niet mee belasten. Het is te veel. Het is te groot. Het is te... verachtelijk.

'Ik wil die wereld niet in deze toelaten,' zeg ik uiteindelijk. 'Dat wil ik gewoon niet.'

Nathaniel doet zijn mond open, maar ik wend mijn gezicht af voordat hij iets kan zeggen. Ik kijk weer naar het idyllische uitzicht, met mijn ogen knipperend in de zon en vanbinnen volslagen verward.

Misschien moet ik die hele nachtmerrie gewoon laten schieten. Er niet meer aan denken. Er afstand van nemen. De kans is groot dat ik nooit iets zal kunnen bewijzen. Arnold heeft alle macht in handen; ik sta machteloos. Als ik alles weer probeer op te rakelen, zou ik waarschijnlijk alleen maar meer schande en vernedering op mezelf laden.

Ik zou gemakkelijk niets kunnen doen. Ik zou het gewoon uit mijn hoofd kunnen zetten. Afstand doen van mijn oude leven en het definitief achter me laten. Ik heb een baan. Ik heb Nathaniel. Ik heb hier een mogelijke toekomst.

Maar ik heb het nog niet gedacht of ik weet al dat ik dat niet ga doen. Ik kan het niet uit mijn hoofd zetten. Ik kan het niet loslaten.

21

Oké. De enige kink in de kabel zou Arnolds wachtwoord kunnen zijn. Als ik dat niet kan raden, krijg ik geen toegang tot zijn computerbestanden en kan ik niets uitvissen. En de deur van zijn kantoor zit op slot. Dat zou ook een probleempje kunnen zijn.
Er zijn dus twee kinken in de kabel, eventueel.
En ik moet natuurlijk het gebouw in zien te komen. En zorgen dat niemand me herkent...
En ik mag niet door een schoonmaker betrapt worden wanneer ik op Arnolds computer zit te rammelen...
O, shit. Waar ben ik in godsnaam mee bezig?
Ik neem een grote teug café au lait met magere melk om kalm te blijven, maar dat valt niet mee.
Zelfs de terugkeer naar Londen heeft me van mijn stuk gebracht. De stad is anders dan ik me herinner. Ik vind het ongelooflijk smerig hier. En zo geháást. Toen ik vanmiddag op Paddington Station uitstapte, werd ik bijna duizelig van de forenzen die als mieren door de stationshal zwermden. Ik rook de uitlaatgassen. Ik zag het afval. Dingen die me vroeger nooit opvielen. Sloot ik me er gewoon voor af? Was ik er zo aan gewend dat ik het niet meer zag?
Maar zodra mijn voeten de grond raakten, kreeg ik ook weer een kick. Tegen de tijd dat ik bij het station van de ondergrondse aankwam, had ik mijn pas al versneld en liep ik precies in de maat met alle anderen; ik duwde mijn OV-pas onder exact de juiste hoek in de automaat en trok hem eruit zonder ook maar één seconde te verliezen.
En nu zit ik in de Starbucks bij Carter Spink om de hoek op een kruk bij het raam te kijken naar mensen in City-kleren die pratend, gebarend en telefonerend langslopen. De adrenaline werkt aanste-

kelijk. Mijn hart klopt al sneller, terwijl ik het gebouw nog niet eens binnen ben.

Bij het idee draait mijn maag zich om. Nu snap ik waarom misdadigers in bendes werken bij overvallen. Ik zou nu ook wel wat morele steun van Ocean's Eleven kunnen gebruiken.

Ik kijk voor de zoveelste keer op mijn horloge. Het is bijna tijd. Te vroeg komen is het laatste wat ik wil. Hoe korter ik daar zit, hoe beter.

Ik drink mijn koffiekop leeg. Mijn mobieltje piept, maar ik kijk niet. Het zal Trish wel weer zijn. Ze was ziedend toen ik tegen haar zei dat ik een paar dagen weg moest; ze heeft zelfs geprobeerd me tegen te houden. Toen heb ik tegen haar gezegd dat ik iets aan mijn voet had en dringend naar mijn specialist in Londen moest.

Dat was achteraf gezien een grote vergissing, want toen wilde ze alle onsmakelijke details horen. Ze stond er zelfs op dat ik mijn schoen uittrok om het haar te laten zien. Ik moest tien minuten improviseren over 'ontzette voetbeentjes' terwijl zij naar mijn voet tuurde en hoogst wantrouwig zei dat ze het er heel normaal uit vond zien.

De rest van de dag hield ze me argwanend in de gaten. Toen liet ze een *Marie Claire* achteloos open liggen bij de advertenties in het genre 'Zwanger? Behoefte aan vertrouwelijk advies?' Nou vraag ik je. Ik moet dat misverstand in de kiem smoren, anders hoort het hele dorp het en begint Iris nog sokjes te breien.

Ik kijk weer op mijn horloge en voel de zenuwen opkomen. Tijd om te gaan. Ik loop naar de wc's en kijk hoe ik eruitzie. Vreemd blond haar: in orde. Bril met donkere glazen: in orde. Knalroze lippenstift: in orde. Ik lijk totaal niet op mijn oude zelf.

Afgezien van mijn gezicht, uiteraard. Als je heel goed kijkt.

Maar er gaat niemand heel goed naar me kijken. Dat hoop ik althans.

'Hallo,' zeg ik met een lage, hese stem. 'Aangenaam kennis te maken.'

Ik klink als een travestiet, maar het geeft niet. Ik klink tenminste niet als een jurist.

Ik loop met gebogen hoofd de Starbucks uit, sla de hoek om en zie de herkenbare granieten treden en glazen deuren van Carter Spink.

Ik kijk naar de vertrouwde voorgevel en voel een vuist om mijn hart. Het voelt onwezenlijk om hier weer te zijn. De laatste keer dat ik die deuren zag, duwde ik ze panisch brabbelend open om weg te komen, in de overtuiging dat ik mijn eigen carrière had geruïneerd en dat mijn leven voorbij was.

De woede borrelt weer op en ik doe mijn ogen dicht om mijn gevoelens tot de orde te roepen. Ik heb nog geen bewijs. Ik moet mijn kop erbij houden. Kom op. Ik kan het wel.

Ik steek de straat over en loop resoluut het bordes op. Ik kan mezelf bijna zien zoals ik die dag als een schim in shocktoestand radeloos die treden af stoof. Het lijkt nu allemaal een heel leven geleden. Ik lijk niet alleen een ander mens, ik bén een ander mens. Ik voel me herboren.

Ik haal diep adem, trek mijn regenjas om me heen en duw de glazen deuren open. Zodra ik de hal in stap, word ik duizelig van ongeloof. Doe ik dit echt? Probeer ik echt me incognito bij Carter Spink binnen te bluffen?

Ja. Dat doe ik. Mijn knieën knikken en ik heb zweethanden, maar ik loop met vaste tred over het glimmende marmer, strak naar beneden kijkend. Ik steven op de nieuwe receptioniste af, Melanie, die pas een paar weken voor mijn vertrek begonnen is.

'Hallo,' zeg ik met mijn travestietenstem.

'Wat kan ik voor u doen?' Melanie glimlacht naar me. Ik zie geen sprankje herkenning op haar gezicht. Ongelooflijk dat het zo makkelijk gaat.

Ik vind het zelfs een beetje beledigend. Was ik dan zó onopvallend?

'Ik kom voor het feest,' mompel ik met gebogen hoofd. 'Ik ben serveerster. Van Bertram's Catering,' besluit ik om het af te maken.

'O, ja. Dat is allemaal op de veertiende verdieping.' Ze tikt iets in. 'Hoe heet u?'

'Eh... Trish,' zeg ik. 'Trish Geiger.' Melanie tuurt met gefronst voorhoofd naar het computerscherm en tikt met haar pen tegen haar tanden.

'U staat niet op mijn lijst,' zegt ze uiteindelijk.

'Nou, ik zou er wel op moeten staan.' Ik hou mijn hoofd goed gebogen. 'Het moet een vergissing zijn.'

'Ik bel even...' Melanie toetst een nummer in, praat even met iemand die Jan heet en kijkt op.

'Ze komt zo naar u toe.' Ze wijst glimlachend naar de leren banken. 'Gaat u toch zitten.'

Ik loop naar de zitjes – en maak rechtsomkeert wanneer ik David Spellman van Bedrijven met een cliënt op een van de banken zie zitten, al lijkt hij me niet te hebben herkend. Ik loop naar een rek met glimmende folders over de filosofie van Carter Spink en begraaf mijn hoofd in een exemplaar over Conflicthantering.

Ik heb nog nooit eerder een folder van Carter Spink gelezen. God, wat een wollige onzin allemaal.

'Trish?'

'Eh... ja?' Ik kijk om en zie een dik opgemaakte vrouw in smoking. Ze heeft wat betikte vellen bij zich en kijkt me met gefronste wenkbrauwen aan.

'Ik ben Jan Martin, hoofd bedienend personeel. Je staat niet op mijn lijst. Heb je vaker voor ons gewerkt?'

'Ik ben nieuw,' zeg ik zacht, 'maar ik heb voor Ebury Catering gewerkt. In Gloucestershire.'

'Nooit van gehoord.' Ze kijkt weer naar haar lijst en slaat geërgerd fronsend de bladzij om. 'Schat, je staat niet op de lijst. Wat kom je hier doen?'

'Ik heb een man gesproken,' zeg ik zonder blikken of blozen. 'Hij zei dat u wel meer mensen kon gebruiken.'

'Een man?' Ze kijkt me perplex aan. 'Wie dan? Tony?'

'Ik weet het niet meer, maar hij zei dat ik hierheen moest gaan.'

'Hij kan niet gezegd hebben...'

'Dit is toch Carter Spink?' Ik kijk om me heen. 'Cheapside 95? Een groot afscheidsfeest?'

'Ja.' Ik zie de eerste twijfel op het gezicht van de vrouw.

'Nou, ik moest hierheen komen,' zeg ik net strijdlustig genoeg om duidelijk te maken dat ik het niet zonder slag of stoot opgeef.

Ik zie de vrouw wikken en wegen: als ze me wegstuurt, kan ik een scène schoppen, ze heeft wel wat belangrijkers aan haar hoofd, wat maakt zo'n extra serveerster uit...

'Goed dan,' besluit ze met een geërgerde snuif, 'maar je moet je omkleden. Hoe heette je ook alweer?'

'Trish Geiger.'
'O, ja.' Ze noteert het. 'Ga dan maar gauw naar boven, Trish.'

O, mijn god. Ik ben binnen. Het is wel duidelijk dat ik een geboren misdadiger ben! De volgende keer zet ik iets hoger in. Ik zou een casino in Las Vegas kunnen plukken of zoiets.

Ik sta opgetogen naast Jan in de dienstlift naar boven, met een plastic naamplaatje met 'Trish Geiger' erop op mijn revers gespeld. Nu hoef ik me alleen nog maar gedeisd te houden, af te wachten en op het juiste moment naar de elfde verdieping te gaan. Wat ik kan doen door een los plafondpaneel op te zoeken, erdoor te klimmen en door de verwarmingsbuizen te kruipen.

Ik zou natuurlijk ook de lift kunnen nemen.

We komen bij de keukens achter de directiefeestzalen en ik kijk verbaasd om me heen. Ik had geen idee dat er zoveel achter die zalen zat. Het is alsof ik een kijkje achter de schermen van de schouwburg mag nemen. Koks zijn druk bezig aan de werkbladen, en mensen van de bediening drentelen rond in goed herkenbare groen-met-wit gestreepte uniformen.

'Daar ligt de werkkleding.' Jan wijst naar een grote rieten mand vol opgevouwen uniformen. 'Je moet je omkleden.'

'Oké.' Ik rommel in de mand, vind een uniform in mijn maat en ga ermee naar de wc's. Ik werk mijn knalroze lippenstift bij, kam mijn haar meer voor mijn gezicht en kijk op mijn horloge.

Het is tien over halfzes. Het feest begint om zes uur. Rond tien over zes zou de elfde verdieping leeg moeten zijn. Arnold is een buitengewoon geliefde vennoot; niemand zal zijn afscheidsrede willen missen. Bovendien worden de toespraken bij Carter Spink altijd vroeg gehouden, zodat de mensen eventueel daarna weer aan het werk kunnen.

En terwijl iedereen luistert, glip ik Arnolds kamer binnen. Het zou kunnen lukken. Het móét lukken. Ik kijk naar mijn eigen bizarre spiegelbeeld en voel een meedogenloze vastberadenheid in me oprijzen. Het zal hem niet lukken iedereen in de waan te laten dat hij een vrolijke oude knuffelbeer is die geen vlieg kwaad doet. Het zal hem niet lukken.

Om tien voor zes verzamelen we ons allemaal in een van de keukens en krijgen we onze instructies. Warme hors d'oeuvres... koude hors d'oeuvres... Ik luister amper. Ik ben ook niet van plan echt met hapjes te gaan lopen. Na Jans toespraak loop ik met de kudde van het bedienend personeel mee de keuken uit. Ik krijg een blad met champagneglazen, dat ik zo snel mogelijk neerzet. Ik loop terug naar de keuken en pak een open fles champagne en een servet. Zodra ik zeker weet dat niemand me ziet, vlucht ik naar de wc's.

Oké. Nu komt het moeilijke gedeelte. Ik sluit me in een hokje op en wacht een kwartier in doodse stilte. Ik kletter nergens mee, ik nies niet en ik giechel niet om het meisje dat oefent wat ze tegen ene Mike gaat zeggen met wie ze het wil uitmaken. Het is het langste kwartier van mijn leven.

Ten slotte doe ik voorzichtig de deur open, loop de wc's uit en gluur om de hoek. Vanaf de plek waar ik sta kan ik de gang en de deuren naar de grote feestzaal zien. Er heeft zich al een menigte gevormd, en ik hoor gelach en veel luid gepraat. Obers en serveersters lopen rond en er komt nog steeds een gestage stroom mensen door de gang aanlopen. Ik herken de meisjes van de afdeling PR... een paar stagiairs... Oliver Swan, een van de oudste vennoten... ze lopen allemaal naar het feest en pakken bij de deur een glas.

De gang is leeg. Nu.

Op beverige benen loop ik straal voorbij de deur van de feestzaal naar de liften en het trappenhuis. Nog geen halve minuut later loop ik muisstil de trap af. Niet dat iemand bij Carter Spink ooit de trap neemt, maar toch.

Op de elfde verdieping aangekomen tuur ik door het glazen paneel in de deur. Ik zie geen mens, maar dat wil niet zeggen dat er echt niemand is. Er zou een drom mensen vlak buiten mijn gezichtsveld kunnen staan.

Tja, ik zal het risico moeten nemen. Ik haal een paar keer diep adem in een poging mezelf op te peppen. Niemand zal me ooit herkennen in mijn groen-met-witte serveersterskostuum. En ik heb zelfs een smoes voor als iemand vraagt wat ik kom doen: ik ben hier om die fles champagne bij wijze van verrassing in de kamer van meneer Saville te zetten.

Kom op. Ik heb geen tijd te verspillen.

Ik duw langzaam de deur open, stap op de blauwe vloerbedekking van de gang en slaak een zucht van verlichting. Er is geen mens te bekennen. De verdieping is zo'n beetje uitgestorven. Iedereen moet naar het feest zijn. Ik hoor een paar meter verderop iemand telefoneren, maar als ik zenuwachtig naar Arnolds kamer loop, zie ik alleen maar lege werkplekken. Al mijn zintuigen zijn aangescherpt. Ik heb me nog nooit zo onbehaaglijk gevoeld.

Waar het om gaat, is dat ik mijn tijd efficiënt moet benutten. Ik begin met de computer en dan zie ik wel verder. Of kan ik beter met de archiefkast beginnen? Even snel kijken terwijl de computer warm wordt? Ik kan ook in zijn bureauladen kijken. Zijn BlackBerry zou er kunnen liggen. Daar had ik nog niet aan gedacht.

Eerlijk gezegd heb ik het kantoor-doorzoekgedeelte niet zo goed doordacht. Ik was er nog niet zo zeker van of ik het gebouw in zou komen, laat staan dat ik Arnolds kamer binnen zou kunnen dringen. Bovendien weet ik niet zo goed wat ik zoek. Brieven, misschien. Of cijfers. Of een diskette met het opschrift 'belastend bewijs', dat zou ook goed zijn...

Ik blijf stokstijf staan. Ik hoor stemmen achter me, van mensen die uit de lift stappen. Shit. Ik moet Arnolds kamer in glippen voordat ze me zien.

Ik versnel in paniek mijn pas, kom bij Arnolds kantoor, ruk de deur open, sla hem achter me dicht en duik onder het glazen paneel. Ik hoor de stemmen dichterbij komen. David Elldridge, Keith Thompson en iemand van wie ik de stem niet herken. Ze lopen langs de deur en ik verroer geen vin. Ze verdwijnen in de verte. Goddank.

Ik adem uit, sta langzaam op en gluur door het glazen paneel. Ik zie niemand. Ik ben veilig. Pas dan draai ik me om en bekijk het kantoor.

Het is leeg.

Het is uitgeruimd.

Ik doe verbijsterd een paar stappen de kamer in. Het bureau is leeg. De planken zijn leeg. Ik zie witte vierkantjes aan de muren waar eerst ingelijste foto's hebben gehangen. Er is niets meer in deze kamer, behalve dan een reep verhuisplakband op de vloer en een paar punaises die nog in het prikbord steken.

Ongelooflijk. Na al die moeite die ik heb gedaan. Ik was al zo ver gekomen, en nu valt er niets meer te snuffelen, verdomme?

Er moeten dozen zijn, valt me plotseling in. Ja. Alles is in verhuisdozen gestopt, en die staan allemaal buiten... Ik ren de kamer uit en kijk verwilderd om me heen, maar ik zie geen dozen. Geen kratten. Niets. Geef het maar toe, ik ben te laat. Ik ben te laat, verdomme. Ik wil iets kapotmaken, zo gefrustreerd voel ik me.

Ik loop hijgend de kamer weer in en kijk nog eens om me heen. Ik kan net zo goed nog even kijken. Voor je weet maar nooit.

Ik loop naar het bureau en doorzoek systematisch alle laden. Ik trek ze een voor een open, kijk erin en tast zelfs naar verdwaalde papiertjes. Ik houd de prullenbak ondersteboven en schud hem uit. Ik voel zelfs achter het prikbord, maar ik vind niets. Ook niet in de archiefkast... en niet in de inbouwkasten...

'Pardon?'

Ik verstijf met mijn hand nog in Arnolds kast. Shit. Shít.

'Ja?' Ik veeg mijn haar voor mijn gezicht en keer me om, strak naar de grond kijkend.

'Wat doe jij hier in vredesnaam?'

Het is een stagiair. Bill... hoe heet hij ook alweer? Hij knapte weleens een klusje voor me op.

Rustig blijven. Hij heeft me niet herkend.

'Ik kwam een fles champagne neerzetten, meneer,' mompel ik met mijn mooiste travestietenstem, en ik knik naar de fles, die ik op de vloer had gezet. 'Een verrassing voor meneer. Ik vroeg me af waar ik hem zou zetten.'

'Nou, in elk geval niet in een kást,' zegt Bill vernietigend. 'Ik zou hem maar op het bureau zetten. En je hebt hier niets te zoeken.'

'Ik wilde net teruggaan. Meneer.' Ik buig mijn hoofd en vlucht de kamer uit. Jezusmina. Dat was op het nippertje.

Ik loop naar het trappenhuis en ren geagiteerd naar boven. Het is tijd om het pand te verlaten, voordat nog iemand me ziet. Ik kom toch niets meer aan de weet. God weet hoe ik Arnold ga aanpakken, maar dat bedenk ik later wel. Het belangrijkste is nu dat ik hier wegkom.

Het feest is nog in volle gang als ik door de deur van het trappenhuis glip en me naar de ruimte haast waar ik mijn kleren heb laten liggen. Ik kleed me niet om. Ik kan dat uniform altijd terugsturen...

'Trish?' ketst Jans stem tegen mijn achterhoofd. 'Ben jij het?'

Shit. Ik draai me onwillig naar haar om. Ze ziet er woedend uit.
'Waar heb je gezeten, verdomme?'
'Eh... bedienen?'
'Nee, je was er niet. Ik heb je niet één keer in de zaal gezien!' snauwt ze. 'Jij werkt nooit meer voor me, dat kan ik je wel vertellen. Pak aan en werken, jij.' Ze geeft me een blad met soesjes en duwt me ruw naar de deuren van de feestzaal.

De paniek slaat toe.

Nee. Ik kan daar niet naar binnen. Echt niet.

'Absoluut! Ik moet alleen even... servetjes pakken...' Ik deins achteruit, maar Jan houdt me tegen.

'O, nee. Je wilde toch zo graag werken? Dan zúl je ook werken!'
Ze geeft me een harde zet en ik wankel de volle zaal in. Ik voel me een gladiator die de arena in is geduwd. Jan staat met haar armen over elkaar bij de deur. Er is geen weg terug. Ik moet dit doen. Ik klem mijn handen om de schaal, buig mijn hoofd... en loop langzaam de volle zaal in.

Ik kan niet normaal lopen. Mijn benen zijn net planken. Mijn nekharen staan overeind; het bloed suist in mijn oren. Ik schuif langs dure pakken, maar durf niet op te kijken; ik durf niet te blijven staan uit angst de aandacht te trekken. Ik kan niet geloven dat dit echt gebeurt. Ik serveer, verkleed in een groen-met-wit uniform, soesjes aan mijn vroegere collega's.

En het bizarre is dat niemand het schijnt te merken.

Mensen plukken soesjes van mijn blad zonder me een blik waardig te keuren. Iedereen heeft het te druk met lachen en praten. Het rumoer is oorverdovend.

Ik zie Arnold nergens, maar hij moet er zijn. Bij die gedachte verkrampt mijn maag pijnlijk. Ik snak ernaar hem te zoeken, mijn hoofd te heffen en hem uit de massa te pikken, maar ik kan het er niet op wagen en blijf dus maar door de zaal lopen. Ik zie overal bekende gezichten. Bij sommige flarden van gesprekken spits ik mijn oren.

'Waar is Ketterman?' vraagt iemand die ik net passeer.

'Een dag naar Dublin,' antwoordt Oliver Swan, en ik slaak een zucht van verlichting. Als Ketterman er was, zou hij me er meteen uitpikken met zijn laserogen.

'Soesjes! Lekker!'

Acht handen tegelijk duiken naar mijn blad en houden me staande. Het is een groepje stagiairs. Ze harken het eten naar binnen, zoals stagiairs altijd doen op feesten.

'O, ik neem er nog een.'

'Ik ook.'

Ik begin nerveus te worden. Hoe langer ik hier beweginloos sta, hoe onbeschermder ik me voel, maar ik kan niet ontsnappen. De handen blijven naar het blad duiken.

'Weet je of er nog van die aardbeientaartjes zijn?' vraagt een stagiair met een brilletje met een randloos montuur.

'Eh... ik weet het niet,' mompel ik naar de vloer kijkend.

Shit. Hij bekijkt me aandachtiger. Hij zakt zelfs door zijn knieën om mijn gezicht te zien. En ik kan mijn haar niet voor mijn gezicht trekken, want ik heb allebei mijn handen nodig om die schaal vast te houden...

'Is dat niet... Samantha Sweeting?' Hij kijkt me perplex aan. 'Ben jíj het?'

'Samantha Sweeting?' Een van de meisjes laat haar soesje vallen. Een ander snakt naar adem en slaat een hand voor haar mond.

'Eh... ja,' fluister ik uiteindelijk. Mijn gezicht gloeit. 'Ik ben het, maar vertel het alsjeblieft niet door. Ik wil niet opvallen.'

'Dus... dit is wat je tegenwoordig doet?' De jongen met het brilletje kijkt me ontzet aan. 'Ben je servéérster geworden?'

De stagiairs kijken me allemaal aan alsof ze het schrikbeeld van elke mislukte jurist zien.

'Zo erg is het niet.' Ik probeer opgewekt te glimlachen. 'Je krijgt gratis hapjes!'

'Dus je maakt één fout... en dan ben je er geweest?' hijgt het meisje dat haar soesje heeft laten vallen. 'Je juridische carrière is voorgoed verpest?'

'Eh... daar komt het wel op neer, ja,' zeg ik knikkend. 'Nog een soesje?'

Maar ze lijken geen honger meer te hebben. Ze zien zelfs bleek om de neus.

'Ik denk dat ik... even naar mijn bureau wip,' stottert de jongen met het brilletje. 'Even zien of ik niet nog iets moet doen.'

'Ik ook,' zegt het meisje, en ze zet haar glas met een klap neer.

'Samantha Sweeting is er!' hoor ik een andere stagiair opeens naar een groepje beginnende medewerkers sissen. 'Kijk! Ze serveert!'

'Nee!' hijg ik. 'Niet verder vertellen...'

Het is al te laat. Alle mensen van het groepje draaien zich om en gapen me met hetzelfde gegeneerde afgrijzen op hun gezicht aan.

Even wil ik ter plekke dood, zo vernederd voel ik me. Dit zijn mensen met wie ik werkte. Mensen die respect voor me hadden. En nu bedien ik die mensen in een gestreept uniform.

Maar dan welt er opstandigheid in me op.

Krijg de pest, denk ik. Waarom zou ik niet als serveerster mogen werken?

'Hallo,' zeg ik, en ik schud mijn haar over mijn schouder. 'Zin in een soesje?'

Steeds meer mensen draaien zich om en gapen me aan. Ik hoor het gefluister door de zaal trekken. De andere serveersters staan op een kluitje naar me te staren. Overal draaien nu hoofden, als ijzervijlsel in een magnetisch veld. Ik zie niet één vriendelijk gezicht.

'Jezus Christus!' prevelt iemand. 'Moet je háár zien.'

'Mág ze hier wel zijn?' roept een ander uit.

'Nee,' zeg ik zo beheerst mogelijk. 'U hebt gelijk. Ik hoor hier niet te zijn.'

Ik wil weglopen, maar de mensen verdringen zich om me heen en ik zie geen uitweg. En dan voel ik een zakker in mijn maag. Door een gat in de massa zie ik een bekende bos wollig haar. Bekende rode wangen. Een bekende, joviale glimlach.

Arnold Saville.

We kijken elkaar door de zaal heen aan en hoewel hij blijft glimlachen, heeft zijn blik iets hards dat ik er nog nooit in heb gezien. Een speciale woede, alleen voor mij.

Ik kijk ontdaan terug. Bijna bang. Niet voor zijn woede, maar voor zijn valsheid. Hij heeft iedereen hier een rad voor ogen gedraaid. Arnold Saville kan zich meten met de kerstman. Er is een pad in de menigte ontstaan en hij komt op me af, met een glas champagne in zijn hand.

'Samantha,' zegt hij minzaam, 'is dit wel gepast?'

'Je had me de toegang tot het gebouw ontzegd,' kat ik terug voordat ik het goed en wel besef. 'Ik had geen keus.'

O, god. Verkeerde antwoord. Te assertief.

Ik moet mezelf in de hand houden, anders verlies ik dit gesprek. Ik sta al genoeg achter zoals ik hier sta in serveersterskleding, door de hele zaal aangestaard alsof ik iets onsmakelijks ben. Ik moet kalm zijn, wilskrachtig en geïnspireerd.

Alleen ben ik van mijn stuk door het weerzien met Arnold na al die tijd. Hoe hard ik ook mijn best doe om kalm te blijven, het lukt niet. Mijn gezicht gloeit, mijn borstkas gaat pijnlijk op en neer. Alle emoties en trauma's van de afgelopen weken barsten plotseling uit in een golf van haat.

'Je hebt me laten ontslaan.' De woorden spatten uit mijn mond voordat ik ze kan tegenhouden. 'Je hebt tegen me gelógen.'

'Samantha, ik weet dat het heel moeilijk voor je geweest moet zijn,' zegt Arnold met het air van een bovenmeester die een onhandelbare leerling toespreekt, 'maar echt...' Hij kijkt naar een man die ik niet herken en wendt de blik hemelwaarts. 'Een vroegere werkneemster,' zegt hij samenzweerderig. 'Geestelijk labiel.'

Wat? *Wat?*

'Ik ben niet labiel!' roep ik onthutst uit. 'Ik wil alleen antwoord op een vraagje. Het is heel eenvoudig. Wanneer heb je dat memo precies op mijn bureau gelegd?'

Arnold lacht ongelovig.

'Samantha, ik ga met pensioen. Is dit echt het moment?' Hij wendt zijn gezicht af. 'Kan iemand haar wegsturen?' vraagt hij aan niemand in het bijzonder.

'Daarom wilde je niet dat ik terugkwam naar kantoor, hè?' Mijn stem beeft van verontwaardiging. 'Omdat ik lastige vragen zou kunnen stellen. Omdat ik erachter zou kunnen komen.'

Er gaat een huivering door de zaal, maar niet op een gunstige manier. Ik hoor mensen 'mijn god' prevelen, en 'hoe is ze hier binnengekomen?' Als ik iets van mijn geloofwaardigheid of waardigheid wil behouden, doe ik er nu het zwijgen toe, maar ik kan niet meer ophouden.

'Ik heb die fout niet gemaakt, hè?' Ik loop op hem af. 'Je hebt me gebrúíkt. Je hebt mijn loopbaan verwoest, je hebt toegekeken terwijl mijn hele leven op zijn kop werd gezet...'

'Nee, echt,' valt Arnold uit, en hij wendt zich af. 'Dit is niet leuk meer.'

'Geef dan gewoon antwoord!' schreeuw ik naar zijn rug. 'Wanneer heb je dat memo op mijn bureau gelegd, Arnold? Want ik geloof niet dat het er voor de deadline al lag.'

'Natuurlijk wel.' Arnold draait zich even om, verveeld en afwijzend. 'Ik ben op 28 mei naar je kamer gekomen.'

28 mei?

Waar haalt hij die 28 mei vandaan? Waarom voelt die datum niet goed?

'Ik geloof je niet,' zeg ik met een machteloze woede. 'Ik geloof je gewoon niet. Ik denk dat je me erin hebt geluisd. Ik denk...'

'Samantha?' Er wordt een hand op mijn schouder gelegd. Ik draai me als door een adder gebeten om en zie Ernest van de beveiliging. Zijn vertrouwde, knoestige kop is vertrokken van onbehagen. 'Ik moet je vragen het pand te verlaten.'

De vernedering steekt. Gaan ze me er echt uit gooien? Nadat ik hier zeven jaar van mijn leven zo ongeveer heb gewóónd? Ik voel de laatste draadjes van mijn zelfbeheersing knappen. Hete woedetranen prikken achter mijn oogleden.

'Ga nou maar, Samantha,' zegt Oliver Swan medelijdend. 'Zet jezelf niet nog erger voor schut.'

Ik kijk hem even aan en laat mijn blik dan langs alle oudste vennoten glijden.

'Ik was een goede jurist,' zeg ik met beverige stem. 'Ik heb goed werk geleverd. Dat weten jullie allemaal. Maar jullie hebben me gewoon uitgewist, alsof ik er nooit ben geweest.' Ik slik het brok in mijn keel weg. 'Nou, dat is dan jammer voor jullie.'

In een doodse stilte zet ik het blad met soesjes op een tafel en been de zaal uit. Zodra ik de deur uit ben, hoor ik geanimeerde gesprekken achter me losbarsten.

Ernest en ik gaan zwijgend met de lift naar beneden. Als ik iets zeg, kan ik in tranen uitbarsten. Hoe heb ik mijn plan zo kunnen verknallen? Ik heb niets nieuws ontdekt. Ik ben herkend. Ik ben hysterisch geworden waar al het personeel bij stond. Ik ben een nog grotere idioot dan ik al was.

Zodra ik buiten kom, pak ik mijn mobieltje. Ik heb een sms van Nat, die vraagt hoe het ging. Ik heb hem een paar keer gelezen, maar kan het niet opbrengen antwoord te geven. Ik kan me er ook niet toe zetten terug te gaan naar de Geigers. Al zou ik misschien nog een trein kunnen halen, vanavond kan ik die twee niet verdragen.

Ik loop op de automatische piloot naar de ondergrondse en stap in een trein. Ik zie mijn gezicht in het raam tegenover me, bleek en uitdrukkingsloos. En de hele rit lang blijft het maar door mijn hoofd gonzen: *28 mei. 28 mei.*

Pas als ik bij mijn huis ben, schiet het antwoord me te binnen. De Chelsea Flower Show. Maar natuurlijk. Op 28 mei zijn we de hele dag op de bloemenshow geweest, Arnold, Ketterman, Guy en ik, om cliënten te behagen. Arnold kwam regelrecht uit Parijs en na afloop is hij met een auto naar huis gebracht. Hij is niet eens op kantoor geweest.

Hij heeft gelogen. Natuurlijk heeft hij gelogen. Ik voel een vermoeide woede in me opkomen, maar ik kan niets meer doen. Geen mens zal me ooit nog geloven. Iedereen zal de rest van mijn leven blijven geloven dat het mijn schuld was.

Ik stap op mijn verdieping uit, al tastend naar mijn sleutel, en hoop tegen beter weten in dat mevrouw Farley me niet zal horen, want ik verheug me op een lang, warm bad. En dan, als ik bijna bij mijn voordeur ben, blijf ik als aan de grond genageld staan. Ik verroer me niet, zo hard denk ik na.

Dan maak ik langzaam rechtsomkeert en loop terug naar de lift. Ik heb nog een kans. Ik heb niets te verliezen.

Twee verdiepingen hoger stap ik uit de lift. Het is hier vrijwel hetzelfde als op mijn eigen verdieping: dezelfde vloerbedekking, hetzelfde behang en dezelfde verlichting. Er staan alleen andere nummers op de deuren. 31 en 32. Ik weet niet meer waar ik moet zijn, dus uiteindelijk kies ik voor 31. Daar ligt een zachtere mat voor de deur. Ik laat me op de vloer zakken, zet mijn tas neer, leun tegen de deur en wacht.

Tegen de tijd dat Ketterman uit de lift stapt, voel ik me leeg. Ik heb drie uur achter elkaar gewacht, zonder iets te eten of drinken. Ik voel me slap en uitgeput, maar zodra ik hem zie, krabbel ik overeind, wat me zo duizelig maakt dat ik tegen de muur moet leunen.

Ketterman kijkt even verbouwereerd, maar dan neemt zijn gezicht weer de gebruikelijke ondoorgrondelijke uitdrukking aan.

'Samantha, wat doe jij hier?'

Ik vraag me af of hij heeft gehoord dat ik op kantoor ben geweest. Dat moet wel. Hij heeft het hele gruwelijke verhaal natuurlijk gehoord, al laat hij er niets van merken.

'Wat doe je hier?' herhaalt hij. Hij heeft een enorme metalen koffer in zijn hand en onder het kunstlicht vallen er schaduwen over zijn gezicht.

Ik doe een stap naar hem toe. 'Ik weet wel dat ik de laatste ben die u nu wilt zien.' Ik wrijf over mijn pijnlijke voorhoofd. 'Neem maar van mij aan dat ik hier ook niet voor mijn lol ben. Van alle mensen op aarde die ik om hulp zou kunnen vragen... zou u wel de laatste zijn. U bént de laatste.'

Ik zwijg even. Ketterman heeft geen spier vertrokken.

'Het feit dat ik hier ben, dat ik me tot u wend... zou u dus iets moeten bewijzen.' Ik kijk hem wanhopig aan. 'Ik meen het. Ik heb u iets te vertellen, en u moet naar me luisteren. U moet.'

Het blijft lang stil tussen ons. Ik hoor buiten op straat een auto remmen, gevolgd door een rauwe lach. Kettermans gezicht staat nog steeds strak. Ik heb geen idee wat er in hem omgaat. Ten slotte haalt hij een sleutel uit zijn zak, loopt langs me heen, maakt de deur van nummer 32 open en kijkt naar me om.

'Kom binnen.'

22

Ik word wakker met uitzicht op een gebarsten, groezelig plafond. Mijn blik glijdt naar een groot spinnenweb in een hoek van de kamer en langs de muur naar een gammele boekenkast vol boeken, cd's, brieven, oude kerstversiering en wat afgedankt ondergoed zo hier en daar.

Hoe heb ik zeven jaar in deze rotzooi kunnen wonen?

Hoe heeft het me níét kunnen opvallen?

Ik duw het dekbed van me af, sta op en kijk lodderig om me heen. De vloerbedekking is gruizig onder mijn voeten en ik trek een vies gezicht. Hier moet eens flink gestofzuigd worden. Ik neem aan dat de werkster is weggebleven toen het geld uitbleef.

De vloer ligt bezaaid met kleren, en ik zoek erin tot ik een ochtendjas heb gevonden. Ik sla hem om en ga naar de keuken. Ik was vergeten hoe kaal, kil en Spartaans het hier was. De koelkast is natuurlijk leeg, maar ik vind een zakje kamillethee, zet water op en ga op een barkruk zitten met uitzicht op een stenen muur.

Het is al kwart over negen. Ketterman is op kantoor en doet wat hij nodig vindt. Ik wacht op de opspelende zenuwen... maar ze komen niet. Ik voel me griezelig kalm. Het is me allemaal uit handen genomen; ik kan niets meer doen.

Hij heeft naar me geluisterd. Hij heeft zowaar geluisterd, en vragen gesteld, en zelfs thee gezet. Ik ben er meer dan een uur geweest. Hij heeft niet tegen me gezegd wat hij ervan vond of wat hij ging doen. Hij heeft niet eens gezegd of hij me geloofde of niet, maar iets zegt me dat hij me geloofde.

Net als het water begint te koken, wordt er gebeld. Ik aarzel, trek mijn ochtendjas om me heen en dribbel de gang in. Door het kijkgaatje zie ik mevrouw Farley, beladen met pakjes, naar me gluren.

Natuurlijk. Wie anders?

Ik doe de deur open. 'Hallo, mevrouw Farley.'

'Samantha, ik dácht al dat jij het was!' roept ze uit. 'Na al die tijd! Ik had geen idee... Ik wist niet wat ik ervan moest denken...'

'Ik ben weg geweest,' zeg ik met een glimlach. 'Het spijt me dat ik het u niet heb laten weten, maar het kwam voor mij ook onverwacht.'

'Aha.' Mevrouw Farleys ogen flitsen heen en weer van mijn blonde haar naar mijn gezicht en dan over mijn schouder het huis in, alsof ze aanwijzingen zoekt.

'Dank u wel voor het aannemen van mijn pakjes.' Ik steek mijn handen uit. 'Zal ik...'

'O! Natuurlijk.' Ze geeft me een paar dikke enveloppen en een kartonnen doos, nog steeds brandend van nieuwsgierigheid. 'Ik neem aan dat jullie meisjes voor die dynamische banen echt van de ene dag op de andere naar het buitenland worden gestuurd...'

'Ik ben niet in het buitenland geweest.' Ik zet de doos neer. 'Nogmaals bedankt.'

'O, het is geen moeite! Ik weet hoe het is als je... problemen in de familie hebt?' gokt ze.

'Ik heb geen problemen in de familie gehad,' zeg ik beleefd.

'Natuurlijk niet!' Ze schraapt haar keel. 'Maar enfin. Je bent nu terug. Van... waar je ook maar bent geweest.'

'Mevrouw Farley?' Ik probeer mijn gezicht in de plooi te houden. 'Wilt u weten waar ik ben geweest?'

Mevrouw Farley reageert ontsteld.

'Hemeltje! Nee! Het gaat me absoluut niets aan! Echt, ik zou er niet van drómen... Ik moet eens verder...' Ze doet een pas achteruit.

'Nogmaals bedankt!' roep ik nog voordat ze in haar appartement verdwijnt.

Net als ik de deur dichtdoe, gaat de telefoon. Ik neem op, en plotseling vraag ik me af hoeveel mensen dit nummer de afgelopen paar weken hebben gebeld. Het antwoordapparaat staat tjokvol berichten, maar nadat ik de eerste drie had beluisterd, die allemaal van mam waren en steeds bozer werden, heb ik het opgegeven.

'Hallo?'

'Samantha,' zegt een zakelijke stem. 'Je spreekt met John Ketterman.'

'O.' Ik krijg tegen wil en dank de zenuwen. 'Hallo.'

'Ik zou je willen vragen je vandaag beschikbaar te houden. Het zou nodig kunnen zijn dat je een paar mensen te woord staat.'

'Mensen?'

Ketterman zwijgt even en zegt dan: 'Rechercheurs.'

O, mijn god. O, mijn gód. Ik heb zin om in de lucht te stompen of in tranen uit te barsten of zo, maar op de een of andere manier beheers ik me.

'Dus u hebt iets ontdekt?'

'Ik kan er op dit moment niets over zeggen.' Ketterman klinkt net zo afstandelijk en formeel als altijd. 'Ik wil alleen weten of je beschikbaar bent.'

'Uiteraard. Waar moet ik naartoe?'

'We wilden je vragen of je naar het kantoor van Carter Spink kunt komen,' zegt hij zonder een zweempje ironie.

Ik kijk naar de telefoon en schiet bijna in de lach. Bedoelt u dat kantoor van Carter Spink waar ik gisteren uit ben gegooid? zou ik willen vragen. Dat kantoor van Carter Spink waar ik niet meer mag komen?

'Ik bel je wel,' vervolgt Ketterman. 'Hou je mobieltje bij je. Het zou nog een paar uur kunnen duren.'

'Goed, dat zal ik doen.' Ik haal diep adem. 'En kunt u me alstublieft vertellen... U hoeft niet in details te treden, maar... klopte mijn theorie?'

Er valt een stilte. De lijn knettert. Ik krijg geen lucht.

'Niet in alle opzichten,' zegt Ketterman uiteindelijk, en ik voel een pijnlijke steek van triomf, want ik had dus in sommige opzichten wél gelijk.

De verbinding wordt verbroken. Ik leg de hoorn neer en kijk naar mijn gezicht in de gangspiegel. Mijn wangen blozen en mijn ogen stralen.

Ik had gelijk. En ze weten het.

Ze gaan me mijn baan teruggeven, dringt het met een schok tot me door. Ze gaan me vennoot maken. De gedachte windt me op, maar tegelijkertijd voel ik ook een vreemde angst.

Ik zie wel als het zover is.

Ik loop gespannen de keuken in, niet in staat stil te staan. Hoe moet ik de komende uren in vredesnaam doorkomen? Ik schenk heet water op mijn kamilletheezakje, kijk ernaar en roer erin. En dan krijg ik een inval.

Binnen twintig minuten heb ik gekocht wat ik nodig heb,
Boter, eieren, bloem, vanille, poedersuiker. Bakvormen. Een mixer. Een keukenweegschaal. Alles, eigenlijk. Ongelooflijk, hoe slecht uitgerust mijn keuken is. Hoe heb ik hier ooit kunnen koken?
Tja. Dat deed ik nooit.
Ik heb geen schort, dus behelp ik me met een oud shirt. Ik heb geen mengkom en ik ben vergeten er een te kopen, dus gebruik ik het plastic teiltje dat ik bij mijn aromatherapieset kreeg.
Een uur kloppen en bakken later heb ik een taart gemaakt. Drie lagen biscuitdeeg met crème ertussen, geglazuurd met citroenglacé en versierd met suikerbloemetjes.
Ik kijk er even voldaan naar. Dit is de vijfde taart van mijn leven, en de eerste met meer dan twee lagen. Ik trek het oude shirt uit, controleer of mijn mobieltje in mijn zak zit, pak de taart en loop de deur uit.
Mevrouw Farley kijkt verbaasd op als ze me voor haar deur ziet staan.
'Dag!' zeg ik. 'Ik heb iets voor u. Om u te bedanken voor het aannemen van de post.'
'O!' Ze kijkt verbluft naar de taart. 'Samantha! Die moet heel duur geweest zijn!'
'Ik heb hem niet gekocht,' zeg ik trots. 'Ik heb hem zelf gemaakt.'
Mevrouw Farley staat paf.
'Heb jíj die taart gemaakt?'
'Hm-hm.' Ik lach stralend. 'Zal ik hem naar binnen brengen en koffie voor u zetten?'
Mevrouw Farley is te perplex om iets terug te zeggen, dus loop ik langs haar heen haar appartement in. Ik moet tot mijn schande bekennen dat ik er nog nooit ben geweest. In de drie jaar dat ik mevrouw Farley ken, heb ik geen voet over haar drempel gezet. Haar smetteloos schone huis staat vol bijzettafeltjes en antiek, en op de salontafel staat een schaal met rozenblaadjes.
'Gaat u maar zitten,' zeg ik. 'Ik kan alles wel vinden in de keuken.'
Mevrouw Farley zakt nog steeds verdwaasd in een oorfauteuil.

'Niets kapotmaken alsjeblieft,' zegt ze zwakjes.

'Ik maak niets kapot! Wilt u opgeklopte melk in de koffie? En wat nootmuskaat?'

Tien minuten later kom ik met twee koppen koffie en de taart uit de keuken.

'Zo.' Ik snijd een punt voor mevrouw Farley af. 'Proeft u maar eens.'

Mevrouw Farley neemt het schoteltje aan en kijkt er even naar.

'Die heb jij gebakken,' zegt ze ten slotte.

'Klopt!'

Mevrouw Farley brengt het stuk taart naar haar mond. Dan laat ze haar hand zakken. Ze lijkt steeds nerveuzer te worden.

'Het kan echt geen kwaad, hoor!' zeg ik, en ik neem een hap van mijn eigen punt. 'Ziet u wel? Ik kan bakken! Echt waar!'

Mevrouw Farley neemt heel behoedzaam een muizenhapje en kauwt. Dan kijkt ze me verbijsterd aan. 'Het is... verrukkelijk! Zo luchtig! Heb jij dat echt gemaakt?'

'Ik heb de eiwitten apart geklopt,' leg ik uit. 'Dat houdt gebak luchtig. Ik kan u het recept wel geven, als u wilt. Hier, koffie.' Ik reik haar een kop aan. 'Ik heb uw elektrische garde gebruikt voor de melk, als u het niet erg vindt. Dat werkt goed, als de melk maar op de juiste temperatuur is.'

Mevrouw Farley kijkt me aan alsof ik wartaal uitsla.

'Samantha,' zegt ze uiteindelijk. 'Waar heb jij de afgelopen weken gezeten?'

'Ik ben... elders geweest.' Mijn blik valt op een spuitbus Pledge en een stofdoek op een bijzettafeltje. Ze moet aan de schoonmaak geweest zijn toen ik belde. 'Ik zou die stofdoeken niet gebruiken als ik u was,' zeg ik beleefd. 'Ik kan u betere aanraden.'

Mevrouw Farley zet haar kop neer en leunt voorover in haar stoel. Ze heeft een bezorgde rimpel in haar voorhoofd. 'Samantha, je bent toch geen lid geworden van de een of andere sekte?'

'Nee!' Ik moet wel om haar gezicht lachen. 'Ik heb alleen... iets anders gedaan. Nog een kopje koffie?'

Ik ga naar de keuken en klop nog wat melk op. Wanneer ik in de woonkamer terugkom, is mevrouw Farley aan haar tweede stuk taart bezig.

'Heerlijk,' zegt ze tussen het kauwen door. 'Dank je wel.'

'Tja... ach.' Ik haal verlegen mijn schouders op. 'U ook bedankt omdat u al die tijd voor me hebt gezorgd.'

Mevrouw Farley heeft haar taart op, zet het schoteltje neer en kijkt me even aan, met haar hoofd schuin, als een vogel.

'Kind,' zegt ze dan, 'ik weet niet waar je bent geweest, of wat je hebt gedaan, maar wat het ook is, je bent een ander mens geworden.'

'Ik weet dat mijn haar anders zit...' begin ik, maar mevrouw Farley schudt haar hoofd.

'Vroeger rende je in en uit, je kwam 's avonds laat thuis en je zag er altijd moe uit. Afgetobd. En ik vond dat je eruitzag als... als de lege huls van een mens. Een verdroogd blad. Een lege dop.'

Een *verdroogd blad*? denk ik verontwaardigd. Een *lege dop*?

'Maar nu ben je helemaal opgebloeid! Je ziet er energieker uit, gezonder... gelukkig...' Ze zet haar kopje neer en leunt naar me over. 'Wat je ook hebt uitgevoerd, kind, het heeft je goed gedaan.'

'O. Goh, dank u.' Ik glimlach schuchter. 'Ik voel me ook anders, denk ik. Ik zal me wel meer op mijn gemak voelen tegenwoordig.' Ik neem een slokje koffie, leun achterover in mijn stoel en denk erover na. 'Ik geniet iets meer van het leven dan vroeger... Ik zíé meer dan vroeger... Ik hóór...'

'Je hoort anders niet dat je telefoon gaat,' onderbreekt mevrouw Farley me vriendelijk, en ze knikt naar mijn zak.

'O!' zeg ik geschrokken, en ik pak het toestel. 'Ik moet dit gesprek aannemen. Neem me niet kwalijk.'

Ik klap het toestel open en hoor prompt de stem van Ketterman in mijn oor.

'Samantha.'

Ik zit drie uur bij Carter Spink en praat achtereenvolgens met iemand van de vereniging van juristen, twee van de oudste vennoten en iemand van de Third Union Bank. Tegen lunchtijd voel ik me uitgeput van het telkens dezelfde dingen zeggen tegen dezelfde angstvallig neutraal gehouden gezichten. Ik krijg hoofdpijn van de kantoorverlichting. Ik was vergeten hoe droog en bedompt het hier was.

Ik ben er nog steeds niet achter wat er precies gaande is. Juristen zijn zo verdomd discreet. Ik weet dat er iemand bij Arnold thuis is geweest, maar meer ook niet. Maar zelfs al wil niemand het toegeven, ik weet dat ik gelijk had. Mijn naam is gezuiverd.

Na het laatste gesprek worden er broodjes, een fles mineraalwater en een muffin voor me gebracht. Ik sta op, strek mijn armen uit en drentel naar het raam. Ik voel me hier opgesloten. Er wordt geklopt en Ketterman komt de kamer in.

'Ben ik nog niet klaar?' zeg ik. 'Ik zit hier al uren.'

'Misschien moeten we je nog spreken.' Hij wijst naar de broodjes. 'Eet iets.'

Ik hou het geen minuut meer uit in die kamer. Ik moet in elk geval even mijn benen strekken.

'Ik ga me eerst even opfrissen,' zeg ik, en ik haast me de kamer uit voordat hij bezwaar kan maken.

Zodra ik de damestoiletten binnenkom, klappen alle vrouwen dicht. Ik trek me in een hokje terug en hoor opgewonden gefluister en gemurmel achter de deur. Als ik weer tevoorschijn kom, zijn ze er allemaal nog. Ik voel hun ogen op me branden als zonnelampen.

'Zo, Samantha, ben je nou weer terug?' vraagt een associée die Lucy heet.

'Niet echt.' Ik draai me verlegen om naar de wastafel.

'Wat zie je er anders uit!' zegt een meisje.

'Je armen!' zegt Lucy, die kijkt hoe ik mijn handen was. 'Wat zijn ze bruin. En gespierd! Ben je naar een kuuroord geweest?'

'Eh... nee.' Ik glimlach raadselachtig. 'Maar bedankt voor het compliment. Zo, en hoe is het hier?'

'Goed.' Lucy knikt een paar keer. 'Heel druk. Ik heb vorige week zesenzestig declarabele uren gemaakt. Twee keer een nacht doorgewerkt.'

'Ik drie,' zegt een ander meisje achteloos, maar ik zie de trots op haar gezicht. En de donkergrijze kringen onder haar ogen. Zag ik er vroeger ook zo uit? Bleek, afgetobd en gespannen?

'Wat goed!' zeg ik beleefd terwijl ik mijn handen afdroog. 'Zo, ik moest maar eens terug. Tot ziens!'

Ik loop in gedachten verzonken van de Damestoilet terug naar de spreekkamer. Een stem wekt me uit mijn gepeins.

'O, mijn god, Samántha?'

'Gúy?' Ik kijk geschrokken op en zie hem door de gang naar me toe hollen. Hij ziet er fit en gebruind uit en zijn glimlach is oogverblindender dan ooit.

Ik had niet verwacht Guy hier tegen te komen. Het brengt me zelfs een beetje van mijn stuk.

'Kijk eens aan!' Hij pakt me stevig bij mijn schouders en tuurt naar mijn gezicht. 'Je ziet er fantastisch uit.'

'Ik dacht dat jij in Hong Kong zat?'

'Ik ben vanochtend teruggekomen. Ik heb net gehoord hoe het in elkaar zit. God allemachtig, Samantha, het is ongelooflijk.' Hij vervolgt zachter: 'Alleen jij zou dat allemaal uit kunnen knobbelen. Arnold, nota bene. Ik was er kapót van. Wij allemaal. Degenen die het weten, althans,' besluit hij nog iets zachter. 'Het is uiteraard nog niet bekendgemaakt.'

'Ik weet zelf niet eens "hoe het in elkaar zit",' zeg ik een tikje verbolgen. 'Geen mens vertelt me iets.'

'Dat komt nog wel.' Guy haalt zijn BlackBerry uit zijn zak en tuurt ernaar. 'Jij bent het gesprek van de dag. Ik heb het altijd wel geweten.' Hij kijkt op. 'Ik wist wel dat je geen fout had gemaakt.'

Ik kijk hem met grote ogen aan. Hoe krijgt hij het uit zijn mond?

'Niet waar,' zeg ik zodra ik mijn stem terug heb. 'Dat wist je niet. Je hebt gezegd dat ik fouten had gemaakt, weet je nog? Je hebt gezegd dat ik onbetrouwbaar was.'

Ik voel alle pijn en vernedering van toen weer bovenkomen en wend mijn blik af.

'Ik heb gezegd dat ándere mensen hadden gezegd dat je fouten had gemaakt.' Guy houdt op met tikken op zijn BlackBerry en kijkt met gefronst voorhoofd naar me op. 'Shit, Samantha, ik ben wel degelijk voor je opgekomen. Ik stond aan jouw kant. Dat kan iedereen bevestigen!'

Ja, hoor. Vast. Daarom mocht ik niet bij je komen logeren.

Maar ik zeg het niet hardop. Ik heb geen zin om erover door te gaan. Het is verleden tijd.

'Ook goed,' zeg ik uiteindelijk. 'Als jij het zegt.'

We lopen samen door de gang. Guy gaat nog steeds helemaal op in zijn BlackBerry. God, hij is gewoon verslaafd aan dat ding, denk ik lichtelijk geïrriteerd.

'Nou, waar heb je in vredesnaam gezeten?' Hij houdt eindelijk even op met tikken. 'Wat heb je al die tijd uitgevoerd? Je bent toch niet echt serveerster?'

'Nee.' Ik lach tegen wil en dank om zijn gezicht. 'Nee, ik heb een baan gevonden.'

'Ik wist wel dat iemand je te pakken zou krijgen.' Hij knikt voldaan. 'Wie heeft je aangenomen?'

'O... je kent ze toch niet,' zeg ik na een korte aarzeling.

'Maar je zit nog wel in dezelfde branche?' Hij stopt zijn BlackBerry weg. 'Hetzelfde soort werk?'

Opeens zie ik mezelf in mijn blauwe nylon schort Trish' badkamervloer dweilen.

'Eh... nee, niet echt, toevallig.' Ik hou mijn gezicht op de een of andere manier in de plooi.

Guy kijkt verbaasd. 'Maar je zit toch nog wel in het financieel recht? Zeg nou niet dat je helemaal bent omgeschakeld.' Zijn gezicht betrekt plotseling. 'Je bent toch niet in het handelsrecht gegaan, hoop ik?'

'Eh... nee... niet het handelsrecht. Ik kan maar beter gaan,' breek ik het gesprek af, en ik doe de deur van de spreekkamer open. 'Ik zie je nog wel.'

Ik eet mijn broodjes en drink mijn mineraalwater. Een halfuur lang word ik niet gestoord. Ik voel me een beetje alsof ik in quarantaine ben gezet vanwege een dodelijke ziekte. Hadden ze me niet tenminste een paar tijdschriften kunnen geven? Door Trish' onuitputtelijke voorraad *Heat*'s en *Hello!*'s heb ik de smaak van het roddelen te pakken gekregen.

Dan wordt er eindelijk geklopt en komt Ketterman binnen.

'Samantha. We willen je graag in de bestuurskamer zien.'

De bestuurskamer? Krijg nou wat.

Ik loop met Ketterman mee door de gangen, me ervan bewust dat alle mensen die we passeren elkaar aanstoten en fluisteren. Hij opent de immense dubbele deuren van de bestuurskamer voor me en ik loop naar binnen. Daar word ik door zo ongeveer de helft van de vennoten opgewacht. Ketterman sluit de deuren in stilte. Ik kijk naar Guy, die bemoedigend naar me glimlacht, maar niets zegt.

Word ik soms geacht het woord te nemen? Heb ik mijn instructies niet gezien? Ketterman heeft zich bij de vennoten geschaard. Nu wendt hij zich tot mij.

'Samantha. Zoals je weet, loopt er een onderzoek naar... de recente gebeurtenissen. De uitkomst staat nog niet volledig vast.' Hij zwijgt gespannen, en ik zie dat een paar van de anderen elkaar ernstig aankijken. 'We hebben echter al wel één conclusie getrokken. Je bent onrechtvaardig behandeld.'

Ik kijk hem sprakeloos aan. Geeft hij het tóé? Een jurist zover krijgen dat hij een fout toegeeft, staat gelijk aan een filmster laten toegeven dat ze liposuctie heeft ondergaan.

'Pardon?' zeg ik, alleen maar om hem te dwingen het nog eens te zeggen.

'Je bent onrechtvaardig behandeld.' Hij fronst zijn voorhoofd, zichtbaar niet blij met dit deel van het gesprek.

Ik krijg zin om te giechelen. 'Ik ben onrechtmatig behandeld?' durf ik met een niet-begrijpend gezicht te vragen.

'Onrechtvaardig!' bijt hij me toe. 'Onrechtvaardig!'

'O, onrechtváárdig. Goh, dank u wel.' Ik glimlach beleefd. 'Dat stel ik op prijs.'

Waarschijnlijk gaan ze me nu een soort bonus aanbieden, valt me in. Een mand met luxe levensmiddelen. Of zelfs een vakantie.

'En daarom...' Ketterman zwijgt even. 'Daarom willen we je gelijkwaardig vennoot van de firma maken. Met onmiddellijke ingang.'

Ik schrik er zo van dat ik bijna op de vloer ga zitten. *Gelijkwaardig vennoot?*

Ik doe mijn mond open, maar kan geen woord uitbrengen. Ik hap naar lucht. Ik kijk hulpeloos om me heen, als een vis aan het eind van een lijn. Gelijkwaardig vennoot is het hoogste wat je kunt bereiken. Het is de meest prestigieuze functie op juridisch gebied. Dat had ik nooit, maar dan ook nooit verwacht.

'Welkom terug, Samantha,' zegt Greg Parker.

'Welkom terug,' volgen een paar anderen zijn voorbeeld. David Elldridge glimlacht warm naar me. Guy steekt zijn duim naar me op.

'We hebben champagne.' Ketterman knikt naar Guy, die de dubbele deuren openmaakt. Er komen prompt twee serveersters van de Partners' Dining Room met dienbladen vol champagneglazen binnen. Iemand drukt me er een in de hand.

Dit gaat te snel allemaal. Ik moet iets zeggen.

'Eh... neem me niet kwalijk!' roep ik. 'Ik heb nog niet gezegd dat ik het aanbod accepteer.'

Iedereen lijkt te verstijven, alsof de pauzetoets is ingedrukt.

'Pardon?' Ketterman kijkt me met een verbaasde grimas op zijn gezicht aan.

O, god. Ik weet niet of ze dit wel sportief zullen opvatten.

'Het zit zo...' Ik neem een slokje champagne om mezelf moed in te drinken. Hoe kan ik dit tactvol brengen?

Ik heb er de hele dag over nagedacht, telkens weer. Vennoot van Carter Spink worden was de droom die ik mijn hele volwassen leven koesterde. De fonkelende prijs. Het was alles wat ik wilde.

Alleen... Er zijn zoveel dingen waarvan ik niet wist dat ik ze wilde. Dingen waar ik tot een paar weken geleden geen idee van had. Zoals frisse lucht. Zoals 's avonds vrij hebben. Onbezorgde weekenden. Plannen maken met vrienden. Na mijn werk in de pub cider drinken zonder dat ik iets moet doen, aan iets moet denken of iets boven mijn hoofd heb hangen.

Zelfs al bieden ze me aan gelijkwaardig vennoot te worden, er verandert niets. Ik verander er niet door. Mevrouw Farley had gelijk: ik ben opgebloeid. Ik ben geen lege dop meer.

Waarom zou ik weer een lege dop willen worden?

Ik schraap mijn keel en kijk om me heen.

'Het is een hele eer om zo'n verbijsterende kans aangeboden te krijgen,' zeg ik plechtig. 'En ik ben er heel dankbaar voor. Echt. Maar... ik ben niet teruggekomen omdat ik mijn baan terug wilde, maar om mijn naam te zuiveren. Om te bewijzen dat ik geen fout had gemaakt.' Ik kan me niet bedwingen en kijk even naar Guy. 'Het komt erop neer dat ik sinds mijn vertrek bij Carter Spink, eh... verder ben gegaan. Ik heb een baan. Die me uitstekend bevalt. Ik neem het aanbod dus niet aan.'

Er valt een onthutste stilte.

'Dank u,' zeg ik nog eens beleefd. 'En, eh... ook bedankt voor de champagne.'

'Dat meent ze toch niet?' zegt iemand achterin. Ketterman en Elldridge kijken elkaar zorgelijk aan.

Dan neemt Ketterman het woord. 'Samantha,' zegt hij, 'mogelijk heb je elders kansen gekregen, maar jij bent een jurist van Carter Spink. Hier ben je opgeleid, hier hoor je thuis.'

'Als het om het salaris gaat,' vult Elldridge aan, 'weet ik zeker dat we je kunnen betalen wat je nu...' Hij kijkt vragend naar Guy. 'Waar zit ze tegenwoordig?'

'Waar je ook zit, ik zal met de oudste vennoot gaan praten,' zegt Ketterman zakelijk. 'Het hoofd Personeelszaken... Wie ik maar moet hebben. We komen er wel uit. Geef me het nummer maar.' Hij pakt zijn BlackBerry al.

Mijn mond trekt, zo wanhopig graag wil ik giechelen.

'Er is geen hoofd Personeelszaken,' verklaar ik. 'En geen oudste vennoot.'

'Er is geen oudste vennoot?' zegt Ketterman verstoord. 'Hoe kan er nou geen oudste vennoot zijn?'

'Ik heb nooit gezegd dat ik als jurist werkte.'

Het is alsof ik heb gezegd dat de aarde plat is. Ik heb nog nooit zo veel verbijsterde gezichten bij elkaar gezien.

'Je... je werkt niet als jurist?' vraagt Elldridge ten slotte. 'Wat doe je dan?'

Ik had gehoopt dat het er niet van zou komen, maar aan de andere kant... Waarom zouden ze het niet mogen weten?

'Ik werk als huishoudster.' Ik glimlach.

'Huishoudster?' Elldridge kijkt me argwanend aan. 'Is dat het nieuwste jargon voor een troubleshooter? Ik kan die belachelijke functieomschrijvingen niet meer bijbenen.'

'Zit je soms aan de intern-beheerkant?' vraagt Ketterman. 'Bedoel je dat?'

'Nee, dat bedoel ik niet,' zeg ik geduldig. 'Ik ben huishoudster. Ik maak bedden op. Ik bereid maaltijden. Ik ben werkster.'

Er beweegt minstens een minuut niemand. God, had ik mijn fototoestel maar bij me. Die gezichten.

'Je bent letterlijk... húíshoudster?' hakkelt Elldridge uiteindelijk.

'Hm-hm.' Ik kijk op mijn horloge. 'Het schenkt me voldoening en ik ben ontspannen en gelukkig. Trouwens, ik moest maar eens te-

ruggaan.' Ik richt me tot Ketterman. 'Dank u wel dat u naar me hebt willen luisteren. U was de enige die daartoe bereid was.'
  'Je slaat ons aanbod af?' zegt Oliver Swan ongelovig.
  'Ik sla het aanbod af.' Ik haal verontschuldigend mijn schouders op. 'Sorry. Tot ziens, allemaal.'

  Ik loop met knikkende knieën de bestuurskamer uit. Ik voel me ook een beetje manisch vanbinnen. *Ik heb geweigerd.* Ik heb geweigerd oudste vennoot van Carter Spink te worden.
  Wat zal mijn moeder in godsnaam zeggen?
  Bij die gedachte wil ik hysterisch lachen.
  Ik voel me te opgefokt om op de lift te wachten, dus kletter ik de koude stenen trappen af.
  'Samantha!' weerkaatst de stem van Guy plotseling boven me.
  O, nee, hè? Wat wil hij van me?
  'Ik ga weg!' roep ik naar boven. 'Laat me met rust!'
  'Je kunt niet weggaan!'
  Ik hoor hem vaart maken op de trap en ga dus zelf ook maar harder lopen. Ik heb mijn zegje gedaan; wat valt er nog te bespreken? Met hard op de treden klikkende hakken snel ik naar beneden, met een hand op de trapleuning om mijn evenwicht niet te verliezen, maar Guy haalt me toch in.
  'Samantha, dit is waanzin!'
  'Nee, hoor!'
  'Ik kan niet toestaan dat jij je carrière ruïneert uit... uit rancune!' roept hij.
  Ik draai me bliksemsnel om in mijn verontwaardiging en val nog net niet van de trap. 'Ik doe dit niet uit rancune!'
  'Ik weet dat je kwaad bent op ons allemaal!' Guy heeft me hijgend ingehaald. 'Het zal je vast wel een lekker gevoel geven om ons af te wijzen, te zeggen dat je huishoudster bent...'
  'Ik bén huishoudster!' roep ik. 'En ik wijs jullie niet af omdat ik boos ben. Ik wijs jullie af omdat ik die baan niet hoef.'
  'Samantha, je wilde liever dan wat ook ter wereld vennoot worden!' Guy pakt me bij mijn arm. 'Ik weet het zeker! Daar heb je al die jaren voor gewerkt. Dat kun je niet weggooien! Daar is het te waardevol voor.'

'Als ik het nu eens niet meer waardevol vind?'

'Je bent pas een paar weken weg! Alles kan niet zomaar veranderd zijn!'

'Toch wel. Ik ben veranderd.'

Guy schudt ongelovig zijn hoofd. 'Wil je echt huishoudster zijn?'

'Nou en of,' snauw ik. 'Wat is er mis met huishoudster zijn?'

'O, in gods...' Hij bedenkt zich. 'Luister nou, Samantha, ga mee naar boven. Dan praten we erover. De afdeling Personeelszaken bemoeit zich er nu ook mee. Je bent je baan kwijtgeraakt... Je bent slecht behandeld... Geen wonder dat je niet helder kunt denken. Ze stellen voor dat je in therapie gaat.'

'Ik hoef geen therapie.' Ik draai me op mijn hakken om en loop verder de trap af. 'Ben ik nu gék, alleen maar omdat ik geen jurist wil zijn?'

Ik ben beneden en storm de hal in, op de hielen gezeten door Guy. Hilary Grant, het hoofd Personeelszaken, zit op een leren bank met een mij onbekende vrouw in een rood mantelpak. Ze kijken allebei verbaasd naar me op.

'Samantha, dat kun je niet maken!' roept Guy, die nu ook in de hal is, me na. 'Je bent een van de begaafdste juristen die ik ken. Ik kan je geen opname in de vennootschap laten weigeren omdat je verdomme... húíshoudster wilt zijn.'

'Waarom niet, als dat is wat ik wil?' Ik kom tot stilstand op het marmer en draai me woest naar hem om. 'Guy, ik heb ontdekt hoe het is om een léven te hebben! Ik heb ontdekt hoe het is om níét elk weekend te werken. Om níét constant onder druk te staan. En het bevalt me prima!'

Guy hoort geen woord van wat ik zeg. Hij wíl het niet eens begrijpen.

'Jij wilt beweren dat je liever plees schrobt dan vennoot van Carter Spink te zijn?' Hij is rood aangelopen van verontwaardiging.

'Ja!' zeg ik opstandig. 'Ja, inderdaad!'

'Wie is dat?' vraagt de vrouw in het rode mantelpak belangstellend.

'Samantha, je maakt de grootste fout van je hele leven!' Guys stem achtervolgt me tot de glazen deuren. 'Als je nu wegloopt...'

Ik wacht de rest niet af. Ik ben de deur uit. De treden af. Weg.

Ik zou zojuist de grootste fout van mijn hele leven gemaakt kunnen hebben. Ik zit in de trein terug naar Gloucestershire, met een glas wijn om mijn zenuwen tot bedaren te brengen, en hoor Guys woorden telkens in mijn oren weergalmen.

Ooit zou die gedachte alleen al genoeg geweest zijn om me te laten instorten, maar nu niet meer. Ik kan er bijna om lachen. Hij heeft geen idee.

Als ik iets heb geleerd van alles wat me is overkomen, is het wel dat zoiets als de grootste fout van je leven niet bestaat. Zoiets als je leven ruïneren bestaat ook niet. Het leven is behoorlijk veerkrachtig, heb ik gemerkt.

In Lower Ebury aangekomen loop ik regelrecht naar de pub. Nathaniel staat achter de bar in een gemêleerd overhemd dat ik nog nooit heb gezien met Eamonn te praten. Ik blijf even in de deuropening staan om naar hem te kijken. Zijn sterke handen; de houding van zijn hals; de rimpel in zijn voorhoofd wanneer hij knikt. Ik zie zó dat hij het niet eens is met wat Eamonn zegt, maar hij houdt zich in om tactvol te zeggen wat hij ervan vindt.

Misschien ben ik beter in telepathie dan ik dacht.

Alsof hij ook telepathisch ik, kijkt hij op en schrikt. Hij glimlacht hartelijk, maar ik zie de spanning erachter. De afgelopen paar dagen zijn misschien niet gemakkelijk voor hem geweest. Misschien was hij bang dat ik niet terug zou komen.

Er wordt gejoeld bij het dartbord, en een van de jongens kijkt om en ziet me naar de bar lopen.

'Samantha!' roept hij. 'Eindelijk! Ons team heeft je nodig!'

'Ik kom zo!' roep ik over mijn schouder. 'Hallo,' zeg ik als ik bij Nathaniel ben. 'Leuk overhemd.'

'Hallo,' zegt hij nonchalant. 'Goede reis gehad?'

'Niet slecht.' Ik knik. Nathaniel tilt de klep van de bar voor me op. Zijn ogen tasten zoekend mijn gezicht af.

'En... is het klaar?'

'Ja.' Ik sla mijn armen om hem heen en druk hem stevig tegen me aan. 'Het is klaar.'

En op dat moment geloof ik het echt.

23

Tot de lunch gebeurt er weinig.
Ik maak zoals gewoonlijk ontbijt voor Trish en Eddie. Ik stofzuig en neem stof af zoals gewoonlijk. Dan doe ik het schort om dat ik van Iris heb gekregen, pak de snijplank en pers sinaasappelen uit. Ik wil pure chocolademousse met sinaasappel maken voor de liefdadigheidslunch van morgen. We willen het opdienen op een bedje van gekonfijte sinaasappelpartjes, en elk bord wordt gegarneerd met een echt verzilverde engel uit een kerstcatalogus.
Dat was Trish' idee. Net als de engeltjes die aan het plafond hangen.
'Hoe ver zijn we?' Trish klik-klakt geagiteerd de keuken in. 'Is de mousse al klaar?'
'Nog niet,' zeg ik terwijl ik kordaat een sinaasappel uitpers. 'Mevrouw Geiger, maakt u zich geen zorgen. Ik heb het allemaal in de hand.'
'Weet je wel wat ik heb dóórgemaakt, de afgelopen paar dagen?' Ze grijpt naar haar hoofd. 'Steeds meer mensen nemen de uitnodiging aan... Ik heb de tafelschikking moeten veranderen...'
'Het komt allemaal goed,' zeg ik sussend. 'Probeer rustig te blijven.'
'Ja.' Ze blaast uit, met haar hoofd tussen twee gelakte nagels. 'Je hebt gelijk. Ik ga even naar de geschenktassen kijken...'
Ongelooflijk, wat Trish aan deze lunch uitgeeft. Telkens wanneer ik vraag of we de eetkamer wel echt met witte zijde moeten overhuiven, of alle gasten een orchidee als corsage moeten geven, snerpt ze: 'Het is allemaal voor het goede doel!'
Wat me herinnert aan iets wat ik haar al een tijdje wil vragen.
'Eh... mevrouw Geiger,' zeg ik als terloops, 'vraagt u uw gasten entreegeld voor de lunch?'

'O, nee!' zegt ze. 'Vind je dat zelf ook niet een beetje ordinair?'
'Houdt u een verloting?'
'Ik dacht het niet.' Ze trekt haar neus op. 'Mensen hebben de pést aan loterijen.'
Ik durf de volgende vraag bijna niet te stellen.
'Maar, eh... hoe wilt u dan geld voor het goede doel bij elkaar krijgen?'
Het is stil in de keuken. Trish is verstijfd, met grote ogen.
'Téring,' zegt ze ten slotte.
Ik wist het. Ze heeft er niet bij stilgestaan. Op de een of andere manier slaag ik erin mijn beleefde huishoudstersgezicht te blijven trekken. 'Misschien kunnen we om een vrijwillige bijdrage vragen?' opper ik. 'We zouden bij de koffie met After Eight een zakje kunnen laten rondgaan.'
'Ja. Ja.' Trish kijkt naar me alsof ik een genie ben. 'Dát doen we.' Ze blaast sissend uit. 'Ik raak hier ontzettend gestrest van, Samantha. Ik snap niet hoe jij zo kalm kunt blijven.'
'O... ik weet niet.' Ik glimlach, plotseling overspoeld door genegenheid. Toen ik de vorige avond terugkwam, was het alsof ik thuiskwam, al had Trish wel een berg afwas voor me op het aanrecht laten staan en een briefje neergelegd waarin stond: 'Samantha, morgen graag al het zilver poetsen.'
Trish loopt de keuken uit en ik begin eiwit voor de mousse te kloppen. Dan zie ik een man langs de oprijlaan sluipen. Hij draagt een spijkerbroek en een oud poloshirt en er hangt een fototoestel om zijn nek. Hij verdwijnt uit het zicht en ik frons verbaasd mijn wenkbrauwen. Misschien komt hij iets bezorgen. Ik meet de suiker af, met een half oor naar de bel luisterend, en vouw het in de eiwitten, precies zoals ik van Iris heb geleerd. Dan staat de man opeens achter de keukendeur door het raampje te gluren.
Ik ga mijn mengsel niet laten bederven voor een colporteur. Hij wacht maar even. Ik ben klaar met de suiker, loop naar de deur en doe open.
'Kan ik iets voor u doen?' vraag ik beleefd.
De man staart me een paar tellen zwijgend aan en kijkt van de opgevouwen roddelkrant onder zijn arm naar mij. 'Ben jij Samantha Sweeting?' vraagt hij ten slotte.

Ik kijk hem argwanend aan. 'Hoezo?'
'Ik ben van de *Cheltenham Gazette.*' Hij laat me in een flits een legitimatiebewijs zien. 'Ik wil graag een exclusief interview van je. "Waarom ik de Cotswolds als onderduikadres heb gekozen", dat werk.'
Ik kijk hem wezenloos aan.
'Eh... waar heb je het over?'
'Heb je het niet gezien?' vraagt hij verbaasd. 'Ik neem aan dat jij dit bent?' Hij laat me de krant zien en mijn maag verkrampt van ontzetting.
Ik sta op een foto in de krant. *Ik.*
Het is mijn staatsieportret van Carter Spink. Ik heb een zwart mantelpakje aan en een knotje op mijn hoofd. Erboven staat de vette kop: IK SCHROB LIEVER PLEES DAN DE VENNOOT VAN CARTER SPINK TE WORDEN.
Wat heeft dat in godsnaam te betekenen?
Ik neem de krant met bevende handen van de man over en neem het artikel door.

Ze zijn de heersers van het universum, benijd door hun gelijken. Carter Spink is de meest prestigieuze juridische firma van het land, maar gisteren bedankte een jonge vrouw voor een hoge functie als vennoot om als nederige huishoudster te kunnen werken.

GEEN LEVEN
De vennoten stonden er beteuterd bij toen juriste Samantha Sweeting, een topper die £ 500 per uur declareert, hun aanbod weigerde, al ging het gepaard met een riant salaris. De hoogvliegster, die eerder was ontslagen, zou een financieel schandaal bij de firma aan het licht hebben gebracht, maar toen haar een volwaardig aandeel in de vennootschap werd aangeboden, noemde Sweeting de druk en het gebrek aan vrije tijd als redenen voor haar beslissing.
'Ik heb nu een eigen leven,' zei ze tegen de vennoten, die haar smeekten te blijven.
Een voormalig werknemer van Carter Spink die niet met naam genoemd wil worden, bevestigde dat de werkomstandigheden bij de juridische firma honds zijn. 'Ze verwachten van je dat je je ziel verkoopt,'

zei hij. 'Ik moest ontslag nemen vanwege de stress. Geen wonder dat ze liever ongeschoold werk doet.'

Een woordvoerster van Carter Spink verdedigde het beleid van de firma. 'We zijn een flexibele, moderne onderneming met een sympathiek arbeidsethos. We zouden graag met Samantha over haar opvattingen praten en we verwachten zeker niet dat werknemers 'hun ziel verkopen'.

SPOORLOOS
De woordvoerster bevestigde dat het aanbod aan mevrouw Sweeting nog geldt en dat de vennoten van Carter Spink haar dringend willen spreken. Een nieuwe, uitzonderlijke draai aan het verhaal is echter dat deze hedendaagse Assepoester niet meer is gezien sinds ze het kantoor uit is gerend.

WAAR IS ZE?
Zie commentaar, blz. 34.

Ik kijk er verdwaasd naar. Zie commentaar? Is er nog méér?
Ik blader met beverige handen door naar bladzijde 34.

DE PRIJS VAN HET SUCCES – TE HOOG?
Een ambitieuze juriste met de wereld aan haar voeten laat een topinkomen schieten voor de huishoudelijke sleur. Wat zegt dit verhaal over de druk van de hedendaagse maatschappij? Worden onze carrièrevrouwen niet te veel opgejaagd? Branden ze op? Luidt dit bijzondere verhaal een nieuwe trend in?

Eén ding staat vast: alleen Samantha Sweeting kent het antwoord.

Ik kijk sprakeloos van ongeloof naar het artikel. Hoe... Wat... *Hoe?*
Ik schrik op van een flits, kijk op en zie dat de man zijn fototoestel op me heeft gericht.

'Niet doen!' roep ik, en ik sla onthutst mijn handen voor mijn gezicht.

'Mag ik een foto van je maken met een pleeborstel in je hand, schat?' zegt hij, en hij zoomt in. 'Ze hadden me in de pub getipt dat jij het was. Wat een primeur.' De flits gaat weer af en ik krimp in elkaar.

'Nee! Je... Het is een vergissing.' Ik stop hem de verfrommelde krant toe. 'Dit... Diet ben iek niet. Iek ben Martine. Iek niet juriest.'

De journalist kijkt achterdochtig van mij naar de foto. Ik zie een zweempje twijfel op zijn gezicht. Ik zie er best anders uit dan toen, met mijn blonde haar en alles.

'Dat is geen Frans accent,' zegt hij.

Daar zegt hij iets. Accenten nadoen is niet echt mijn sterkste punt.

'Ben... half Belgisch.' Ik kijk strak naar de vloer. 'Verlaat et uis nu, alstublieft. Anders iek bel politie.'

'Hou maar op, schat. Je bent niet Belgisch!'

'Jij wekkaan! Is inbreuk! Is verboden!'

Ik duw hem over de drempel, sla de deur dicht en draai de sleutel om. Dan trek ik het gordijn dicht en leun met bonzend hart tegen de deur. Shit. Shit. Wat nu?

Oké. Als ik maar niet in paniek raak. Als ik maar helder blijf denken en de situatie evenwichtig inschat.

Enerzijds is mijn hele verleden geopenbaard in een landelijke roddelkrant. Anderzijds lezen Trish en Eddie die krant niet. En de *Cheltenham Gazette* ook niet. Het is maar één onzinnig verhaal in één onzinnige krant, en morgen is iedereen het weer vergeten. Waarom zou ik hun iets vertellen? Waarom zou ik slapende honden wakker maken? Ik blijf gewoon chocolade-sinaasappelmousse maken alsof er niets aan de hand is. Ja. Totale ontkenning, daar kom je het verst mee.

Ik reik iets opgeknapt naar een reep chocola en breek hem boven een glazen kom in stukjes.

'Samantha! Wie was dat?' Trish steekt haar hoofd om de hoek van de deur.

'Niemand.' Ik kijk strak glimlachend op. 'Niets. Zal ik u straks een kop koffie in de tuin brengen?'

Kalm blijven. Ontkenning. Het komt allemaal goed.

Oké. Ontkenning lukt niet meer, want er staan nog eens drie journalisten op de oprijlaan.

Het is twintig minuten later. Ik heb de mousse de mousse gelaten en gluur met groeiend afgrijzen door het raam in de hal. Er zijn twee kerels en een meid uit het niets opgedoken. Ze hebben allemaal fototoestellen bij zich en ze praten met die vent in het poloshirt, die naar de keuken wijst. Af en toe maakt een van hen zich uit het gesprek los om een foto van het huis te maken. Nog even en er belt er een aan.

Ik mag dit niet op zijn beloop laten. Ik moet een nieuw plan maken. Ik moet...

Afleiding. Ja. Ik zou in elk geval tijd kunnen winnen.

Op weg naar de voordeur gris ik een grote strohoed van Trish van de kapstok. Dan stap ik behoedzaam naar buiten en loop over het grind naar de poort, waar de vier journalisten zich om me verdringen.

'Ben jij Samantha Sweeting?' vraagt er een, en hij houdt een microfoon onder mijn neus.

'Heb je er spijt van dat je geen vennoot wilde worden?' vraagt een tweede.

'Iek ben Martine,' zeg ik met gebogen hoofd. 'U ebt et verkierde uis. Iek ken Samantha Sweeting wel, en zij woont... daarginds.' Ik wuif naar de andere kant van het dorp.

Ik wacht tot de kudde op hol slaat, maar er komt niemand in beweging.

'U ebt et verkierde uis!' zeg ik nog eens. 'Verlaat et terrein, alstublieft!'

'Wat moet dat accent voorstellen?' zegt een vent met een donkere zonnebril op.

'Belgisch,' zeg ik na een korte stilte.

'Bélgisch?' Hij gluurt onder de rand van Trish' hoed. 'Ze is het, hoor,' zegt hij smalend. 'Ned, ze is het! Kom maar!'

'Ze is er! Ze is buiten!'

'Ze is het!'

Ik hoor stemmen aan de overkant van de weg, en tot mijn grote ontzetting duikt er nog een lading journalisten op. Ze rennen met camera's en dictafoons naar de poort.

Waar komen die nou vandaan?

'Mevrouw Sweeting, ik ben Angus Watts van de *Daily Express*.' De vent met de zonnebril houdt zijn microfoon hoog. 'Hebt u de jonge vrouwen van nu iets te zeggen?'

'Vind je het echt leuk om plees te schrobben?' onderbreekt iemand anders hem, en hij houdt een camera bij mijn gezicht. 'Welk merk toiletreiniger gebruik je?'

'Hou op!' zeg ik geagiteerd. 'Laat me met rust!' Ik ruk aan de smeedijzeren hekken tot ze dicht zijn, draai me om, ren terug naar het huis en verschans me in de keuken.

Wat moet ik nu beginnen?

Ik vang een glimp van mezelf op in de spiegelende koelkast. Mijn gezicht is rood en mijn ogen staan verwilderd. En ik heb die grote strohoed van Trish nog op.

Net als ik hem van mijn hoofd trek en op tafel smijt, komt Trish de keuken in met een lege koffiekop en een boek dat *Uw smaakvolle lunch* heet.

'Samantha, weet jij wat er aan de hand is?' vraagt ze. 'Er lijkt een beetje ópschudding op straat te zijn.'

'O ja?' zeg ik. 'Ik heb er niets van gemerkt.'

'Het lijkt wel een demonstratie.' Ze fronst haar voorhoofd. 'Ik hoop maar dat ze morgen weg zijn. Demonstranten denken alleen maar aan zichzelf...' Haar blik valt op het werkblad. 'Ben je nou nog niet klaar met die mousse? Samantha, echt! Wat heb je gedáán?'

'Eh... niks!' Ik slik. 'Ik ben ermee bezig, mevrouw Geiger.' Ik reik naar de kom en begin het chocolademengsel in vormpjes te lepelen.

Ik heb het gevoel dat ik in een parallel universum zit. Alles komt uit. Het is nog maar een kwestie van tijd. Wat moet ik beginnen?

'Heb jij die demonstratie gezien?' vraagt Trish streng aan Eddie, die net de keuken in kuiert. 'Bij onze poort! Ik vind dat we ze weg moeten sturen.'

'Het is geen demonstratie,' zegt hij terwijl hij in de koelkast kijkt. 'Het zijn verslaggevers.'

'Verslággevers?' Trish kijkt hem priemend aan. 'Wat hebben die hier in vredesnaam te zoeken?'

'Misschien is er een beroemdheid in de straat komen wonen?' oppert Eddie, die bier heeft gepakt en een glas volschenkt.

Trish slaat een hand voor haar mond. 'Joanna Lumley! Ik heb inderdaad gehoord dat ze iets in het dorp wilde kopen! Samantha, heb jij er iets over gehoord?'

'Ik... eh... nee,' mompel ik. Mijn gezicht gloeit.

Ik moet iets zeggen. Kom op, zeg iets. Maar wat? Waar moet ik beginnen?

'Samantha, kun je dit topje vandaag strijken?' Melissa loopt de keuken in met een mouwloos, bedrukt topje. 'En zul je heel voorzichtig doen met het kraagje?' vervolgt ze met een humeurig gezicht. 'Van het vorige liepen de vouwen niet recht.'

'O. Goed. Eh, sorry,' zeg ik. 'Leg het maar in de wasruimte...'

'En mijn kamer moet gestofzuigd worden,' gaat ze door. 'Ik heb poeder op de vloer gemorst.'

'Ik weet niet of ik wel tijd...' begin ik.

'Dan máák je maar tijd,' snauwt ze, en ze pakt een appel. 'Wat is er buiten aan de hand?'

'Dat weet niemand,' zegt Trish opgewonden 'maar we denken dat het Joanna Lumley is!'

Plotseling gaat de bel.

Mijn maag lijkt dubbel te klappen. Ik overweeg even door de achterdeur te vluchten.

'Zouden ze dat zijn?' roept Trish uit. 'Eddie, doe open. Samantha, zet koffie.' Ze kijkt me ongeduldig aan. 'Schiet op!'

Ik ben totaal verlamd. Ik moet iets zeggen. Ik moet het uitleggen, maar mijn mond wil niet bewegen. Niets wil bewegen.

'Samantha?' Trish kijkt me onderzoekend aan. 'Is er iets?'

Ik heb al mijn wilskracht nodig om op te kijken. 'Eh... mevrouw Geiger...' zeg ik schor van de zenuwen, 'ik moet u iets...'

'Melissa!' onderbreekt Eddie me. Hij rent stralend de keuken in. 'Melissa, lieverd! Ze vragen naar je!'

'Naar míj?' Melissa kijkt verbaasd op. 'Hoe bedoel je, oom Eddie?'

'Het is de *Daily Mail*! Ze willen je interviewen!' Eddie wendt zich apetrots tot Trish. 'Wist je dat onze Melissa een van de beste juristen van het land is?'

O, nee. O, nee.

'Wat?' Trish laat *Uw smaakvolle lunch* bijna uit haar handen vallen.

'Dat zeiden ze!' zegt Eddie knikkend. 'Ze zeiden dat het wel een verrassing voor me zou zijn dat we zo'n topjuriste in huis hadden. "Welnee!" zei ik.' Hij slaat een arm om Melissa heen. 'We hebben altijd wel geweten dat je een ster bent!'

'Mevrouw Geiger,' dring ik aan. Niemand let op me.

'Het moet die prijs zijn geweest die ik van de academie heb gekregen! Ze moeten er op de een of andere manier lucht van hebben gekregen!' hijgt Melissa. 'O, mijn god! De *Daily Mail*!'

'Ze willen ook foto's maken!' vult Eddie aan. 'Ze willen een exclusief interview!'

'Ik moet me opmaken!' Melissa is helemaal over haar toeren. 'Hoe zie ik eruit?'

'Wacht maar!' Trish wrikt haar handtas open. 'Hier is mascara... en lippenstift...'

Ik moet hier een eind aan maken. Ik moet ze uit de droom helpen.

'Meneer Geiger...' Ik schraap mijn keel. 'Weet u wel zeker... Ik bedoel, hebben ze wel naar Melissa gevraagd... Hebben ze haar naam genoemd?'

'Dat was niet nodig!' Hij kijkt me met twinkelende ogen aan. 'Er is maar één jurist in dit huis!'

'Samantha, koffiezetten,' gebiedt Trish vinnig. 'En neem de roze kopjes. Snel! Was ze af.'

'Weet u... ik... moet u iets vertellen.'

'Nu even níét, Samantha! Was die kopjes af!' Trish houdt me de huishoudhandschoenen voor. 'Wat mankeert jou vandaag...'

'Maar ik denk niet dat ze voor Melissa komen,' vervolg ik radeloos. 'Er is iets wat ik... wat ik had moeten zeggen...'

Het is alsof ik lucht ben. Ze hebben alleen maar oog voor Melissa.

'Hoe zie ik eruit?' Melissa strijkt gespannen haar haar achter haar oren.

'Beeldig, schat.' Trish buigt zich naar haar over. 'Nog een vleugje lippenstift... om je een echte glamourlook te geven...'

'Is ze klaar voor het interview?' zegt een vrouwenstem vanuit de keukendeur. Iedereen verstijft van opwinding.

'Hierheen!' Eddie maakt de deur open en daar staat een vrouw van middelbare leeftijd met bruin haar in een broekpak, die prompt taxerend de keuken opneemt.

'Hier is onze juridische ster!' Eddie wijst zo trots als een pauw naar Melissa.

'Hallo.' Melissa schudt haar haar over haar schouder en stapt met uitgestoken hand op de vrouw af. 'Ik ben Melissa Hurst.'

De vrouw kijkt Melissa wezenloos aan. 'Die niet,' zegt ze dan. 'Díé.' En ze wijst naar mij.
Er valt een verwonderde stilte waarin iedereen me aankijkt. Melissa's ogen zijn diep wantrouwige spleetjes. De Geigers wisselen een blik.
'Dat is Samantha,' zegt Trish perplex. 'De huishoudster.'
'Jij bent Samantha Sweeting, neem ik aan?' De vrouw pakt haar aantekenboekje. 'Mag ik je een paar vragen stellen?'
'Wilt u de húíshoudster interviewen?' zegt Melissa met een bijtende lach.
De vrouw besteedt geen aandacht aan haar. 'Jij bent toch Samantha Sweeting?' vraagt ze nog eens.
'Ik... Ja,' beken ik gloeiend van schaamte. 'Maar ik wil geen interview geven. Ik heb geen commentaar.'
'Commentáár?' Trish kijkt onzeker om zich heen. 'Commentaar waarop?'
'Heb je het ze niet verteld?' De journaliste van de *Daily Mail* kijkt op van haar aantekenboekje. 'Weten ze nog van niets?'
'Wat heeft ze niet verteld?' zegt Trish geagiteerd. 'Wat?'
'Ze is hier illegaal!' zegt Melissa triomfantelijk. 'Ik wist het! Ik wist dat er iets...'
'Uw zogenaamde huishoudster is een topjurist uit de City.' De vrouw gooit een *Daily Mail* op de keukentafel. 'En ze heeft net een benoeming tot vennoot met een riant salaris geweigerd omdat ze liever voor u werkte.'
Het is alsof er een bom in de keuken is ontploft. Eddie is zichtbaar overdonderd. Trish wankelt op haar hoge muiltjes en klampt zich aan een stoel vast. Melissa's gezicht doet aan een geknapte ballon denken.
'Ik wilde het vertellen...' Ik bijt op mijn onderlip en kijk opgelaten van de een naar de ander. 'Ik... was ermee bezig...'
Trish leest de kop in de *Daily Mail*. Haar mond gaat open en dicht, maar er komt geen geluid uit.
'Ben jij... jurist?' hakkelt ze dan.
'Het is een misverstand!' Melissa is rood geworden. 'Ik ben de jurist. Ik ben degene die een studieprijs heeft gewonnen! Zij maakt schóón.'
'Zij is degene die drie studieprijzen heeft gewonnen,' zegt de jour-

naliste met een knikje naar mij. 'En degene die als beste van haar jaar is afgestudeerd.'

'Maar...' Melissa's gezicht loopt akelig paars aan. 'Dat kan niet.'

'De jongste vennoot in de geschiedenis van Carter Spink...' De journaliste raadpleegt haar aantekeningen. 'Ja toch, mevrouw Sweeting?'

'Nee!' zeg ik. 'Ik bedoel... nou ja... min of meer... Heeft er iemand zin in thee?' besluit ik ten einde raad.

Niemand lijkt zin in thee te hebben. Melissa ziet er eerder uit alsof ze moet braken.

'Had u er enig idee van dat uw huishoudster een IQ van 158 heeft?' De journaliste geniet zichtbaar. 'Ze zit op het randje van genialiteit.'

'We wisten wel dat ze pienter was!' zegt Eddie afwerend. 'Dat hadden we door! We wilden haar helpen met haar...' Hij zwijgt beduusd. '... met haar certificaat Engels.'

'En daar ben ik u heel dankbaar voor!' zeg ik snel. 'Echt waar.'

Eddie haalt een theedoek over zijn voorhoofd. Trish klampt zich nog aan de stoel vast alsof ze elk moment kan kapseizen.

'Ik begrijp het niet.' Eddie legt plotseling de theedoek weg en kijkt me aan. 'Hoe kon je je juridische werk met het huishouden combineren?'

Trish komt weer tot leven. 'Ja!' roept ze uit. 'Precies. Hoe kon je in hemelsnaam in de City werken en tóch nog tijd hebben om bij Michel de la Roux de la Blanc in de leer te gaan?'

O, god. Hebben ze het dan nóg niet door?

'Ik ben niet echt huishoudster,' zeg ik vertwijfeld. 'Ik ben niet echt een Franse kok. Michel de la Roux de la Blanc bestaat niet. Ik heb geen idee hoe dit ding in het echt heet.' Ik pak de truffelklopper van het aanrecht. 'Ik ben... een bedrieger.'

Ik kan hen geen van beiden aankijken. Ik voel me opeens afschuwelijk. 'Ik begrijp het wel als u me wilt ontslaan,' mompel ik. 'Ik heb de baan onder valse voorwendselen aangenomen.'

'Ontslaan?' Trish is ontzet. 'We willen niet dat je weggaat! Nee toch, Eddie?'

'Natuurlijk niet.' Zijn gezicht wordt nog roder. 'Je doet heel goed werk, Samantha. Jij kunt er ook niets aan doen dat je jurist bent.'

'"Ik ben een bedrieger",' noteert de journaliste nauwgezet in haar boekje. 'Voelt u zich daar schuldig over, mevrouw Sweeting?'

'Hou op!' zeg ik. 'Ik geef geen interview!'

'Mevrouw Sweeting zegt dat ze liever wc's schrobt dan vennoot van Carter Spink te worden,' wendt de journaliste zich tot Trish. 'Mag ik de betreffende wc's even zien?'

'Onze wc's?' Trish krijgt rode vlekken op haar wangen en kijkt me weifelend aan. 'Nou, we hebben het sanitair onlangs vernieuwd, het is allemaal Royal Doulton...'

'Hoeveel wc's hebt u?' De journaliste kijkt op van haar notities.

'Hou op!' Ik grijp naar mijn hoofd. 'Hoor eens, ik... ik zal een persverklaring afleggen, en dan moeten jullie mijn werkgevers en mij verder met rust laten.'

Ik spoed me de keuken uit, met de vrouw van de *Daily Mail* in mijn kielzog, en zwaai de voordeur open. De horde journalisten staat nog bij de poort. Verbeeld ik het me of zijn het er echt meer geworden?

'Daar is Martine,' zegt de vent met de zonnebril sarcastisch. Ik loop zonder aandacht aan hem te besteden naar de poort.

'Dames en heren van de pers,' hef ik aan. 'Ik zou u dankbaar zijn als u me met rust wilde laten. Er is niets te melden.'

'Blijf je huishoudster?' roept een dikkerd in een spijkerbroek.

'Ja.' Ik steek mijn kin naar voren. 'Ik heb een persoonlijke keus gemaakt, om persoonlijke redenen, en ik ben hier heel gelukkig.'

'En het feminisme dan?' vraagt een jonge meid verontwaardigd. 'Wij vrouwen hebben jaren voor gelijke kansen gevochten, en nu stuur jij ons terug naar het aanrecht?'

'Ik stuur niemand ergens heen!' zeg ik overdonderd. 'Ik leid gewoon mijn eigen leven.'

'Maar je vindt het wel oké dat ons enige recht het aanrecht is?' Een vrouw met grijs haar kijkt me woedend aan.

'Ja!' zeg ik confuus. 'Ik bedoel, nee! Ik vind...' Mijn antwoord verdrinkt in een spervuur van vragen en flitsende camera's.

'Was Carter Spink een seksistische gruwel?'

'Is dit een list om meer te krijgen?'

'Vindt u dat vrouwen moeten werken?'

'We willen u graag een vaste column met huishoudelijke tips aanbieden!' zegt een vlot meisje in een blauwe regenjas. 'We willen hem "Samantha spreekt" noemen.'

'Wát?' Ik gaap haar aan. 'Ik heb geen huishoudelijke tips!'

'Een recept, dan?' Ze kijkt me stralend aan. 'Uw lievelingsgerecht?'

'Wil je in een schortje voor ons poseren?' roept de vetzak met een ranzige knipoog.

'Nee!' zeg ik vol afgrijzen. 'Ik heb niets meer te zeggen! Geen commentaar! Ga weg!'

Ik luister niet meer naar de kreten en het geroep om 'Samantha!', maak rechtsomkeert en ren op beverige benen terug naar het huis.

De wereld is gek geworden.

Ik storm de keuken in, waar Trish, Eddie en Melissa gebiologeerd de *Daily Mail* zitten te lezen.

'O, nee,' zeg ik overstuur. 'Lees dat nou niet. Echt. Het is gewoon... stom... geroddel...'

Ze heffen alle drie hun hoofd en kijken me aan alsof ik van een andere planeet kom.

'Jij declareert... vijfhonderd pond per uur?' Trish lijkt de macht over haar stem kwijt te zijn.

'Ze wilden je volwaardig vennoot maken?' Melissa ziet groenig. 'En jij hebt néé gezegd? Ben je gestóórd?'

'Lees dat nou niet!' Ik probeer de krant weg te grissen. 'Mevrouw Geiger, ik wil op dezelfde voet verdergaan. Ik ben nog steeds uw huishoudster...'

'Jij bent een van de grootste juridische talenten van het land!' Trish wijst hysterisch naar het artikel. 'Het staat er echt, hier!'

'Samantha?' Er wordt geklopt en Nathaniel komt met een arm vol net gerooide aardappelen binnen. 'Is dit genoeg voor de lunch?'

Ik kijk hem sprakeloos aan. Het is alsof mijn hart in een bankschroef wordt geklemd. Hij heeft geen idee. Hij weet van niets. O, god.

Ik had het tegen hem moeten zeggen. Waarom heb ik het hem niet verteld? *Waarom heb ik het hem niet verteld?*

Trish kijkt hem verwilderd aan. 'En wat ben jíj?' vraagt ze. 'De beste raketgeleerde van de wereld? Een geheim agent?'

'Pardon?' Nathaniel kijkt me vragend aan, maar ik kan er niet om lachen.

'Nathaniel...' Ik kan mijn zin niet afmaken. Nathaniel kijkt van de een naar de ander en de onzekere rimpel in zijn voorhoofd wordt dieper.
'Wat is hier gaande?' vraagt hij uiteindelijk.

Ik heb nog nooit ergens zo'n ontzettende puinhoop van gemaakt als van mijn verhaal aan Nathaniel. Ik stamel, ik stotter, ik herhaal mezelf en draai in kringetjes rond.
Nathaniel luistert zwijgend. Hij leunt tegen een oude stenen pilaar voor de beschutte bank waarop ik zit. Ik zie zijn gezicht van opzij, beschaduwd door de middagzon, en ik weet niet wat hij denkt.
Als ik ten slotte klaar ben, heft hij langzaam zijn hoofd. Als ik op een glimlach had gehoopt, krijg ik die niet. Ik heb hem nog nooit zo uit zijn doen gezien.
'Je bent jurist,' zegt hij.
'Ja.' Ik knik schuldbewust.
'Ik dacht dat je een slechte relatie achter de rug had.' Hij harkt met zijn handen door zijn haar. 'Ik dacht dat je daarom niet over je verleden wilde praten. En jij liet me in die waan. Ik was bezórgd om je toen je naar Londen ging. Jezus.'
'Het spijt me.' Ik krimp in elkaar onder de schuldgevoelens. 'Het spijt me heel erg. Alleen... Ik wilde gewoon niet dat je het wist.'
'Waarom niet?' kaatst hij terug, en ik hoor aan zijn stem hoe gekwetst hij is. 'Vertrouwde je me soms niet?'
'Dat is het niet!' zeg ik ontdaan. 'Natuurlijk vertrouw ik je wel! Als het iets anders was geweest...' Ik breek mijn zin af. 'Nathaniel, je moet me begrijpen. Hoe kon ik het je vertellen toen we elkaar net kenden? Iedereen weet dat je de pest hebt aan juristen. Er hangt zelfs een bordje "verboden voor juristen" in je pub!'
'Dat is een grápje.' Hij wuift het geërgerd weg.
'Nietes. Niet helemaal.' Ik kijk hem aan. 'Kom nou, Nathaniel. Als ik je bij onze eerste ontmoeting had verteld dat ik een jurist uit de City was, had je me dan net zo behandeld?'
Nathaniel geeft geen antwoord. Ik weet dat hij te eerlijk is om voor de gemakkelijkste weg te kiezen. Hij weet net zo goed als ik dat het juiste antwoord nee is.

'Ik ben nog steeds dezelfde.' Ik leun naar voren en pak zijn hand. 'Ook al was ik dan jurist... ik ben nog steeds ik!'

Nathaniel kijkt zwijgend naar de grond. Ik hou mijn adem in, radeloos van hoop. Dan kijkt hij met een onwillige halve grijns op.

'Zo, en wat ga je me voor dit gesprek in rekening brengen ?'

Ik slaak een zucht van verlichting. Hij vindt het niet erg. Hij vindt het niet erg.

'O... rond de duizend pond,' zeg ik nonchalant. 'Ik stuur de rekening wel.'

'Samantha Sweeting, bedrijfsjurist.' Hij neemt me op. 'Nee, ik kan me er niets bij voorstellen.'

'Ik ook niet! Dat deel van mijn leven is afgesloten.' Ik geef een kneepje in zijn hand. 'Nathaniel... het spijt me echt. Ik heb dit allemaal nooit zo gewild.'

'Weet ik wel.' Hij knijpt terug en ik voel de spanning zakken. Er dwarrelt een laurierblaadje van de boom achter me in mijn schoot. Ik pak het en wrijf het in een reflex fijn om de lekkere geur los te maken.

'En wat nu?' vraagt Nathaniel.

'Niets. De media krijgen er vanzelf genoeg van. Het zal ze gaan vervelen.' Ik leun naar voren, leg mijn hoofd op zijn schouder en voel dat hij zijn armen om me heen slaat. 'Ik ben gelukkig in mijn werk. Ik ben gelukkig in dit dorp. Ik ben gelukkig met jou. Ik wil gewoon dat alles zo blijft.'

24

Ik had het mis. De media krijgen er niet genoeg van. Wanneer ik de volgende ochtend wakker word, staan er twee keer zoveel journalisten als de dag ervoor, plus twee opnamebusjes. Ik loop met een blad vieze koffiekopjes naar beneden en zie Melissa, die in de vensterbank geleund naar de drukte kijkt.

'Hallo,' zegt ze. 'Heb je al die journalisten gezien?'

'Ja.' Of ik wil of niet, ik moet wel naast haar blijven staan om er nog eens naar te kijken. 'Het is volkomen belachelijk.'

'Het zal wel overweldigend zijn.' Ze schudt haar haar over haar schouders en inspecteert haar nagels. 'Maar weet je... Ik sta voor je klaar.'

Ik geloof mijn oren niet.

'Eh... wat zei je?'

'Ik sta voor je klaar.' Melissa kijkt op. 'Ik ben je vriendin. Ik help je erdoorheen.'

Ik ben zo verbijsterd dat ik niet eens kan lachen. 'Melissa, je bent mijn vriendin niet,' zeg ik zo beleefd mogelijk.

'Toch wel!' Ze lijkt zich totaal niet te generen. 'Ik heb je altijd bewonderd, Samantha. Toevallig heb ik altijd al geweten dat je niet echt huishoudster was. Ik wist dat er meer achter zat.'

Ongelooflijk. Waar haalt ze het lef vandaan?

'Je bent opeens mijn vriendin.' Ik doe geen enkele poging mijn ongeloof te verbergen. 'En dat heeft niets te maken met het feit dat je nu weet dat ik jurist ben? En dat je zelf een juridische carrière nastreeft?'

'Ik heb je altijd aardig gevonden,' houdt ze koppig vol.

'Melissa, doe normaal.' Ik kijk haar zo streng mogelijk aan en tot mijn voldoening zie ik een zweempje rood rond haar oren, maar haar gezicht verraadt niets.

Ik zeg het niet graag, maar die meid wordt een prima jurist.
'Dus... je wilt me echt helpen?' zeg ik peinzend.
'Ja!' Ze knikt opgewonden. 'Ik zou kunnen bemiddelen bij Carter Spink... of je zou me als je woordvoerster kunnen inhuren...'
'Misschien kun je dit aanpakken?' Ik geef haar met een poeslieve glimlach het dienblad. 'En ik heb een topje dat gestreken moet worden. Als je maar voorzichtig doet met het kraagje.'
Haar kwaaie kop is onbetaalbaar. Ik bedwing een giechel en loop verder de trap af en de keuken in. Eddie, die aan de met kranten bezaaide tafel zit, kijkt naar me op.
'Je staat in alle kranten,' deelt hij me mee. 'Kijk maar.' Hij laat me een artikel van twee bladzijden in de *Sun* zien. Ze hebben een foto van mij voorzien van een wc op de achtergrond, en iemand heeft een wc-borstel in een van mijn handen getekend. 'Ik schrob liever plees!' staat er in vette letters naast mijn gezicht.
'O, mijn god.' Ik zak op een stoel en kijk naar de foto. 'Waaróm?'
'Het is augustus,' zegt Eddie, die in de *Telegraph* bladert. 'Komkommertijd. Hier staat dat je "het slachtoffer bent van de van werk bezeten maatschappij".' Hij schuift me de krant toe en ik zie een klein stukje onder de kop HOOGVLIEGER VAN CARTER SPINK VERKIEST GEESTDODEND WERK NA GERUCHTEN OVER SCHANDAAL.
'Hier staat dat je "alle carrièrevrouwen van de wereld verloochent".' Melissa heeft het dienblad met een klap achter me op het aanrecht gezet en *The Herald* gepakt. 'Kijk die columniste, die Mindy Malone, is echt woest op je.'
'Woest?' herhaal ik verbaasd. 'Waarom zou iemand woest op me zijn?'
'Maar volgens de *Daily Mail* ben jij de redder van de traditionele waarden.' Eddie reikt naar de krant en slaat hem open. '"Samantha Sweeting gelooft dat vrouwen terug naar het aanrecht moeten om zichzelf en de maatschappij gezond te houden."'
'Wat? Dat heb ik helemaal niet gezegd!' Ik gris de krant van tafel en neem het artikel ongelovig door. 'Waarom bijten ze zich er allemaal zo in vást?'
'Komkommertijd,' zegt Eddie weer, en hij reikt naar de *Express*. 'Is het waar dat je op eigen houtje maffiaconnecties bij je firma hebt blootgelegd?'

'Nee!' Ik kijk geschrokken op. 'Wie zegt dat?'
'Ik weet niet meer waar ik dat heb gezien,' zegt Eddie bladerend.
'Hier staat een foto van je moeder bij. Knappe vrouw.'
'Mijn móéder?' Ik kijk er ontdaan naar.
'Ambitieuze dochter van ambitieuze moeder,' leest Eddie voor. 'Werd de druk van het moeten slagen haar te veel?'
O, god. Mam vermóórdt me.
'Hier staat een enquête bij, kijk.' Eddie heeft weer een krant opengeslagen. '"Samantha Sweeting: heldin of hopeloos? Bel of sms uw stem door." En dan een nummer.' Hij reikt naar de telefoon en trekt een peinzend gezicht. 'Wat zal ik stemmen?'
'Hopeloos,' zegt Melissa, en ze grist hem het toestel uit handen. 'Ik doe het wel.'
'Samantha! Je bent al op!' Ik kijk op en zie Trish met een bundel kranten onder haar arm de keuken in komen. Ze kijkt nog net zo verbijsterd en geïmponeerd naar mij als gisteren, alsof ik een kostelijk kunstwerk ben dat plotseling in haar keuken is beland. 'Ik heb over je gelezen!'
'Goedemorgen, mevrouw Geiger.' Ik leg de *Daily Mail* neer en kom haastig uit mijn stoel. 'Wat wilt u voor het ontbijt? Een kop koffie om mee te beginnen?'
'Jij hoeft geen koffie te zetten, Samantha!' antwoordt ze geagiteerd. 'Eddie, zet jíj maar koffie.'
'Ik zet geen koffie!' stribbelt Eddie tegen.
'Eh... Melissa dan!' zegt Trish. 'Zet eens een lekker kopje koffie voor ons. Samantha, ga toch eens zitten! Je bent hier te gast!' Ze lacht krampachtig.
'Ik ben niet te gast!' ga ik ertegen in. 'Ik ben uw huishoudster!'
Eddie en Trish kijken elkaar bedenkelijk aan. Waar zijn ze bang voor? Dat ik wegga?
'Alles is nog hetzelfde!' zeg ik nadrukkelijk. 'Ik ben nog steeds uw huishoudster! Ik wil gewoon blijven werken, zoals anders.'
'Je bent geschift.' Melissa rolt minachtend met haar ogen. 'Heb je wel gezién wat Carter Spink je wil betalen?'
'Jij snapt het niet,' zeg ik. 'Meneer en mevrouw Geiger, ú snapt het wel. Ik heb hier een hoop geleerd. Ik ben een ander mens geworden. En ik heb een manier van leven ontdekt die me bevrediging schenkt.

Ja, als jurist in Londen zou ik veel meer kunnen verdienen. Ja, ik zou een ambitieuze, zware carrière kunnen hebben, maar dat wil ik niet.' Ik spreid mijn armen in een gebaar dat de hele keuken omvat. 'Dit is wat ik wil doen. Hier wil ik zijn.'

Ik verwacht half en half dat Trish en Eddie ontroerd op mijn toespraakje zullen reageren, maar ze kijken me allebei vol onbegrip aan en wisselen dan weer een blik.

'Ik vind dat je dat aanbod in overweging moet nemen,' zegt Eddie. 'In de krant staat dat ze er alles voor overhebben om je terug te winnen.'

'Wij zijn helemááál niet boos als je weggaat,' vult Trish nadrukkelijk knikkend aan. 'We hebben er álle begrip voor.'

Is dat alles wat ze te zeggen hebben? Zijn ze niet blíj dat ik wil blijven? Wíllen ze me niet als huishoudster?

'Ik wil niet weg!' zeg ik boos. 'Ik wil hier blijven en van een bevredigend leven in een ander tempo genieten.'

'Juist,' zegt Eddie na een korte stilte, en dan trekt hij steels een 'wat?'-gezicht naar Trish.

De telefoon gaat en Trish neemt op.

'Hallo?' ze luistert even. 'Ja, natúúrlijk, Mavis. Mét Trudy. Tot ziens!' Ze hangt op. 'Nog twee gasten voor de liefdadigheidslunch!'

'Aha.' Ik werp een blik op mijn horloge. 'Laat ik dan maar eens aan de voorgerechten beginnen.' Terwijl ik mijn korstdeeg pak, gaat de telefoon weer. Trish zucht. 'Als dat nog meer late gasten zijn... Hallo?' Ze luistert, trekt een gezicht en houdt haar hand op de hoorn.

'Samantha,' sist ze. 'Het is een reclamebureau. Wil je in een spotje voor WC-eend spelen? Je krijgt een toga aan en een pruik op, en je moet zeggen...'

'Nee!' zeg ik vol afschuw. 'Natuurlijk niet!'

'Nooit een tv-optreden weigeren,' zegt Eddie vermanend. 'Het zou een grote kans kunnen zijn.'

'Nee! Ik wil niet in spotjes staan!' Ik zie dat Eddie op het punt staat een discussie te beginnen. 'Ik wil geen interviews geven,' vervolg ik snel. 'Ik wil geen lichtend voorbeeld zijn. Ik wil alleen maar dat alles weer wordt zoals het was.'

Het is lunchtijd, maar alles is nog niet zoals het was. Alles is zelfs nog onwezenlijker geworden.

Ik heb nog drie verzoeken om een tv-optreden gekregen, en een aanbod voor een 'smaakvolle' fotoreportage in de *Sun* waarvoor ik me als een Frans kamerkatje zou moeten verkleden. Trish heeft een exclusief interview aan de *Mail* gegeven. Melissa stond erop naar een praatprogramma te luisteren, en de mensen die belden hebben me 'een antifeministische randdebiel' genoemd, een 'nep Martha Stewart' en een 'profiteur van de belastingbetalers die mijn studie hebben betaald'. Het maakte me zo ziedend dat ik bijna zelf had gebeld.

In plaats daarvan heb ik de radio uitgezet en drie keer diep ademgehaald. Ik laat me niet op de kast jagen. Ik heb wel wat anders aan mijn hoofd. Er drentelen inmiddels veertien gasten voor de liefdadigheidslunch over het gazon. Ik moet kleine quiches met bospaddenstoelen bakken, de aspergesaus afmaken en de zalmfilets grillen.

Was Nathaniel maar hier om me rustig te houden, denk ik wanhopig, maar hij is naar Buckingham, om de koikarpers te kopen die Trish opeens per se in de vijver wil hebben. Ze schijnen honderden ponden te kosten en alle beroemdheden hebben ze. Het is bespottelijk. Er kijkt zelfs nooit iemand in de vijver.

Net als ik de ovendeur openmaak, wordt er gebeld, en ik zucht. Niet nog een gast. Vanochtend hebben nog vier mensen de uitnodiging aangenomen, wat mijn hele schema in de war heeft gegooid, nog los van die journaliste van de *Mirror* die een gebloemd pakje had aangetrokken en Eddie probeerde wijs te maken dat ze net in het dorp was komen wonen.

Ik zet de quiches in de oven, raap de restjes deeg bij elkaar en veeg mijn deegroller schoon.

'Samantha?' Trish klopt op de keukendeur. 'We hebben nog een gast!'

'Nóg een?' Ik keer me om en veeg bloem van mijn wang. 'Maar ik heb het voorgerecht net in de oven gezet...'

'Het is een vriend van je. Hij zegt dat hij je dringend moet spreken. Over zaken.' Trish trekt suggestief haar wenkbrauwen naar me op en doet een pas opzij. En ik verstijf van verbijstering.

Daar staat Guy. In Trish' keuken. In zijn onberispelijke maatpak en met gesteven manchetten.

Ik kijk hem aan, sprakeloos, totaal overdonderd.
Naar zijn gezicht te oordelen is hij ook flink van de kaart.
'O, mijn god,' zegt hij langzaam. Zijn blik glijdt van mijn uniform naar mijn deegroller en mijn meelhanden. 'Je bent echt huishoudster.'
'Ja.' Ik steek mijn kin omhoog. 'Ik ben het echt.'
'Samantha...' zegt Trish vanuit de deuropening. 'Niet dat ik wil storen, maar... Eerste gang over tien minuten?'
'Natuurlijk, mevrouw Geiger.' Ik maak in een reflex een buiging voor Trish en Guys ogen rollen bijna uit hun kassen.
'Búíg jij?'
'Dat was een beetje een vergissing,' geef ik toe. Ik zie zijn afkeurende gezicht en voel een giechel opkomen. 'Guy, wat dóé je hier?'
'Ik moet je overhalen terug te komen.'
Maar natuurlijk. Ik had het kunnen weten.
'Ik kom niet terug. Neem me niet kwalijk.' Ik pak stoffer en blik en veeg de resten bloem en deeg van de vloer. 'Denk om je voeten!'
'O. Ja.' Guy stapt onhandig opzij.
Ik gooi het deegafval weg, pak mijn aspergesaus uit de koelkast, schenk hem in een pan en zet die op een laag vuurtje.
Guy kijkt verwonderd toe. 'Samantha,' zegt hij zodra ik me omdraai. 'We moeten praten.'
'Ik heb het druk.' De ovenwekker rinkelt schel en ik maak de onderste oven open om mijn knoflookbroodjes met rozemarijn te pakken. Ik voel trots opwellen als ik ze zie, helemaal goudbruin en een heerlijke kruidengeur verspreidend. Ik kan de verleiding niet weerstaan, neem een hap van een broodje en bied het Guy aan.
'Heb jíj die gebakken?' Hij kijkt me stomverbaasd aan. 'Ik wist niet dat je kon koken.'
'Dat kon ik ook niet. Ik heb het geleerd.' Ik trek de koelkast open, pak ongezouten boter en gooi een klont in de schuimende aspergesaus. Dan kijk ik naar Guy, die bij het lepelrek staat. 'Kun je me een garde aangeven?'
Guy kijkt hulpeloos naar het keukengerei. 'Eh... wat is de...'
'Laat maar,' zeg ik, en ik klak met mijn tong. 'Ik pak hem zelf wel.'
'Ik heb een aanbod voor je,' zegt Guy terwijl ik de boter door de saus begin te kloppen. 'Ik vind dat je ernaar moet kijken.'

'Geen interesse.' Ik kijk niet eens op.

'Je hebt het nog niet eens gezien.' Hij reikt in zijn binnenzak en haalt er een witte brief uit. 'Hier. Kijk maar.'

'Geen interesse!' herhaal ik vertwijfeld. 'Begrijp je het dan niet? Ik wil niet terug. Ik wil geen jurist meer zijn.'

'Je wilt liever huishoudster zijn,' zegt hij zo neerbuigend dat het me steekt.

'Ja!' Ik smijt de garde op het aanrecht. 'Inderdaad! Ik heb het hier naar mijn zin. Ik voel me ontspannen. Je hebt geen idee. Het is een ander leven!'

'Ja, dat had ik al door,' zegt Guy met een blik op mijn stoffer. 'Samantha, je moet je verstand gebruiken.' Hij pakt een mobieltje uit zijn binnenzak. 'Je moet dit echt met iemand bespreken.' Hij kiest een nummer en kijkt op. 'Ik heb de situatie met je moeder besproken.'

'Wát heb je gedaan?' Ik kijk hem vol afgrijzen aan. 'Hoe dúrf je...'

'Samantha, ik heb alleen jouw belang voor ogen. Zij ook. Hallo, Jane,' vervolgt hij in het toestel. 'Ik ben nu bij haar. Daar komt ze.'

Ongelooflijk. Ik heb zin om het toestel door het raam te gooien, maar ik doe het niet. Ik kan dit wel aan.

Ik neem het mobieltje van Guy over. 'Dag, mam,' zeg ik. 'Dat is lang geleden.'

'Samantha.' Haar stem klinkt net zo ijzig als de laatste keer dat we elkaar spraken, maar op de een of andere manier word ik er nu niet zenuwachtig of gespannen van. Ze kan me de wet niet voorschrijven. Ze heeft geen idee meer van mijn leven. 'Waar ben je precies mee bezig, denk je? Heb je een baantje als wérkster aangenomen?'

'Ja. Ik ben huishoudster. En jij wilt zeker dat ik weer als jurist ga werken? Nou, ik heb het hier naar mijn zin en ik blijf hier.' Ik proef de aspergesaus en doe er een snuf zout bij.

'Misschien vind je het grappig om grillig te doen,' zegt ze kortaf, 'maar we hebben het wel over je léven, Samantha. Je carrière. Ik geloof dat je niet begrijpt...'

'Jíj begrijpt het niet. Jullie geen van allen!' Ik werp een woedende blik op Guy, zet het gas laag en leun tegen het aanrecht. 'Mam, ik heb een andere manier van leven ontdekt. Ik doe mijn werk voor die dag, ik maak het af... en dat is het dan. Dan ben ik vríj. Ik hoef geen werk mee naar huis te nemen. Ik hoef mijn BlackBerry geen

vierentwintig uur per dag, zeven dagen per week aan te hebben staan. Ik kan naar de pub, ik kan plannen maken voor het weekend, ik kan een halfuur in de tuin gaan zitten met mijn benen omhoog... en het gééft niet. Ik ben bevrijd van die aanhoudende druk. Ik sta niet meer stijf van de stress. En het bevalt me goed.' Ik pak een glas, hou het onder de kraan, neem een grote teug water en veeg mijn mond af. 'Het spijt me, maar ik ben veranderd. Ik heb vrienden gemaakt, ik heb de mensen hier leren kennen. Het is net... de Waltons.'
'De Wáltons?' Ze klinkt verbijsterd. 'Er zijn daar toch geen kínderen, hoop ik?'
'Nee,' zeg ik vertwijfeld. 'Je begríjpt het niet! Ik bedoel... Ze geven echt om me. Een paar weken geleden hebben ze bijvoorbeeld een geweldig verjaardagsfeest voor me georganiseerd.'
Het blijft stil. Ik vraag me af of ik een gevoelige snaar heb geraakt. Misschien voelt ze zich schuldig... Misschien begrijpt ze het nu...
'Wat eigenaardig,' zegt ze dan afgemeten. 'Je verjaardag is al twee maanden geleden.'
'Weet ik.' Ik slaak een zucht. 'Hoor eens, mam, mijn besluit staat vast.' De oven zegt opeens *ping* en ik reik naar een ovenwant. 'Ik moet ophangen.'
'Samantha, we zijn nog niet uitgepraat!' bijt ze me woedend toe. 'We zijn nog niet klaar.'
'Toch wel, oké? Toch wel!' Ik verbreek de verbinding, gooi het mobieltje op tafel en blaas uit, ondanks alles toch een beetje beverig.
'Goh, bedankt, Guy,' zeg ik zodra ik op adem ben. 'Heb je nog meer leuke verrassingen voor me?'
'Samantha...' Hij spreidt verontschuldigend zijn handen. 'Ik probeerde tot je door te dringen...'
'Je hoeft niet "tot me door te dringen".' Ik wend me af. 'En nu moet ik werken. Dit is mijn werk.'
Ik maak de onderste oven open, pak het bakblik met quiches en schep ze op voorverwarmde bordjes.
'Ik help je wel,' zegt Guy, en hij loopt naar me toe.
'Je kúnt niet helpen.' Ik wend de blik hemelwaarts.
'Natuurlijk wel.' Tot mijn verbazing doet hij zijn jasje uit, stroopt zijn mouwen op en bindt een met kersen bedrukt schort om. 'Wat moet ik doen?'

Ik moet wel giechelen om de tegenstrijdigheid tussen zijn pak en het schort.

'Goed.' Ik geef hem een dienblad. 'Je mag samen met mij het voorgerecht serveren.'

We lopen met de paddestoelenquiches en de broodjes de eetkamer in. Zodra we de kamer met de witte baldakijn betreden, verstomt het geroezemoes en draaien veertien geverfde, strak in de lak gezette hoofden zich naar ons om. Trish' gasten zitten aan tafel champagne te nippen. Ze dragen allemaal een mantelpakje in een andere pastelkleur, alsof je een staal met kleuren verf bekijkt.

'En dit is Samantha!' zegt Trish, die hoogrood ziet. 'Jullie kennen Samantha wel, onze huishoudster... en topjuriste!'

Tot mijn verlegenheid breekt er een applaus los.

'We hebben je in de kranten gezien!' zegt een vrouw in het crème.

'Ik moet je spreken.' Een vrouw in het lichtblauw leunt met een gespannen gezicht naar voren. 'Over mijn *echtscheidingsconvenant*.'

Ik geloof dat ik maar doe alsof ik het niet heb gehoord.

'Dit is Guy, die me vandaag helpt,' zeg ik terwijl ik de eerste quiches serveer.

'Hij is óók vennoot van Carter Spink,' vult Trish trots aan.

Ik zie dat er geïmponeerde blikken worden uitgewisseld. Een wat oudere vrouw aan het eind van de tafel kijkt Trish verbaasd aan. 'Zijn al je huishoudelijke hulpen jurist?'

'Niet allemaal,' zegt Trish luchtig, en ze neemt een grote teug champagne. 'Maar weet je, als je eenmaal een huishoudster met een academische graad hebt gehad, wil je niet anders meer.'

'Waar haal je ze vandaan?' vraagt een vrouw met rood haar gretig. 'Is er een speciaal bureau voor?'

'Ja, het heet Academia Interieurverzorging,' zegt Guy, die net een quiche voor haar neerzet. 'Ze zijn heel kieskeurig. Je kunt je er alleen inschrijven als je cum laude bent afgestudeerd.'

'Mijn hemel!' De vrouw met het rode haar kijkt verbluft naar hem op.

'Maar ik heb in Amerika gestudeerd,' vervolgt hij, 'en ik heb me ingeschreven bij Harvard Huishoudpersoneel. Onze lijfspreuk is: "Want daar studeer je voor". Ja toch, Samantha?'

'Hou je kóp,' pruttel ik. 'Serveer nou maar gewoon.'

Wanneer alle dames eindelijk zijn bediend, trekken we ons terug in de keuken.

'Leuk hoor,' zeg ik. Ik zet mijn dienblad met een klap neer. 'Wat ben je toch geestig.'

'Nou ja, Samantha, wat had je dan gedacht? Dat ik dit allemaal seriéus zou nemen? Tjesus.' Hij doet zijn schort af en slingert het op tafel. 'Een stel leeghoofden eten voorzetten. Je door ze laten kleineren.'

'Ik moet mijn werk doen,' zeg ik afgemeten terwijl ik de oven openmaak om naar de zalm te kijken, 'dus als je me niet wilt helpen...'

'Dit is niet het werk dat je zou moeten doen!' barst hij plotseling uit. 'Samantha, dit is bespottelijk. Je hebt meer hersens dan wie ook in die kamer en jij moet bedienen? Je búígt voor die mensen? Je schrobt hun wc's?'

Hij zegt het zo vurig dat ik ontdaan omkijk. Hij is rood geworden en er is niets over van zijn plagerigheid.

'Samantha, jij bent een van de geniaalste mensen die ik ken.' Zijn stem slaat over van woede. 'Je hebt de beste juridische geest die we allemaal ooit hebben gezien. Je mag je leven niet vergooien aan die... onzinnige waanideeën.'

Ik kijk hem woedend aan. 'Het zijn geen onzinnige waanideeën! Ik verspil mijn leven, alleen maar omdat ik "mijn titel niet gebruik", omdat ik niet ergens op een kantoor zit? Guy, ik ben gelúkkig. Ik heb nog nooit op zo'n manier van het leven genoten. Ik hóú van koken. Ik vind het léúk om het huishouden te bestieren. Ik vind het léúk om aardbeien in de tuin te plukken...'

'Je leeft in een droomwereld!' schreeuwt hij. 'Samantha, het komt alleen door de nieuwigheid! Het is leuk omdat je het nooit eerder hebt gedaan! Maar het nieuwtje gaat er wel af! Snap je dat dan niet?'

Ik voel onzekerheid prikkelen, maar besteed er geen aandacht aan. 'Nee, niet waar.' Ik roer resoluut in mijn aspergesaus. 'Ik hou van dit leven.'

'Maar hou je er ook nog van na tien jaar plees schrobben? Denk na.' Hij loopt naar het fornuis en ik wend me af. 'Dan was je maar aan vakantie toe. Dan moest je er maar even tussenuit. Prima. Maar nu moet je terug naar het echte leven.'

'Dit ís mijn echte leven,' kaats ik terug. 'Het is echter dan mijn vroegere leven.'

Guy schudt zijn hoofd. 'Charlotte en ik hebben vorig jaar een aquarelleercursus gevolgd in Toscane. Ik vond het heerlijk. De olijfolie, de zonsondergangen, alles.' Hij kijkt me even indringend aan en leunt dan naar voren. 'Maar daarom wil ik nog geen Toscaanse aquarellist worden, godvergeme.'

'Dit is anders!' Ik wring mijn blik los. 'Guy, ik ga niet terug naar die werklast. Ik ga niet terug naar die druk. Ik heb zeven jaar lang zeven dagen per week gewerkt...'

'Precies! Precies! En net nu je daarvoor wordt beloond, kap je ermee?' Hij grijpt naar zijn hoofd. 'Samantha, weet je eigenlijk wel in wat voor positie je verkeert? Ze hebben je de status van volwaardig vennoot aangeboden. In feite kun je elk inkomen eisen dat je hebben wilt. Jij hebt de macht in handen!'

'Wat?' Ik kijk hem niet-begrijpend aan. 'Waar heb je het over?'

Guy blaast uit en kijkt naar het plafond alsof hij de juristengoden aanroept. 'Besef je wel,' zegt hij omzichtig, 'hoeveel opschudding je hebt veroorzaakt? Besef je wel hoe slecht dit is voor het imago van Carter Spink? We hebben sinds het Storesons-schandaal in de jaren tachtig niet meer zo veel negatieve publiciteit gekregen.'

'Ik heb het niet zo gepland,' zeg ik afwerend. 'Ik heb de media niet gevraagd hier op de stoep te komen staan...'

'Weet ik, maar ze zijn gekomen. En de reputatie van Carter Spink staat op het spel. De afdeling Personeelszaken is buiten zínnen. Na al die troetelige projecten voor het welbevinden van de medewerkers, al die workshops om net afgestudeerde stagiairs te werven, zeg jij tegen wie het maar wil horen dat je liever plees schrobt.' Hij proest opeens van het lachen. 'Als dat geen negatieve publiciteit is...'

'Nou, maar het is waar,' zeg ik met mijn kin in de lucht. 'Dat doe ik echt liever.'

'Doe niet zo dwars!' Guy slaat vertwijfeld met zijn vuist op tafel. 'Je hebt Carter Spink in de tang! Ze willen iedereen laten zien dat jij terugkomt naar dat kantoor. Ze betalen je wat je maar wilt! Je zou gek zijn als je hun aanbod niet aannam!'

'Geld interesseert me niet,' repliceer ik. 'Ik heb genoeg geld...'

'Je snapt het niet! Samantha, als je terugkomt, kun je genoeg verdienen om over tien jaar te stoppen met werken. Dan ben je binnen! Dán kun je aardbeien plukken, vloeren aanvegen of wat voor kuldingen je ook maar wilt doen.'

Ik doe mijn mond al open om iets terug te zeggen... maar ik heb opeens geen woorden meer. Ik kan mijn gedachten niet meer volgen. Ze springen van de hak op de tak.

'Je hebt je benoeming tot vennoot verdiend,' zegt Guy iets rustiger. 'Je hebt het verdiend, Samantha. Maak er gebruik van.'

Guy laat het onderwerp verder rusten. Hij weet altijd precies wanneer hij zijn pleidooi moet staken; hij had advocaat voor de rechtbank moeten worden. Hij helpt me met het opdienen van de zalm, geeft me een knuffel en zegt dat ik hem moet bellen zodra ik de tijd heb gehad om na te denken. En dan is hij weg en sta ik alleen met mijn malende gedachten in de keuken.

Ik wist het zo goed. Ik was zo zeker van mezelf. Maar nu...

Zijn argumenten spelen door mijn hoofd. Ze klinken overtuigend. Misschien ben ik verdwaasd. Misschien is het allemaal nieuwigheid. Misschien ben ik na een paar jaar eenvoudiger leven niet meer tevreden, maar gefrustreerd en verbitterd. Opeens zie ik mezelf voor me, vloeren dweilend met een nylon hoofddoekje om en iedereen belagend met de woorden: 'Vroeger was ik bedrijfsjurist, hoor.'

Ik heb hersens. Ik heb nog jaren voor me.

En hij heeft gelijk. Ik heb voor mijn positie in de vennootschap gewerkt. Ik heb het verdiend.

Ik zet mijn ellebogen op tafel, duw mijn gezicht in mijn handen en hoor mijn eigen hartslag een vraag in mijn borst hameren: *Wat moet ik doen? Wat moet ik beginnen?*

Maar ik word al in de richting van het antwoord gestuurd. Het verstandelijke antwoord. Het logische antwoord.

Ik weet het al. Ik weet alleen niet of ik het al onder ogen kan zien.

Ik blijf er tot zes uur mee bezig. De lunch is achter de rug en de rommel opgeruimd. Trish' gasten hebben door de tuin gedrenteld en kopjes thee gedronken en zijn langzamerhand verdwenen. Ik loop

de zachte, geurige avond in en zie Nathaniel en Trish bij de vijver staan. Er staat een grote plastic emmer aan Nathaniels voeten.
Terwijl ik naar hem toe loop, verkrampt mijn maag.
Nathaniel vist met een groot groen schepnet iets uit de emmer. 'Dit is een kumonryu. Wil je hem zien?' Ik ben nu zo dichtbij dat ik een enorme gevlekte vis rumoerig in het net zie spartelen. Nathaniel houdt hem Trish voor, die met een gilletje achteruitdeinst.
'Weg ermee! Gooi hem in de vijver!'
'Ik dacht dat u hem even wilde begroeten,' zegt Nathaniel schouderophalend. 'Hij heeft u tenslotte tweehonderd pond gekost.' Hij lacht over Trish' schouder naar me en ik glimlach met moeite terug.
'Gooi ze er allemaal maar in,' zegt Trish huiverend. 'Ik kom wel kijken wanneer ze rondzwemmen.'
Ze maakt rechtsomkeert en loopt terug naar het huis.
'Alles goed?' Nathaniel kijkt naar me op. 'Hoe was de grandioze liefdadigheidslunch?'
'Leuk.'
'Heb je het nieuws al gehoord?' Hij schept weer een vis in de vijver. 'Eamonn heeft zich verloofd! Hij geeft vrijdagavond een feest in de pub.'
'Eh... super.'
Mijn mond is droog. Kom op. Vertel het hem maar gewoon.
Nathaniel kiepert de rest van de vissen in de vijver. 'Weet je, we zouden een koivijver bij de kwekerij moeten nemen,' zegt Nathaniel. 'Weet je hoeveel winst je op die...'
'Nathaniel, ik ga terug.' Ik doe mijn ogen dicht en probeer de pijnscheut in mijn binnenste niet te voelen. 'Ik ga terug naar Londen.'
Hij blijft even roerloos staan. Dan draait hij zich heel langzaam naar me om, met het schepnet nog in zijn hand en een uitdrukkingsloos gezicht.
'Aha,' zegt hij.
'Ik ga terug naar mijn oude baan als bedrijfsjurist.' Mijn stem is een beetje beverig. 'Guy van mijn oude firma is hier vandaag geweest, en hij heeft me overgehaald. Hij heeft het me duidelijk gemaakt. Hij heeft me tot het besef gebracht...' Ik breek mijn zin af en maak een machteloos gebaar.
Nathaniel fronst zijn voorhoofd. 'Welk besef?'

Hij glimlacht niet. Hij zegt niet: 'Goed plan, dat wilde ik ook voorstellen.' Kan hij het niet iets gemákkelijker voor me maken?
'Ik kan niet mijn hele leven huishoudster blijven!' zeg ik afwerender dan ik wilde. 'Ik ben een geschoold juriste! Ik heb hersens!'
'Ik weet dat je hersens hebt.' Nu klinkt híj afwerend. O, god. Ik knap dit niet goed op.
'Ik heb mijn opname in de vennootschap verdiend. Ik word volwaardig vennoot van Carter Spink.' Ik kijk hem aan in een poging over te brengen hoe gewichtig dit is. 'Het is de meest prestigieuze... lucratieve... verbijsterende... Ik kan over een paar jaar binnen zijn!'
Nathaniel lijkt niet echt onder de indruk te zijn. Hij kijkt me alleen maar strak aan. 'Tegen welke prijs?'
'Hoe bedoel je?' Ik ontwijk zijn blik.
'Ik bedoel dat je een zenuwinzinking had toen je hier kwam aanzetten. Je was net een hysterisch konijn. Lijkbleek. Zo stijf als een plank. Je zag eruit alsof je de zon nooit zag, alsof je nooit lól had...'
'Je overdrijft.'
'Niet waar. Zie je zelf niet hoe je bent veranderd? Je bent niet gespannen meer. Je bent geen zenuwlijder meer.' Hij pakt mijn arm en laat hem vallen. 'Vroeger had je die arm in de lucht gehouden!'
'Oké, dan ben ik iets rustiger geworden!' Ik hef mijn handen. 'Ik weet dat ik ben veranderd. Ik ben kalmer en ik heb leren koken, strijken en tappen... en ik heb het heerlijk gehad, maar het was een soort vakantie. Het kan niet altijd zo doorgaan.'
Nathaniel schudt radeloos zijn hoofd. 'Dus na dit alles wil je gewoon teruggaan, de draad weer oppakken en verder leven alsof er niets is gebeurd?'
'Het wordt nu anders! Ik zorg dat het anders wordt. Ik hou het evenwichtig.'
'Wie neem je nou in de maling?' Nathaniel pakt me bij mijn schouders. 'Samantha, het wordt dezelfde stress, dezelfde manier van leven...'
Opeens word ik kwaad op hem omdat hij het niet begrijpt; omdat hij niet achter me staat.
'Nou, ik heb tenminste iets anders geprobéérd!' De woorden stromen in een vloedgolf mijn mond uit. 'Ik heb tenminste geprobéérd een tijdje een ander leven te leiden.'

'Wat wil je daarmee zeggen?' Hij laat geschrokken mijn schouders los.

'Wat ik wil zeggen, is: wat heb jíj ooit geprobeerd, Nathaniel?' Ik weet dat mijn stem schel en agressief klinkt, maar ik kan er niets aan doen. 'Je bent zó beperkt! Je woont nog in het dorp waar je bent opgegroeid, je hebt het familiebedrijf overgenomen, je koopt een kwekerij vlakbij... Je zit nog zo ongeveer in de baarmoeder. Probeer dus eerst eens zelf te leven voordat je mij de les leest over mijn manier van leven, oké?'

Ik zwijg hijgend en zie dat Nathaniel erbij staat alsof ik hem een klap in zijn gezicht heb gegeven.

Ik kan mijn tong wel afbijten. 'Ik... ik bedoelde het niet zo,' mompel ik.

Ik doe een paar passen achteruit, bijna in tranen. Zo had ik het me niet voorgesteld. Ik had me voorgesteld dat Nathaniel me zou steunen, dat hij me een knuffel zou geven en zeggen dat ik de juiste beslissing had genomen, maar in plaats daarvan staan we meters uit elkaar zonder elkaar zelfs maar aan te kijken.

'Ik heb wel overwogen mijn vleugels uit te slaan,' zegt Nathaniel opeens houterig. 'Er is een kwekerij in Cornwall waar ik een moord voor zou doen. Een fantastisch terrein, fantastische onderneming... maar ik ben niet eens gaan kijken. Ik dacht dat ik niet op zes uur rijden bij jou vandaan wilde zitten.' Hij schokschoudert. 'Je zult wel gelijk hebben. Dat was nogal beperkt van me.'

Ik sta met mijn mond vol tanden. Het is stil, op het koeren van de duiven achter in de tuin na. Het is een adembenemend mooie avond, valt me plotseling op. De avondzon valt schuin door de wilg en het gras onder mijn voeten ruikt heerlijk.

'Nathaniel... ik moet wel terug.' Ik heb mijn stem niet helemaal in bedwang. 'Ik heb geen andere keus, maar we kunnen toch samen blijven, wij tweetjes? We kunnen er iets van maken. We hebben de vakanties... de weekends... Ik kom terug voor Eamonns feest... Je zult niet eens merken dat ik weg ben!'

Hij prutst even zwijgend aan het hengsel van de emmer. Als hij eindelijk opkijkt en ik zijn gezicht zie, krimp ik in elkaar.

'Toch wel,' zegt hij zacht. 'Ik merk het wel.'

25

Het nieuws haalt de voorpagina van de *Daily Mail*. Ik ben je reinste beroemdheid. *Samantha verkiest bedrijfsrecht boven bezems.* Als ik de volgende ochtend de keuken binnenkom, zit Trish van het artikel te smullen. Eddie heeft de krant ook.

'Het interview met Trish is geplaatst!' verkondigt hij. 'Kijk!'

'"Ik heb altijd geweten dat Samantha met kop en schouders boven de gemiddelde huishoudster uitstak," zegt Trish Geiger, 37,' leest Trish trots voor. '"We hadden het vaak samen over ethiek en filosofie tijdens het stofzuigen."'

Ze kijkt naar me op en haar gezicht betrekt. 'Samantha, voel je je wel goed? Je ziet helemaal pips.'

'Ik heb niet zo goed geslapen,' beken ik terwijl ik water opzet.

Ik heb bij Nathaniel geslapen. We hebben het niet meer over mijn vertrek gehad, maar toen ik om drie uur naar hem keek, lag hij ook nog wakker naar het plafond te staren.

'Je moet energie hebben!' zegt Trish bezorgd. 'Dit is je grote dag! Je moet er op je best uitzien!'

'Dat komt wel goed.' Ik probeer te glimlachen. 'Als ik maar eenmaal koffie heb gehad.'

Het wordt een gigantische dag. Zodra ik mijn beslissing had genomen, is de pr-afdeling van Carter Spink in actie gekomen en mijn terugkeer wordt een compleet mediagebeuren. Om halfeen wordt er een grote persconferentie gehouden voor het huis van de Geigers, waarbij ik ga zeggen hoe blij ik ben dat ik terugga naar Carter Spink. Een aantal vennoten gaat me een handje geven voor de fotografen, ik doe een paar korte interviews en dan stappen we allemaal op de trein terug naar Londen.

'Zo,' zegt Eddie, 'heb je al je spullen al gepakt?'

'Zo ongeveer. En mevrouw Geiger... alstublieft.' Ik geef Trish het blauwe uniform dat ik opgevouwen onder mijn arm had. 'Het is gewassen en geperst. Klaar voor uw volgende huishoudster.'

Trish neemt het uniform aangeslagen aan. 'Natuurlijk,' zegt ze beverig. 'Dank je, Samantha.' Ze drukt een servet tegen haar ogen.

Eddie, die zelf ook vochtige ogen lijkt te hebben, klopt haar op haar rug. 'Stil maar.' O, god, nu schiet ik zelf ook vol.

'Ik ben u heel dankbaar voor alles,' zeg ik, mijn snikken onderdrukkend. 'En het spijt me dat ik u in de steek laat.'

'We weten dat je de juiste beslissing hebt genomen. Dat is het niet.' Trish bet haar ogen.

'We zijn heel trots op je,' vult Eddie brommend aan.

'Maar goed!' Trish vermant zich en neemt een slok koffie. 'Ik heb besloten dat ik een toespraak ga houden op de persconferentie. De pers verwacht vast dat ik ook iets zeg.'

'Absoluut,' zeg ik confuus. 'Goed idee.'

'Nu we mediapersoonlijkheden worden, zullen we tenslotte...'

'Mediapersoonlijkheden?' onderbreekt Eddie haar ongelovig. 'Wij zijn geen mediapersoonlijkheden!'

'Natuurlijk wel! Ik sta in de *Daily Mail*!' Trish krijgt een blos op haar gezicht. 'Dit zou nog maar het begin voor ons kunnen zijn, Eddie. Als we de goede publiciteitsagent nemen, krijgen we misschien een realitysoap! Of... we kunnen reclame maken voor Campari!'

'Campari?' gaat Eddie ertegen in. 'Trish, je drínkt helemaal geen Campari!'

'Ik kan ermee beginnen!' verweert Trish zich. Er wordt gebeld. 'En anders nemen ze water met een kleurtje...'

Ik trek glimlachend mijn ochtendjas om me heen en loop de gang in. Misschien is het Nathaniel die me geluk komt wensen.

Maar als ik opendoe, zie ik het voltallige pr-team van Carter Spink op de stoep staan, allemaal in hetzelfde broekpak.

'Samantha.' Hilary Grant, het hoofd pr, neemt me kritisch op. 'Ben je zover?'

Om twaalf uur heb ik een zwart mantelpak aan, een zwarte panty, schoenen met hakken en de kraakhelderste witte bloes die ik ooit heb gezien. Ik ben door een visagiste opgemaakt en mijn haar is uit mijn gezicht in een knot getrokken.

Hilary heeft voor de kleren, de kapster en de visagiste gezorgd. Nu zitten we in de salon, waar ze met me repeteert wat ik tegen de pers moet zeggen. Voor de duizend miljoenste keer.

'Wat is het belangrijkste dat je moet onthouden?' vraagt ze streng.

'Vóór alles?'

'Dat ik het woord plee niet gebruik,' zeg ik verveeld. 'Ik doe het niet, ik beloof het.'

'En als ze naar recepten vragen?' Ze onderbreekt haar geijsbeer en kijkt me aan.

'Dan zeg ik: "Ik ben jurist. Mijn enige recept is het recept voor succes."' Ik krijg het er met een stalen gezicht uit, maar vraag niet hoe.

Ik was vergeten hoe serieus de pr-afdeling zulke dingen neemt, maar het zal hun werk wel zijn. En dit hele gedoe zal wel een soort nachtmerrie voor hen zijn geweest. Hilary doet al vanaf haar aankomst poeslief, maar ik krijg het gevoel dat ze een poppetje van me op haar bureau heeft staan, vol spelden geprikt.

'We willen er gewoon zeker van zijn dat je niet nog meer ongelukkige uitspraken doet.' Ze glimlacht een tikje roofdierachtig naar me.

'Echt niet! Ik hou me aan het draaiboek.'

'En dan reist de ploeg van *News Today* met je mee terug naar Londen.' Ze raadpleegt haar BlackBerry. 'We hebben ze voor de rest van de dag toestemming gegeven je te volgen. Vind je dat goed?'

'Nou... ja. Ik denk het wel.'

Ik vind het ongelooflijk, de proporties die het allemaal heeft aangenomen. Een actualiteitenprogramma wil echt een tv-reportage over mijn terugkeer bij Carter Spink maken. Gebeurt er verder niets in de wereld?

'Niet in de camera kijken,' vervolgt Hilary haar bondige instructies. 'Je moet opgewekt en positief overkomen. Je kunt vertellen over de carrièremogelijkheden die Carter Spink je heeft geboden en dat je je erop verheugt terug te komen. Begin níét over je salaris...'

De deur gaat open en ik hoor Melissa's stem in de hal.

'Dus ik kan je op kantoor bellen om mijn loopbaanplannen met je te bespreken? Of we gaan een keer iets drinken?'

'Absoluut. Eh... doen we.' Guy komt de salon in en doet snel de deur achter zich dicht, voordat Melissa hem kan volgen. 'Wie ís dat in godsnaam?'

'Melissa.' Ik wend de blik hemelwaarts. 'Vraag maar niets meer.'

'Ze zegt dat jij haar mentor bent. Jij hebt haar alles geleerd wat ze weet, beweert ze.' Guy grijnst. 'Heeft ze het dan over het bedrijfsrecht of over het bakken van taartjes?'

'Ha, ha,' zeg ik beleefd.

Guy wendt zich tot Hilary. 'Hilary, er zijn problemen buiten. De een of andere vent van de tv schopt stennis.'

'Verdomme.' Hilary kijkt naar mij. 'Samantha, kan ik je even alleen laten?'

'Ja, hoor!' Ik probeer het niet te happig te zeggen. 'Ik red me wel!' Zodra ze weg is, slaak ik een zucht van verlichting.

'Zo.' Guy kijkt me met opgetrokken wenkbrauwen aan. 'Hoe voel je je? Opgewonden?'

'Nou!' Ik glimlach erbij.

Eerlijk gezegd vind ik het nogal onwezenlijk om weer een zwart pak te dragen en omringd te worden door mensen van Carter Spink. Ik heb Trish en Eddie al uren niet meer gezien. Carter Spink heeft het hele huis geconfisqueerd.

'Je hebt de juiste beslissing genomen, hoor,' zegt Guy.

'Weet ik.' Ik veeg een pluisje van mijn rok.

'Je ziet er spectaculair uit. Ze zullen ondersteboven van je zijn.' Hij gaat op de armleuning van een bank tegenover me zitten en zucht. 'Jezus, Samantha, ik heb je gemist. Het was niet hetzelfde zonder jou.'

Ik neem hem onderzoekend op. Hééft hij eigenlijk wel gevoel voor ironie? Of hebben ze dat op Harvard ook rechtgezet?

'Dus nu ben je mijn beste vriendje weer,' zeg ik tegen wil en dank een beetje vals. 'Merkwaardig.'

Guy kijkt me verbaasd aan. 'Wat wil je daarmee zeggen?'

'Toe nou, Guy.' Ik schiet bijna in de lach. 'Toen ik in de problemen zat, wilde je me niet kennen, maar nu zijn we opeens weer dikke maatjes?'

'Dat is niet eerlijk,' stuift Guy op. 'Ik heb al het mogelijke voor je gedaan, Samantha. Ik heb voor je gevochten tijdens die bespreking.

Arnold was degene die weigerde je aan te houden. Destijds hadden we nog geen idee waarom...'

'Maar je wilde me niet in huis hebben, hè?' Ik kijk hem half glimlachend aan. 'Zo ver ging de vriendschap nou ook weer niet.'

Guy lijkt het zich echt aan te trekken. Hij strijkt met twee handen het haar uit zijn gezicht. 'Dat vond ik heel rot,' zegt hij. 'Het lag niet aan mij, maar aan Charlotte. Ik was woest op haar...'

'Maar natuurlijk.'

'Echt!'

'Ja, vast,' zeg ik sarcastisch. 'Dus dat is zo'n enorme ruzie geworden dat jullie uit elkaar zijn gegaan.'

'Ja,' zegt Guy, me de wind totaal uit de zeilen nemend.

'Já?' hijg ik zodra ik weer kan praten.

'We zijn uit elkaar.' Hij schokschoudert. 'Wist je dat nog niet?'

'Nee! Ik had geen idee! Het spijt me. Ik wilde niet...' Ik breek verward mijn zin af. 'Het was toch niet... Het kwam toch niet echt door mij?'

Guy zegt niets. Zijn bruine ogen kijken me indringend aan en ik krijg een angstig vermoeden.

'Samantha,' zegt hij, me nog steeds strak aankijkend, 'ik heb altijd het gevoel gehad...' Hij duwt zijn handen in zijn zakken. 'Ik heb altijd het gevoel gehad dat we op de een of andere manier... onze kans hebben gemist.'

Nee. Nee. Dit kan niet waar zijn.

We hebben onze kans gemist?

Daar komt hij nu mee?

'Ik heb je altijd ontzettend bewonderd. Ik heb altijd gedacht dat er een vonk tussen ons was.' Hij aarzelt. 'Ik vroeg me af of jij... hetzelfde voor mij voelde.'

Dit bestaat niet. Hoeveel miljoenen keren heb ik me niet voorgesteld dat Guy die woorden tegen me zei? Hoe vaak heb ik niet gedroomd dat hij me met die donkere, vochtige ogen aankeek? Maar nu hij het écht doet, is het te laat. Er klopt niets van.

'Samantha?'

Het dringt nu pas tot me door dat ik hem als een zombie zit aan te gapen.

'O. Ja.' Ik probeer me te vermannen. 'Eh... ja. Misschien voelde ik dat ook wel.' Ik frunnik aan mijn rok. 'Maar weet je... ik heb iemand ontmoet. Hier.'

'De tuinman,' zegt Guy prompt.

'Ja!' Ik kijk verbaasd op. 'Hoe weet jij...'

'Een paar journalisten hadden het er buiten over.'

'O. Nou ja, het is waar. Hij heet Nathaniel.' Ik voel dat ik bloos. 'Hij is... hij is echt heel leuk.'

Guy fronst zijn wenkbrauwen alsof hij niet goed begrijpt waar ik naartoe wil. 'Maar dat is maar een vakantieliefde.'

Het brengt me van mijn stuk. 'Het is geen vakantieliefde!' zeg ik. 'Het is een relátie. Het is serieus.'

'Gaat hij naar Londen verhuizen?'

'Nou... nee. Hij heeft de pest aan Londen. Maar we gaan zorgen dat het lukt.'

Guy kijkt me ongelovig aan, legt zijn hoofd in zijn nek en buldert van het lachen.

'Je bent echt van de wereld. Je leeft in een droom.'

'Wat bedoel je?' zeg ik woest. 'We komen er wel uit. Als we het allebei maar echt willen...'

'Ik weet niet of het al goed tot je is doorgedrongen,' zegt Guy hoofdschuddend. 'Samantha, je gaat hier wég. Je gaat terug naar Londen, terug naar de werkelijkheid en je baan. Neem maar van mij aan dat je zo'n vakantieflirt niet vast kunt houden.'

'Het ís geen vakantieflirt!' gil ik ziedend. Op hetzelfde moment gaat de deur open. Hilary kijkt waakzaam en achterdochtig van Guy naar mij.

'Alles goed?'

Ik wend me van Guy af. 'Prima,' zeg ik. 'Kan niet beter.'

'Mooi zo!' Ze tikt op haar horloge. 'Want het is bijna tijd!'

Het lijkt alsof de hele wereld bij de Geigers is neergestreken. Ik waag me met Hilary en twee pr-managers naar buiten en zie voor mijn gevoel honderden mensen op de oprijlaan staan. Er is een batterij tv-camera's op me gericht, daarachter staan drommen fotografen en journalisten, en het wemelt van de pr-assistenten van Carter Spink die iedereen op zijn plaats houden en koffie uitdelen uit een kraampje dat uit het niets opgedoken lijkt te zijn. Bij het hek zie ik een groepje nieuwsgierige stamgasten van de pub, en ik werp hun een angstige grijns toe.

'Nog een paar minuten,' zegt Hilary met haar mobiel aan haar oor. 'Het wachten is nog op de *Daily Telegraph*.'

Ik zie David Elldridge en Greg Parker bij de cappuccinoautomaat, allebei druk in de weer met hun BlackBerry. De pr-afdeling wilde dat er zoveel mogelijk vennoten aanwezig zouden zijn, met het oog op de foto's, maar de anderen hadden geen tijd. Eerlijk gezegd mogen ze al blij zijn dat er twee zijn gekomen. Tot mijn verbijstering zie ik Melissa op hen af lopen, chic gekleed in een beige pakje en met een... Heeft ze daar een *cv* in haar hand?

'Hallo!' hoor ik haar zeggen. 'Ik ben een goede vriendin van Samantha Sweeting en Guy Ashby, en ze hebben me allebei aangeraden bij Carter Spink te solliciteren.'

Ik kan een glimlach niet bedwingen. Die meid heeft lef.

'Samantha.' Ik kijk op en zie Nathaniel over het grind aankomen. Zijn gezicht staat zorgelijk en zijn blauwe ogen nemen me gespannen op. 'Hoe gaat het?'

'Ik, eh... goed.' Ik kijk hem even aan. 'Je weet wel. Het is krankzinnig, allemaal.'

Ik voel zijn hand en verstrengel mijn vingers zo stevig mogelijk met de zijne.

Guy heeft het mis. Het gaat lukken. Dit blijft. Natuurlijk blijft dit.

Ik voel dat hij met zijn duim over de mijne wrijft, net als op onze eerste avond samen. Alsof we een geheimtaal hebben; alsof zijn huid met de mijne praat.

'Samantha, ga je me nog voorstellen?' Guy slentert met een cappuccino naar ons toe.

'Dit is Guy,' zeg ik onwillig. 'Een collega van me bij Carter Spink. Guy... Nathaniel.'

'Wat leuk je te zien!' Guy steekt zijn hand uit en Nathaniel is wel gedwongen de mijne los te laten om hem een hand te geven. 'Dank je wel dat je zo goed voor onze Samantha hebt gezorgd.'

Moet hij dat echt zo arrogant brengen? En hoezo, 'onze' Samantha?

'Het genoegen was geheel aan mijn kant.' Nathaniel kijkt hem uitdagend aan.

'Zo, dus jij zorgt voor de tuin.' Guy kijkt om zich heen. 'Mooi, hoor. Dat doe je goed!'

Ik zie dat Nathaniel zijn vuist balt.

Alsjeblieft, geef hem geen stomp, bid ik uit alle macht. Geef hem géén stomp.

Tot mijn opluchting zie ik Iris door het hek komen en belangstellend naar alle journalisten kijken.

'Kijk!' zeg ik gauw tegen Nathaniel. 'Je moeder.'

Ik wuif naar Iris. Ze draagt een katoenen broek met afgeknipte pijpen en espadrilles en heeft haar vlechten om haar hoofd gewikkeld. Als ze bij me is, neemt ze me even zwijgend op: mijn knotje, mijn zwarte mantelpak, mijn pumps.

'Mijn hemel,' zegt ze ten slotte.

'Ik weet het.' Ik lach gegeneerd. 'Het is een beetje anders.'

'Dus, Samantha.' Ze kijkt me vriendelijk aan. 'Je hebt je weg gevonden.'

'Ja.' Ik slik. 'Ja, inderdaad. Dit is de juiste weg voor mij, Iris. Ik ben jurist. Ik ben nooit iets anders geweest. Het is een geweldige kans. Ik zou... ik zou wel gek zijn als ik die niet aangreep.'

Iris knikt, maar ze is op haar hoede.

'Nathaniel heeft me er alles over verteld. Ik weet zeker dat je de juiste beslissing hebt genomen.' Ze zwijgt even. 'Nou... tot ziens dan maar, snoes. Het allerbeste. We zullen je missen.'

Ik buig me naar haar over om haar te omhelzen en voel opeens de tranen prikken. 'Iris... hoe kan ik je bedanken?' fluister ik. 'Voor alles.'

'Je hebt het allemaal zelf gedaan.' Ze klemt me tegen zich aan. 'Ik ben heel trots op je.'

'En dit is geen echt afscheid.' Ik veeg mijn ogen af met een tissue en hoop maar dat mijn make-up niet is doorgelopen. 'Voor je het weet, ben ik terug. Ik kom hier zo vaak mogelijk in de weekends...'

'Wacht, laat mij maar.' Ze neemt de tissue van me over en bet mijn ogen.

'Dank je.' Ik glimlach beverig naar haar. 'Die make-up moet de hele dag blijven zitten.'

'Samantha?' roept Hilary, die met David Elldridge en Greg Parker bij de koffiekraam staat. 'Kun je even komen?'

'Ik kom al!' roep ik terug.
'Samantha, voor je weggaat...' Iris pakt allebei mijn handen en kijkt me gespannen aan. 'Liefje... je zult vast wel doen wat het beste voor je is, maar denk erom dat je maar één keer jong bent.' Ze kijkt naar mijn hand, glad naast de hare. 'Je krijgt deze kostbare jaren nooit meer terug.'
'Ik zal erom denken.' Ik bijt op mijn onderlip. 'Ik beloof het.'
'Mooi zo.' Ze geeft een klopje op mijn hand. 'Ga dan maar.'

Ik loop met Nathaniel naar het kraampje, nog steeds met zijn hand stevig in de mijne en onze vingers verstrengeld. Over een paar uur moeten we afscheid van elkaar nemen.
Nee. Ik mag er niet aan denken.
Hilary ziet er een beetje gestrest uit.
'Heb je je verklaring?' vraagt ze. 'Ben je goed voorbereid?'
'Ik ben er klaar voor.' Ik pak het opgevouwen vel papier. 'Hilary, dit is Nathaniel.'
Hilary bekijkt hem ongeïnteresseerd. 'Hallo,' zegt ze. 'Goed, Samantha, laten we de volgorde nog eens doornemen. Je leest je verklaring voor, dan komen de vragen en vervolgens de foto's. We beginnen over een minuut of drie. Het team is nu persmappen aan het uitdelen...' Opeens kijkt ze me onderzoekend aan. 'Wat is er met je make-úp gebeurd?'
'Eh... ik heb even afscheid van iemand genomen,' zeg ik schuldbewust. 'Zo erg is het toch niet?'
'Dat moet over,' zegt ze, krampachtig de ergernis uit haar stem werend. 'Daar zat ik net op te wachten.' Ze beent weg en roept een van haar assistenten.
Nog drie minuten. Nog drie minuten voordat mijn oude leven weer begint.
'Dus... ik kom terug voor Eamonns feest,' zeg ik, me nog steeds vastklampend aan Nathaniels hand. 'Dat is al over een paar dagen. Ik neem vrijdag de trein, blijf het weekend...'
'Dit weekend niet,' onderbreekt Guy me terwijl hij cacao over een cappuccino strooit. Hij kijkt op. 'Dan zit je in Hong Kong.'
'Hè?' zeg ik stompzinnig.
'Samatron is dolblij dat je terug bent, en ze willen jou voor deze

fusie. We vliegen morgen naar Hong Kong. Heeft niemand je dat verteld?'

'Nee,' zeg ik, hem ontzet aankijkend. 'Ik heb er geen woord over gehoord.'

Guy schokschoudert. 'Ik dacht dat je het wel wist. Vijf dagen Hong Kong en dan door naar Singapore. Jij en ik gaan een paar nieuwe cliënten inpalmen.' Hij neemt een slok cappuccino. 'Je zult klanten moeten gaan binnenhalen, Samantha Sweeting, oudste vennoot. Je kunt niet op je lauweren rusten.'

Ik ben nog niet eens begónnen met werken en nu hebben ze het al over op lauweren rusten?

'Wanneer komen we terug?'

Guy haalt zijn schouders op. 'Over een paar weken.'

Elldridge komt op me af. 'Samantha! Heeft Guy al gezegd dat je in september mee moet naar een weekendje jagen van het bedrijf? In Schotland, dat wordt leuk.'

'O. Eh, ja, klinkt goed.' Ik wrijf over mijn neus. 'Alleen probeer ik eigenlijk de weekenden vrij te houden... Mijn leven een beetje in balans te houden...'

Elldridge kijkt me verwonderd aan. 'Jij hebt je vakantie al gehad, Samantha,' zegt hij joviaal. 'Nu moet je weer aan de slag. En ik wil het nog met je over New York hebben.' Hij geeft me een schouderklopje en richt zich tot de bediening. 'Nog een espresso, graag.'

'Realistisch gezien heb je volgens mij pas met Kerstmis weer een weekend vrij,' meldt Guy. 'Ik heb je gewaarschuwd.' Hij trekt veelbetekenend zijn wenkbrauwen op en loopt naar Hilary.

Het is stil. Ik weet niet wat ik moet zeggen. Het gaat allemaal te snel. Ik dacht dat het deze keer anders zou worden. Ik dacht dat ik er zelf meer over te zeggen zou hebben.

'Kerstmis,' herhaalt Nathaniel, die er als door de bliksem getroffen bij staat.

'Nee,' zeg ik meteen. 'Hij overdrijft. Zo erg wordt het niet. Ik verzet wel een paar dingen.' Ik wrijf over mijn voorhoofd. 'Hoor eens, Nathaniel... Ik kom vóór Kerstmis terug. Dat beloof ik. Koste wat het kost.'

Er trekt een vreemde uitdrukking over zijn gezicht. 'Maak er geen verplichting van.'

'Een verplíchting?' Ik gaap hem aan. 'Zo bedoelde ik het niet. Je weet best dat ik het niet zo bedoelde.'

'Nog twee minuten!' Hilary komt gejaagd op me af met de visagiste, maar ik let niet op haar.

'Nathaniel...'

'Samantha!' snauwt Hilary, die probeert me weg te trekken. 'Je hebt hier nu écht geen tijd voor.'

'Ga maar.' Nathaniel knikt naar Hilary. 'Je hebt het druk.'

Dit is verschrikkelijk. Het voelt alsof alles tussen ons instort. Ik moet iets doen. Het contact herstellen.

'Nathaniel, nog één vraag.' Mijn stem hapert. 'Ik wil het weten doordat ik wegga. Die dag in het huis bij de kwekerij... Wat heb je toen tegen me gezegd?'

Nathaniel kijkt me lang aan en dan lijkt hij dicht te klappen. 'Het was lang, saai en slecht geformuleerd.' Hij keert zich met een half opgetrokken schouder van me af.

'Alsjeblíéft, doe iets aan die vegen!' zegt Hilary. 'Kun je even opzij gaan?' vervolgt ze bits tegen Nathaniel.

'Ik zal je niet meer in de weg staan.' Nathaniel laat mijn hand los en loopt weg voordat ik nog iets kan zeggen.

'Je staat me niet in de weg!' roep ik hem na, maar ik weet niet of hij me hoort.

De visagiste gaat aan het werk, maar mijn gedachten tollen zo in het rond dat ik er duizelig van word. Opeens ben ik niet meer zo zeker van mijn zaak.

Doe ik hier wel goed aan?

O, god. *Doe ik hier wel goed aan?*

'Ogen dicht, alsjeblieft.' De visagiste kwast mijn oogleden. 'Nu open...'

Ik doe mijn ogen open en zie Nathaniel en Guy, die even verderop staan te praten. Guy is aan het woord en Nathaniel luistert met een strak gezicht. Het maakt me ongerust. Wat zegt Guy?

'Nog even dicht,' zegt de visagiste. Ik sluit onwillig mijn ogen en voel dat ze nog meer oogschaduw aanbrengt. Allemachtig, is ze nou nóg niet klaar? Maakt het iets uit hoe ik eruitzie?

Dan is ze eindelijk klaar met kwasten. 'Open.'

Ik open mijn ogen en zie Guy nog op dezelfde plek staan, een paar meter verderop, maar Nathaniel is weg. Waar is hij gebleven?

'Lippen op elkaar...' beveelt de visagiste die een lippenstift tevoorschijn heeft gehaald.

Ik kan niets zeggen. Ik kan me niet bewegen. Mijn ogen flitsen panisch over de drukte op de oprijlaan, zoekend naar Nathaniel. Ik móét hem zien. Ik moet hem spreken voordat die persconferentie begint.

Ik heb maar één leven. Is dit echt wat ik ermee wil doen? Heb ik er wel goed genoeg over nagedacht?

'Klaar voor je optreden? Heb je je verklaring?' belaagt Hilary me weer. Ze ruikt naar net ververst parfum. 'Dat ziet er een stuk beter uit! Kin omhoog!' Ze tikt zo gemeen tegen mijn kin dat ik een pijnlijke grimas trek. 'Nog vragen op de valreep?'

'Eh... ja,' zeg ik wanhopig. 'Wat ik me afvroeg... Zouden we het eventueel nog heel even kunnen uitstellen? Een paar minuten maar.'

Hilary's gezicht verstart.

'Wat?' zegt ze dan. Ik heb het akelige gevoel dat ze op springen staat.

'Ik voel me een beetje... in de war.' Ik slik. 'Ik weet niet of ik de juiste beslissing heb genomen. Ik heb meer bedenktijd nodig...' Bij het zien van Hilary's gezicht doe ik er maar het zwijgen toe.

Ze komt op me af en houdt haar gezicht heel dicht bij het mijne. Ze glimlacht nog, maar haar ogen schieten vuur en haar neusgaten zijn wit en opengesperd. Ik doe schichtig een pas achteruit, maar ze pakt me zo hard bij mijn schouders dat ik haar nagels in mijn huid voel klauwen.

'Samantha,' sist ze, 'jij loopt daarheen, je leest je verklaring voor en je zegt dat Carter Spink de beste firma van de wereld is. Als je het niet doet... vermoord ik je.'

Ik geloof dat ze het meent.

'We zijn allemaal in de war, Samantha. We hebben allemaal meer bedenktijd nodig. Zo is het leven nu eenmaal.' Ze rammelt me door elkaar. 'Zet je er maar overheen.' Dan ademt ze hoorbaar uit en trekt haar mantelpak recht. 'Zo! Ik ga je aankondigen.'

Ze marcheert het gazon op. Ik blijf trillend op mijn benen achter.

Ik heb nog dertig seconden. Dertig seconden om te beslissen wat ik met mijn leven ga doen.

'Dames en heren van de pers!' schalt Hilary's stem door de microfoon. 'Ik ben heel blij u hier vanmiddag allemaal welkom te mogen heten.'

Opeens zie ik Guy, die net mineraalwater pakt. 'Guy!' roep ik gespannen. 'Guy! Waar is Nathaniel?'

'Geen idee.' Guy haalt achteloos zijn schouders op.

'Wat heb je tegen hem gezegd? Daarnet, toen jullie stonden te praten?'

'Ik hoefde niet zoveel te zeggen,' antwoordt Guy. 'Hij voelde wel uit welke hoek de wind waaide.'

'Wat bedoel je?' Ik kijk hem recht aan. 'Er stond niet eens wind.'

'Samantha, doe niet zo naïef.' Guy neemt een teug water. 'Het is een volwassen vent. Hij snapt het wel.'

'... onze nieuwste oudste vennoot van Carter Spink, Samantha Sweeting!' Hilary's stem en het daverende applaus dringen nauwelijks tot me door.

'Wat snapt hij wel?' zeg ik ontdaan. 'Wat heb je tegen hem gezegd?'

'Samantha!' komt Hilary met een lieve, valse glimlach tussenbeide. 'We wachten! Allemaal drukbezette mensen!' Ze neemt mijn hand in een ijzeren greep en sleept me met een verbazingwekkende kracht het gazon op. 'Daar ga je! Veel plezier!' Ze geeft me een venijnige zet in mijn rug en loopt weg.

Oké. Die dertig seconden waren niet genoeg. Ik kan de landelijke pers niet meer ontlopen en ik weet niet wat ik wil. Ik weet me geen raad.

Ik heb me nog nooit van mijn leven zo in de war gevoeld.

'Schiet op!' Ik schrik op van de spanning in Hilary's stem. Het voelt alsof ik op een lopende band sta en alleen nog maar vooruit kan.

Met knikkende knieën baan ik me een weg naar het midden van het gazon, waar een verhoging met een microfoon is neergezet. De zon reflecteert in alle cameralenzen en ik voel me bijna verblind. Ik zoek uit alle macht naar Nathaniel in de massa, maar zie hem nergens. Trish staat een paar meter rechts van me, in een fuchsiaroze mantelpak, en wuift verwoed naar me. Eddie staat met een camcorder naast haar.

Ik vouw langzaam mijn verklaring open en strijk hem glad.

'Goedemiddag,' zeg ik vormelijk in de microfoon. 'Ik ben heel blij dat ik u mijn opwindende nieuws kan vertellen. Carter Spink heeft me een fantastisch aanbod gedaan en vandaag keer ik als vennoot bij de firma terug. U begrijpt wel dat ik... opgetogen ben.'

Op de een of andere manier lukt het me niet een opgetogen stem op te zetten. De woorden rollen hol uit mijn mond.

'Ik ben overweldigd door de hartelijkheid en gulheid van het welkom dat Carter Spink me heeft geboden,' vervolg ik weifelend, 'en ik vind het een eer dat ik me mag aansluiten bij een dergelijke prestigieuze vennootschap met...'

Mijn ogen zoeken nog steeds naar Nathaniel. Ik kan me niet op mijn tekst concentreren.

'Zoveel talent en uitnemendheid!' snauwt Hilary vanaf de zijlijn.

'Eh... ja.' Ik vind de woorden op het vel. 'Talent. En uitnemendheid.'

Er klinken onderdrukte giechels in de massa journalisten. Ik breng het er niet zo goed vanaf.

'De kwaliteit van de dienstverlening van Carter Spink is, eh, ongeëvenaard,' vervolg ik zo overtuigend mogelijk.

'Beter dan van de plees die je schrobde?' roept een journalist met een rode kop.

'In dit stadium worden er geen vragen beantwoord!' roept Hilary pinnig over het gras. 'En er worden geen vragen beantwoord over wc's, badkamers of andere soorten sanitair. Samantha, ga door.'

'Ze waren zeker onbeschrijflijk?' roept de rode man proestend van het lachen.

'Samantha, ga dóór,' bijt Hilary me ziedend toe.

'Ze waren beslist niet onbeschrijflijk!' Trish beent het gazon op. Haar fuchsiaroze hakken zakken in het gras weg. 'Ik laat mijn wc's niet belasteren! Het is allemaal Royal Doulton. Het is allemaal Royal Doulton,' herhaalt ze in de microfoon. 'Topkwaliteit. Je doet het heel goed, Samantha!' Ze geeft me een schouderklopje.

Alle journalisten lachen. Hilary is paars aangelopen.

'Neem me niet kwalijk,' zegt ze met een stem vol ingehouden

woede tegen Trish. 'We zitten midden in een persconferentie. Wilt u zo vriendelijk zijn te vertrekken?'

'Het is mijn gazon!' zegt Trish, en ze steekt haar kin omhoog. 'De pers wil mij ook horen! Eddie, waar is mijn toespraak?'

'U gaat toch geen toespraak houden?' zegt Hilary vol afgrijzen, maar Eddie schiet al met een zogenaamde perkamentrol uit de printer over het gras.

'Ik wil mijn man Eddie bedanken voor al zijn steun,' heft Trish aan, zonder zich om Hilary te bekommeren. 'Ik wil de *Daily Mail* bedanken...'

'Het is verdomme de Oscar-uitreiking niet!' Hilary ziet eruit alsof ze elk moment een beroerte kan krijgen.

'Niet vloeken!' vermaant Trish haar bits. 'Mag ik je erop wijzen dat dit mijn huis is?'

'Mevrouw Geiger, hebt u Nathaniel gezien?' Ik kijk voor de zoveelste keer wanhopig naar de menigte. 'Hij is verdwenen.'

'Wie is Nathaniel?' vraagt een journalist.

'De tuinman,' antwoordt de man met de rode kop. 'Haar geliefde. Of is dat nu afgelopen?' vraagt hij aan mij.

'Nee!' zeg ik gepikeerd. 'We houden de relatie in stand.'

'Hoe wou je dat aanpakken?'

Ik voel de belangstelling van de journalisten opleven.

'We gaan gewoon door, oké?' Opeens kan ik wel janken, zonder enige reden.

'Samantha,' zegt Hilary woest, 'ga alsjeblieft verder met je officiële verklaring!' Ze duwt Trish achter de microfoon vandaan.

'Blijf van me af!' snerpt Trish. 'Ik doe je een proces aan. Samantha Sweeting is mijn advocaat, hoor.'

'Hé, Samantha! Hoe vindt Nathaniel het dat je teruggaat naar Londen?' roept iemand.

'Heb je liever je loopbaan dan de liefde?' doet een meisje met een pienter gezicht mee.

'Nee!' zeg ik radeloos. 'Ik moet... ik moet hem alleen spreken. Waar zít hij?' Opeens zie ik Guy aan de rand van het grasveld. 'Guy! Waar is hij naartoe gegaan? Wat heb je tegen hem gezegd?' Ik ren bijna struikelend over het gazon naar hem toe. 'Zeg op. Wat heb je gezegd?'

'Ik heb hem geadviseerd de eer aan zichzelf te houden.' Guy haalt arrogant zijn schouders op. 'Eerlijk gezegd heb ik hem gewoon de waarheid verteld. Dat je niet terugkomt.'

'Hoe dúrf je?' hijg ik ziedend. 'Hoe dúrf je zoiets te zeggen? Ik kom wél terug! En hij kan naar Londen komen...'

'Hou op, zeg.' Guy wendt de blik hemelwaarts. 'Hij heeft echt geen zin om er als een zielige eikel bij te zitten, een blok aan je been te zijn, iemand voor wie je je schaamt...'

'Ik zou me voor hem schamen?' Ik kijk Guy ontzet aan. 'Heb je dát tegen hem gezegd? Is hij daarom weggegaan?'

'Samantha, hou er in godsnaam over op,' snauwt Guy ongeduldig. 'Die jongen is túínman.'

Voordat ik het goed en wel besef, schiet mijn vuist uit. Ik raak Guy recht op zijn kin.

Ik hoor kreten en zuchten en overal klikken camera's, maar het kan me niet schelen. Ik heb nog nooit zoiets lekkers gedaan.

'Au! Kolere!' Hij slaat zijn handen voor zijn gezicht. 'Waar was dat nou voor nodig?'

De journalisten verdringen zich om ons heen en bestoken ons met vragen, maar ik besteed er geen aandacht aan.

'Als ik me voor iemand schaam, ben jij het wel,' bijt ik Guy toe. 'Jij bent niets waard in vergelijking met hem. Níéts.' Tot mijn afgrijzen voel ik tranen opwellen. Ik moet Nathaniel zoeken. Nu meteen.

'Niets aan de hand! Niets aan de hand!' Hilary dendert over het gras in een waas van een krijtstreeppak. 'Samantha is een beetje overstuur vandaag!' Ze neemt mijn arm in een bankschroef en ontbloot haar tanden in een doodsgrijns. 'Gewoon een gemoedelijk verschil van mening onder vennoten! Samantha verheugt zich enorm op de uitdaging die het leiden van een wereldvermaard juridisch team inhoudt. Ja toch, Samantha?' Ze knijpt nog harder in mijn arm. 'Já toch, Samantha?'

'Ik... ik weet het niet,' zeg ik vertwijfeld. 'Ik weet het gewoon niet. Het spijt me, Hilary.' Ik wring mijn arm uit haar greep.

Hilary neemt een woeste duik naar mijn arm, maar ik ontwijk haar en ren over het gras naar de poort.

'Hou haar tegen!' gilt Hilary naar alle pr-mensen. 'Versper haar de weg!'

Van alle kanten stormen meiden in broekpak op me af, als een soort arrestatieteam. Op de een of andere manier ontloop ik hen. Er grijpt er een naar mijn jasje, maar ik wring me eruit. Ik schop mijn pumps ook uit en ga nog harder lopen, bijna zonder het grind onder mijn voetzolen te voelen.

Bij de poort aangekomen begint mijn hart te bonken. Er staan drie meiden van de pr op een rij om me tegen te houden.

'Kom op, Samantha,' zegt er een op de toon van de vriendelijke oom agent. 'Doe geen domme dingen.'

'We brengen je terug naar de persconferentie,' zegt een tweede, die omzichtig met uitgestrekte handen op me af komt.

'*Laat haar erdoor!*' schalt een stem als een klaroen achter me. Ik kijk op en zie tot mijn verbazing dat Trish zo snel als ze kan op haar fuchsiaroze hakken naar me toe wiebelt. 'Help me dan, idioten!' roept ze naar een troep journalisten.

Even later zijn de pr-meiden verzwolgen door journalisten. Ze duwen de hekken voor me open en maken de weg voor me vrij. En ik ren naar buiten, de straat in, zonder om te kijken.

Tegen de tijd dat ik bij de pub aankom, is mijn panty aan flarden gescheurd door de weg onder mijn voeten. Mijn knotje is losgeraakt, zodat mijn haar half op mijn rug hangt, mijn make-up zwemt in het zweet en mijn longen branden van de pijn.

Het doet me allemaal niets. Ik moet Nathaniel zoeken. Ik moet tegen hem zeggen dat hij het belangrijkste in mijn leven is, belangrijker dan welke baan ook.

Ik moet tegen hem zeggen dat ik van hem hou.

Ik weet niet waarom ik het niet eerder doorhad, waarom ik het niet eerder heb gezegd. Het is zo duidelijk. Zo oogverblindend duidelijk.

'Eamonn!' roep ik gespannen als ik aan kom rennen. Eamonn, die glazen liep te halen, kijkt verbaasd op. 'Ik moet Nathaniel spreken. Is hij hier?'

'Hier?' Eamonn lijkt niet te weten wat hij moet zeggen. 'Samantha, je bent hem misgelopen. Hij is al weg.'

'Weg?' Ik blijf hijgend staan. 'Waarheen?'

'Die kwekerij bekijken die hij wil kopen. Hij is net in de auto gestapt.'

'De kwekerij in Bingley?' hijg ik opgelucht, nog steeds buiten adem. 'Zou je me een lift kunnen geven? Ik moet hem echt dringend spreken.'

'Daar is hij niet...' Eamonn, die rood is geworden, wrijft schutterig over zijn gezicht. Ik kijk hem aan en krijg opeens een gevoel van naderend onheil. 'Samantha... Hij is naar Cornwall.'

Het is alsof ik door een vrachtwagen word aangereden. Ik kan geen woord uitbrengen. Ik kan me niet verroeren.

'Ik dacht dat je het wel wist.' Eamonn komt naar me toe, met zijn hand boven zijn ogen tegen de zon. 'Hij zei dat hij een paar weken weg zou kunnen blijven. Ik dacht dat hij het je wel had verteld.'

'Eh, nee,' zeg ik moeizaam. 'Hij heeft niets gezegd.'

Mijn benen zijn opeens van rubber. Ik zak met bonzend hoofd op een biervat. Hij is zomaar naar Cornwall gegaan. Zonder zelfs maar afscheid te nemen. Zonder het me zelfs maar te zeggen.

'Hij heeft een briefje achtergelaten voor als je langs zou komen.' Eamonn haalt een envelop uit zijn zak en reikt hem me aan. Zijn gezicht is helemaal verfrommeld, zo erg vindt hij het. 'Het spijt me, Samantha.'

'Geeft niet.' Ik slaag erin een glimlach op te brengen. 'Dank je, Eamonn.' Ik neem de envelop van hem aan en haal het vel papier eruit.

S
Ik denk dat we allebei wel weten dat dit het breekpunt is. Laten we ophouden voordat het misgaat.
Als je maar weet dat het een perfecte zomer was.
N

Ik lees de regels telkens weer. De tranen stromen over mijn wangen. Ik kan niet geloven dat hij weg is. Hoe kan hij onze relatie zomaar opgeven? Wat Guy ook tegen hem heeft gezegd, wat hij ook dacht... Hoe kan hij zomaar vertrékken?

We hadden er iets van kunnen maken. Beséfte hij dat dan niet? Voelde hij dat dan niet, diep vanbinnen?

Ik hoor iets, kijk op en zie dat ik omsingeld ben door Guy en een groep journalisten. Ik had er niets van gemerkt.

'Ga weg,' zeg ik met verstikte stem. 'Laat me met rust.'

'Samantha,' zegt Guy met zachte, toegeeflijke stem, 'ik weet dat je gekwetst bent. Het spijt me als ik je van streek heb gemaakt.'

'Wil je nog een stomp?' Ik veeg met de rug van mijn hand langs mijn ogen. 'Ik meen het.'

'Het lijkt nu misschien heel erg,' zegt Guy met een blik op het briefje, 'maar je hebt een fantastische carrière voor je.'

Ik zeg niets. Mijn schouders hangen, mijn neus loopt en mijn haar valt in gelakte pieken om mijn gezicht.

'Gebruik je verstand. Je gaat geen wc's meer schoonmaken. Niets bindt je hier nog.' Guy doet een pas naar voren en zet mijn glimmende pumps op de tafel naast me. 'Kom op, oudste vennoot. Ze wachten allemaal op je.'

26

Ik voel me verdoofd. Het is echt allemaal voorbij. Ik zit met de andere vennoten in een eersteklascoupé in de trein naar Londen. Het is een sneltrein. Over een paar uur zijn we er. Ik heb een nieuwe panty aan. Mijn make-up is bijgewerkt. Ik heb zelfs een nieuwe, haastig door Hilary in elkaar geflanste persverklaring gekregen: 'Hoewel ik altijd met genegenheid aan mijn vrienden in Lower Ebury terug zal denken, vind ik nu niets opwindender en belangrijker dan mijn loopbaan bij Carter Spink.'

Ik heb het redelijk overtuigend gezegd. Ik kon zelfs een glimlach op mijn gezicht toveren toen ik David Elldridge de hand schudde. Er is een klein kansje dat ze daar een foto van afdrukken, niet die waarop ik Guy een stomp verkoop. Je weet het maar nooit.

De trein rijdt het station uit. Ik voel een pijnscheut en doe even mijn ogen dicht om mijn zelfbeheersing niet te verliezen. Ik heb de goede keus gemaakt, daar is iedereen het over eens. Ik neem een slokje cappuccino, en nog een. Als ik genoeg koffie drink, kom ik misschien weer tot leven. Misschien voelt het dan niet meer als een droom.

Opgepropt in de hoek tegenover me zit de cameraman voor de reportage, samen met de producent, Dominic, die een spijkerjack aanheeft en een trendy bril draagt. Ik voel de cameralens op me die al mijn bewegingen volgt, in- en uitzoomt en al mijn gezichtsuitdrukkingen vastlegt. Ik zou het heel goed kunnen missen.

'En dan verlaat juriste Samantha Sweeting het dorp waar ze alleen bekend was als huishoudster,' zegt Dominic met een zachte commentaarstem in zijn microfoon. 'De vraag is... heeft ze spijt?' Hij kijkt me vragend aan.

'Ik dacht dat je me van een afstand zou volgen,' snauw ik, en ik kijk hem kwaad aan.

'Kijk eens!' Guy laat een zware stapel contracten in mijn schoot vallen. 'De Samatron-deal. Zet daar je tanden maar eens in.'

Ik kijk naar de centimetersdikke bundels papier. Ooit kreeg ik een adrenalinekick bij het zien van een gloednieuw, kersvers contract. Ik wilde altijd de eerste zijn die een tegenstrijdigheid ontdekte, de eerste die ergens een vraagteken bij zette, maar nu voel ik me leeg.

Alle anderen in de coupé zitten ijverig te werken. Ik blader door het contract en probeer een beetje enthousiasme op te brengen. Kom op. Dit is nu mijn leven. Zodra ik weer in het ritme ben, ga ik het wel weer leuk vinden.

'Van kookboek naar contract,' prevelt Dominic in zijn microfoon. 'Van aardappelmes naar akte.'

Die vent begint me echt de keel uit te hangen.

Ik kijk weer naar het contract, maar de woorden dansen voor mijn ogen. Ik kan me niet concentreren. Ik kan alleen maar aan Nathaniel denken. Ik heb geprobeerd hem te bellen, maar hij neemt niet op. En hij beantwoordt geen sms'jes. Alsof hij me niet meer wil kennen.

Hoe kan alles voorbij zijn? Hoe kan hij zomaar wéggaan?

Mijn ogen worden weer wazig van de tranen en ik knipper ze kwaad weg. Ik mag niet huilen. Ik ben oudste vennoot. Oudste vennoten huilen niet. Om mezelf weer in de hand te krijgen, kijk ik door het raam. We lijken vaart te minderen, wat vrij vreemd is.

'Mededeling aan alle reizigers...' knettert er plotseling een stem door de luidsprekers. 'Deze trein zal verdergaan als stoptrein en stoppen op station Hitherton, Marston Bridge, Bridbury...'

'Wat?' Guy kijkt op. 'Een stóptrein?'

'God allemachtig.' David Elldridge kijkt kwaad. 'Hoeveel tijd kost dat?'

'... en met een halfuur vertraging op Paddington aankomen,' vervolgt de stem. 'Onze excuses voor mogelijke...'

'Een halfúúr?' David Elldridge, die woest lijkt te zijn, grist zijn mobiele telefoon uit zijn zak. 'Ik zal mijn vergadering moeten verzetten.'

'Ik moet die mensen van Pattinson Lobb afbellen.' Guy, die al net zo de pest in lijkt te hebben, drukt al een sneltoets op zijn mobieltje in. 'Ja, Mary? Met Guy. Moet je horen, de hele dienstregeling is in de war. Ik kom een halfuur later...'

'Derek Tomlinson verzetten...' geeft David door.

'We zullen Pattinson Lobb moeten verschuiven, die vent van *De jurist* afbellen...'

'Davina,' zegt Greg Parker in zijn toestel, 'die pokketrein heeft vertraging. Zeg maar tegen de anderen dat ik een halfuur later kom. Ik stuur een e-mail...' Hij legt zijn telefoon neer en begint meteen in zijn BlackBerry te tikken. Even later volgt Guy zijn voorbeeld.

Ik zie al het manische gedoe ongelovig aan. Wat doet iedereen gestrest. Dan komt de trein maar iets later aan. Een halfúúr maar. Dertig minuten. Hoe kunnen ze zich zo druk maken om dertig minuten?

Moet ik ook zo doen? Ik weet namelijk niet meer hoe het hoort. Misschien ben ik wel helemaal vergeten hoe een jurist hoort te doen.

De trein glijdt station Hitherton in en komt langzaam tot stilstand. Ik kijk naar buiten... en snak naar adem. Er zweeft een reusachtige luchtballon in de lucht, maar één meter boven de stationshal. Hij is knalrood met geel en de mensen in het mandje wuiven. Het lijkt wel iets uit een sprookje.

'Hé, moet je zien!' roep ik uit. 'Kijk eens!'

De anderen kijken niet op of om. Ze zitten allemaal verwoed op hun toetsenbordjes te rammelen.

'Kíjk dan!' probeer ik het nog eens. 'Het is ongelooflijk!' Ik krijg nog steeds geen antwoord. Ze hebben allemaal alleen maar oog voor hun BlackBerry. En nu is de ballon alweer omhoog gezweefd. Straks is hij uit het zicht. Ze hebben hem allemaal gemist.

Ik kijk naar de anderen, de crème de la crème van de bedrijfsjuridische wereld in hun handgemaakte pakken van duizend pond met hun geavanceerde computertjes. Ze hebben het gemist. Ze vinden het niet eens érg dat ze het hebben gemist. Ze leven in hun eigen wereldje.

Ik hoor hier niet bij. Dit is mijn wereld niet meer. *Ik ben niet zo.*

Opeens weet ik het. Ik ben nog nooit ergens zo zeker van geweest. Ik pas er niet bij; ik heb er niets mee. Misschien ooit wel, maar nu niet meer. Ik kan dit niet. Ik kan mijn leven niet in vergaderzalen slijten. Ik kan me niet meer druk maken over elk brokje tijd. Ik mag niets meer missen.

Terwijl ik daar zit, met de contracten nog hoog opgestapeld op schoot, voel ik spanning opkomen. Ik heb een fout gemaakt. Ik heb een joekel van een fout gemaakt. Ik zou hier niet moeten zitten. Dit is niet wat ik van mijn leven wil. Dit is niet wat ik wil doen. Dit is niet wie ik wil zijn.

Ik moet hier weg. Nu meteen.

Links en rechts stappen mensen in en uit, zeulend met bagage en slaand met de deuren. Zo bedaard mogelijk reik ik naar mijn koffer, pak mijn tas en sta op.

'Het spijt me,' zeg ik. 'Ik heb me vergist. Ik merk het nu pas.'

'Wat zeg je?' Guy kijkt op.

'Het spijt me dat ik jullie tijd heb verspild.' Mijn stem hapert even. 'Maar... ik kan niet blijven. Ik kan dit niet.'

'Jezus.' Hij grijpt naar zijn hoofd. 'Begin nou niet wéér, Samantha...'

'Probeer me nou niet om te praten,' onderbreek ik hem, 'want mijn besluit staat vast. Ik kan niet zijn zoals jullie. Ik ben er gewoon niet geschikt voor. Het spijt me, ik had nooit mee moeten gaan.'

'Heeft het met de tuinman te maken?' vraagt Guy vermoeid. 'Want eerlijk gezegd...'

'Nee! Het gaat om míj! Ik wil gewoon...' Ik moet even naar woorden zoeken. 'Guy... ik wil niet zo iemand zijn die niet naar buiten kijkt.'

Ik zie geen greintje begrip op Guys gezicht. Ik had het ook niet verwacht.

'Tot ziens.' Ik maak de deur van de coupé open en loop weg, maar Guy pakt me ruw beet.

'Samantha, voor de laatste keer, hou op met dat geouwehoer! Ik kén jou. En je bent echt jurist.'

'Je kent me niet, Guy!' Mijn woorden rollen op een plotselinge golf van woede uit mijn mond. 'Stop me niet in een hokje! Ik ben geen jurist! Ik ben een méns.'

Ik ruk mijn arm los en sla de coupédeur dicht, trillend op mijn benen. De deur gaat prompt weer open en Dominic en de cameraman stappen ook uit.

'En dus!' prevelt Dominic opgewonden in zijn microfoon. 'De gebeurtenissen hebben een verbijsterende wending genomen: Samantha Sweeting heeft voor haar schitterende juridische carrière bedankt!'

Nog even en ik doe hem iets.

De trein rijdt het station uit. Ik zie dat Guy en de andere vennoten zijn opgestaan en ontsteld naar me kijken. Ik zal nu al mijn kansen op een terugkeer wel hebben verspeeld.

De andere reizigers lopen het perron af en ik blijf alleen achter. Zielsalleen op station Hitherton met een koffer als enige gezelschap. Ik weet niet eens waar Hitherton ligt. De tv-camera is nog steeds op me gericht, en langslopende mensen kijken me nieuwsgierig aan.

Wat moet ik nu beginnen?

'Samantha ziet de rails in de verte verdwijnen. Ze heeft een dieptepunt bereikt,' zegt Dominic meelevend.

'Niet waar,' sputter ik.

'Toen ze vanochtend haar geliefde verloor, was ze al kapot, maar nu heeft ze ook geen carrière meer.' Hij zwijgt even en vervolgt dan met een grafstem: 'Wie weet wat voor duistere gedachten er nu door haar hoofd spoken?'

Wat wil hij insinueren? Dat ik me voor de volgende trein wil gooien? Dat zou hij mooi vinden, hè? Hij zou er waarschijnlijk een Emmy voor krijgen.

'Ik voel me prima.' Ik steek mijn kin in de lucht en omklem het hengsel van mijn koffer. 'Het komt allemaal goed. Ik... ik heb de juiste beslissing genomen.'

Terwijl ik om me heen kijk op het lege station laat ik de situatie echter bezinken en dan begint het nerveus in mijn maag te fladderen. Ik heb geen idee wanneer de volgende trein komt. Ik heb zelfs geen idee waar ik naartoe wil.

'Samantha, heb je plannen?' vraagt Dominic, en hij duwt de microfoon onder mijn neus. 'Een doel?'

Waarom laat hij me niet met rúst?

'Soms hoef je geen doel in het leven te hebben,' zeg ik afwerend. 'Je hoeft het grote geheel niet te overzien. Als je maar weet wat je straks gaat doen.'

'En wat ga je straks doen?'

'Ik, eh... ik ben ermee bezig.' Ik keer de camera de rug toe en zet koers naar de wachtkamer, waar net een conducteur uit komt.

'Eh, dag,' zeg ik. 'Ik wil graag weten hoe ik naar...' Ik breek weifelend mijn zin af. Waar ga ik heen? 'Naar, eh...'
'Naar...' zegt de conducteur me gedienstig voor.
'Naar... Cornwall,' zeg ik tot mijn eigen verbazing.
'Córnwall?' Hij kijkt me verbouwereerd aan. 'Waar precies in Cornwall?'
'Ik weet het niet.' Ik slik. 'Niet precies. Maar ik moet er zo snel mogelijk heen.'
Zoveel kwekerijen kunnen er niet te koop staan in Cornwall. Ik vind de goede wel. Ik vind hem wel. Op de een of andere manier.
'Tja.' De conducteur trekt een denkrimpel in zijn voorhoofd. 'Dat moet ik nakijken.' Hij verdwijnt in zijn hokje. Ik hoor Dominic koortsachtig in zijn microfoon fluisteren, maar het doet me niets.
'Daar heb ik het.' De conducteur komt met een papier vol potloodkrabbels tevoorschijn. 'Zes keer overstappen naar Penzance, vrees ik. En een kaartje kost honderdtwintig pond.' Ik geef hem een bundel bankbiljetten. 'Het duurt nog even voor de trein komt,' vervolgt hij. 'Tweede perron.'
'Dank u wel.' Ik neem mijn kaartje aan, til mijn koffer op en loop naar de voetgangersbrug. Ik hoor Dominic en de cameraman achter me aan rennen.
'Samantha lijkt gek geworden te zijn,' hijgt hij in zijn microfoon. 'De spanningen van de dag zijn haar te veel geworden. Wie weet wat haar volgende onbezonnen daad zal zijn?'
Hij wil écht dat ik voor de trein spring, hè? Ik let gewoon niet meer op hem. Ik sta resoluut op het perron, met mijn gezicht van de camera afgewend.
'Zonder adres en zonder steun,' hoor ik hem vervolgen, 'begint Samantha aan een lange, onzekere reis op zoek naar de man die haar vanochtend heeft afgewezen. De man die wegliep zonder afscheid te nemen. Is dit een verstandig plan?'
Oké, nu ben ik het zat.
Ik draai me naar hem om. 'Misschien is het geen verstandig plan,' zeg ik zwaar ademend. 'Misschien vind ik hem niet. Misschien wil hij me niet zien. Maar ik moet het proberen.'
Dominic doet zijn mond open om iets te zeggen.
'Hou je kop,' zeg ik. 'Hou toch gewoon je kop.'

Het lijkt uren te duren voordat ik een trein in de verte hoor, en dan is het nog de verkeerde ook. Het is weer een trein naar Londen, op het andere perron. Ik hoor deuren slaan en mensen uitstappen.

'De trein naar Londen!' roept de conducteur. 'Trein naar Londen, eerste perron.'

Dat is de trein waar ik in zou moeten zitten. Als ik goed bij mijn hoofd was. Als ik niet gek was geworden. Mijn ogen glijden afwezig langs de ramen, langs mensen die zitten te praten, te slapen, te lezen, mensen die naar iPods luisteren...

En dan lijkt alles te bevriezen. Is het een droom?

Daar zit Nathaniel. In de trein naar Londen. Hij zit drie meter bij me vandaan op een stoel aan het raam strak voor zich uit te kijken.

Wat... Waarom zit hij...

'Nathaniel!' wil ik roepen, maar mijn stem is schor. 'Nathaniel!' Ik zwaai als een idioot met mijn armen om zijn aandacht te trekken.

'Jezus, dat is hem!' roept Dominic uit. 'Nathaniel!' schreeuwt hij met een stem als een misthoorn. 'Hier, maat!'

'Nathaniel!' Mijn stem doet het eindelijk weer. 'Na-thá-ni-el!'

Hij hoort mijn radeloze kreet, kijkt eindelijk op en schrikt zich kapot. Zijn gezicht, dat verbijstering uitdrukt, lijkt open te bloeien in een trage uitbarsting van vreugde.

Ik hoor deuren slaan. De trein staat op het punt te vertrekken.

'Kom dan!' roep ik, en ik wenk alsof mijn leven ervan afhangt.

Ik zie hem opstaan, zijn rugzak pakken en zich langs de vrouw naast hem wurmen. Dan verdwijnt hij uit het zicht, net als de trein in beweging komt.

'Te laat,' zegt de cameraman naargeestig. 'Dat redt hij nooit.'

Mijn borst is zo verkrampt dat ik niets terug kan zeggen. Ik kan alleen maar naar de vertrekkende trein kijken, die wagon na wagon voorbij schuift, sneller en sneller... tot hij weg is.

En Nathaniel staat op het perron. Daar staat hij.

Ik loop zonder hem ook maar een moment uit het oog te verliezen over het perron, steeds sneller, naar de voetgangersbrug. Hij doet aan zijn kant hetzelfde. We rennen de trap op, lopen naar elkaar toe en blijven op een paar passen afstand van elkaar staan. Ik adem gejaagd en mijn gezicht gloeit. Ik voel me verdoofd, opgetogen en onzeker tegelijk.

'Ik dacht dat je naar Cornwall ging,' zeg ik ten slotte. 'Om je kwekerij te kopen.'

'Ik heb me bedacht,' zegt Nathaniel, die er zelf ook als verdoofd bij staat. 'Ik wilde liever... een kennis in Londen opzoeken.' Hij ziet mijn koffer. 'Waar ging jij naartoe?'

'Ik wist het nog niet zeker.' Ik schraap mijn keel. 'Ik dacht aan... Cornwall.'

'Cornwall?' Hij kijkt me met grote ogen aan.

'Hm-hm.' Ik laat hem mijn reisschema zien en opeens krijg ik bijna de slappe lach, zo bespottelijk is het allemaal.

Nathaniel leunt tegen de balustrade, haakt zijn duimen in zijn zakken en kijkt naar de houten latten van de brug. 'Dus... Waar zijn je vrienden?'

'Geen idee. Weg. En het zijn mijn vrienden niet. Ik heb Guy een kaakslag gegeven,' besluit ik trots.

Nathaniel gooit zijn hoofd in zijn nek en lacht. 'Dus toen hebben ze je ontslagen.'

'Ik heb hen ontslagen,' verbeter ik hem.

'Echt waar?' zegt Nathaniel stomverbaasd. Hij reikt naar mijn hand, maar ik pak de zijne niet. Onder mijn blijdschap voel ik me nog steeds van streek. De pijn van vanochtend is nog niet weg. Ik kan niet net doen alsof alles dik in orde is.

'Ik heb je briefje gekregen.' Ik hef mijn ogen naar de zijne en hij krimpt in elkaar.

'Samantha... ik heb in de trein een nieuwe brief geschreven. Voor het geval je me niet zou willen spreken in Londen.'

Hij vist onhandig in zijn zak en haalt er een brief van een paar vellen uit, aan beide kanten dicht beschreven. Ik neem hem aan, maar lees hem niet.

'Wat... wat staat erin?' Ik kijk naar hem op.

'Het is... een lang en saai verhaal.' Zijn blik boort zich in de mijne. 'En slecht geformuleerd.'

Ik laat de bladzijden langzaam door mijn vingers glijden. Ik vang hier en daar woorden op waar ik prompt tranen van in mijn ogen krijg.

'Zo,' is het enige wat ik kan uitbrengen.

'Zo.' Nathaniel slaat zijn armen om mijn middel en zijn warme mond vindt de mijne. Hij drukt me tegen zich aan en ik voel de tranen op mijn wangen druppelen. Hier hoor ik thuis. Hier pas ik. Ten slotte maak ik me van hem los en kijk naar hem op terwijl ik de tranen uit mijn ogen veeg.

'Waar gaan we nu heen?' Hij kijkt over de brug naar beneden en ik volg zijn blik. De rails strekken zich aan weerszijden tot in de verte uit. 'Welke kant op?'

Ik kijk naar de eindeloze spoorbaan, turend in de zon. Ik ben negenentwintig jaar oud. Ik kan alle kanten op. Alles doen. Zijn wie ik wil.

'We hebben geen haast,' besluit ik, en ik ga op mijn tenen staan om hem weer te kussen.